『野ざらし紀行』古註集成

三木慰子 編

和泉書院

（1）三冊子『三艸紙』赤冊子　一〇ウ、一一オ

（柿衞文庫所蔵）—129、185頁参照

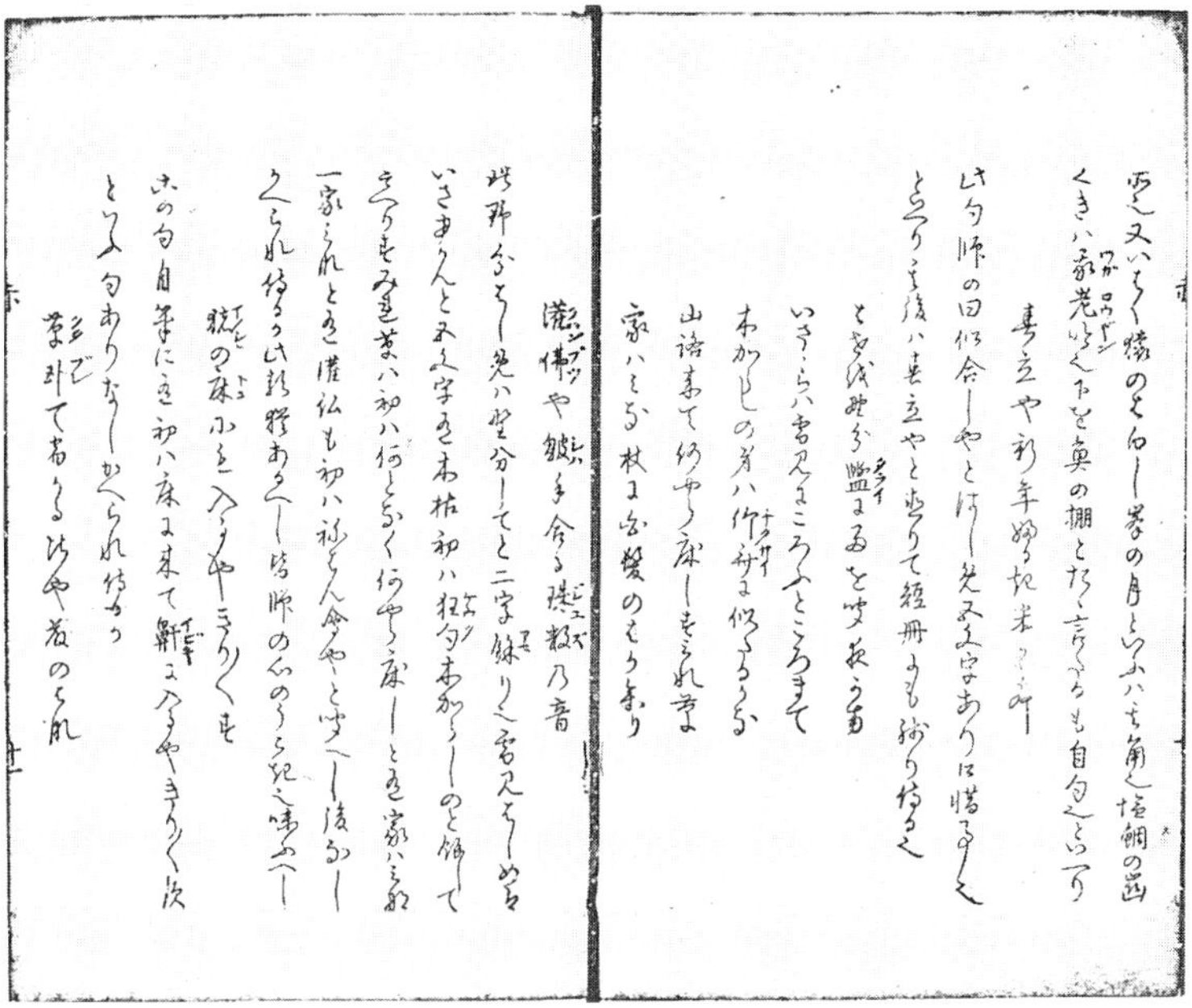

（2）去来抄『去来抄』修行　四〇ウ、四一オ

（国立国会図書館所蔵）—121頁参照

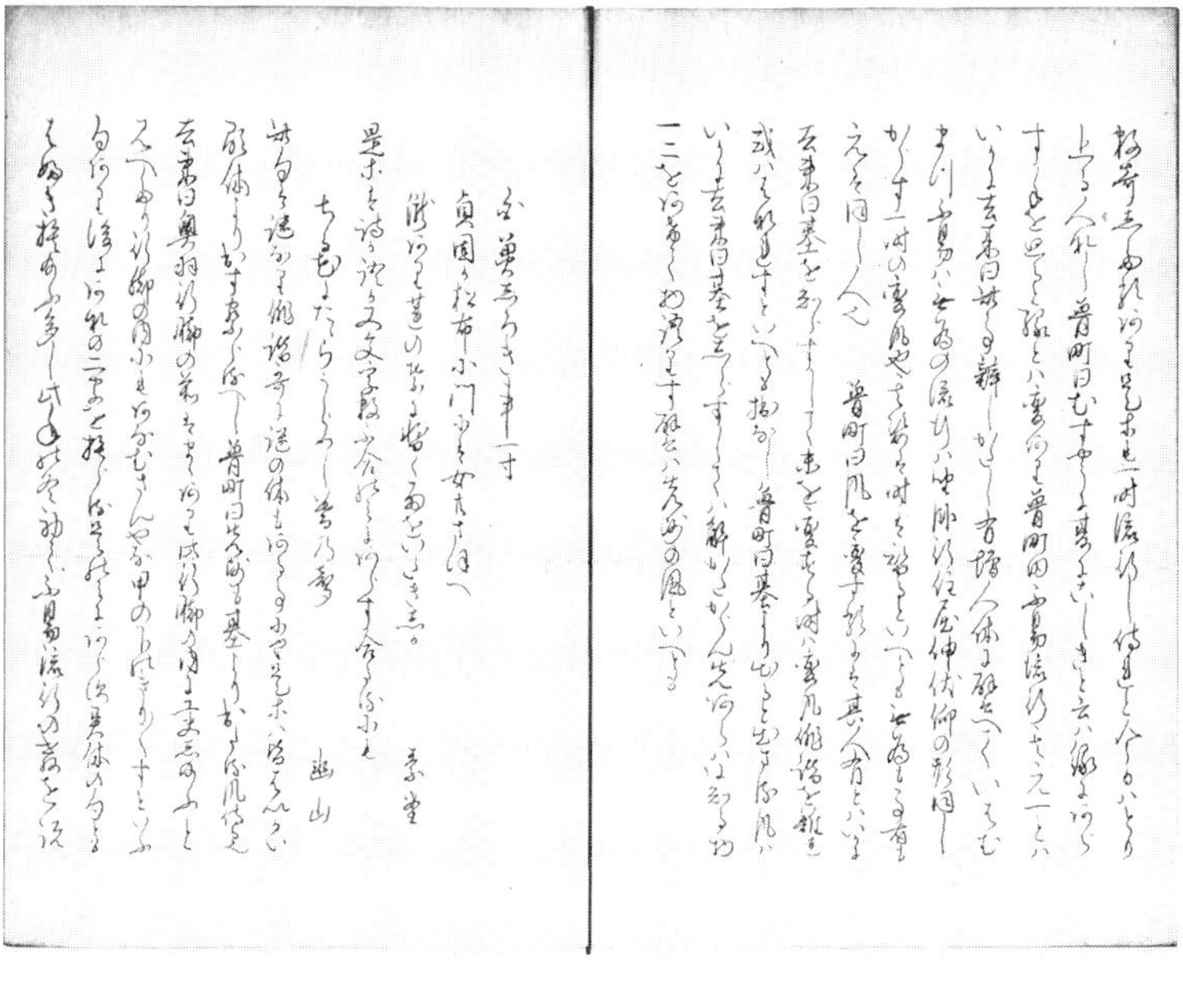

(3) 古今抄　『俳諧古今抄　全部』巻二　八ウ、九オ
（東京大学総合図書館洒竹文庫所蔵）―147、148頁参照

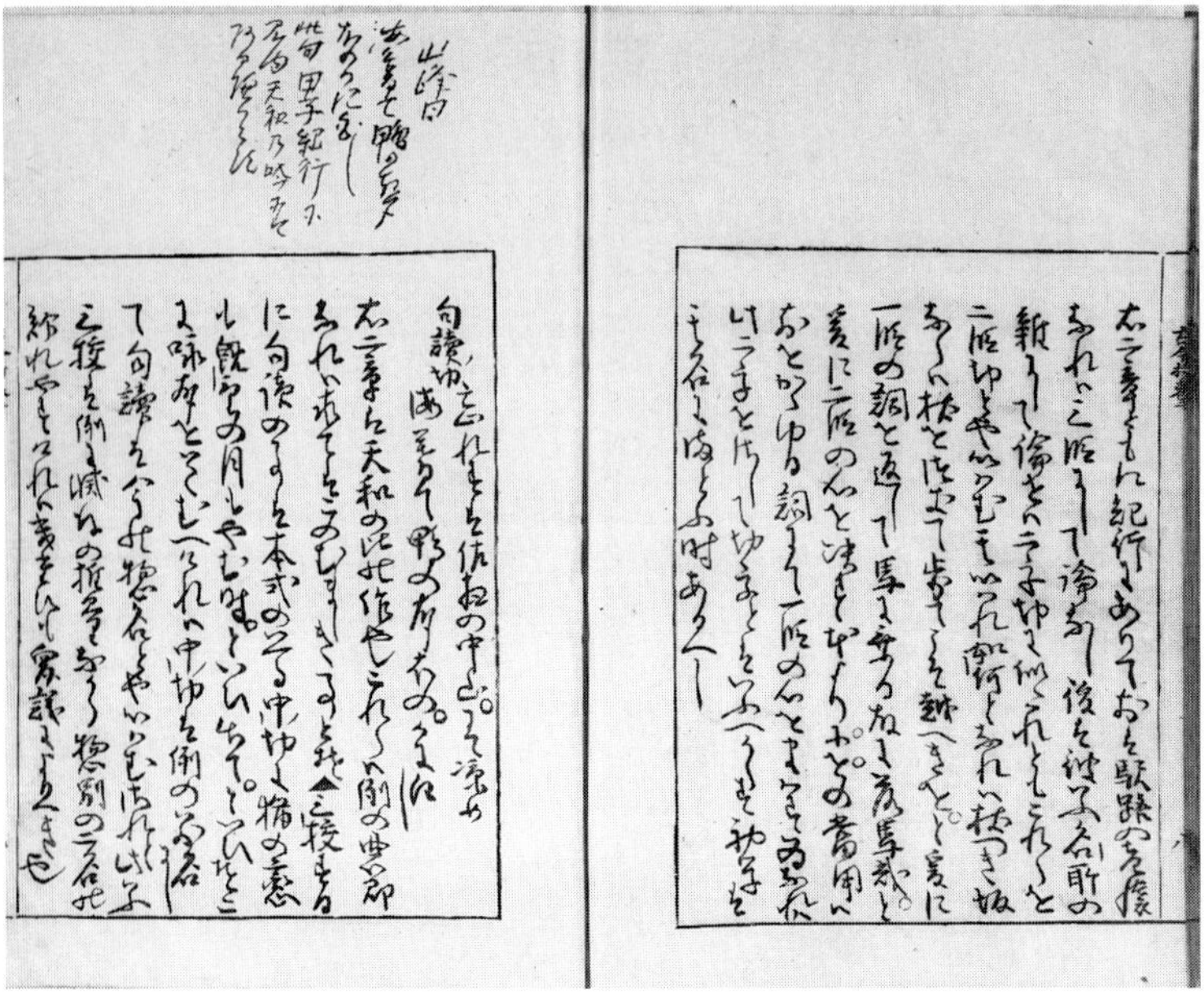

(4) 評林　『はせを發句評林』一一ウ、一二オ
（東京大学総合図書館竹冷文庫所蔵）―203頁参照

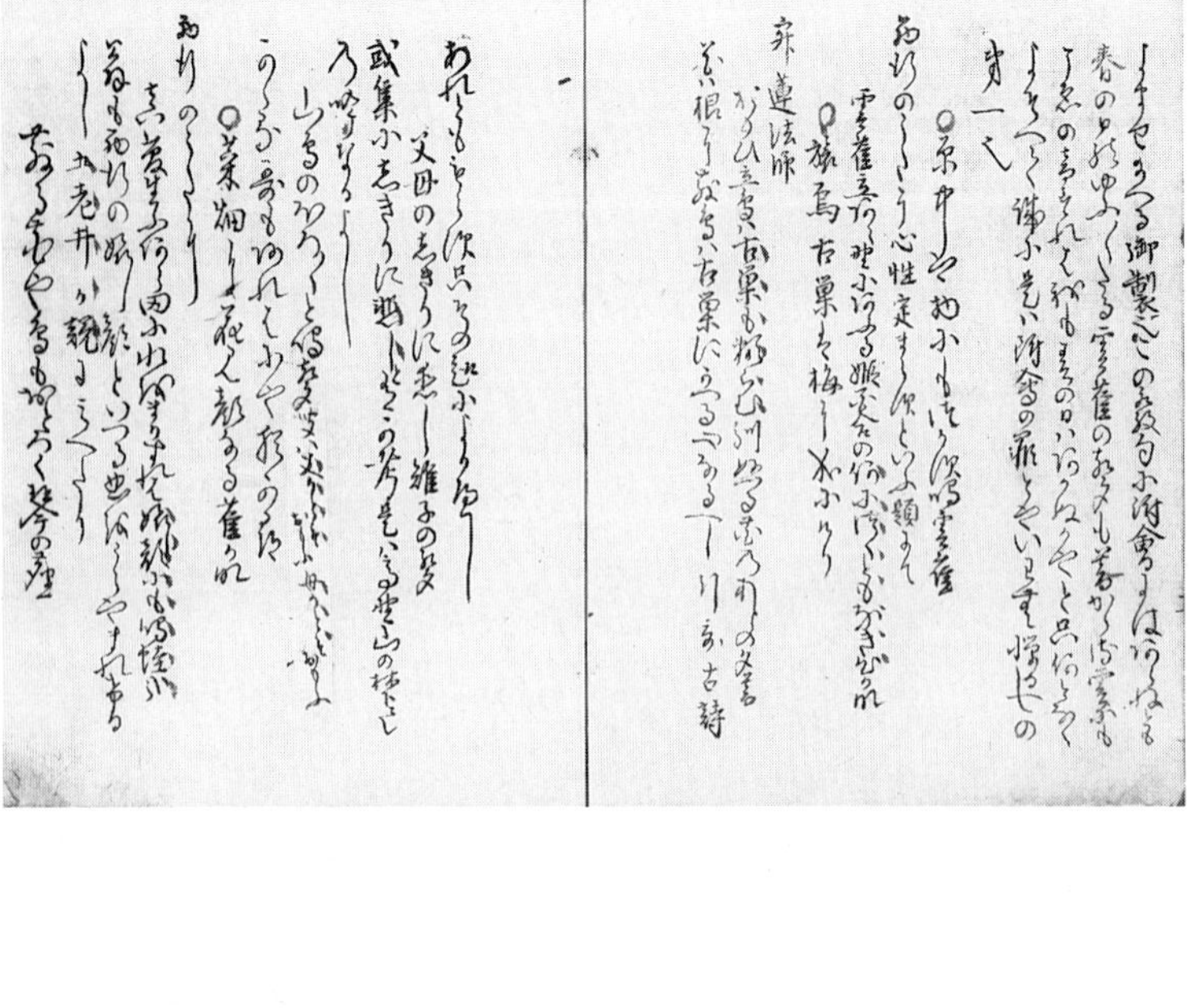

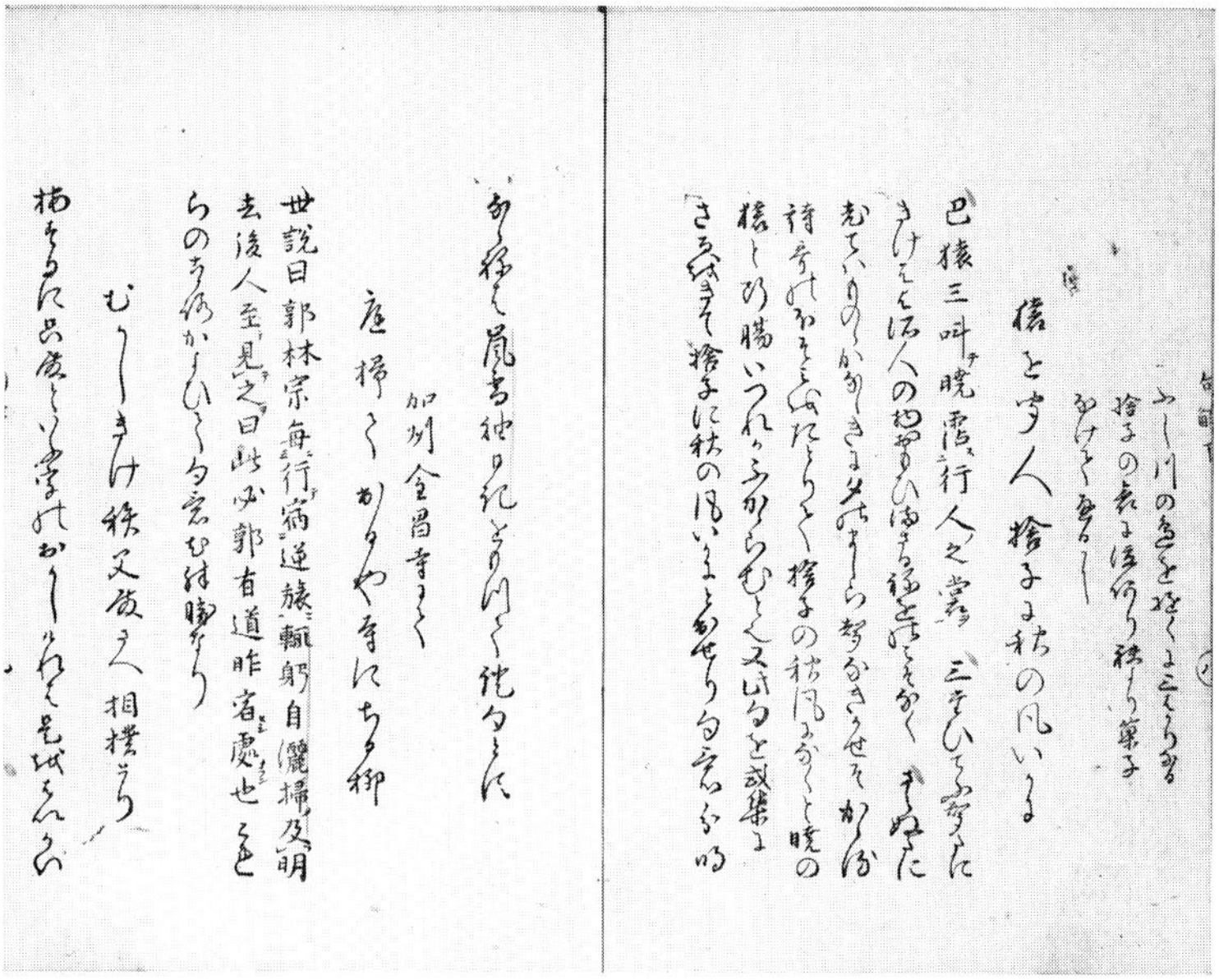

（5）句解『芭蕉句解』秋冬　八ウ、九オ
（東京大学総合図書館竹冷文庫所蔵）―25、26頁参照

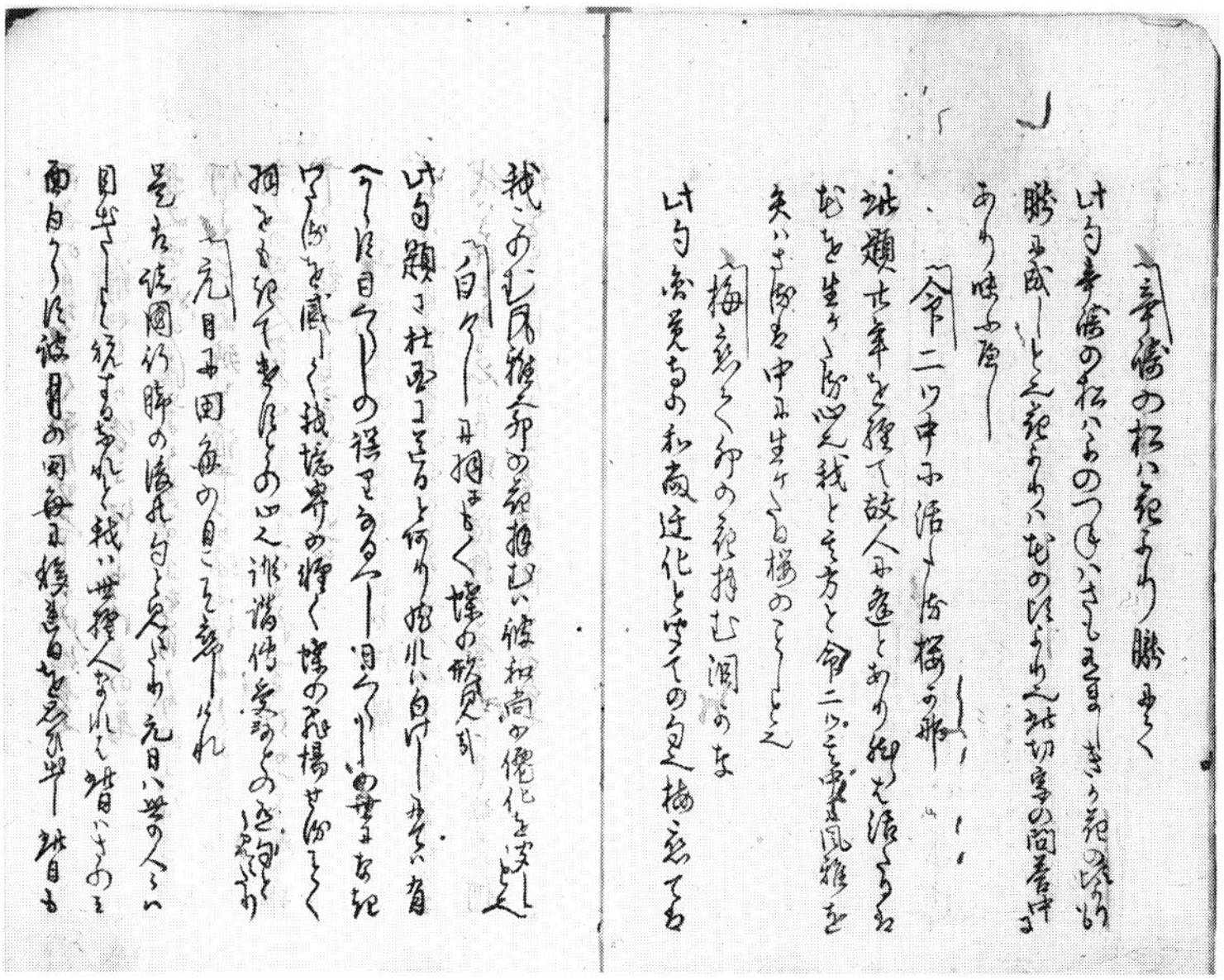

（6）師走嚢『師走嚢　全』四ウ、五オ
（東京大学総合図書館竹冷文庫所蔵）―193、209、213、219頁参照

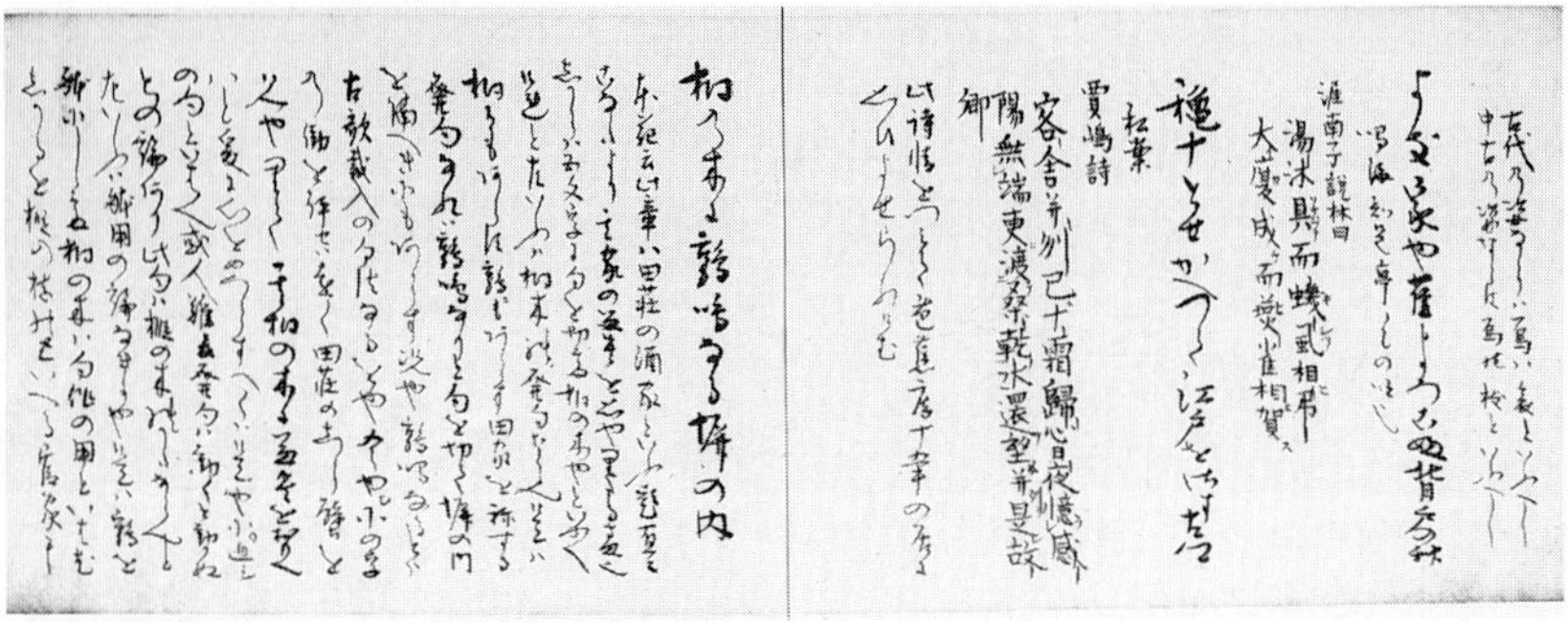

（7）膝元　『蕉翁發句評解合論膝元さらず』三九ウ、四〇オ
（京都大学文学研究科所蔵）—17頁参照

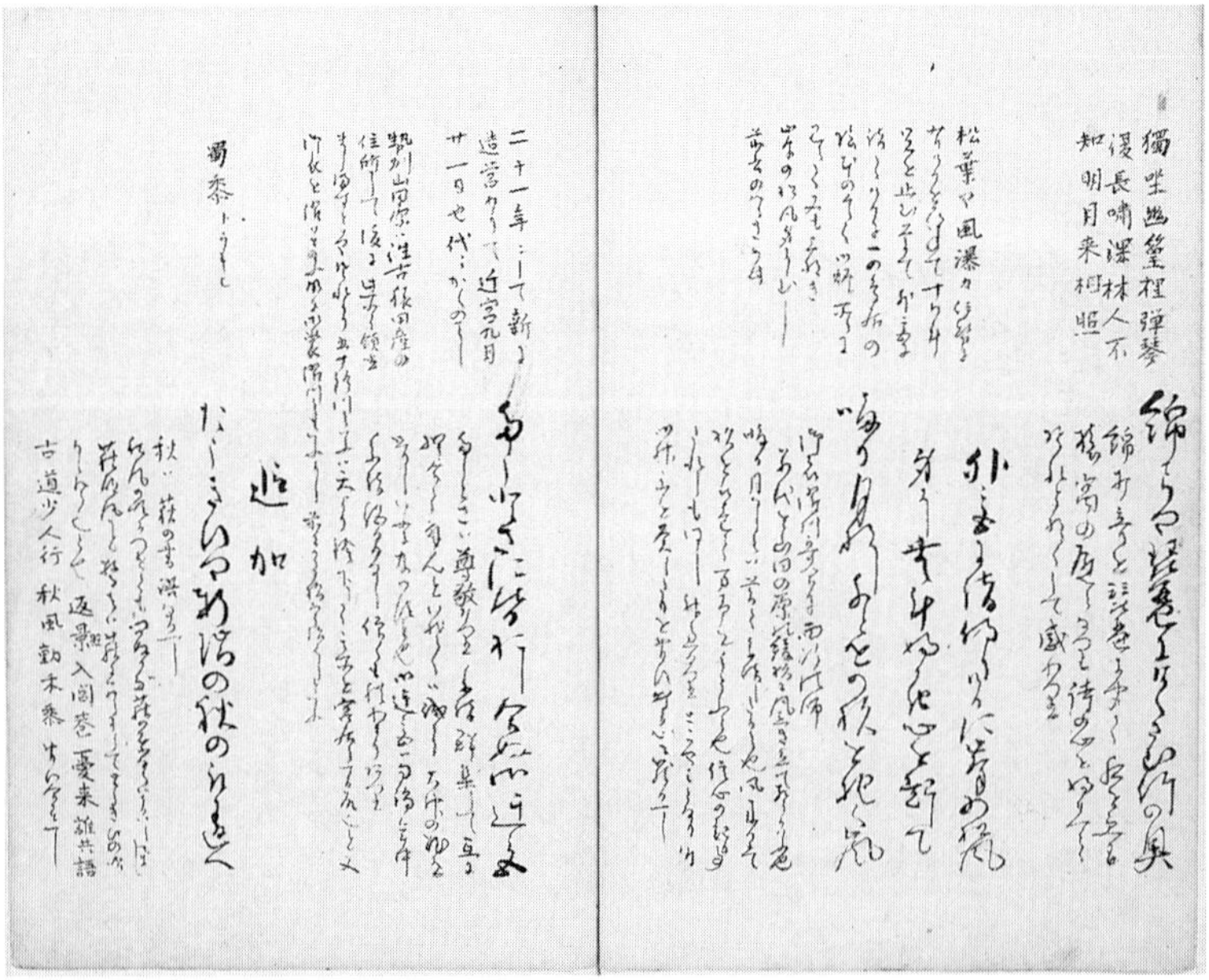

（8）呑吐句解　『芭蕉句解』四三ウ、四四オ
（天理大学附属天理図書館綿屋文庫所蔵）—49、74頁参照

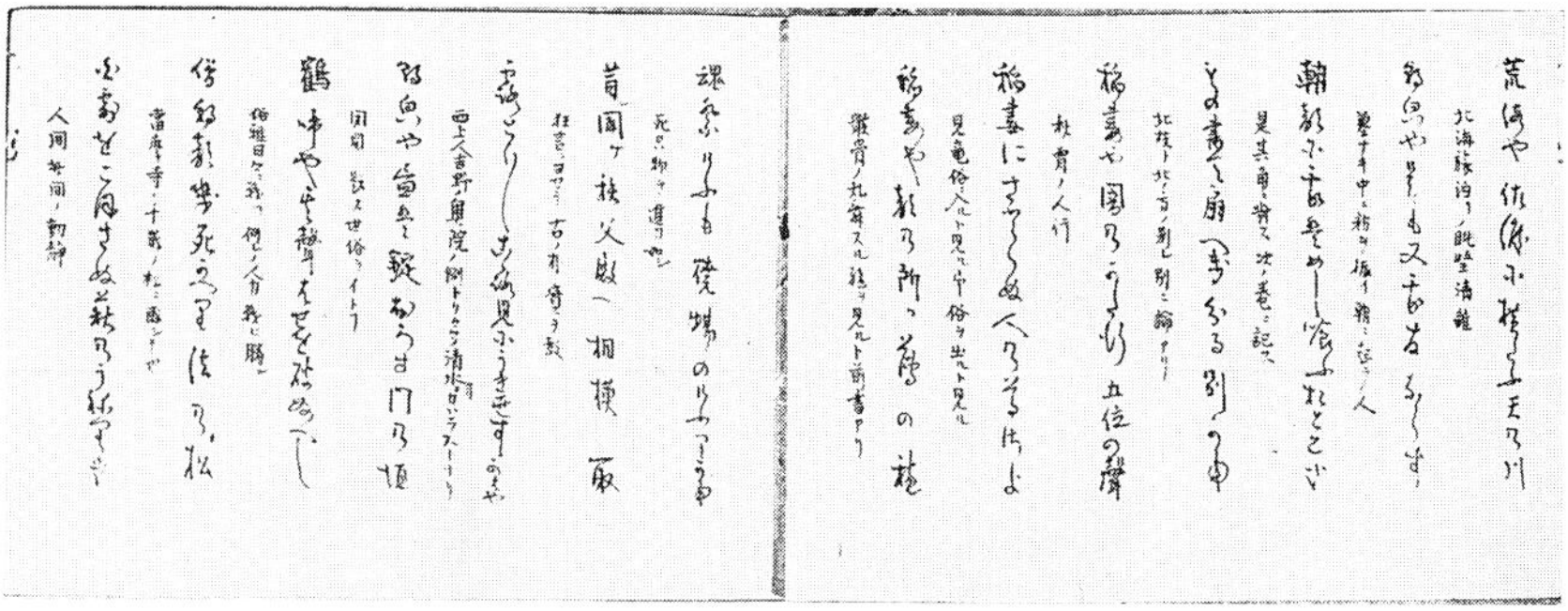

（9）句解傳書　『貞享正風句解傳書』四　一四ウ、一五オ
（柿衞文庫所蔵）—78、95頁参照

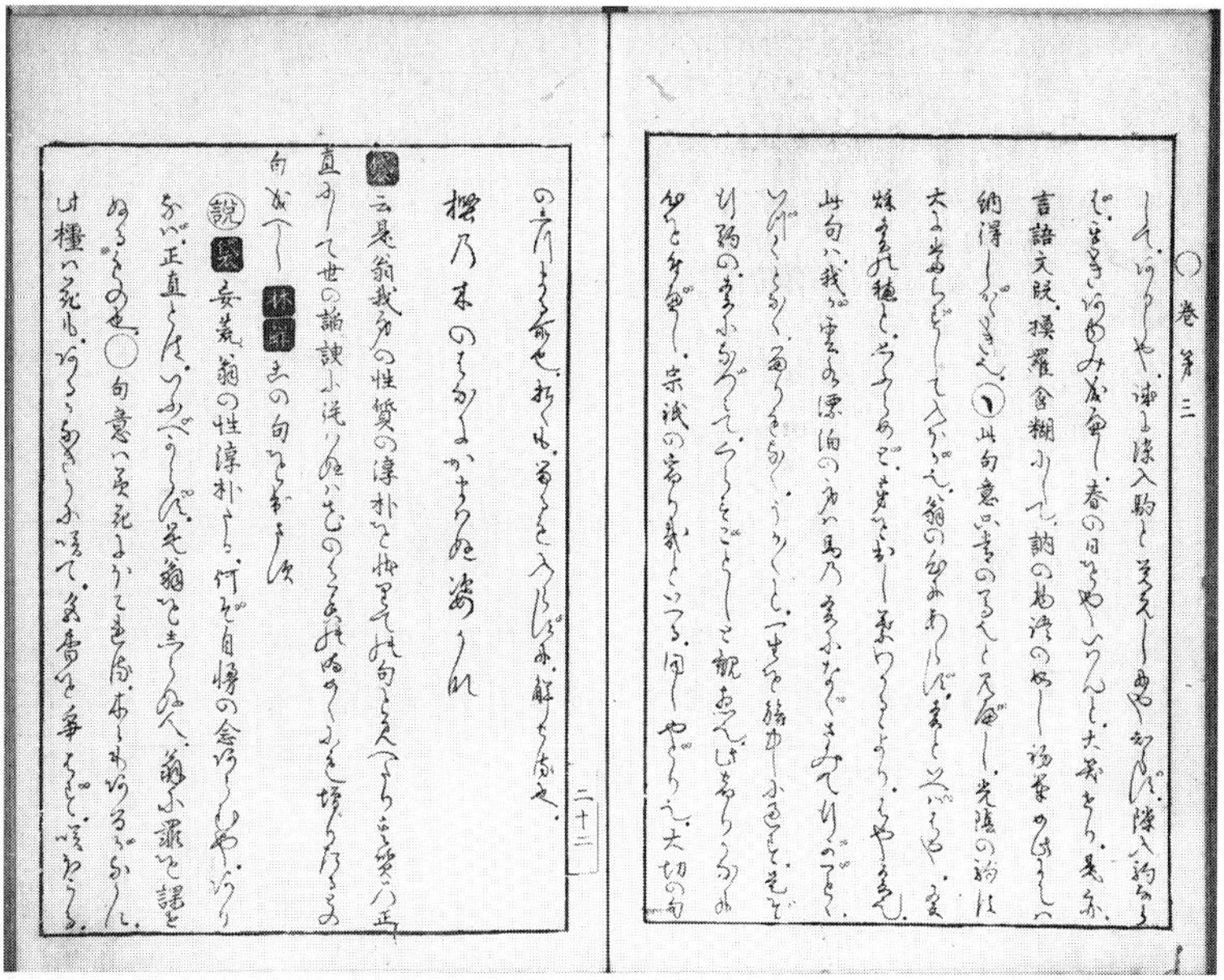

(10) 説叢　『説叢大全　夏』二一ウ、二二オ
（東京大学総合図書館竹冷文庫所蔵）—175、176頁参照

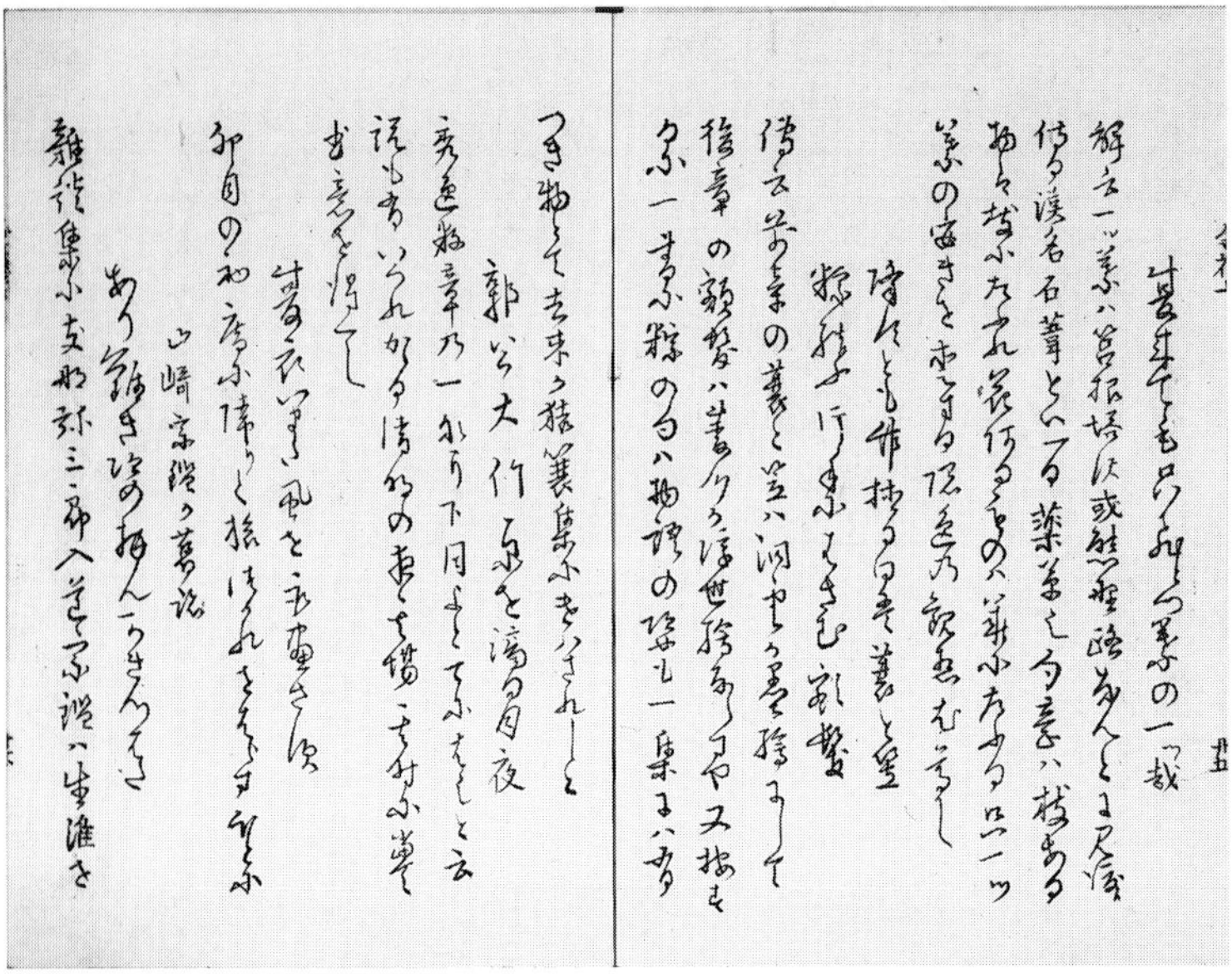

(11) 金花傳 『俳諧金花傳』二五ウ、二六オ
（東京大学総合図書館洒竹文庫所蔵）―229頁参照

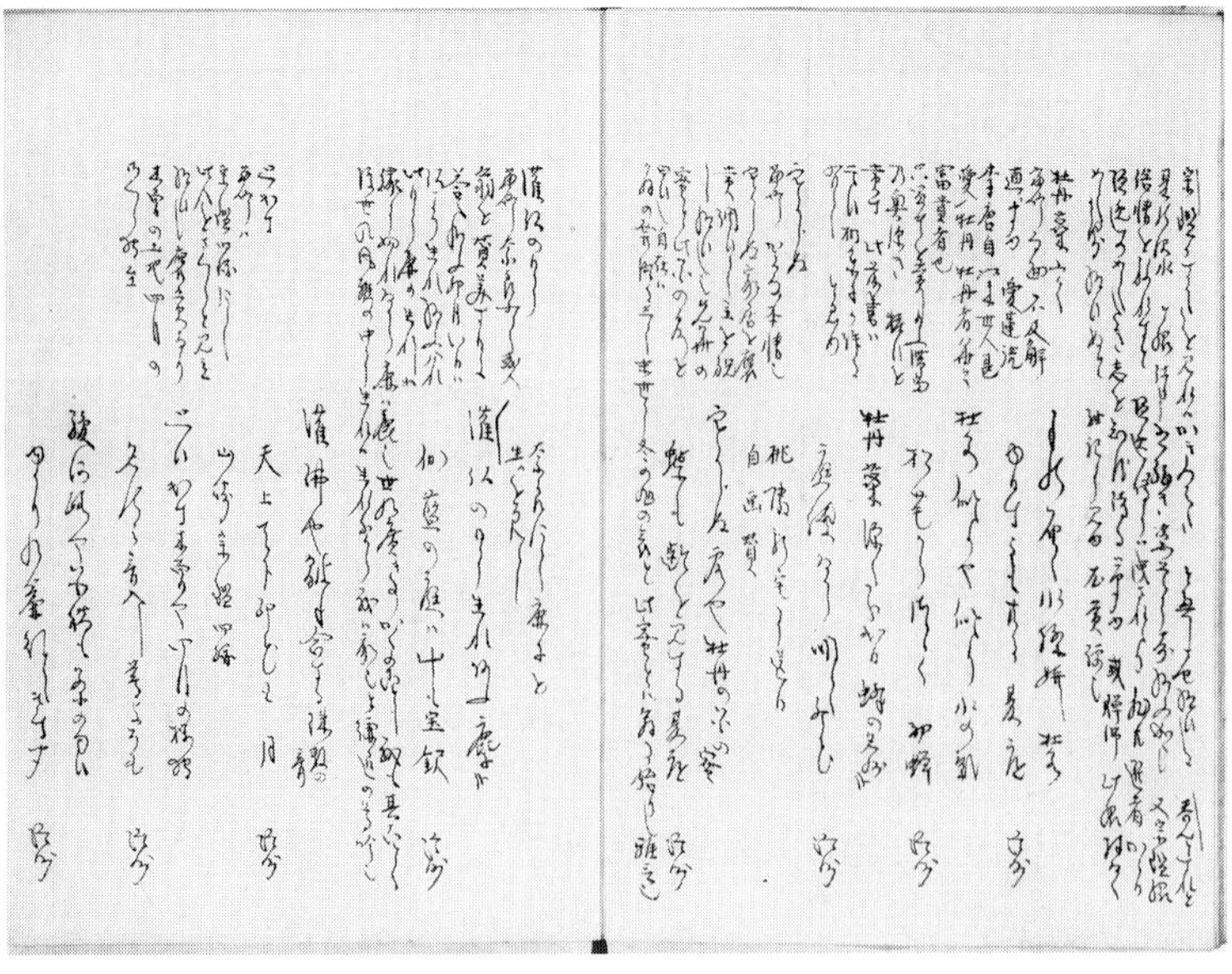

(12) 過去種 『蕉翁句解過去種 夏』六ウ、七オ
（東京大学総合図書館洒竹文庫所蔵）―223頁参照

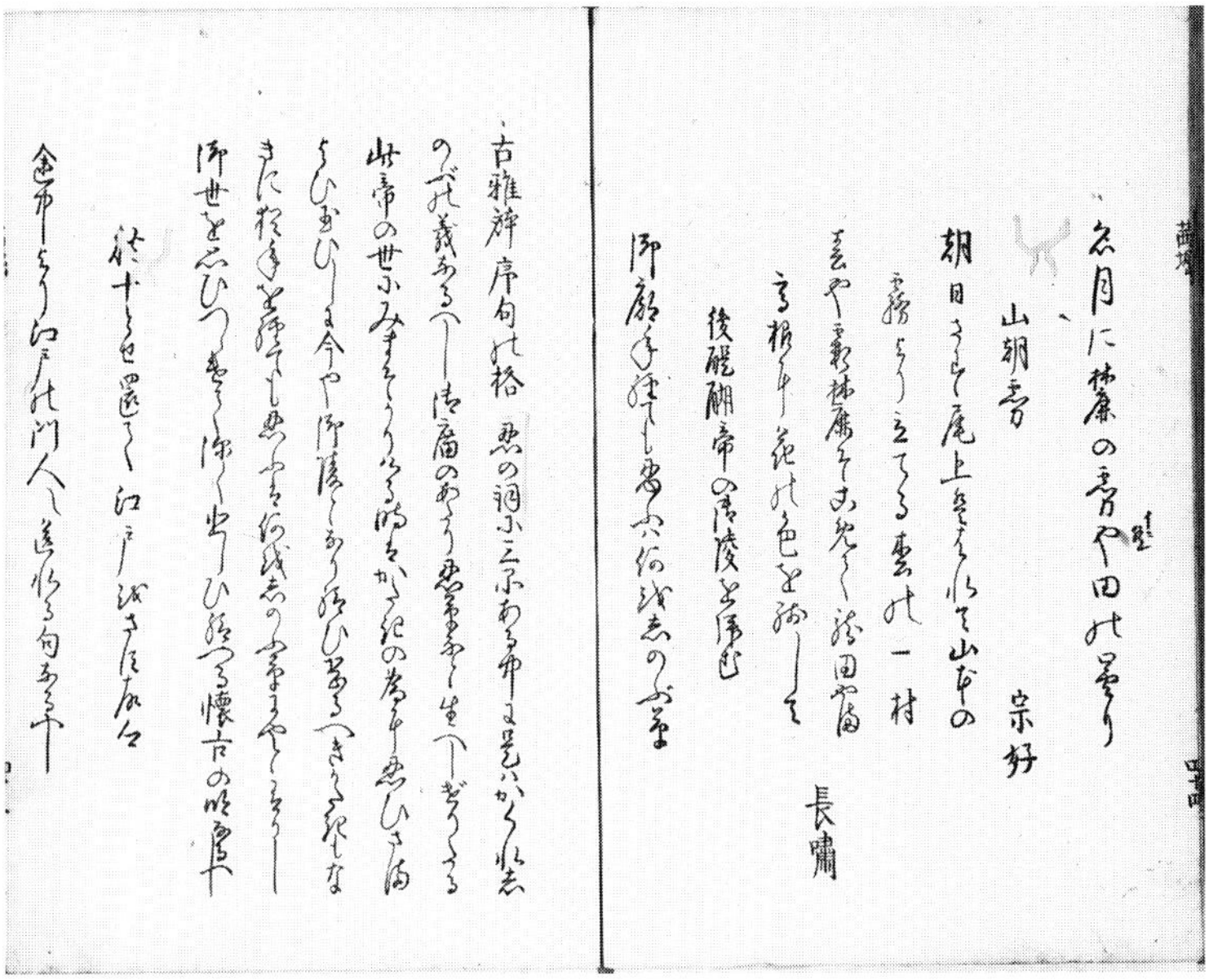

⒀ 茜堀『茜堀』四四ウ、四五オ
（東京大学総合図書館竹冷文庫所蔵）—18、100、101頁参照

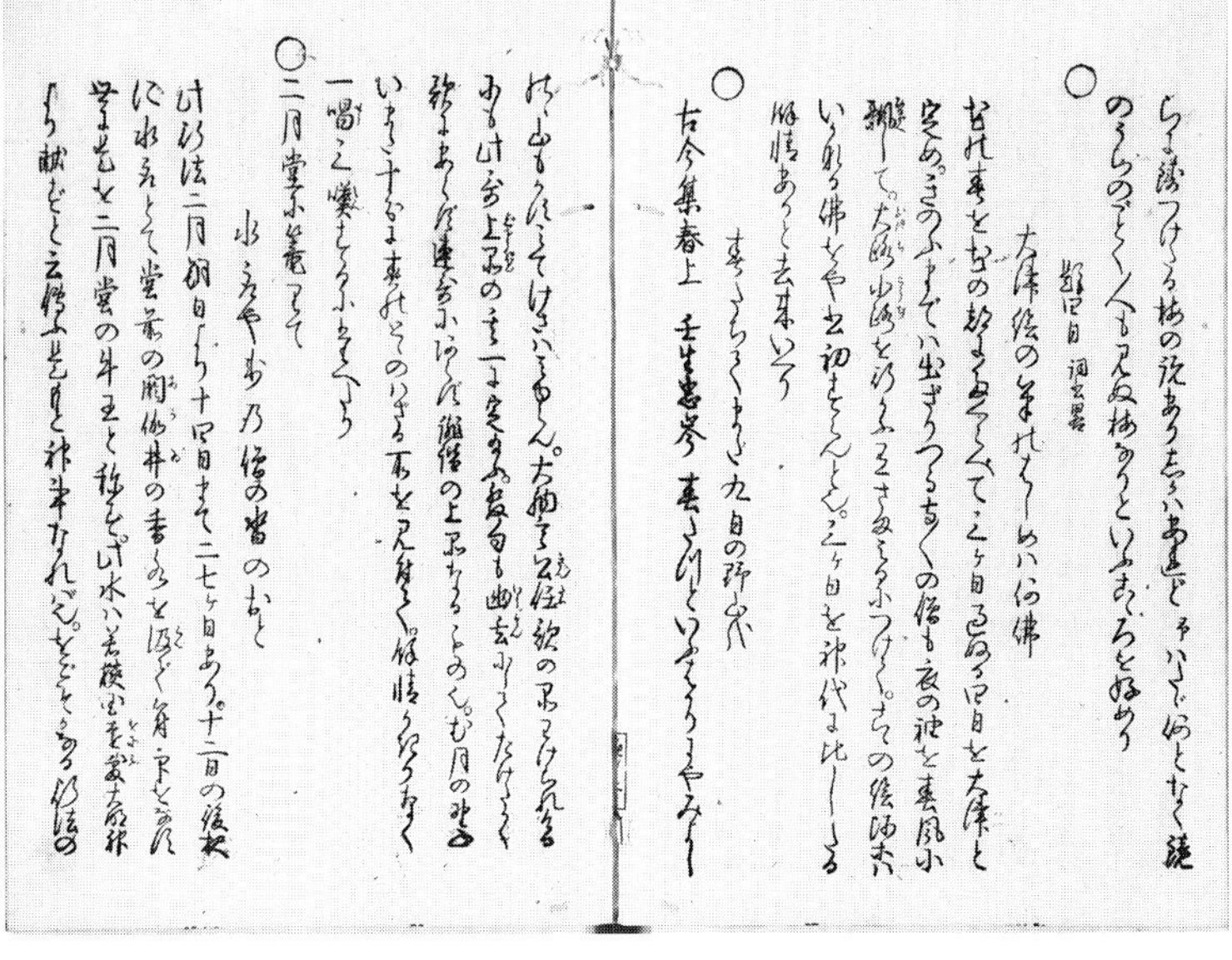

⒁ あけ紫『あけ紫 花鳥風月四巻合』一一ウ、一二オ
（東京大学総合図書館洒竹文庫所蔵）—166頁参照

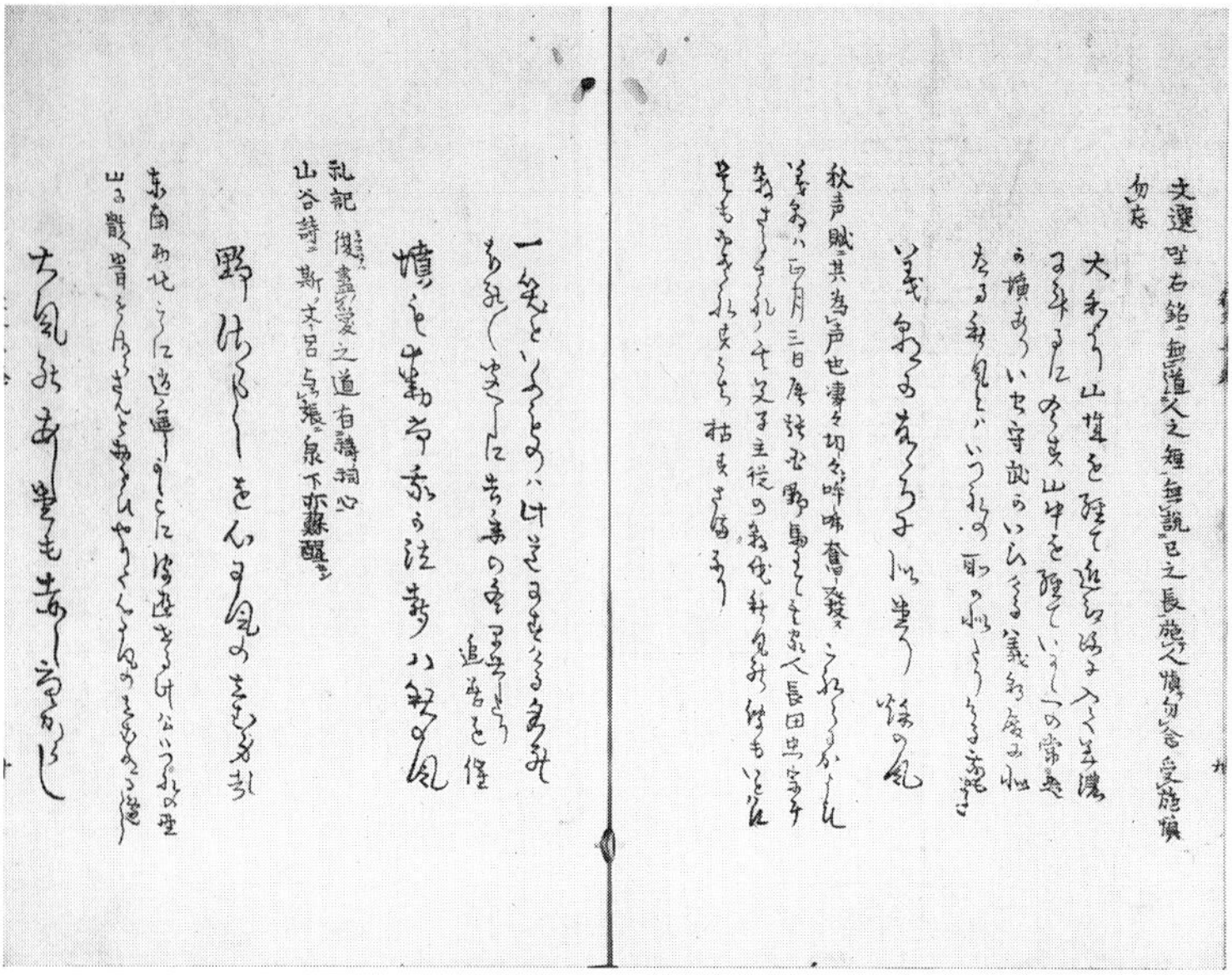

(15) 新巻『芭蕉新巻』下　九ウ、一〇オ
（東京大学総合図書館竹冷文庫所蔵）―13、14、107頁参照

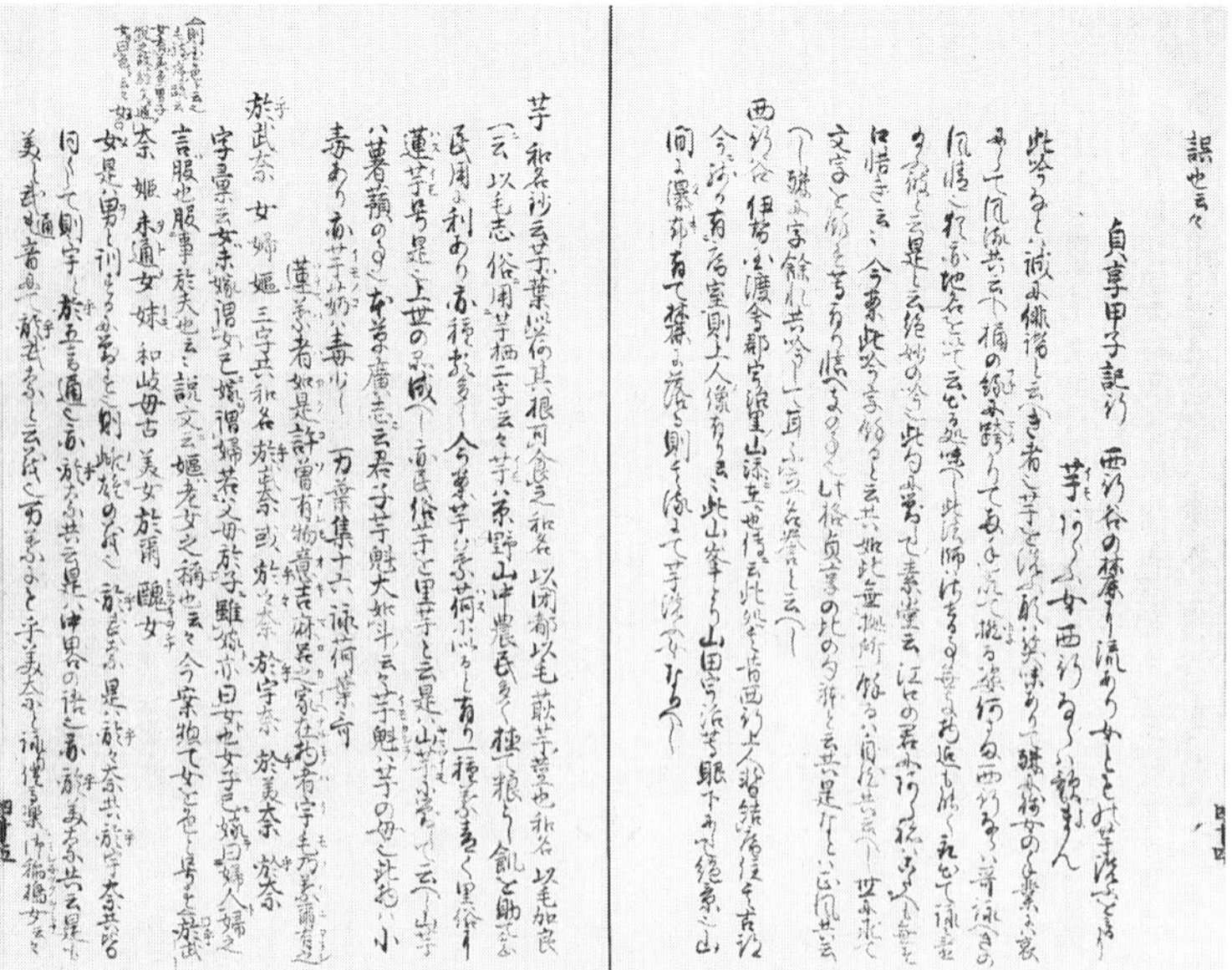

(16) 笈の底『笈の底』秋下　四四ウ、四五オ
（東京大学総合図書館竹冷文庫所蔵）―54、55頁参照

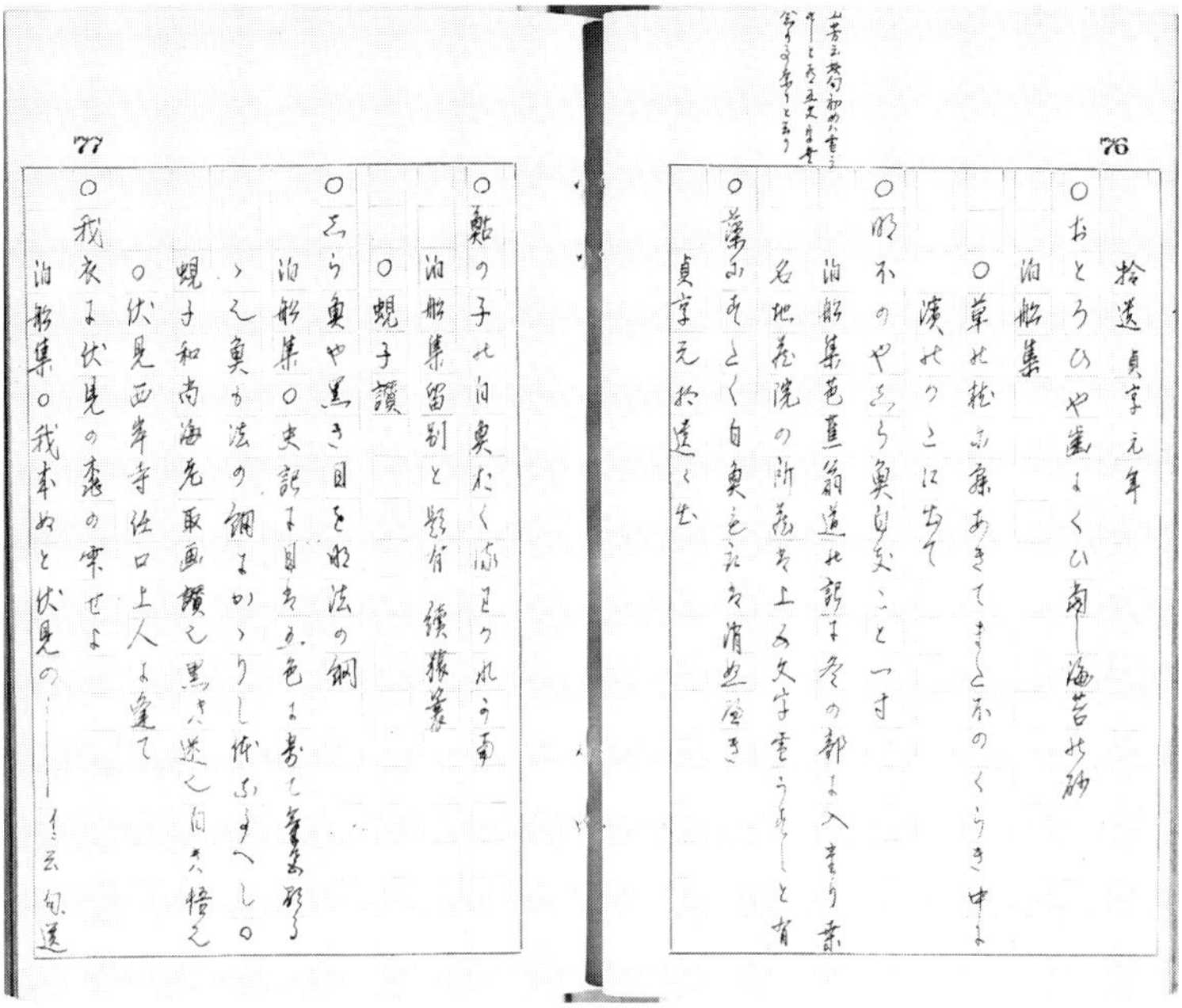

（17）集説『芭蕉發句集説』七六、七七
（京都大学文学研究科所蔵）―123、183頁参照

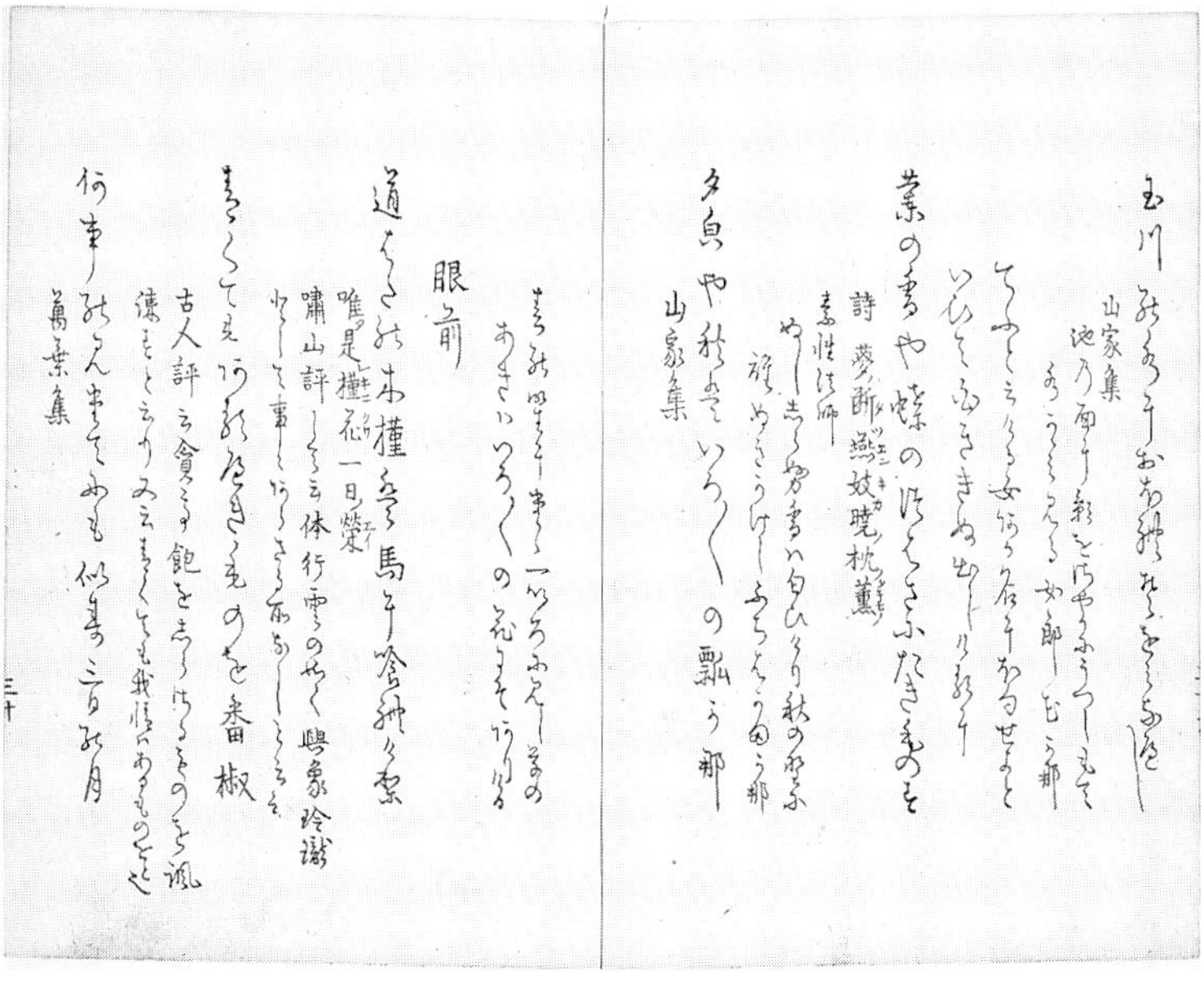

（18）句彙『増註桃青翁句彙 初編』二九ウ、三〇オ
（天理大学附属天理図書館綿屋文庫所蔵）―41頁参照

(19) 年考 『芭蕉句選年考』二一ウ、二二オ
（東京大学総合図書館洒竹文庫所蔵）―164頁参照

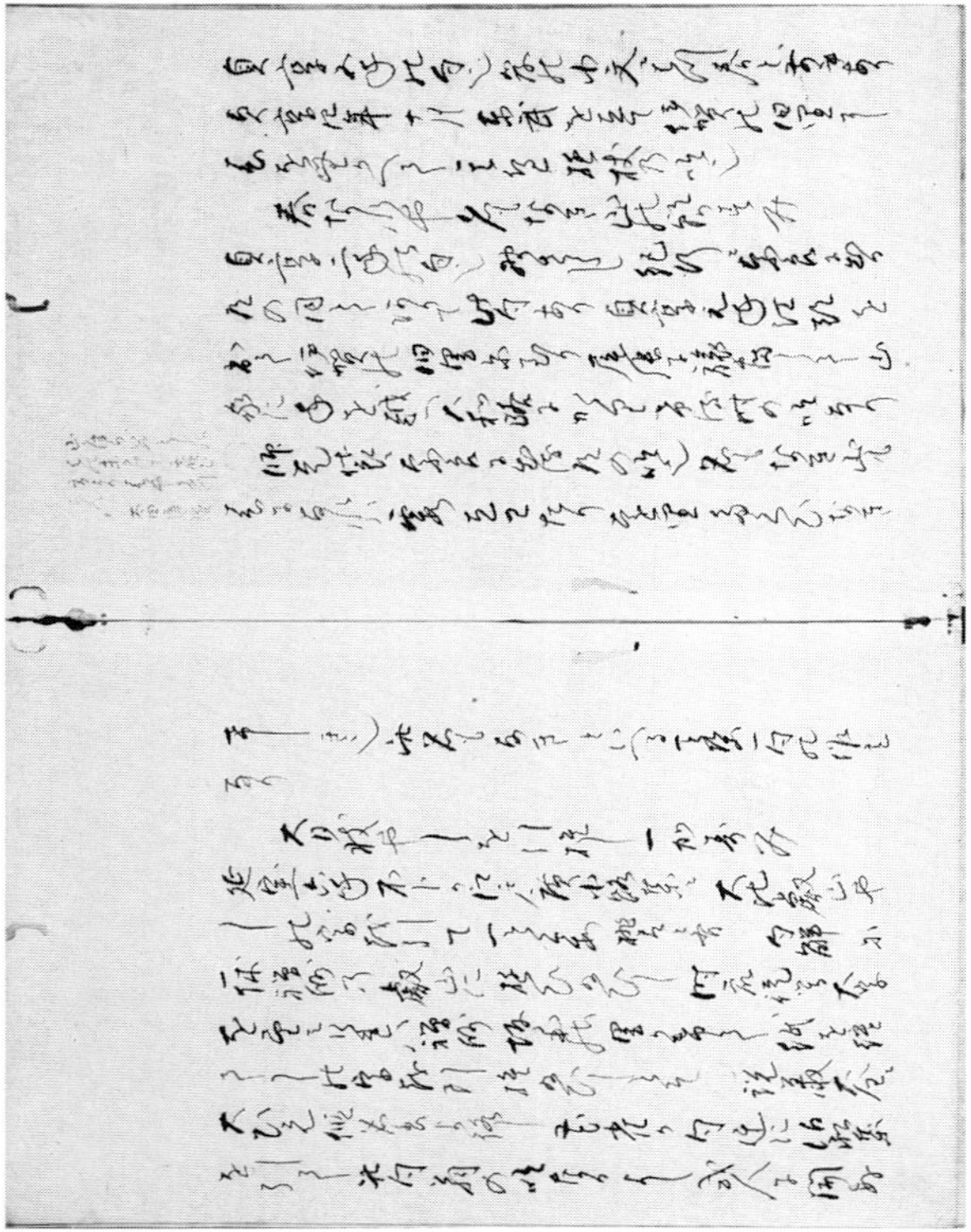

(20) 蒙引 『芭蕉翁發句集蒙引』一ウ、二オ
（東京大学総合図書館竹冷文庫所蔵）―138頁参照

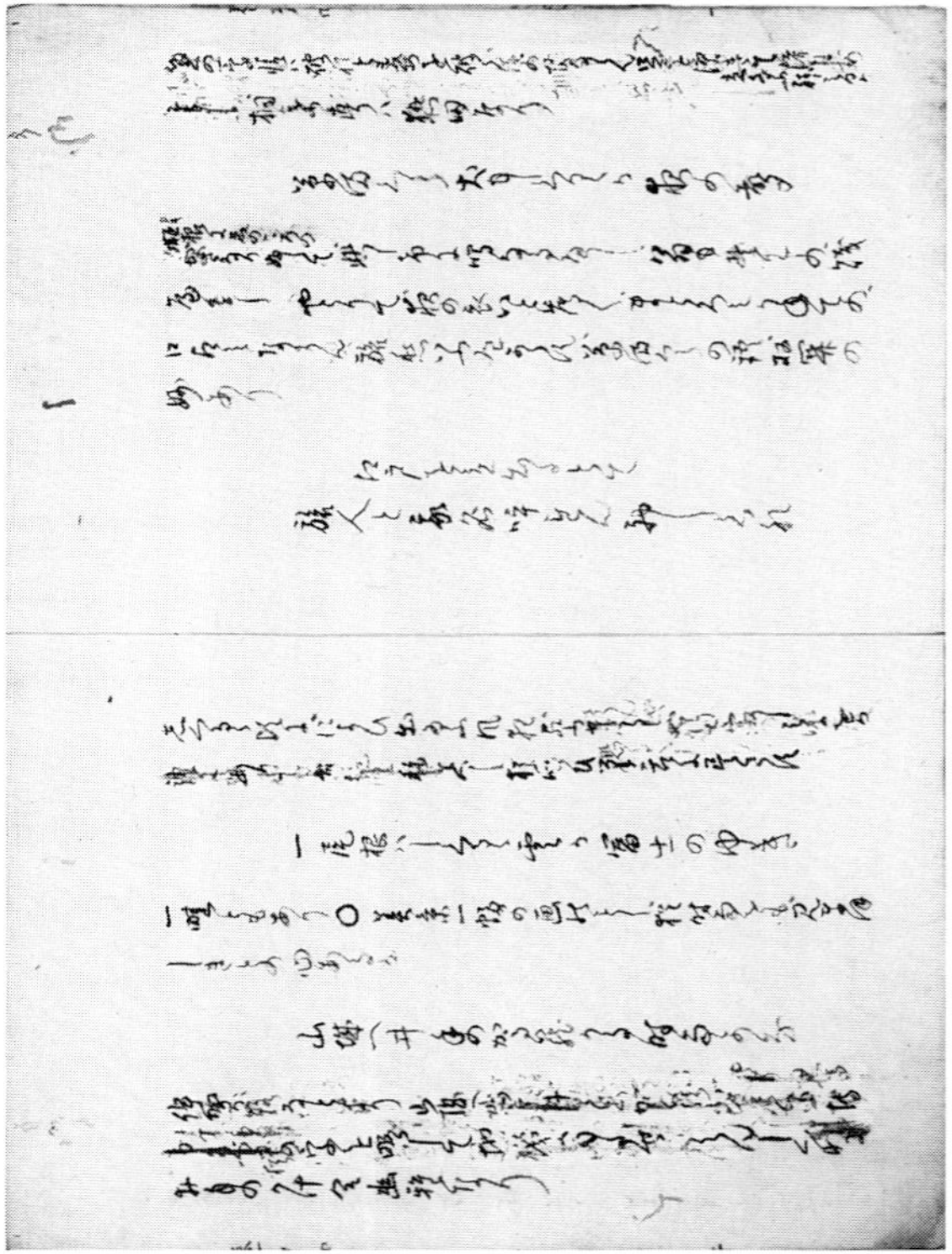

(21) 雙説　『蕉句雙説』一七ウ、一八オ
（京都大学文学研究科所蔵）—158頁参照

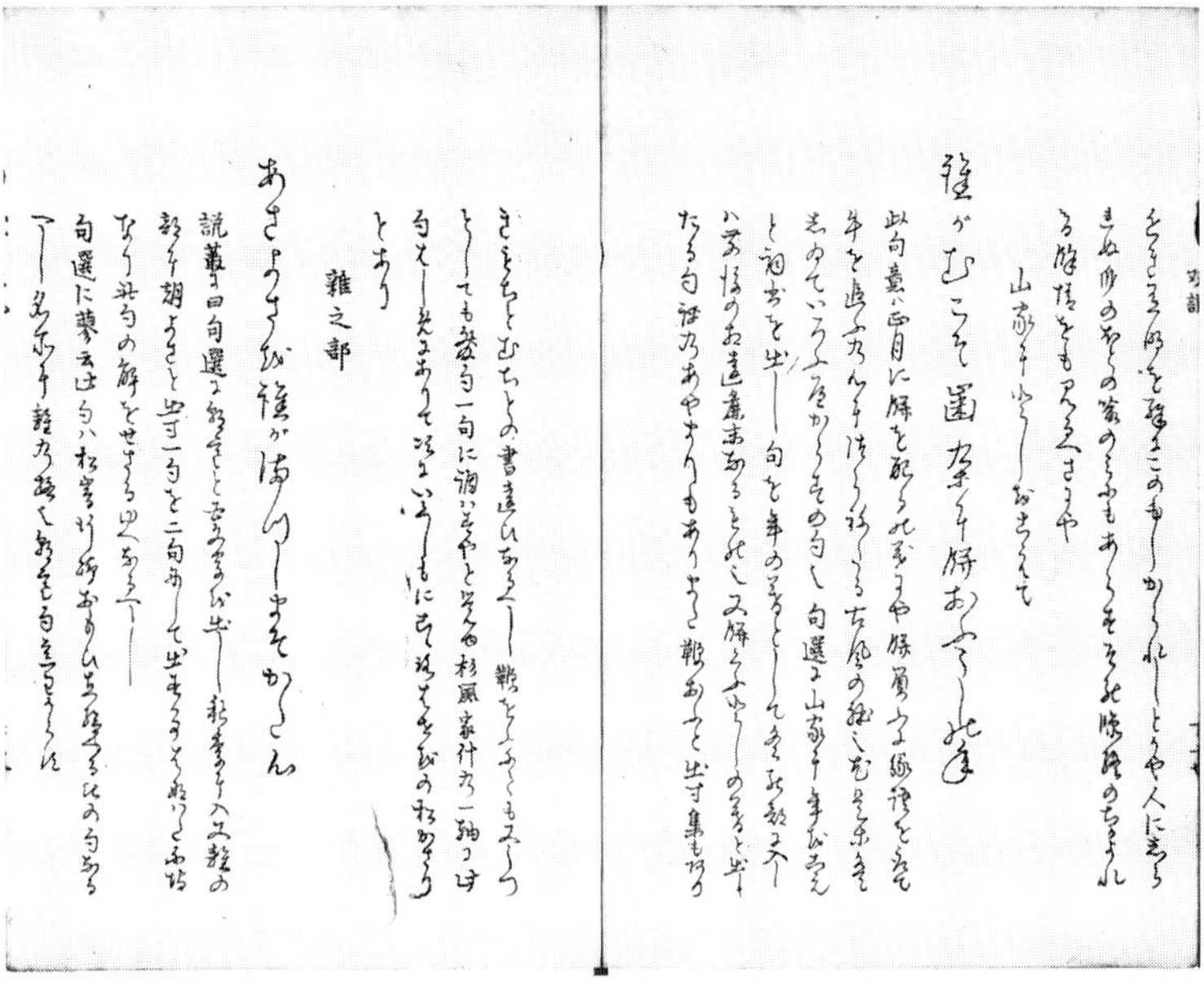

(22) 松の風　『俳諧まつのかぜ』三ウ、四オ
（東京大学総合図書館洒竹文庫所蔵）—68頁参照

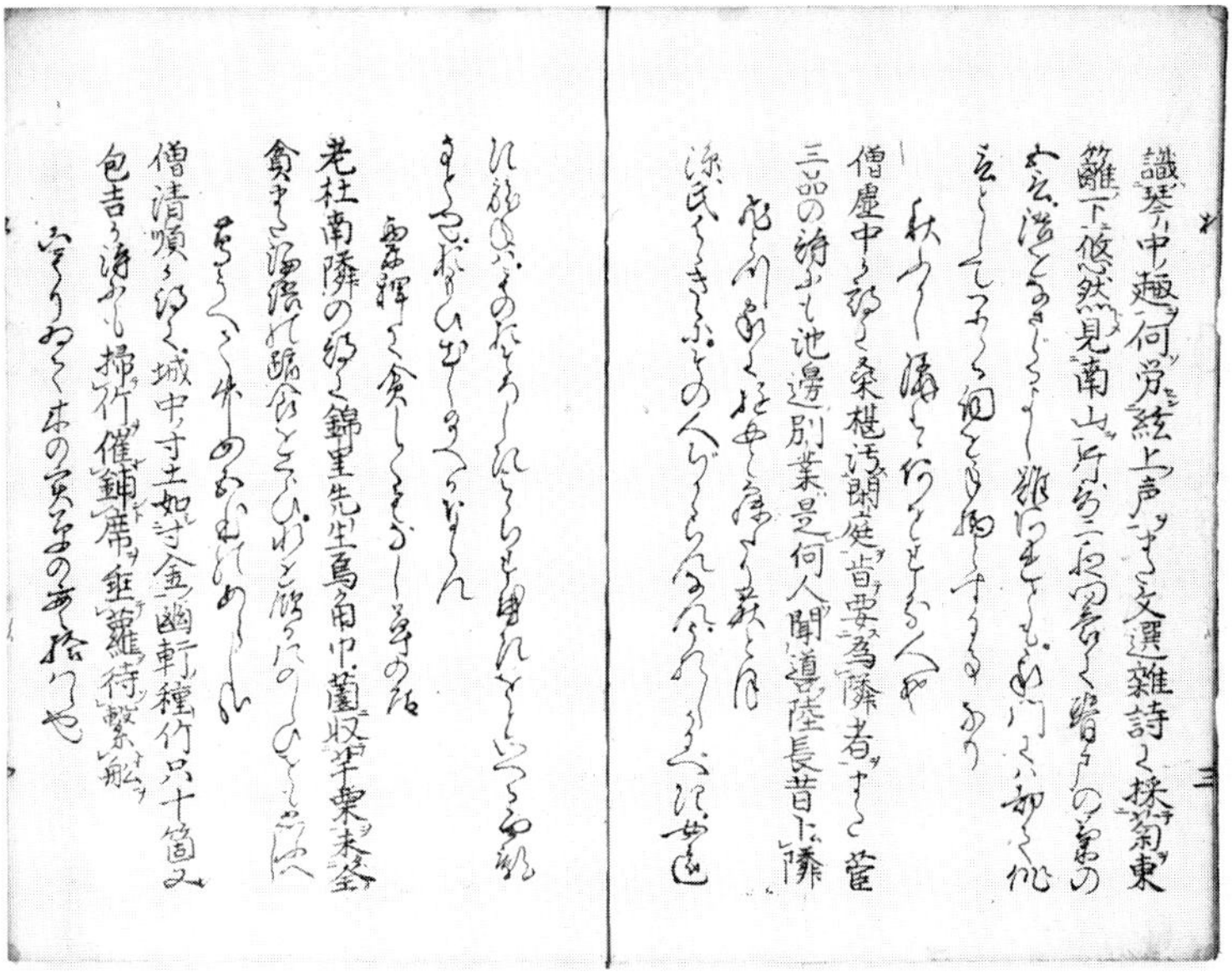

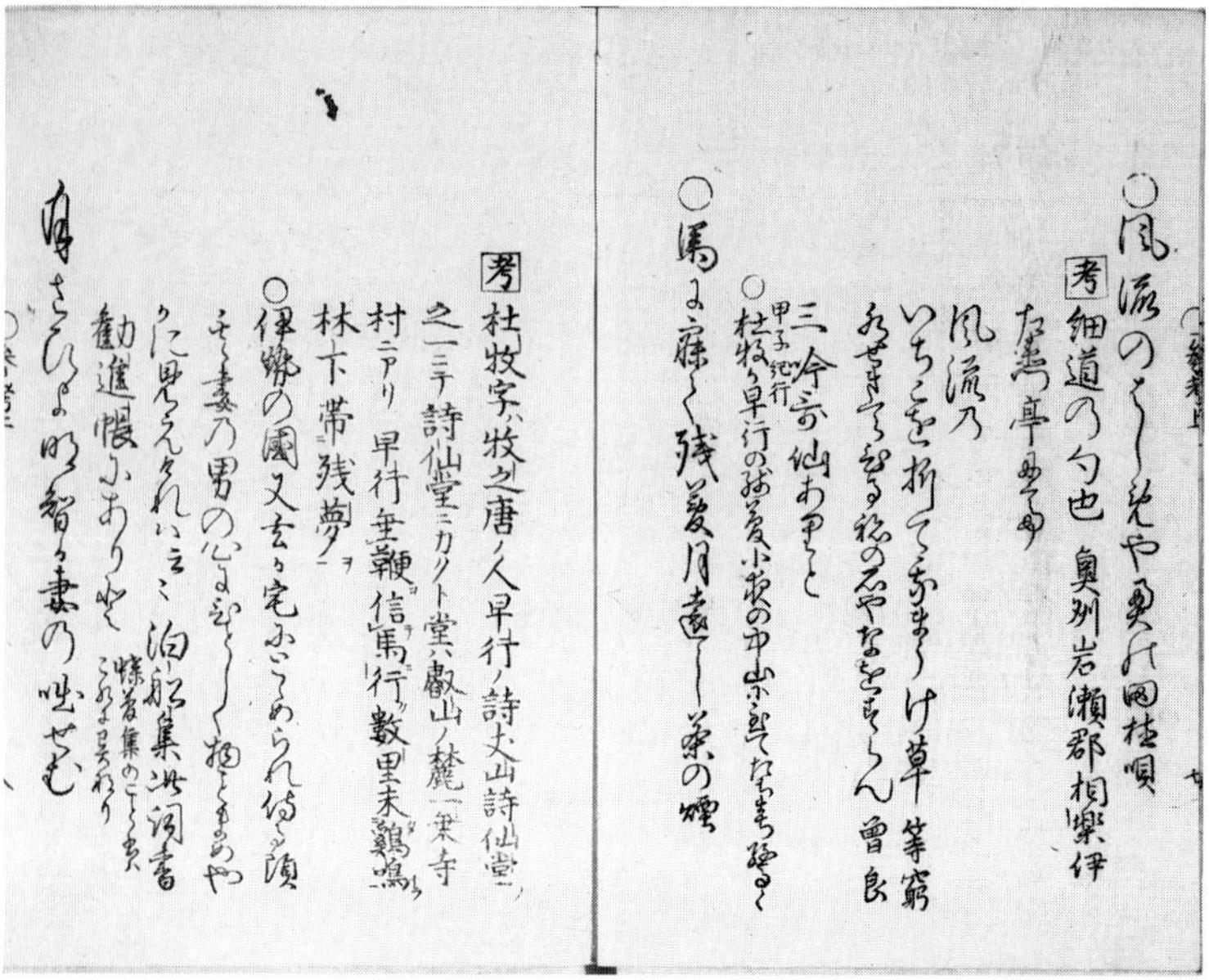

（23）参考　『芭蕉句解参考』七ウ、八オ
（東京大学総合図書館竹冷文庫所蔵）—47頁参照

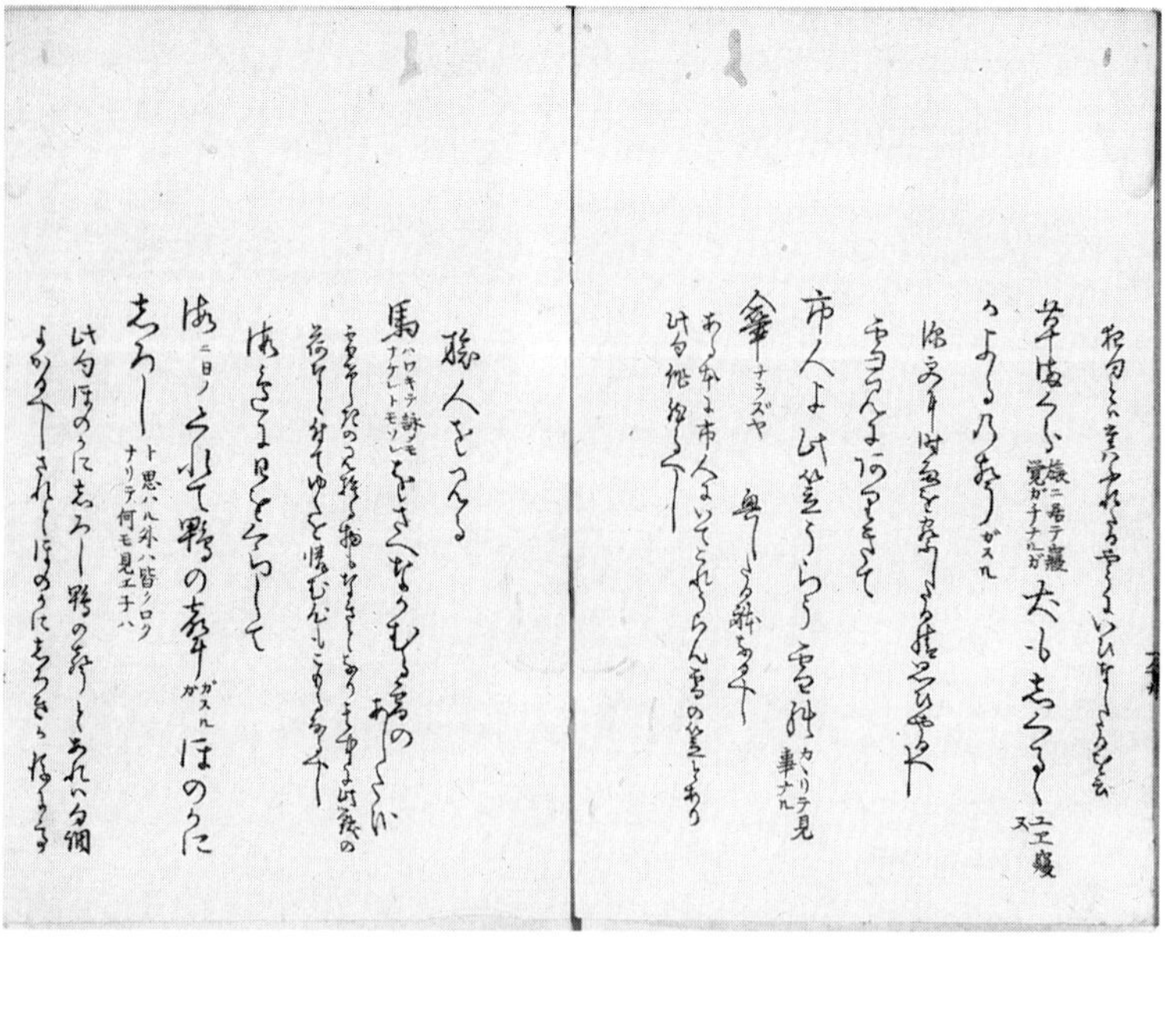

（24）泊船集　『泊船集注解紀行之部』一九ウ、二〇オ
（東京大学総合図書館洒竹文庫所蔵）—138、141、146、147、151頁参照

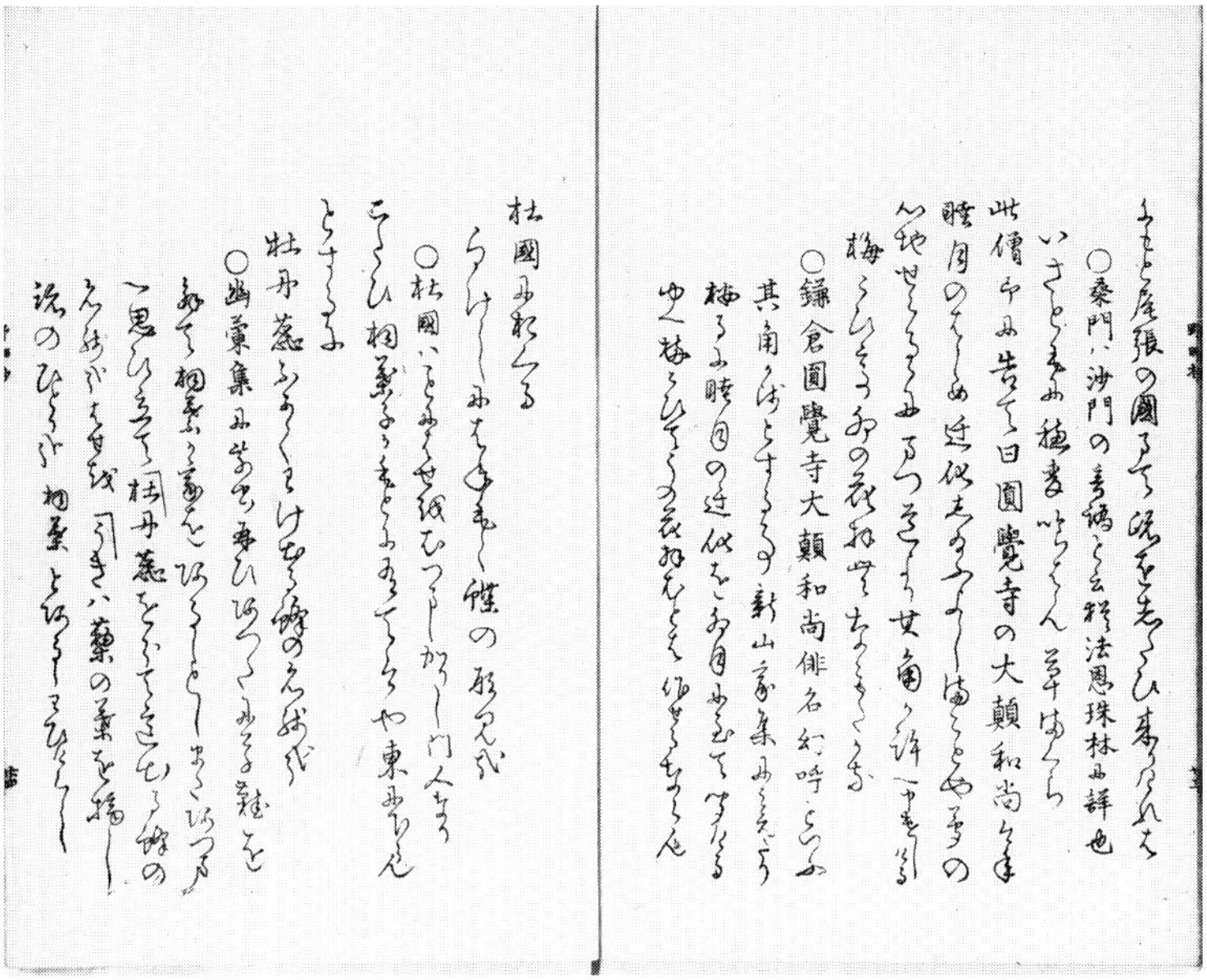

(25) 翠園抄『野ざらし紀行抄　全』二七ウ、二八オ
（東京大学総合図書館洒竹文庫所蔵）―212、217、221、224頁参照

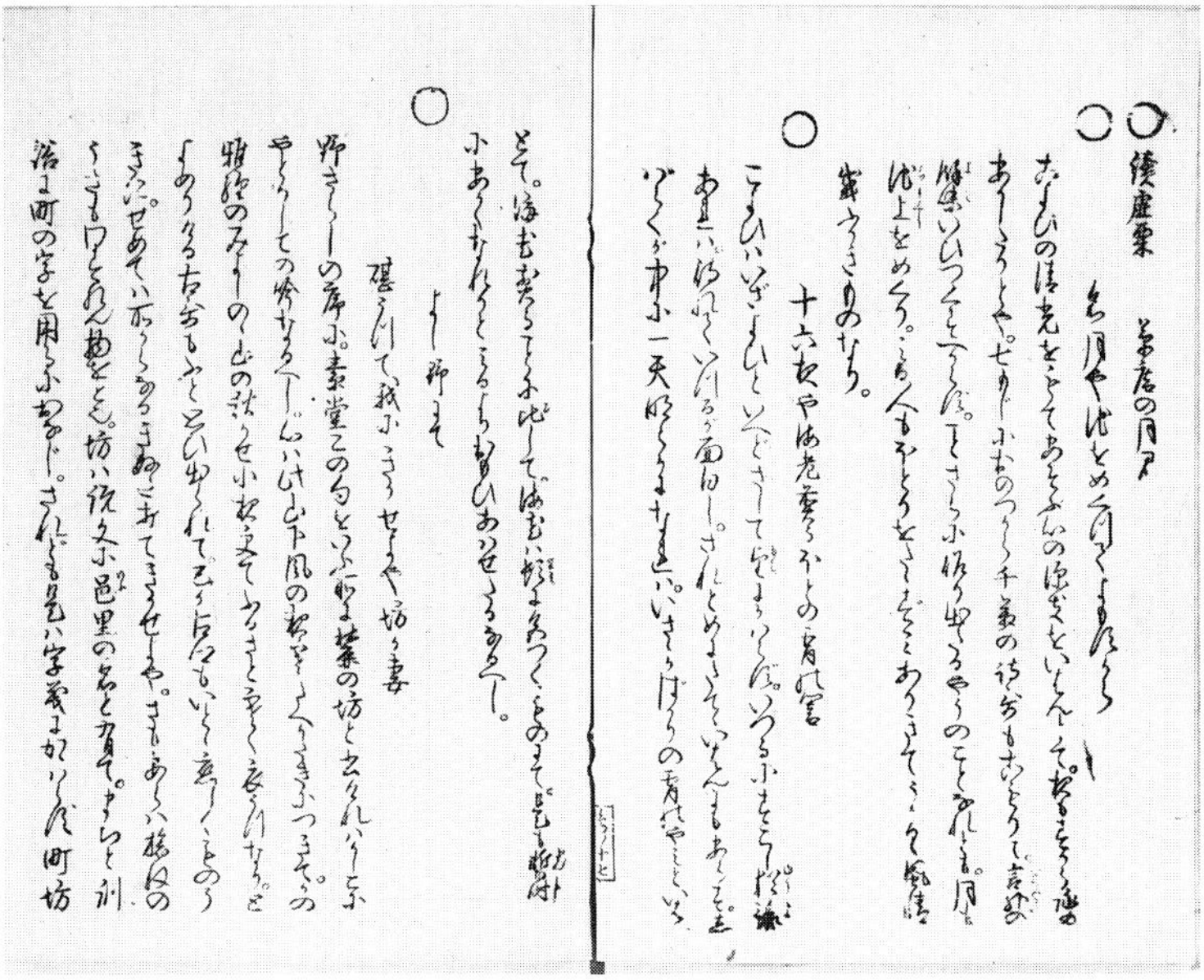

(26) 諸抄大成『芭蕉翁發句諸抄大成』一七ウ、一八オ
（東京大学総合図書館洒竹文庫所蔵）―86頁参照

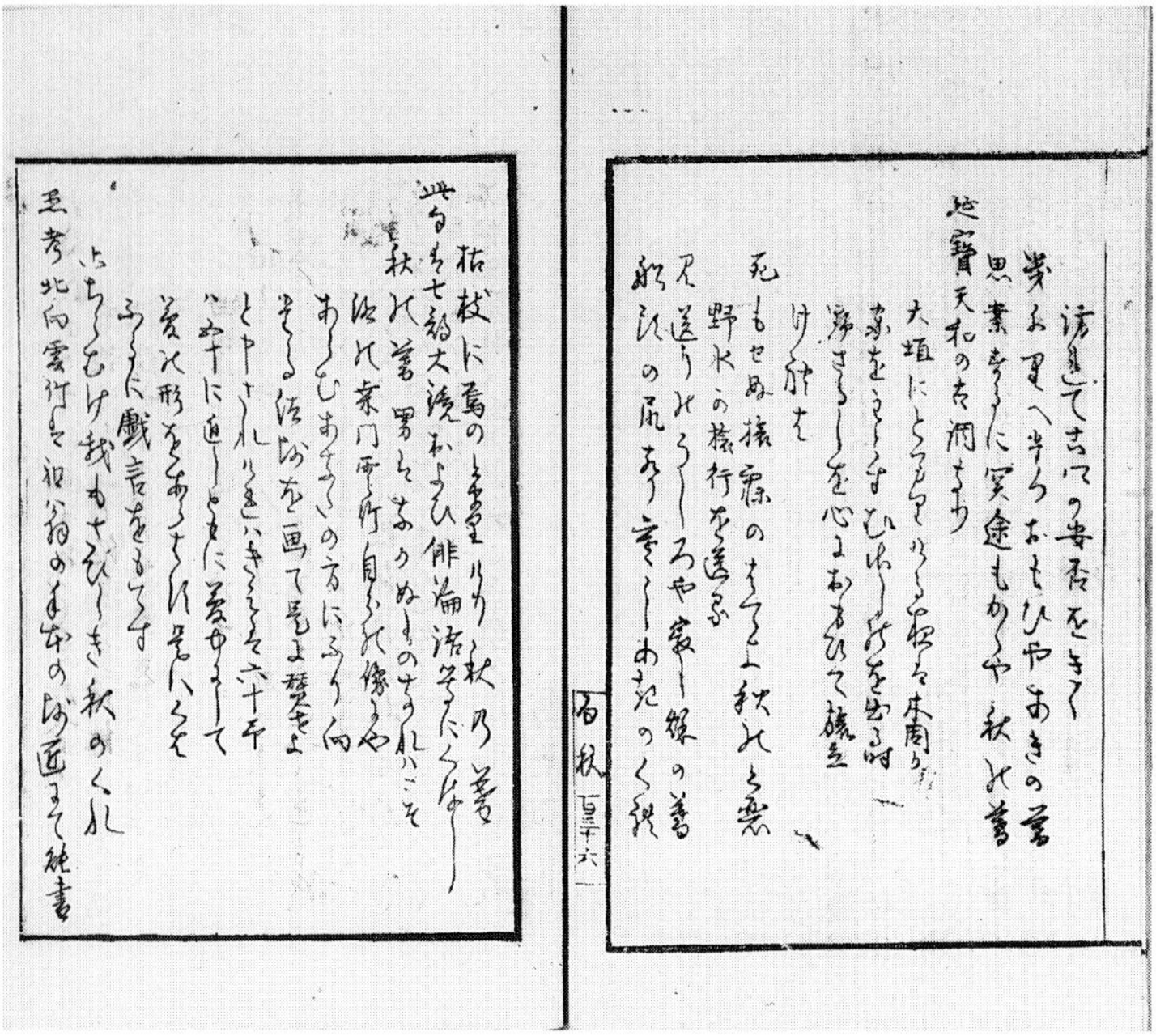

(27) 句解大成『芭蕉翁句解参考』秋之部　下　五七ウ、五八オ
（東京大学総合図書館洒竹文庫所蔵）—118頁参照

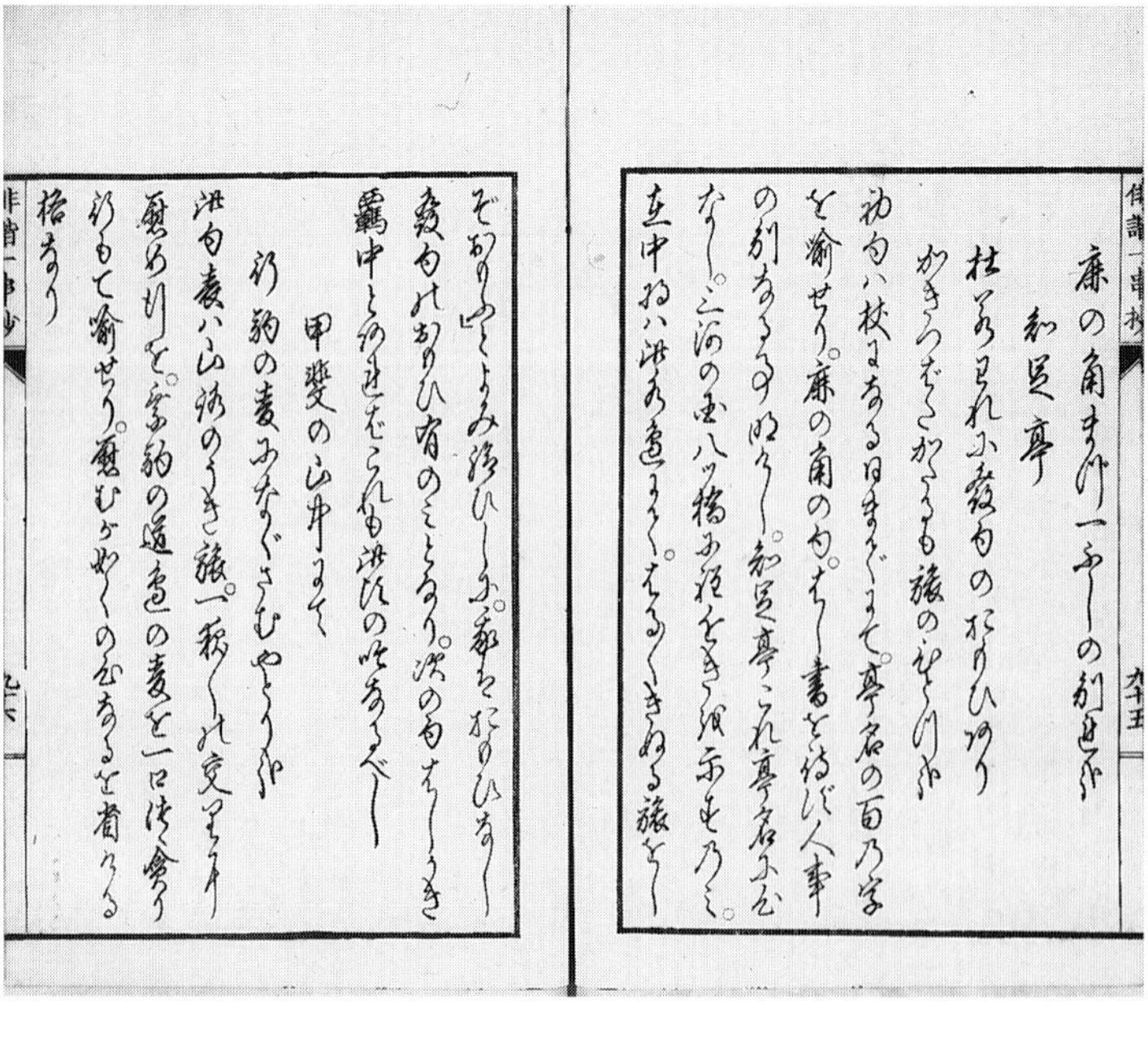

(28) 一串『俳諧一串抄』巻之下　九五ウ、九六オ
（東京大学総合図書館洒竹文庫所蔵）—228頁参照

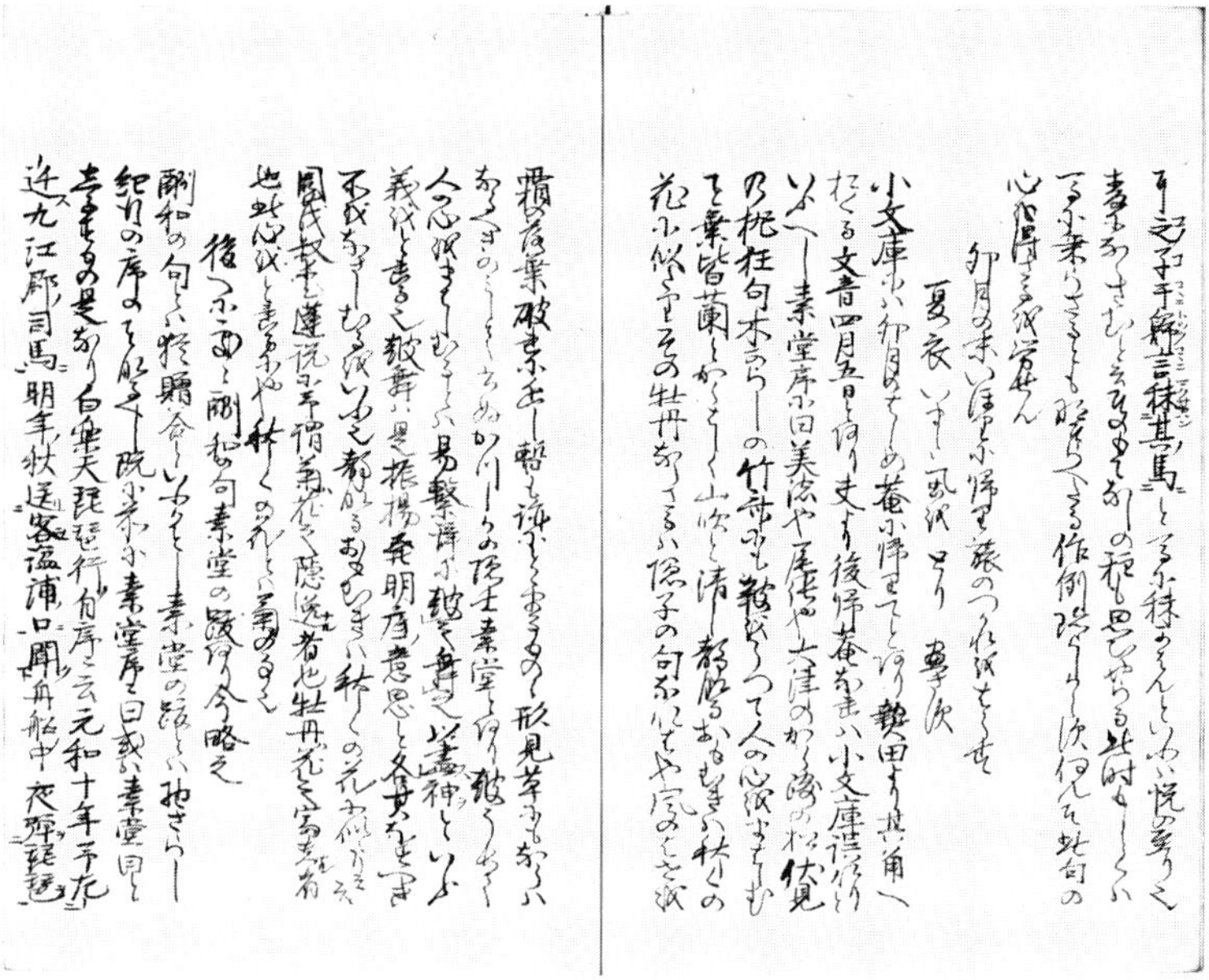

(29) 解説『泊船集解説』巻一 四一ウ、四二オ
（国立国会図書館所蔵）―231頁参照

『野ざらし紀行』古註集成目次

凡　例

一、本稿は『野ざらし紀行』及び、本紀行所収句の古註釈書を、ほぼ年代順に配列したものである。

一、『野ざらし紀行』の本文は、御雲文庫旧蔵の富士見書房版『校本芭蕉全集』別巻（井本農一他編、平成三年刊）所収の芭蕉自筆自画本の影印を編者が翻刻した。但し、石部の条のみは芭蕉自筆自画本にはない部分で和泉書院版『泊船集』（三木慰子編、和泉書院影印叢刊86、平成七年刊）の影印を編者が翻刻した（紀行本文のみ、句読点と濁点を私に付した）。また、紀行本文を明治書院版『影印「甲子吟行」付古注翻刻集』（弥吉菅一・三木慰子編、平成三年刊）に従って便宜上三二条に分けた。

一、ここに引用した古註は後記の一覧表に示す通りである。

一、漢字および仮名の表記はできる限り原本通りとした。改行部分も原本通りとした。明らかな誤字には（ママ）を付した。なお、𬼀（シテ）・ヿ（コト）・𪜈（トモ）・寸𬻿（トキ）などの記号はカタカナに改めた。

一、濁音表記も原本通りにし、いちいち（ママ）と断っていない。なお、（10）『説叢大全』における濁点白丸表記は普通の濁点表記にし、白ヌキ文字も普通表記にした。

一、（26）『芭蕉翁發句諸抄大成』は（4）『はせを發句評林』（13）『茜堀』（14）『あけ紫』の三部をまとめたもので、重複をさけて記載してはいない。

一、本書作成にあたり、貴重な資料の翻刻許可をいただきました東京大学総合図書館洒竹文庫・竹冷文庫、京都大学文学研究科、柿衞文庫（柿衞文庫翻刻79号）、国立国会図書館、天理大学附属天理図書館綿屋文庫、大東急記念文庫に感謝申し上げる。

《引用古註一覧》

古註番号・略称・書名・書型（美濃判以上は大、半紙判は中、美濃判半分以下は小、横本は横、写本は写、合冊本は合、欠本は欠）と冊数・著（編）者名・刊行（成立）年・序・跋・奥書・年記・書肆名・所蔵先・図書番号の順に記した。

（1）三冊子　『三冊子』（題簽「白さうし」「赤冊子」「黒左宇志」）・中三・所々に後人による朱の書き入れ（振り仮名と濁音表記）がある・土芳著・半化房闌更編・元禄一五年成・闌更序（欠落）・江戸西村源六等・柿衞文庫・1610—2は164

『三艸紙』（題簽「三艸紙　白冊子」「三草帋　赤左宇志」「三草帋　黒さうし」）・中三・土芳著・半化房闌更編・元禄一五年成・闌更序・生々庵瑞馬跋・安永五酉申（序）・享和改元三春（跋）・享和元辛酉春再刻（奥）・京都菊舎太兵衛等・洒竹文庫・一三〇五

（2）去来抄　『去来抄』・写一・去来自筆稿本・「先師評」「同門評」は大東急記念文庫本『去来抄覆製』（尾形仂編、昭和三二年刊）を底本とした。なお、推敲添削の跡は同書の註記を参照のこと。

『去来抄』・中写一・去来著・暁台編・国立国会図書館・一三九—二一五・（「故実」「修行」の底本とした）

（3）古今抄　『俳諧古今抄　全部』・大合一・頭注に後人による書入れがある・蓮二房渡部狂（支考）著・自序・自跋・享保巳酉三月吉祥日（序）・享保庚戌三月日（奥）・京都野田治兵衛・洒竹文庫・一〇四四

（4）評林　『はせを發句評林』・中一・曙紫庵杉雨著・宝暦八年刊・緑陰堂琴水序・李下庵冠紫・曙郭亭麦雨序・寶暦丁巳孟秋（序）・たからこよみの角文字のとし七くのかしこき竹植る月（序）・江戸西村源六等・竹冷文庫・六一六

（5）句解　『芭蕉句觧』・中二・雪中庵蓼太著・宝暦九年刊・楚水序・宝暦七のとし霜月（序）・宝暦九巳卯六月吉

日（奥）・江戸須原屋太兵衛等・竹冷文庫・六一三

（6）師走嚢　『師走嚢 全』・中一・塵々塢正月堂著・明和元年刊・西戎の閑人序・自跋・中光歳豊秋（跋）・大坂吹田屋多四郎・竹冷文庫・六一八

（7）膝元　『蕉翁發句評解合論　膝元さらず』・横写一・茂蘭著・明和二年成・明和二乙酉秋　茂蘭（序跋）・京都大学文学研究科・國文學H・j三

（8）呑吐句解　『芭蕉句解』・大写二・東海呑吐著・明和六年成・自序・明和六丑年（序）・綿屋文庫・わ一五六―二五―一～二

（9）句解傳書　『貞享正風句解傳書』・横写五・堀麦水著・明和七年成・自序・自跋・柿衞文庫・一六七八―一～五

（10）説叢　『説叢大全』大五・絢堂素丸著・安永二年刊・南台校・明阿弥陀佛浚明序・那須桃翠序・自跋・郷磿跋・敬林跋・此年安永となる（序）・明和辛卯夏五月（序）・安永二癸巳春三月（奥）・竹冷文庫・六一九

（11）金花傳　『誹諧金花傳』・中二・康工著・安永二年刊・蚕臥序・或静跋・明和壬辰秋七月（序）・安永二癸巳年八月吉日（奥）・京都井筒屋庄兵衛等・洒竹文庫・八〇六

（12）過去種　『蕉翁句解　過去種　春夏』・大写欠二・一筆坊鷗沙著・安永五年成・蕉門執事序・一筆坊鷗沙序・安永五丙申孟夏初ひと日（序）・洒竹文庫・一五〇三

『蕉翁句解　過去種　秋冬』・大写二・一筆坊鷗沙著・安永五年成・蕉門執事序・一筆坊鷗沙序跋・安永五丙申中秋九月（跋）・京都大学文学研究科・國文學H・j六

（13）茜堀　『茜堀』（内題「蕉翁發句茜堀」）・中一・春稍庵梅丸著・天明二年刊・株股臺菅梅人序・自序・木つゝき庵葛比丘既酔跋・天明二寅はつ秋（序）・江戸西村源六・竹冷文庫・六二〇

(14) あけ紫　『あけ紫　花鳥風月四巻合』・中合一・法橋吾山著・天明四年刊・月村所米翁序・藤知足序・杉山台斗序・菜陽跋・癸卯の冬（序）・天明四年十月（序）・江戸山崎金兵衛・洒竹文庫・五四

(15) 新巻　『芭蕉新巻』・中二・蒲廬亭蚕臥著・寛政五年刊・勝融序・闌更序・寛政壬子十一月（序）・寛政五癸丑初冬（奥）・京都菊舎太兵衛等・竹冷文庫・六一五

(16) 笈の底　『笈の底』・大写八・信天翁信胤著・寛政七年成・自序・自跋・寛政乙卯秋九月（序）・竹冷文庫・六二二一

(17) 集説　『芭蕉發句集説』・中写一・不除軒幹員著・寛政九年成・不除軒幹員序・寛政十年戊午九月　洛滄浪居士書　時八十一歳（序）・京都大学文学研究科・國文學Hj七九

(18) 句彙　『増註桃青翁句彙　初編』・中一・巣居著・後園于當増註・寛政一〇年刊・青雲居序・自序・寛政十戊午冬十月（序）・寛政十年戊午十月（奥）・奈良屋長兵衛等・綿屋文庫・わ一八八―六三

(19) 年考　『芭蕉句選年考』・中写九・積翠園著・寛政年間成・露休跋・文化二乙丑猛某日（跋）・洒竹文庫・三〇〇八

(20) 蒙引　『芭蕉翁發句集蒙引』・大写四・遅日庵杜哉等著・寛政年間成・杜哉序・遅日主人跋・庚申仲夏（跋）・竹冷文庫・六一二二

(21) 雙説　『蕉句雙説』・中二・花菜庵蓬山著・享和二年刊・林文序・自序・享和壬戌之夏四月（序）・京都菊舎太兵衛・京都大学文学研究科・國文學Hj一一

(22) 松の風　『俳諧まつのかぜ』・中二・松山胡蝶著・文化三年刊・春海恒哉等校・載路序・素月序・斯民序・多田英知跋・文化丙寅之秋（序）・文化三中呂穀且（序）・文化三寅の文月（序）・文化丙寅孟夏（跋）・洒竹文庫・三五三三

(23) 参考　『芭蕉句解参考』・中三・能静廬荘丹著・文化四年刊・篁雨散人序・清友亭椿之等跋・文化三寅年冬日（序）・文化三年丙寅冬十月（跋）・江戸西村源六・文化八年刊『三家發句解』所収本による・竹冷文庫・六二三

(24) 泊船集　『泊船集注解紀行之部』・中一・軽花坊著・文化九年刊・自序・文化申季夏（序）・京都橘屋治兵衛・洒竹文庫・二八九七

(25) 翠園抄　『野さらし紀行抄　全』（内題「野ざらし紀行翠園抄」）・中一・石河積翠著・文化一〇年刊・瓢乞士三化編・随斎成美序・三化序・桃隣跋・文化癸酉（序）・文化十年秋八月（序）・文化癸酉秋（跋）・江戸和泉屋金右衛門・洒竹文庫・二七〇四

(26) 諸抄大成　『芭蕉翁發句諸抄大成』・中五・菊舎太兵衛編・文政七年刊・(4)『はせを發句評林』(13)『茜堀』(14)『あけ紫』を収める・大坂秋田屋太右衛門・洒竹文庫・二七九一

(27) 句解大成　『芭蕉翁句解参考』（後刷本『芭蕉翁句解大成』）・中五・月院社何丸著・文政九年刊・小青軒抱儀序・公石跋・文政丙戌の孟冬（序）・月院社蔵梓・洒竹文庫・三〇三二

(28) 一串　『俳諧一串抄』・中二・六平斎亦夢著・天保元年刊・鷺園序・天保とあらたまりし年のしはす十日あまり七日（序）・江戸一桐軒・洒竹文庫・三一七四

(29) 解説　『泊船集解説』・大写五・錦江著・安政六年成・九世其日庵（安政六年己未十一月十八日）・自跋（安政七年春三月書）・国立国会図書館・二二四―五九

『野ざらし紀行』古註集成

一、深川旅立

千里に旅立て、路粮をつゝまず、三更月下無何に入と云けむ、むかしの人の杖にすがりて、貞享甲子秋八月、江上の破屋をいづる程、風の聲、そゞろ寒気也。
野ざらしを心に風のしむ身哉
秋十とせ却て江戸を指古郷

千里に旅立て、路粮をつゝまず、三更月下無何に入と云けむ、むかしの人の杖にすがりて、貞享甲子秋八月、江上の破屋をいづる程、風の聲、そゞろ寒気也。

野ざらしを心に風のしむ身哉

（8）呑吐句解
野さらしを心に懸て也かねて命をハ覚悟して出れとも肉身にハ風のしむといふて名残をおしむ心を述たり
世を捨て身ハなきものとおもへとも雪のふる日はさむくこそあれ此哥の心に應せり
（頭注）千里に旅立て路糧をつゝます三更月下無何入といゝけん昔の人の杖にすかりて貞享——
荘子齊物論
適百里者宿舂糧適千里者三月聚糧
東武の知利をともなひ大和路よし野の奥をも尋ねんと下略
髑髏《ノサラシ》《ドクロ》

（9）句解傳書
貞享甲子江上ヲ出ルト有世情イカンゾアラン
（12）過去種
句のみ記載
（15）新巻 **（口絵8頁）**
東南西北こゝに逍遥しかしこに浮遊せる此公いつれの野山に骸骨をさらさんとおもひやりて心に風のしむなるへ

し

(16) 笈の底

此吟前文に明らか也是ハ心に風の冷《シム》と云詞を秋季に仕立たる也誠に雲水の行方不レ知草枕にハ別て世の悲を見る事多し遠き界に出てこそ物の哀ハ増るならひ也此野晒と云ハ原野の白骨を云今案に道萊艸《シバ》の露と消たる順礼伊勢参の童部なと行倒れたる誰有て土かふ事もなく適心ある旅人の敗《ヤブレ》 天公《カサ》覆ひ或ハ尾花引結て無殼《ナキカラ》を隠したるハ世の情共云へし是を見て心に風の冷《シム》とハ身に搔《ツマ》されて哀深し行末定めぬ行脚の朝の露夜の間の嵐野原の霜と消んも世常と云へし西行法師詠に

　何方にか睡り〱てたふれ伏んとおもふか
　なしき道萊《シハ》の露

(17) 集説

泊船集に千里に旅立て路粮をつゝます三更月下無何入といひけむむかしの人の杖にすかりて貞享甲子秋八月江上の云々と有

(18) 句彙

髑髏《ノサラシ》

山家集

　いつくにかねふり〱てたふれふさんとおもふこゝろ
　　よ道芝の露

(19) 年考

貞享元年八月の唫なる事前書のことし野さらし紀行甲子紀行ともいふ前書如斯見へたり○後の旅集に是ハ翁のそのかみ世をのかれそめて此身ハかくてなと打侘てむさし野の草分出つゝ物うきあしから山も越へ玉ひしるへなり○山家集に鳥部野を心のうちに分行はいまきの露に袖そそほつる○甲子吟行素堂の序ニ野さらしの風は出たつ足もとに千里のおもひをいたき聞人さえそゝろ寒け也

(頭注)　無名抄ニ

　おもひかねいもかり行ハ冬の夜の河風さむミ千
　鳥鳴也

　此哥はかり俤あるハなし六月廿六日
　是をたに詠つれハ寒くなるとそある人申侍りし

(20) 蒙引

南郊へ出ての吟なるへし○

○はかなきものを見るにつけても千里に旅たつ人豈惆《チウ》悵

なからんや野さらしを心にと爰の句讀に許多の余意をふくめり猶首途に此句ある方外を貴むへし

（24）泊船集

野さらし《ニナリテ死ナウモ知レヌトイフコト》を心に《オモヘハカナシキ》風のしむ身《テアル》かな

按するに世をすてし身もさすかに人情の發する所はさもあるへき事にてさひしくもあハれに句調よくとゝなひて感歎するに堪たり

（頭注）千里とはたゝ遠方といふ事

江湖風月集路ニ不齎レ粮笑復歌三更月下入ル二無可ニ一

莊子有ニ二無可有郷一註無用之地言ハ造化自然至道之中自有ニ二可レ楽地一也

粮ハ糧と同

家にて食といひ旅にてかてといふ

三更ハ子刻

見る人のありてもなくても月はいたらすといふ事なし我も其如く名利をすてゝこそ行脚もすれとなり

江上トハ江都と云類にて江戸を云

そゝろトハ不慮とも坐とも書

爰にてハ此場此時の事也

（25）翠園抄

○山家集に〽とり辺野をこゝろのうちにわけゆけはいまきの露に袖そそほつる

（27）句解大成

愚考甲子紀(ママ)行又野さらし紀行ともいふ書の発端の句なり千里に旅立莊子に見えたり

貞享之年号ハ和叓始ニ云周易曰永貞吉王用享于帝吉菅原豊永考之扨句の意は皮囊包血の披情にて詞花集に〽秋吹はいかなる色の風なれは身にしむはかりあはれならしむの意にもかよひけむ

（28）一串

（一句の前書は「千里の旅立路糧をつゝまず」になっている）

野さらしハ鳥獣の死骨也。かゝる観相ハ翁が性得のひくところ。

（29）解説

素隠士序ニ曰我友芭蕉老人古里の古きを尋んつゐでに行脚のこゝろつきてそれの夜(秋)江上の菴を出又の年のさつき待頃になりぬ見れハ先頭陀の袋をたゝくたゝけハひとつ

のたまものを得たりそも野さらしの風ある也出たつあしもとに千里の思ひをいたく也聞く人さへそゝろ寒け也云々千里に旅立てと云是芭蕉翁行旅の志をいふ也大雅公劉詩二云廼裹《チム》二餱｜糧《ヲ》一于レ橐于レ嚢是ハ公劉西戎より邠に遷都ありし時の事を詠する詩也餱糧ハ乾飯にて是を袋にして旅用にせんとの事也粮も糧も同物也荘子逍遙遊ニ云適《ク》二百里《ニ》一者《ハヨヒニ》宿《ク》舂レ糧《ヲ》適《ク》二千里《ニ》一者《ハ》三月聚《ム》レ糧《ヲ》世俗の旅行ならは餱糧をも橐嚢につゝみて用意すへきなれとも杜多《ツダ》行脚の行装なれハ其設をもせさると也三更とハ夜の更る事をいふ也顔氏家訓二云漢魏以來甲夜乙夜丙夜丁夜戊夜為《ス》二五更《トハ》一更歴也経也言自レ夕至レ旦経《ニ》二渉｜五｜時《ヲ》一云々初夜戌の刻を初更とし亥の刻を二更とし子の刻を三更とす三更月下ハ是夜氣清明の時塵俗の心を奪ふ事なし無何とハ心に一物もなきをいへり斯くいへる昔の人の杖にすかりて江上の破屋を旅立と云芭蕉翁佛頂和尚の室に参禅して悟道ありしより常に三更月下の夜氣を充て経過せらるゝ事普く世に知らるゝ所也後に支考に此心推せよ花に五器一具とありし此心ハ即此無何のこゝろをいふなるへし江上の破屋とハ即江戸深川芭蕉菴の幽栖にてそゝろ寒け也とあるハ破屋といへるよりの繡口きく人さへそゝろ寒け也と素隠士の申されしも爰なるへきにや

其角終焉記云貞享初の年の秋知利を伴ひ大和路やよしのゝ奥も心残さす露とく〱試にうき世すゝかはや是より人の見ふれたる茶の羽織檜の笠になんいかめしき音やあられと風狂してこなたかなたのしるへ多く鄙の長路をいたはる人々名をよひ句を忍ふ事安からす聞えしかは隠れ兼たる身を竹斎に似たる哉と凩の吟行に於て徳化して正風の師と仰き侍る也云々此紀行を甲子紀行とも野さらし紀行ともいふ事ハこの野さらしの発句ある故なり芭蕉翁頭陀行脚の行体にて道の野さらしと成るへき心もての門出なれハ斯くハ吟し玉へる也山家集に鳥部野を心のうちに分けゆけハいまきの露に袖そそほつるとありしはかなき世の門出なれは秋風もひとしほ身にしミたらん素隠士も前章をきゝ是を吟してそゝろ寒きゆへ聞く人さえそゝろ寒け也とハ申されしか貫之の河風寒ミ千鳥なく也といふ詠歌ハ六月吟しても寒きよし歌人も申され侍るそれに劣るへきにあらす

秋十とせ却て江戸を指古郷

（5）句解

客舎并州已十霜帰心日夜憶感（ママ）陽無端更渡桑乾水卻望并州是故郷よくこの詩のこゝろに似たり

（7）膝元 **（口絵4頁）**

私案

賈嶋詩

客舎并州已十霜帰心日夜憶感（ママ）陽無端更渡桑乾水還（ママ）望并州是故郷

此詩情をつミて芭蕉庵十カ年の居に思ひよせられけむ

（8）呑吐句解

郷と成古郷と成世捨人の境界定めかたし十とせの古郷となりたるならん

（頭注）　客舎并州已十霜帰心日夜憶感（ママ）陽無端更渡桑乾水卻望并州是故郷

（9）句解傳書

卻望并刕是故郷ト詩意ノマヽ也

（10）説叢

解云客舎并州已十霜帰心日夜憶咸陽無端更渡桑乾水却望并州是故郷よく此詩の心に似たり袋林此句を出さす

説解此詩の心に似たりとハ．へだて有やうに聞ゆ．たゞちに．此詩を．とらへて．發句に綴りかへたると云べし．廿八字を．十七字に．言ひ取たるハ．俳諧の得たる所にして．詩ハ十一字の骨折損とぞ見ゆれ．○句意ハ．翁の舊里ハもとより．伊賀なれど．東武の深川に住して．それより諸国へ行脚せしなれバ．江戸もかりの住ひなれども．今に至てハ．却て江戸をさして．古郷と思ハるゝハ無端《アジキナキ》飄泊雲水の身なりとの．感偶即興也．詩の心も．もとの古郷ハ咸陽なれども．并州に十年遷され．今また并州を離れて．他郷へうつさるゝ時ハ．并州をも却て．古郷といふなり．是はなはだ．無端《アジキナキ》世のありさま也

（11）金花傳

（一句の前書は「深川の庵を旅立とて」になっている）

詩云客舎并州巳（ママ）十霜帰心日夜憶感（ママ）陽無端更渡桑乾水却望并州是故郷よく此詩のこゝろに似

たり

(12) 過去種

句のみ記載

(13) 茜堀（口絵7頁）

途中より江戸の門人に送れる句なるへし

賈嶋《カ》詩《ニ》客舎并州巳《(ママ)ニ》　十霜帰心日夜憶二咸陽《ヲ》一無《シ》端更渡《ニ》二桑
乾水《ヲ》一還《(ママ)テ》　望《メハ》二并州《ヲ》一是故郷
明《ノ》王敬美《カ》曰一日誦《ス》二賈島《カ》桑乾《ノ》絶句《ヲ》一見《ニ》二謝枋得《カ》註《ニ》云《ヲ》一旅寓十
年交游歡愛與二故郷一無レ異《ナルコト》　一旦別去《ル》豈《ニ》能《ク》無《ンヤ》レ情渡《ヲ》二桑
乾《ヲ》一而望《テ》二并州《ヲ》一反《テ》以為《ト》二故郷《ト》一也不レ覺大笑《ス》拈《シテ》　以問二玉山《ノ》程
生《ニ》一曰詩如レ此解《スヤ》　否程生曰向《キニ》　如レ此解《スカ》余謂此《レ》島自思《テ》レ郷《ヲ》作
何曾《ソ》與《テ》二并州一有レ情其意《ノ》恨《ム》下久客《トシテ》二　並州《ニ》一遠隔《クルコトヲ》中　故郷《ヲ》上今
非《ニ》二惟不《ノミニ》レ　能レ帰《ルコト》　及下北渡二桑乾《ヲ(ママ)》還望《ムニ》　并州《ヲ》二又是故郷《レ》也矣
并州《トモ》　且不レ得レ住《フルコトヲ》　何況得《ヤンヤ》レ帰《コトヲ》二　咸陽《ニ》一此《レ》島《カ》意也謝註
有《ヤ》二分毫《ノ》相似《タル》一否程始《テ》歎賞《シテ》　以為レ聞レ所レ未レ聞不レ知向《ニ》自
聴《クコトヲ》二　夢中《ノ》語《ヲ》一耳《ミ》
梅丸曰島宦《ハ》人《也》也帰心常切《ニ也》翁《ハ》風人《也》也旅泊《ヲ》為レ家《トヲ》自有《ン》レ分島詩《カハ》
王《カ》解當《レリ》　矣翁《ノ》句《ハ》謝《カ》説似《タリ》　也

(16) 笈の底

是ハ伊賀の生国に立帰り逗留の内の吟也今案に却て江戸を差す古郷と云出たる面白き詞也亦秋十年と云ハ伊賀を出て江府に十年を歴て今日帰り来るを云也実の古里に帰ると云共今ハ旅客にして却て江戸を古郷と云との趣意也如レ此の人世にハ多し別て東都ハ諸国より人出来て営を成し住居とす是適生国に至ると云共亦立帰るハ却て古郷共云へし或ハ云客舎并州巳《ニ》十霜帰心日夜憶《フ(ママ)》二咸陽《ヲ》一無端更渡《ニテ》二桑乾水《ヲ》一卻望《テハ》二并州《ヲ》一是《レ》故郷此詩の趣也再吟して可レ味也

古郷　故ー　郷曲　和訓布流佐止　唐詩撰《ニ》心《ヲ》傷《シム》　江上《ノ》客是《レ》不《ス》二古郷《ノ》人《ニ》一云々八雲に云経信云古里とハふるく馴たる家をハいはす今ハ住ぬ家を云是ハ奈良の都を詠るよりおこりたる事也云々今案に奈良の都の跡を古里と云出たるより惣て都跡を古郷と云来る也亦花《ノ》古郷春《ノ》故郷なと云も花散し跡春の過き行跡を云是興へて云所也

(17) 集説

泊船集江上の破屋を出給ふときの吟也

句解云深川の庵を旅立とてと前書又客舎并州巳《(ママ)ニ》　十霜帰心日夜憶二咸陽無レ端更渡《ニテ》二桑乾《ヲ》一水却望二并州一是古郷云々

（19）年考

貞享元年の吟也野さらし紀行ニ千里に旅立て路粮をつゝます三更月下入無何と云ひけん昔の人の杖にすかりて貞享甲子の秋八月江上の破屋を出るほとそ《（ママ）》ゝろ寒け也野さらしを心に風のしむ身かなと有て此句見へたり○句解に深川の菴を旅立とて秋十とせかへつて江戸をさす古郷其辞《（ママ）》ニ曰客舎并刕已十霜帰心日夜懐咸陽無端更渡桑乾水却望并州是故郷此詩よく此句の心に叶へり○説叢に句解を難して曰此詩の心に似たりとハへたてゝあるやうに聞ゆたゝちに此詩をとらへて発句に綴りかへたると云ふへし廿八字を十七字に言ひとりたるハ俳諧の得たる所にして詩ハ十一字の骨折損と見ゆる句意ハ翁の旧里ハもとより伊賀なれと東武の深川に住して夫より諸國へ行脚せしなれは江戸の仮住居なれとも今に至てハ却て江戸をさして古郷とおもハるゝハ無端瓢《キ》泊雲水の身なりとの感偶即興也詩の心ももとの故郷は感《（ママ）》陽なれとも并州に十年迁されて今又并州をはなれて他郷へうつさるゝ時は并州を却て古郷といふ也是はなはた無 端《アジキナキ》世のさま也

（頭注）　唐詩選又聯珠詩格にも有り賈島の作

（20）蒙引

客舎㆓并州㆒已十霜帰心日夜懐㆓咸陽㆒無㆑端更渡㆓桑乾水㆒却望并州是故郷此詩の意味を餘さす十七字に尽せる工ミ感せさらんや甲子紀《（ママ）》行に深川の庵を旅立玉ふ日の吟なりとミゆ但翁ハ伊賀の産にして東武に年来住し玉へハ此感あり

（24）泊船集

秋十とせ《居タレハサウ テモナキニ》却て江戸を《ユビ》さす故郷《カト思ハレテ》　中の句へまハして見るへし

郤《テ》望㆓并州㆒是故郷といふ賈島か詩によくかなへり江戸の人〳〵をしたしミ思へる心言外に聞ゆ

（25）翠園抄

○賈島詩に客舎并州已十ニ霜歸心日夜懐フ咸陽ヲ無ク端更渡桑乾水ノ却テメハ望㆓并州ヲ㆒是古レ郷はせを旧里伊賀にて東武深川に住す故に此感あり

（26）諸抄大成

（13）に同じ

（27）句解大成

一書に客舎并州己《（ママ）》十霜帰心日夜憶㆓感《（ママ）》陽㆒無端更渡㆓桑朝《（ママ）》

水一却望二并州一是故郷よく此詩の意に似たり
愚考貞享元甲子吟行の中の一句也野さらしの句筆始にあれハ野さらし記行とも云詩の意を取て江戸に十年の星霜を経たれは伊賀の事ハ一むかしなれハ却て江戸を古郷のことくにおもひ他国へ行心地せらるゝとなり詩のうちに十霜と作り句のうちに秋十とせと作るにては童蒙の心底には落さるへし星霜としてハ一年の義にとる故に十霜と作すされはとて十星とハ作るへからす春秋としてまた一年の義にとる故に秋十とせとす十春とは作るへからす殊に秋は穀一熟の節なる故に一稔の義理に合ふとしるへし

(29) 解説

芭蕉句解ニ云客舎并州巳(ママ)十霜帰心日夜憶《フ》二感(ママ)陽《ヲ》一無レ端叓(ママ)渡《ル》二桑乾《ノ》水《ヲ》一却《テ》望《ム》二并州《ヲ》一是《レ》故郷よく此詩の心に似たり是は賈島度(ママ)二桑乾《ノ》一詩なり抑芭蕉翁ハ正保元年伊賀の國柘植郷に生るゝといへとも寛文延寳の間より武江に下りて今深川に住すること十年の久しきに及へは今旧里に赴くの首途なれとも却て江戸をさして故郷とせらるゝ感偶の即興無レ端意を述られたるなり句解に引く処の詩情尤なりといふへし

二、箱根の関

関こゆる日は雨降て、山皆雲にかくれたり。
雺しぐれ冨士をみぬ日ぞ面白き
何某ちりと云けるは、此たびみちのたすけとなりて、萬いたはり心を盡し侍る。常に莫逆の交ふかく、朋友信有哉、此人。
深川や芭蕉を冨士に預行　ちり

関こゆる日は雨降て、山皆雲にかくれたり。
雺しぐれ冨士をみぬ日ぞ面白き

(8) 呑吐句解

(一句の上五は「霧しけり」になっている)

雺しけりハ敷也一面に隠るゝ心也東武を出るより冨士を

目にかけて是を愛する故に他の景色眼に留らすけふハ雰に埋れて冨士見えねハ他の氖色（ママ）おもしろしと也また徒然に花ハ盛に月ハ隈なきをのミ見る物かハとあれはたま〳〵雰にかくれて白地に見す俤をしたふも翌晴なハなと待つ心も籠りて一入曇るも面白きとの心にも聞ゆ味へ見るへし

（頭注）　雰横秦嶺家何在雪擁藍関馬不前
　　中〳〵に時〳〵雲のかゝるこそ月をもてなす氖
　　　色也けり

（12）過去種
霧しくれ
當吟　冨士を見ぬ
日も　とも見ゆ

（13）茜堀
（一句の上五は「雰しけれ」になっている）
しけれハ繁《シキレ》にて相通なり　句集ニしくれトあるハ非也
　よしさらハ中〳〵くもれことの葉の見ても及はぬふ
　　しの高根を　　元政
方言にしけといふ事あり亦同し

（14）あけ紫
箱根路ハ諺《ことわさ》にもわたくし雨とて時しらす降くるならハしにて此日ハ笠打おともなき雰時雨のおもしろく。山〳〵ハ隠るれと冨士ハかしこそと俤もなつかしく。右に左に千種ハその名をあらハして。咲つくし臥ミたれたるも一入見ところ有て。ぬれつゝもしゐてをらバやなどゝ旅のうさもわするゝばかりいはんかたなかるへし。されハ雰しぐれ面白きと見こミて。冨士をミぬ日ぞとハ曲なり。隔句にして意あきらか也。　○此句意ハ深草の元政へよしさらハ中〳〵くもれことのはのミてもおよハぬふしの高根を此哥のごとくとても及ハぬ物と打ふてゝの吟にやとおもひしが再案するに哥をとりても一段すりあげて作せられたり斯てハ更に手柄なく風格に背けりと改てかたり侍りき

（15）新巻
傳へいふ此山いまたひらけさる先きの時雨雰濛々として散らす世人此不二ある事をしらすある日一時に雲雰散乱して晴明に始て巍然として芙蓉峯を見るこれのむかしを慕へるに

（16）笈の底
　よしさらハ中〳〵曇れ言の葉のとても及は
ぬ不二の高根を　　元政

此吟ハ此哥の意を取て句作有る所なるへし也可レ味也
上世より此山に向ては詩哥に心を労し連俳に腸を砕く
然るを霧山を覆ひ隠して見せす中〳〵に其思ひもなき
に似たれ共不二を不レ見るも又愛なし霧時雨の風眼《景》も
捨難くして面白と云出たる也今案に山川ハ其盼《ナガメ》を愛す
世の常也殊に日本の名山をや是を不レ見して面白きと
云趣向ハ夢にも人の心不レ附る所也詞は人の心を種と
して濱の真砂の不レ尽亦句意句案も不レ尽る者と云へし
亦冨士山は晴曇る事定めなく雲霧覆ふ常也里民ニ云峰に
笠の如き雲懸る時は近きに雨降と云中華に是を山帯と
号す例し見るに相違なし丹鉛録《ニ》曰張野盧《カ》山記《ニ》云天
将《ニ》レ雨《ラント》　則有《リ》二白雲一或冠《ハシ》二峰岩《ノニ》一或亙《ハル》二中領《ニ》一俗謂《フ》二之《ヲ》山
帯《ト》一不レ出《シテ》　二三日《ヲ》一必雨《スス》云々亦霧時雨ハ俳諧題也露時雨ハ
哥に詠る也亦此句の風情ハ左に記哥共に可レ弁者か

詞花集　霧を詠る　源兼昌

夕霧に梢も見えす初瀬山入相の鐘の音はか
りして隅田川朝霧ふかし渡守ありやなしや
も見えぬ斗に　頓阿

霧　霰和名鈔《ニ》云霧一名雺《ハ》一名雰《ハ》水気著《ヲ》一樹木《ヲ》一為《ス》レ雰《ト》也和
名岐利字彙ニ云雺《ハ》與レ霰同《シ》也地気上《テ》天《ニ》氣不《シテ》レ應成《セル》レ雺《ト》也霧《霰ハ》
陰陽乱為二霰気《ト》一蒙冒覆《スノ》レ地物《ヲ》也俗作《ハ》レ霧《ニ》非也
貝原云霧の岐ハ介也岐と介と通す気《キ》降《フリ》也中略の語也
云々今案に霰は秋を宗とすれ共四時に立ッ物也殊に冬
ハ秋の名残にて深く立昇る亦靄《モヤ》霧同物也靄《ハ》雲集《ノ》貌と有
る也詩にも嵐靄なと作て霰靄相同し也亦初霧共詠む是
は秋に専ら詠る也霰の詞甚多し則立籠深薄村海川山野
朝夕夜春夏秋冬其外天霧靡霰《アマキリタナキリ》
天霧靡霧此分ハ霧覆ひて暗に多く云詞也故に天暗　打《アマキラシウチ》
暗《キラシ》に相通ふ岐良志は久良志也岐と久通音也則霰に曇た
るハ暗し故に暗に霧の字を萬葉に皆用ひたる也萬葉歌
に天霧之零来雪之《アマキラシフリクルユキノ》云々同歌に天霧相日方吹羅之《アマキリアヒヒカタツクラシ》云々同哥
に棚霧合雪毛零奴可《タナキリアヒユキモアラヌカ》云々同歌に掻霧之雨零夜乎《カキラシアメモフルヨヲ》云々

新古今　かき曇り天きる雪のふる里をつもらぬ先に
とふ人もかな　小侍従

拾遺　打きらし雪は降つゝしかすかに我家の園に
鶯そなく　家持

（17）集説

泊船集に出ぬ貞享の吟か

（19）年考
貞享元年の吟野さらし紀行ニ其文ニ貞享甲子の秋八月江上の破屋をいつるほと風の聲そゝろさむけ也〽野さらしをこゝろに風のしむ身哉〽秋とゝせかえつて江戸を指す古郷関こゆる日ハ雨降て山ミな雲にかくれたりと有て此句見へたりしかれは箱根の関なるへし
（20）蒙引
雰時雨おもしろきとの隔句也又見ぬ日の面白きとハ是を俳諧の国ぶりといハん
（24）泊船集
　霧しくれ《ガシテ》《ケフハ》冨士を見ぬ日そァ、おもしろき　上へまハして見るへし
此面白きハ実におもしろきにハあらねとすてた物てもないといふほとの事なるへしおもしろし雪にやな
　らんといへる句の類ならん
（頭注）　関ハ箱根也
（25）翠園抄
○深川の菴より常に冨士ミゆる箱根山に至りて却てふし
　をミす

（26）諸抄大成
　（13）（14）に同じ
（27）句解大成
浪化の曰宗尊親王〽此夕置霧の間も見へなくに雰の時雨のかゝる山の端此哥によせて此句の前書に関越る日は雨降て《（ママ）》ミな雲にかくれたりと然れは箱根の伊豆に續きまた足柄山なと風景いろ〳〵あれとも冨士のさやかなる日は目も付ぬに冨士の見えぬ日は外の風景面白しとなり時雨とハしはしくるしと云事なり
一本に雰しけれと出す
一書に云しけれは繁れにて相通なり蝶夢か句集にしくれとあるハ非也文政《（ママ）》の歌に〽よしさらはなか〳〵くもれことのはの見てもおよはぬふしの高根を方言シケといふことあり意おなし
愚考雰しけれと下知のことは不落着也雰こめ秋しくれの朦朧と不二を隠し余の山〳〵のめつらかに見巡るをこそ面白けれと興したるもの也雰のしけるといふ事やはある考へし
（28）一串

雲ぎれに見え隠れせば心尽しなるに。一曇りなるけふハ却て道中の物ぜゝりに慰と也。世の中に絶てさくらのなかりせバのこゝろなり。

（29）解説

素隠士曰不二を見ぬ日そ思白（ママ）きと詠しけるハ見るになを風興まされるものをや関越るハ箱根なるへし風越の臺にいたりて富士見ゆ其あたりの句なるへし

何某ちりと云けるは、此たびみちのたすけとなりて、萬いたはり心を盡し侍る。常に莫逆の交ふかく、朋友信有哉、此人。

深川や芭蕉を富士に預行　ちり

（9）句解傳書

庵ヲ出ル也芭蕉ノ名ハ形也人アツテ代ツテ興ヲナサン

（17）集説

拾遺　貞享元年　道の記

（24）泊船集

庵ノアリシ深川や芭蕉をソコニ植ヲキシガ留主ニナルユヘ冨士に遠カラネハ預ケ行心テ旅タツ

心なき物に心をつけたる俳諧の作ならん　千り

（頭注）莫逆の字荘子にあり

さかふ事なしとよみて心のあふたる友の事也

（25）翠園抄

○はせを菴を富士に預行と云るなるへし

（29）解説

唐楊寧與二陽城一為《ナス》二莫逆ノ交ヲ一徳宗詔城與レ寧來云云莫逆とハ同好同意の信友を云千里ハ大和國葛下郡竹内村の人剃髪して又損居士と云元禄九年丙子七月十七日歿す入道偈陸奥千鳥に見えたり芭蕉菴ハ竹戸南に向ひ地冨峰に對すとかや菴中一株の芭蕉を冨士に預けて翁の旅行ありしとの意光景画くかことし是千里か首途の句なる事可知

三、冨士川

冨士川のほとりを行に、三つ計なる捨子の哀けに泣有。この川の早瀬にかけて、うき世の波をしのぐにたえ《（へ）》ず、露計の命待まと捨置けむ。小萩がもとの秋の風、こよひやちるらん、あすやしほ《（を）》れんと、袂より喰物なげてとを《（ほ）》るに、

猿を聞人捨子に秋の風いかに

いかにぞや、汝、ちゝに悪まれたるか、母にうとまれたるか。ちゝハ汝を悪にあらじ、母は汝をうとむにあらじ。唯これ天にして、汝が性のつたなき《（を）》なけ。

冨士川のほとりを行に、三つ計なる捨子の哀けに泣有。この川の早瀬にかけて、うき世の波をしのぐにたえ《（へ）》ず、露計の命待まと捨置けむ。小萩がもとの秋の風、こよひやちるらん、あすやしほ《（を）》れんと、袂より喰物なげてとを《（ほ）》るに、

猿を聞人捨子に秋の風いかに

いかにぞや、汝、ちゝに悪まれたるか、母にうとまれたるか。ちゝハ汝を悪にあらじ、母は汝をうとむにあらじ。唯これ天にして、汝が性のつたなき《（を）》なけ。

（4）評林

詞書に冨士川の邊を行に三ツ斗なる捨子のあはれけに泣あり袂より喰物なけてとふるに云々如此之前書也

西行法師

　あハれいかに草葉の露のしほるらむ秋風立ぬ宮城の丶原

かゝるあハれも有ルへしや

（5）句解（口絵3頁）

〔巴猿三叫《テ》暁霑《ス》二行人《ノ》之裳《ヲ》一〕〔三たひてふ聲たにきけはよそ

人の物おもひまさるねをのミそなく「さらぬたに老てハものゝかなしきに夕のましら聲なきかせそかゝる詩哥のほそミをたとりて捨子の秋風になくと暁の猿と断腸いつれかふかゝらむと也又此句を或集にさるをきて捨子に秋の風いかにと出せり句意分明ならねは嵐雪袖日記をもって證句とす

（7）膝元

冨士川のほとりにて捨子の泣居たるをあわれミ物なとあたへての吟也

句解に捨子の秋風に泣くと暁の猿の断腸とハいつれか哀ふかきと也

巴猿三叫《キヤウノ》　暁霑《ウルホス》二　行人之裳《ヲ》一

　さらぬたに老ては物のかなしきに夕へのましら声なきかせそ

評林も句選も猿おき《（ママ）》てトアリ

（8）呑吐句解

巴猿三叫暁霑行人之裳　三たひてふ聲たにきけはよそ人の物おもひまさるねをのミそなく

此心によりて此吟有とや　猿の叫を聞さへかなしきにましてや捨子にあらくあたる秋風の寒さ身にこたへてかなしいかにせんとならん

（頭注）　前書

　不二川の邊を行に三ツ斗なる捨子の哀に泣あり袂より喰物投て通るにと有

（9）句解傳書

冨士川ニテ捨子ヲ見ル不幸ヲ自ラ観ス序アリ

（10）説叢

（一句の上五の「猿」の文字の下に「をきて人」「を聞く人」「を聞て」の三例を記す）

[林]ニ云猿をきてとあり其評に詞書を引て又西行の哥あハれいかに草葉の露を引出す無益なれは畧す[解]ニ云巴猿三叫暁霑二行人之裳《ヲ》一三たひてふ聲たにきけはよそ人の物思ひまさる音をのミそなく外ニ一首引出す無益ゆへ畧すかゝる詩哥の細ミをたとりて捨子の秋風になくと暁の猿と断腸いつれかふかゝらむと也此句を或集に猿をきてとあり句意分明ならす嵐雪袖日記を以て證句とす猿を聞人と記せり

㊮[林]ニ評ハなし．引哥一首のミ也．此句に無益なるもの也．あハれいかにの詞をかすり聞．にして引たると

覚ゆ．宮城野も冨士川に用なし不堪なる事甚し．〔解〕引哥二首無益歟．此両首知らでも．此句意ハ聞ゆる也．さし出たる事也．前にも云ごとく．翁の句々毎に古哥を取られしにもあらず．是らハ途中の感偶即興にて．詩歌にもいさゝか念なきところ也．たとへバ．太平記．并平家物語等を．評判せし．其代其時に己《ヲノレ》居合せて．の義ならんハ尤也．数百年の後．泰清の御代に遊びて．乱中の人事を難ずるこそ．無益に片腹痛し．それハそも爪にて蚤を殺し黐にて蠅をとるよりも．たやすくして．しかも其理あたらぬ事ども多かりし．されば東西夜話の文段を．前章に引出．せしもかゝる．附會の古哥引をさとすべきため也○五文字四品之（説）猿をきて人句選に記す所如此　猿をきて評林に記所如此　猿を聞て猿を聞人本朝文鑑并ニ句解如此記ス扨猿をきて人とハ古風の詞．初念ハかくも出しなるべけれ共．語路の打聞耳にたてば．後に再案ありて．直せしと見えたり．猿をきてとハ解に云し如く句意わからず．猿を聞ても古風の詞也．猿を聞人とハ．すなほにして．はた句意も聞えやすし．吏登か袖日記の覚え可然歟．吏登一とせ嵐雪と改む其頃の覚え書なれは嵐雪袖日記と云也しはらく有て又吏登老樹と成る考るに．猿をきてハ全く誤也猿をきゝてとあるを．下のきの字を麁忽人傳寫にあやまり落して．猿をきてと傳ふと見えたり．古来より傳寫の誤ハいかんともしがたく．是非もなく．偽を後世に残す歎くべし．僻言《ヒガコト》ハいつも．正すべきものなれ共．ものゝわかちがたくて．年月経たる事ハ．たとひいぶかしき事ありとも．止事なく．是非なく．それに随ひて疑ひを闕事漢にも此類多し．詩哥ハなほさらの事也．増て俳諧なるをや．たとひ古嵐雪たりと云とも．定めがたかるへし．然らば捨て置べきも亦可也．此句も前に云ごとく．しひていろふべからざるの句也．只句意をのミさとし得ば．咎なかるべきをや．○巴峡の暁猿ハ他《ヒトノ》國なれば．聞も叶ハず．日本の山家．近くハ八王子邊．九月のすゑ比ハ．寒むがりて鳴く聲．極めて甚だ．悲しく哀なる物とかや．猿を聞てさへ．悲しむ人．此捨子の泣聲をあはれまざらんや．是さへ忍びがたきに．其捨たる親ハいかにぞや．悪しとてハ捨まじ．浅ましき世と．観念無量にして．句中に顕然たり．秋風も．かなしき．ひゞきを添て．此季の入ざまこそ名人の手妻也．かゝる所を感仰すべき事也。猿をつよく評せんハ、猿の句に落べし。是ハ捨子の句にて猿ハかけ合《セ》物と知べき也。

(11) 金花傳

此川の早瀬にかけて浮世の波をしのくにたへす露はかりの命待間と捨置けん小萩かもとの秋の風今宵や散らんあすやしほれんと袂より喰物なけて通るにいかにそや汝父に悪まれたるか母にうとまれたるか父ハ汝をにくむに非す母は汝を疎にあらし唯是天にして汝か性のつたなきをなけと詞書ありすると此秋風に捨子の泣と猿の聲何れかなしからんと也

(12) 過去種

猿をきく人

當吟

巴猿三叫《テ》暁霑《ス》二行人裳《ヲ》一

〱三たひてふ声たにきかハ余所人の物思ひまさる音をのミそなく〱さらぬたに老てハ物の悲しきにゆふへのましら声な聞かせそ詩哥の細ミをたとりて捨子の秋風になくと暁の猿聲と断腸いつれか深かるへき

(15) 新巻

野分の朝おさなき子をたに問さりける人のかたへあらしふく風ハいかにと宮城野ゝこはきかうへを人もとへかしこれによりて猿ハ子をおもふことの切なれハそれたにきくハあハれに涙する人情なり況や捨子の秋風堪かたきさま也世説栢公入《ニ》レ蜀至二三一峡《ノ》中《ニ》一部一伍《ノ》有下得二猿子一者上其レ母縁《テ》レ岸哀號《ス》

(16) 笈の底

此吟ハ前後の文章を熟讀して可レ味也句意は捨子の秋風に泣と霜夜の猿と其悲しミ何れか腸を断へしと也詩に云孤猨更叫《ニ》秋風裏《ノ》不《レトモ》二是愁人《レ》一《ニ》亦断腸　或云巴猿三《ハ》叫《テ》《ヒ》暁霑《ス》二行人之裳《ヲ》一東西不別《ワカス》稚子世に捨られて孤《ミナシコ》となる比しも秋風いかハかりぞ身に冷むらん是を余所に見る人すら袂を絞るまして羽裹《ハグヽミ》立へき力も無く今を限りと野山に捨たる親の心押ハかられて哀也下賤の諺に子を捨る藪は有れとも身を捨る野はなしと云是大ひなる毒言にして子たる者の敬養の禍也父母の恩其重き事冨士山ハ片手に提る共是を揚るの力なし其深き事大海と云共是に喩ハ其浅き事駒の蹄も不レ可レ隠世界にくらふへき者なし親心を今案に貧賤に育ミ立て悲を見せん

よりハ捨たらんにハ其幸なきと云共我々よりハ可レ勝との故也然ハ其捨るを見よ今日の食に迫る人の我身ハ捨所のなきを以て也既に凶年に親子有る者ハ必す親先に死す其故は少しの食と云共先子に譲るを以て也是父子の情と云へし子たる者是を忘れめや

金葉集　大路に子を捨て侍ける押くゝミに書附ける哥

身にまさる物なかりけり嬰児《ミトリコ》はやらん方なく悲しけれとも

あわ《は》れなり夜半に捨子の泣たるハ母にそひ寐の夢や見るらん　実朝

伊加爾　如何《イカニ》同《イカヾ》同《イカテ》争《同》或ハ亦何時《イツ》早晩《イツカ》同《イツシカ》　此伊豆志加の志は休字也今案に何時《イツ》と云訓は何《イツレ》の時と云を下略の詞也亦何《イツレ》同《イツヲ》幾等《同》共是は良礼五音通也亦何方《イツコ》同《イツク》幾所《同》何處《同》是亦通音也或ハ何地《イツチ》何處《同》

(17) 集説

(一句の上五は「猿をきて」になっている)

泊船集前書の末を左に出す

冨士川の邊を行に三ツ斗なる捨子の哀けに泣あり此川の早瀬にかけて浮世の波をしのくに《(ママ)》たへす露はかりの命まつ間と捨置けん小萩かもとの秋の風こよひやちるらんあすやしほれんと袂より食物なけてとほるにと有又

いかにそや汝父ににくまれたるか母にうとまれたるか父はなんちを悪むにあらす《し》母《(ママ)》を汝をうとむにあらし唯是天にして汝か性のつたなきをなけと有

(頭注)　句解云巴猿三叫《テ》暁霑二行人之裳一

三たひてふ聲たにきけはよそ人の物おもひまさるねをのミそ鳴

さらぬたに老てハ物のかなしきに夕のましら聲なきかせそ

捨子の秋風に泣暁の猿と断腸いつれかふかゝらんと也

(18) 句彙

杜律猿《ヲ》聞《テ》實《ニ》下《ル》三聲《ノ》涙　又云巴東三峡巫峡長猿鳴《シテ》三聲涙沾レ裳

撰集抄はらかきわけて生る子を空を仰て捨るハおろかなる心地して侍れとしつかにおもひハ後問さりしもいとゝ

心すみて覚へ侍る
　身にまさるものなかりけりみとり子ハ
　　やらんかたなくかなしけれとも
此哥詞花集にも入侍る

(19) 年考

貞享元年の吟也野さらし紀行に富士川の邊りを行に三ツはかりなる捨子のあわれけに泣あり此川の早瀬にかけて浮世の波をしのくにたへす露はかりの命まつ間も捨置けん小萩かもとの秋の風今宵や散らんあすやしほれんと袂より喰ものなけて通るに猿(ママ)おきて人捨子に秋の風いかにと見へて其次の文ニいかにそや汝ちゝににくまれたるか母にうとまれたるか父は汝を悪むにあらすはゝハ汝をうとむにあらす唯是天にして汝か性のつたなきをなけ○案するに泊(ママ)舟集に野さらし紀行の句猿(ママ)おきて人の人の字(ママ)見にくしよつて句迂誤れるか○句解に曰巴猿三叫暁霑行人之裳〳〵三たひてふ聲たに聞けはよそ人のものおもひまさるねをのミそなくさらぬたに老てハものゝかなしきに夕のましら聲なきかせそかゝる詩歌のほそみをたとりて捨子の秋風になくと暁の猿と断腸いつれかふかゝらむと也又此句を或集ニさるをきて捨子に秋の風いかにと出せり句意分明ならねハ嵐雪袖日記を以て證句とす○按るに旅立侍るその折からの吟をおもへハ○三體詩ニ曰送人帰蜀馬戴別離楊柳陌迢遰蜀門行若聴清猿後應多白髪生虹蜺侵棧道雨雪雑江声過盡愁人處煙華是錦城○本朝文鑑ニ憐捨子辞と題ありて駿河の国ふし川のほとりと書出して野さらし紀行の文のことく有其注に言此辞も漁父の文勢なから捨子に秋の風いかにと問かけて如何にそやと序詞につゝけたる但し辞を立る時は千般の法格あるへし誠やふし川の瀬をはやミ浮世の浪に云ひかけたる此川ならてハ更に有まし小萩か露ハ源氏の哥をかり父母の憎愛ハ荘子か天性をいへる例に和漢の博達にして是をも漢家の辞より倭文の助語を用ゆ得たりといふし(ママ)○甲子唫(ママ)行素堂の序に富士川の捨子は惻隠の心そ見へけるかゝるはやき瀬を捨所として捨置けんさすかに流よとハおもハさらまし身にかふる物そなかりきみとり子ハやらんかたなく悲しけれとも昔の人のすて心までおもひよせて哀ならすや○説叢に句觧を難して曰引哥二首無益か此二首しらても此句意ハ聞ゆる也さし出たる事也前にもいふことく翁の句〳〵毎に古哥

をとられしにもあらす是等は途中の感偶即興にて詩哥にもいさゝか念なき所なりたとへは太平記并平家物語等を評判せし其代其時に己レ居合せての義ならんハ尤なり数百年の後泰清(ママ)の御代に遊んて乱中の人間を難するこそ無益に片腹いたしそれはそも爪にて蚤をころし黐にて蠅をとるよりもたやすくしてしかも其理あたらぬ事とも多かりしされは東西夜話の文段を前章に引出せしもかゝる附會の古歌をさらすべきため也五文字四品　猿をきて人句迁記所かくのことし猿をきて評林所記如此猿を聞て猿を聞人本朝文鑑并に句解如此　扨猿をきて人とハ古風の詞初念はかくも出しなるへけれとも語路の打聞き耳に立てハ後に再案ありて直せしと見へたり猿をきてとハ解に云ひしことく句意わからす猿を聞ても古風の詞也猿を聞人とハすなをにしてはた句意も聞へやすし吏登か袖日記の覚へ可然か吏登一とせ嵐雪と改む其頃の覚書なれハ嵐雪袖日記と云也後又老樹と改む考るに猿をきてハ全く誤り也猿を聞キてと有を下のきの字を鹿忽の人傳写にあやまり落して猿をきく《て》と傳ふと見へたり古來より傳写のあやまりハいかんともしかたく是非もなく偽りを後世に残す歎くへし僻言はいつも正すへき事なれとももののわかちかたくて年月経たる事ハたとひいふかしき事ありとも止事なく是非なくそれに従ひて疑ひをかく事漢にも此類多し詩哥ハ猶さらの事なりまして俳諧なるをや古嵐雪たりとも定めかたかるへししかし(ママ)ハ捨て置へきも亦可也此句も前書に云ふ如くしひていろふへからさるの句也唯句意をのミさとし得は咎なかるへきをや巴峡の暁猿は他の国なれハ聞も叶はす日本の山家近くハ八王子筋九月のすゑ比にハ寒かりて鳴聲極めて悲しく哀れなるものとかや猿を聞てさへかなしむ人此捨子の聲をあハれまさらんや是さへしのひかたきに其捨たる親ハいかにそや悪しとてハ捨まし浅ましき世と観念無量にして句中に顕然たり秋風もかなしきひゝきをそへて此季の入さまこそ名人の手つま也かゝる所を仰感すへき事也猿をつよく評せんは猿の句に落へし是捨子の句にて猿ハかけ合ものと知へきなり

(頭注)　一字幽蘭集《ニハ》
　猿をきて世とあり
朗詠集　澄明
胡雁一声秋商客之夢巴猿三叫暁霑行人之裳
椎かもと

おしかなく秋の山里いかならんこはきか露のかゝる夕くれ

法性寺殿の御所の前に子を紅梅のきぬにつゝみて

身にまさるものなかりけりミとり子ハやらんかたなくかなしけれともと書て捨たるを御所にてそたて玉ひ後中将頼実発心して僧正良縁と申けるよし撰集抄ニ見へたり

(20) 蒙引

詩つくりも哥よミも猿の聲はかり悲しき限ハなしといへり其人〳〵に此捨子の秋風に泣くを聞せなハいふ言の葉もなからんとそかくいひて己かたとしへなき悲しさを顕ハし玉へり

(22) 松の風

冨士川のほとりを行に．三はかりなる捨子のあはれけに泣あり．袂よりくひ物投て通るとてと前書あり深草元政か道の記に．路すから乞児《カタイ》にあしとらせて．腰｜下青《ノ》｜銭捨《テ》、如《シ》レ塵《ノ》．小嚢何《ソ》足《ン》レ救《フニ》二窮｜民《ヲ》一．客衣常《ニ》濕《フ》秋｜風《ノ》涙．多《クハ》洒《ク》二路｜傍無「告《ノ》人《ニ》一また互夜の哀猿に断腸の思ひを起するハ．唐と大和も同じ風情也．其哀れと．捨子の秋風に吹るゝといつれか哀れ深きと問かけし語勢也

(24) 泊船集

猿をきく人ハ断腸ノ思ヲナストイフカすて子に秋の風ノアタルトハいかにクラヘ物ニハナラヌ悲シサテハナイカ

(頭注) 早瀬にかけてトハあふなき所にといふ事也

浮世の浪——是ハ世わたりのしかたくて養ふ事もならねハしハらくにても命をたすけたく捨置しかとなり

小萩をかの子にたとへて今宵かきりにやあす迄も命をたもつ事にやといへる也

(25) 翠園抄

○白《(ママ)》船集にくの字疑し依て句選に猿をきてと誤る○杜律聴《テ》レ猿《ヲ》實《ニ》下《ル》三聲《ノ》涙○〻さらぬたに老てハ物のかなしきにゆふへのましら聲なきかせそ

(26) 諸抄大成

(4) に同じ

(27) 句解大成

素堂云冨士川の捨子ハ惻隠の心を見へけるかゝる早き瀬

を枕としてすて置けむさすかに流れよとはおもはさらまし〽身にかふるものそなかりきみとり子はやらむかたなく悲しけれともむかしの人の捨こゝろまておもひよせてあはれならすや

愚考それハ金葉集の捨子の哥なり定家卿の子息為家卿の哥に〽捨て行親したふ子のかたいさり世にたちかねてねこそなかるれなとの意にもかなひてあはれなり此句につきて種〳〵の注釈あれと憶説なれは是を略す此五文字猿置て人　猿置て猿を聞て　此句には無用なから捨子の事宋書曰綧祐之初置二慈初室干飾安一収二道踏遺棄之嬰児一云々時の君によりてハかくありかたき事もあなり

句の意は上五字中七文字にて猿を聞人は猿を聞て實にくたる三聲の泪と杜子美か秋興の詩にも作りしことくかなしさ上もなし其悲しさと捨子に秋風の吹あてたるかなしさといつれかかなしさまさると問つめたる也猿と人間と一くちにいふなと也爰に惻隠の意を悟るへし是は是小町業平の問答歌を種にして作り出せるもの也問答歌の訳は十六夜残菊の句の下にくはしく出すへけれは見合すへし山峰云唐詠物詩選巻之七禽獣部蘇極か聞猿の詩に〽秋凬颯々猿声起客恨猿哀一相似謾向孤危驚客心何曽解入笙歌耳云々この詩の意成へし

(28)　一串

猿の聲に断腸の序あり。……不二川の猿を鷗とせバ。聴く人いかでか作者の意に通ぜんや。されば歌連哥の席上に。古人の作例ある書《ふみ》をあまた積おくも。此序を明にせんが為なり。

(29)　解説

素隠士曰富士川の捨子ハ惻隠に見えけるかゝる早き瀬を枕として捨置けんさすかに流れよとハ思はさらまし身そかふるものになかりきみとり子ハやらんかたなく悲しけれともと昔の人の捨心まて思ひよせて哀ならすや云云小萩かもとの秋の風といふハ源氏椎か本の巻に時雨かちなる夕つかた匂ふ宮〽をしかなく秋の山里いかならん小萩か露のかゝる夕くれ唯今の空のけしきをおほししらぬかほならんも餘り心つきなくこそあるへけれ枯れゆく野へも分てなかめらるゝ頃になんなとあり素隠士の身そかふるものになかりきといへるハ撰集抄に今橋の僧正良縁と

なん聞へ玉へりしは冨家の大殿の法性寺にすませ玉ひける年の長月斗りに彼の御所の前にめつらかなるみとり子を紅梅のきぬに押つゝミてきぬにかく〳〵身にまさる物なかりけりみとり子ハやらん方なく悲しけれともと書て捨たる事侍りけるを殿聞食て哀とおほしけるにや父母といはんものハ必尋來てひとへに哀むへしとて御所にてなんそたてさせ玉ひて中将まて成玉へるなるへし云云此事なるへし

本朝文鑑二憐捨子辞と有て駿河の国ふし川のほとりと書出して野さらしの紀行の文のことくあり其注二云此辞も渙父の文勢なから捨子に秋の風いかにと問かけていかにそやと序詞につゝけたる但辞を立るときハ千般の法格あるへし誠や冨士川の瀬を早ミ浮世の浪にいひかけたる此川ならてハ更に有まし小萩か露ハ源氏のうたをかり父母の憎愛ハ荘子か天性をいへる例に和漢の博達にして是をも漢家の辞より倭文の助語を用ひ得たりといふへしとあり荊州記云巴東三峡巫峡長猿鳴涙沾裳と云按に此句猿を聞て人と云貞享のはしめの風調にもあるへきにや断腸の猿の聲をきゝてハ涙裳を沾すへしかゝる人いかて此捨子を憐まさらんや捨子の寒き秋風の身に入むらんいかに思ふそやと問ひ掛けて悲しミ玉ふ哀なる至情なるへし但泊船集の疎なる前の千里の句の預けゆくを影けゆくに作るもと猿をきく人なるを猿をきてと書誤るならん紀行に猿を聞人に作る説叢云巴峡の暁猿ハ他國なれハ聞も叶はす日本の山家近くハ八王子邊九月の末頃ハ寒かりてなく聲極めて甚悲しく哀なる物とかや猿を聞てさへ悲しむ人此捨子のなく聲を憐まさらんや是さへ忍ひかたきに其捨たる親ハいかにそや悪しとてハ捨まし浅ましき世と観念無量にして句中に顕然たり秋風も悲しきひゝきを添て此季の入さまこそ名人の手つま也かゝる所を感仰すへき事也云云

四、大井川

大井川越る日は、終日、雨降ければ、
秋の日の雨江戸に指おらん大井川　ちり
馬上吟
道のべの木槿は馬にくはれけり

大井川越る日は、終日、雨降ければ、
秋の日の雨江戸に指おらん大井川　ちり

(24) 泊船集
秋の日の雨ガフルユエ江戸に居ル友ガ日ヲクリテ若川留ニハ遭ヌカト指折ん此節大井川越ルデアラフガ　千り
上の五文字の長きは其節の流行にて何ほとなかきもゆるセしとなり

(25) 翠園抄
句のみ記載
馬上吟
道のべの木槿は馬にくはれけり

(4) 評林
(一句の中七は「槿は馬に」になっている)
うたに
とりつなけまへすかたのゝはなれ駒つゞしかけたに
あせひ花さく
あせひハ馬酔木と書て馬の毒なれは道中につなくとも心をつけよと也槿もみちはたに咲すは馬にも喰れましを道ばたゆへにこそ人にも折れ馬にもくはるれ只出る杭の打るるといふのいましめなるへし馬酔木の事ハ下學抄ニミゆ可尋

(6) 師走嚢
此句ハ木槿を朝かほとなして午時の日にしほれしハ馬にくハれしよとの作意妙也此句面に深意顕ハれされハ芳山

暁山集にも此句を載て路邊の木槿ハ馬にくハれたりといへるハ句にハ非す一向野卑の雑言也と譏れるも偏に芭蕉上戯《ウハト》弄《ホケ》を深く悟さま也

（7）膝元

　行の躰也とそ

此句ニ。たりト。けりトの論あり

許六か集にハ。たりト有句選にハ。けりと有羊素カ答問抄ニ云此句抄ニ馬に喰れけりトありされと。けりにてハ手尓葉違なりいふかしと思へるに許六か集に喰れたりと有りき尤可宣と

伊勢の古雅談ニ曰此句喰れたりにてハ手尓葉違なり翁の自筆に喰れけり短冊ありとて證とす

所詮二品の取捨ハ其人の器に随て定むへきか猶可尋愚案ハ。たりニ随ハんのミ

蓼太選

翁真跡集住岡氏所持ノ短冊ニハケリト有リ

　此句ハ行也

（8）呑吐句解

出る杭面うたるゝとやよしなる所に差出て咲たり故に徃来の馬の歯にかゝりて喰ちらさるゝとや世の人にさし出るハあしきと戒たる心もこもれるか又ある説に留別の吟といへり留別の吟にしても面白し表に繋たる馬のあまりに別の久しきなとかきねのむくけを喰ちらしたると作りて別を深くおしむ心籠れり

（頭注）木槿　人家多種植為籬障故云籬草《ムクケ》

　予むかし義仲寺に立寄て芭蕉翁の塚に手向しける句

　　手向には馬も木槿を残しけり

　　かけふれて三十年のむかし也

（9）句解傳書

雁ノ冥々ニ遊フヘキヲ誡シム

（一句の上五は「道邊の」になっている）

（10）説叢

（一句の前書は「馬上吟翁の野さらし記行に如此あり依て今たゝし出す」とある）

袋云此句ハ木槿を朝顔となして午時の日にしほれしハ馬に喰ハれしよとの作意妙也此句面に深意顕ハれされハ芳

山か暁山集にも此句を載て路邊の木槿ハ馬に喰れたりといへる句には非す一向の野卑の雑言也と譏れるも偏に芭蕉の上戯《ウハト》弄《ボケ》を深く悟らさる也[林]云哥にとりつなけきへすかたのゝはなれ駒つゝしかけたにあせひ花さくあせひハ馬酔木と書て馬の毒なれは道中につなくとも心をつけよと也槿も道はたに咲すハ馬にも喰れましを道はたゆへにこそ人にも折られ馬にもくハれ只出る杭の打るゝと云のいましめ成へし[解]此句を出さず

(説)[袋]甚だ邪妄不ㇾ可二信用一也．木槿を朝顔となしてと云ハ．心得ず．牽牛子《アサガホ》ハ一時の栄え木槿ハ一日の栄えと．古人も申されし．似て似ぬもの也．ましてや草と木との差別もあるをや．又日に凋ミしを．馬に喰れしとハ．例の無理無躰の邪智也．かくあればとて．何の妙なる事あらんや．此注をこそ．奇妙なる無理とやいはん．又暁山集を引といへ共．渠がごとき．邪人の説．出すにも及ぶまじ．古池を山吹と置くかた．よしといへる．ほどの不堪者なれバ．それらの人のいかでか．此句を聞知事のあらんや[林]馬酔木《アセミ》の事．此句の用にあらず．木槿ととりちがへたりと見ゆ．甚た可笑也．又引哥もあやまれり(説)堀川院御時百首に俊頼朝臣．とりつなけたまだ横野のはなれ駒つゝじが岡《けたイ》にあせミ花咲《咲けり》又貞徳の肝要抄に曰．玉田横野ハ奥州の名所也とあり．然れども玉田横野ハ備中國也．髙倉院御時大嘗會．備中國の哥．新拾遺集．賀部に出たり．玉田横野ハ．和泉國にて．新拾遺集雑に哥有．奥州といへるハ．つゝじのけた．奥州の名所歟のよし．八雲御抄にあれば．思ひたがへていへるなるべし．○あせひハ．誤也．あせミ也．万葉にも出たり．又道中の字も．途中と書く可然にや．馬酔木《アセミ》と木槿わからぬ文語也．○喰れけり．句選にもけりと有羊素問答抄に此句抄々にけりとあり手尓葉違也いぶかしとおもへるに許六か集にたりと有尤可随といへり．然れども．伊勢古雅談にハ．たりとハ手尓葉違ひなり翁の自筆の短冊にけりと有證とすへしといへり．按ずるに．たりハ．てありの仮名にて喰れてありといふ義也．手には違ひにハあらず．されども．けりにてあるべし．ことに真跡にもけりとあるよし弥さこそ有べき．一躰句のしたてけりにて面白かるべし．只喰れき．といふのミ也．○句意ハ．人ハ居所にこそ．

よるものなれ。世の諺に。出る杙《クイ》ハ打るゝといふ事あり。人をの〳〵。身の分ざいに。分量を守れかしとの事也。此句においてハ。超極大秘訣あり。知る人決してなし。其解を。しるほどの人ならんには。翁の句。いづれをも掌中に握るべし。知止の道。其止る所をしらざれバ鳥にだもしかず。美濃の五竹（後ニ五筑と改む）坊も。此句意。おそらく天下に知る人なしと。申たりとかや。聞及びしが。〇又或説に。むかし翁。混本寺の佛頂和尚の弟子と成し時。折〳〵ごとに行かよひ。勤学ありしに。佛頂ハかたのごとく。俳諧を制せられ。綺語怪詞何の益ありやと。毎度叱られしに。或時近里に時斎ありて。佛頂翁をともなひ行しに。道〳〵も亦俳諧のことを。言ひ出されしに。翁のいはく。俳諧ハたゞ今日の事。目前の事にて候と。申されしかバ。しからばそこにある。木槿にて。一句せよとありし時即吟也と。其時に。佛頂つら〳〵考て。曰善哉々々。俳諧もかゝる。深意あるものにこそと。殊に感ぜられて。のちハ。制し給ハずとかや。禅意に叶へるところありと見ゆと云々。此説も亦不審有。此句ハ。野ざらし記行に出て。馬上ノ吟と題有。馬上にて。佛頂と同道ハせまじ。是不審也。もしや仏頂の望れし時。さきにせし句を。咄し聞かせけんも知るべからず。〇野ざらし記行に。素堂序にも。此度紀行。二三句の秀逸のよし。見えたり

(11) 金花傳

（一句の上五は「道はたの」になっている）

見よや人おのかえならぬ花の香に打つくさるゝ野路の梅か枝此詠の心にかよへるにや槿華一日も道はたハ猶ももろきと無常迅速を述て千萬の意味を含めり言ハ意を不尽況ャ又筆にしてをや

(12) 過去種

（一句の前書は「眼前」になっている）

道野邊の

當吟の句解　昔より区々にしてむつかし一解曰木槿を蕣となし午時の日にしほれしハ彼馬に喰れしと云り甚理屈又曰當の眼前体の談論ハしらずして芳山か暁山集に當吟をのせて道のへの木槿を嘲りし雑言有是ハ只翁意を知す短才のいへる所也取に足らす翁目前を人に一棒して功を内に守り出過たる人を惜ミ給ふ権式にして隠逸を守玉ふ

温奥也一説昔季吟師曰一派の建立を蕉翁に勤め玉ふ時翁の謙退の尊章也同門素堂も同しく勤められしを當吟有とそ是正解也

（13）茜堀

（一句の上五は「道端の」になっている）

此句にけりたりの論あり許六羊素茂蘭たり也予か義もたり也扨二十五条に是を行の躰といふハ非也是ハ眞の句也羊素曰木槿ハ槿花一日のはかなきたとへに詩にも作られ一日のさかへをもまたず馬に喰れたる苦空不定の一句談林を看破し正風建立の始に諷す云云梅丸曰此解是に似て非あり茂蘭曰句意ハ出頭鼻を突出る杭《ク》打るゝ丸曰是を正とすへし羊素か苦空不定は過たり芳山曰麦にも動く云々丸曰非也此句むくげにてすハる此境勘へミるへし又道への五もじあやしく思えるに果して支考などが直せし也素丸が説にミへたり又かまれけりともあり今とらず又むくげハ木槿《モツキ》と音通ず木槿《モクキン》の略也是を音《イン》語といふ和語に此例あり或人もくの花と使へる故に此辨有ル也花むくげといふへしもくとハいふへからす

（15）新巻

（一句の上五は「道端の」になっている）

道のへの青麦馬にくハれけりといふ古き連哥の詞をわつかにかへて木槿の詞超妙なるへし槿花の一日栄をなすことあたハす不時に食れたるなりあるハ藪かくれ庭の隅なとに咲なハ秀てすといへとも害にあふましきか王昌齢か雙翠鳥の乗丸をいためるたくひ非情なを不時を免かれす況や有情にいたりてハ言外意味尽すへからす

（16）笈の底

（一句の上五は「道次《ミチハタ》の」になっている）

染あへぬ枝も手毎に折つくす遊廻《ユキ、》の岡の紅
葉ゝハお《を》ゝし　後水尾帝

此吟ハ此御製の意を以て可レ弁也今案に世俗に云出る杭打ると云諺能く相当す其意ハ世を遁れて山林の閑を楽めとの趣也誠に槿花ハ朝に開て夕に音萎《シヲホ》む纔に一日を栄とす可レ悲し道路の事繁きに發《サケ》ハ往來に手折られ或ハ馬に喰れて一日の盛りさへ全からす山林に菴まハ一日の栄ハ安全たるへし深山幽谷其愁ひ無に不レ有と云共自ら暫しも不レ見不レ聞不レ言ハ是閑を得たり共云へし伊勢斉宮御哥に

そむくとて雲にものらぬ物なれと世のうき
事そ余所になるてふ

槿　蕣　和名鈔《ニ》云蕣《ハ》地蓮花朝《ニ》生《シテ》夕《ニ》落《ル》者也　和名　木波知須　字彙《ニ》云槿《ハ》木槿似《ル》二李樹華《ニ》一也一名《ハ》舜華一名《ハ》王蒸時珍《カ》曰此花朝《ニ》開《キ》暮《ニ》落《ツ》故《ニ》名《ク》二日及《ト》一曰《ヒ》レ槿《ト》曰《フ》レ蕣《ト》猶僅《ノ》栄一瞬《ノ》之義也云々今案に俗訓《ハ》武久介是ハ木槿《モクキン》の轉語也此類ひ惣て多し或ハ波知須と号す是ハ木槿《キハチス》の上略也木蓮と云訓ハ此花荷花に似たるを以て也此物夏より花開く八重一重あり花に赤白紫或ハ絞等ある也亦一名阿佐加保と号す也契仲云槿ハ蕣也中比より誤て是を朝顔と詠り蕣ハ和名に岐波知須とあり地蓮花と云俗に武久介と云ハ木菫《ムクケ》也云々今案に国俗に蕣と書て牽牛花《アサカホ》の事とす是ハ両品共に和名阿佐加保なるに依て混合して誤り來る所也萬葉等に槿花《アサカホ》と詠ミ牽牛花《アサカホ》と詠む哥を以て可レ別し同名二品なる事明らか也亦古今集に朝顔と詠る哥ハ多く槿花なるへし其證ハ物名に別に牽牛子《ケニコシ》と出たるを以て可レ弁也惣て一名二品の物多し亦一物二名三名の品等あり依て混雑する也中比よりの説阿佐加保と云時は皆牽牛花を云て槿花の事を不レ謂不レ詳也貝原云木槿ハ花実共に木芙蓉に似たり木芙蓉ハ拒霜にて別物也亦和名岐波知須一《ニ》云阿佐加保亦牽牛花も阿佐加保と云也何れも朝に開の云成へし一名《ニ》而二品也凡倭漢共に一名二物多し可レ弁の事也云々

萬葉十　あさかほハ朝露《ミ》を《お》きて咲といへと夕影《カケ》にこ
そ開《サキ》まさりけれ

後撰集　独侍りけるころ人の許よりいか
にそととふらひて侍けれハあさ
かほに附てつかはしける
詠人不知

夕暮のさひしき物ハあさかほの花をたのめ
る宿にそ有ける

風吹ハ雲のきぬ笠立田山いと薫ハせるあさ
かほの花　無名

初の萬葉歌ハ夕影に開き勝ると詠む是槿花の證也牽牛花ハ朝の内に萎む花也亦後撰の哥も夕暮に朝顔の花を頼むと詠む是亦槿花成る事明らか也末の歌は薫と詠む槿花に薫あり牽牛花にハ薫なし殊に立田山によむ牽牛花山に不レ生歌にも皆里の庭垣等に寄て詠を以て可レ知

也
（17）集説
（一句の上五は「道のへの《はたともイ》」になっている）
泊船集　道の記　眼前と有　評林云馬酔木は馬の毒なれは道はたにつなくとも心を付よと也槿もみちはたに咲すハ馬には喰れまじとこそ只出る杭か《（ママ）》かたるゝといふいましめならん
（18）句彙（口絵9頁）
（一句の前書は「眼前」、上五は「道はたの」になっている）
唯タ是レ槿花《キンクワ》一日ノ榮《エイ》
嘯山評して云体行雲の如く興象玲瓏として事々あらさる所なしと云云
（19）年考
貞享元年の吟なり野さらし紀行ニ有此行脚秋八月東武を旅立て大井川を越へて旅中の吟と見へたり眼前とあり○伊達衣には馬の喰にけりとあり○秘問集ニハ句迂の通りにて其場其時の自然なり唯正直ニして更に曲なし我に風雅の位ある時はたとひ士は奴にせらるゝとも其君をうらミす變化の俳諧にしてしかも忠戦を守るといふべし○羊素曰〽道はたのむくけハ馬に喰れけりと有ハ誤り也〽道のへの槿《（ママ）》ハ馬にくハれたり滑稽傳に見へたりといへり○滑稽傳ニ評林を見破りて初て正風躰を見届け躬恒貫之の本情を探りてはしめて道のへのむくけハ馬にくハれたりと申されたり○甲子紀行に素堂の序ありて文に曰山路来てのすみれ道はたのむくけこそ此唫行の秀逸なるへけれ下略と見へて句は道のへと有て下も喰れけりとあり○真蹟集にも此通り見へたり滑骨《稽》傳にのミ喰れたりとあり外多分喰れけりと見へたり○評林ニ曰とりつなけまへすかた野のはなれ駒つゝしかたけにあせひ花さくあせひハ馬酔木と書て馬の毒なれハ道中につなくとも心をつけよとなり木槿も道ハたに咲故にこそ人にも折られ馬にも喰るれたゝ出る杭のうたるゝといふいましめなるへし馬酔木の事は下學抄ニ見ゆ可尋○案るにあせひの哥さまて用なきにや又羊素か評句は侫を好むか○去来抄ニ道はたと有りけりと有て句躰のまゝ侍るにまよひて浅ましき句を吐出しはせを流とおほへたる族有○或問珍ニ道はたとあり○師走袋ニ此句は木槿を朝かほとなして午時の日にしほれしは馬にくはれしよとの作意妙なりこの句面に深意あ

らハれされは芳山か暁山集にも此句を載て〻路辺の柳は馬に喰れたりと云へる句ニハあらす一向野卑の雑言也と識れるもひとへに芭蕉の上戯弄《ウハトボケ》を深く悟らさるなり〇説叢ニ師走袋を難して甚邪妄不レ可ニ信用一木槿を朝顔となしてといふは心得ず牽牛子ハ一時に栄へ木槿は一日の栄へと古人も申されし似て似ぬものなりましてや艸と木との差別も有おや又日に凋ミしを馬に喰れしとハ例の無理無躰の邪智なりかくあれハとて何の妙なる事あらんや此注をこそ奇妙なる無理とやいはん又暁山集をとらへ云とも渠か如き邪人の説出すにも及まし古池やを山吹と置く方よしといへる程の不堪者なれハそれらの人のいかてか此句を聞知る事あらんや又評林に馬酔木《アセミ》の事此句の用にあらす木槿と取りちかへたると見ゆ甚可笑也此引哥も(ママ)あるまれり堀川院御時百首に俊頼朝臣〻とりつなけ玉田よこ野ゝはなれ駒つゝしか岡にあせみ花さく又貞徳の肝要抄ニ玉田横野ハ備中國なりとありしかれとも玉田横野ハ備中國なり

高倉院大嘗會備中國の哥新拾遺賀の部に出せり又玉田横野ハ和泉国にて新拾遺雑に歌あり奥州と云へるはつゝしかたけ奥州の名所かのよし八雲抄ニあれハおもひたかへて云へるなるへしあせひハ誤りなりあさみ也萬葉にも出たり又道中の字も途中と書て可然にや馬酔木と木槿のわからぬ文語也喰れけり句迂にもけりと有羊素問答抄に此句の抄ニたりとありてには違也いふかしとおもへるに許六か集ニたりと有り尤可随とありしかれとも伊勢古雅談にたりとハ手尓波違なり翁の自筆の短冊にけりとあり證とすへしといへり案るにたりハてありの仮名ニて喰れてありといふ義也手尓波違にハあらされともけりにてあるへし殊に真蹟にもけりと有よしいよ〳〵さこそ有へき一躰句のしたてけりにて面白かるへしたゝ喰れきといふのミ也句意ハ人ハ居所にこそよるものなれ世の諺に出る杭打るゝといふ事あり人おの〳〵身の分際に分量を守れかしとの事也此句におゐてハ趣意大秘訣あり知る人決してなし其鮮を知る程の人ならんにハ翁の句いつれをも掌中に握るへし知止の道其止る所を知らされハ鳥にたもしかす美濃の五竹（後五筑と改）坊も此句意おそらくハ天下に知る人なしと申たるとかや聞及ひしか又或説に翁混(ママ)本寺の佛頂和尚の弟子と成りし時折〳〵ことに行かよひ勤学ありしに

仏頂はかたのことく俳諧を制せられ綺語怪詞何の益ありやと毎度叱られしに或時近里に時齋ありて佛頂翁をも伴ひ行しに道〳〵も又俳諧の事を云ひ出されしかハしからハそこにある木槿にて一句せよと有し時の即吟なりと其時仏頂つら〳〵考て曰哉云々俳諧もかゝる深意あるものにこそとこゝに感せられて後ハ制し玉ハすとかや禅意にも叶へる所ありとミゆと云々この事跡も不審あり此句は野さらし紀行に出て馬上吟と題あり馬上にて佛頂と同道ハせまし是不審もしや仏頂の望まれし時さきにせし句を噺し聞せけんも知るへからす野さらし紀行素堂か序もこの度紀行二三句の秀逸のよし見へたり

（頭注）　羊素無倫門後沾洲門

　朗詠集ニ松樹千年終是朽槿花一日自為榮白居易

　此柳ハ写誤か又暁山集ニ謬か

（20）　蒙引

（一句の前書は「眼前」になっている）

一日の栄をも全ふせさるを観す猶生を養ひ禍を避ることハ静僻の地にしくことなしとの余意ミゆ此吟隠逸の志の顕ハるゝ所ならんか

（24）　泊船集

（一句の前書は「眼前」になっている）

　道のへの木槿は馬にくはれけり道バタナラズハクハレマイニ

　ある本に道はたとあり道はたといふか然るへしと覚ゆ荘子に山中の木不材をもて天年を終といふに反セり此句無味の味言外にあり吟して知るへし

（25）　翠園抄

（一句の前書は「馬上吟」になっている）

○素堂の評に山路來ての菫道はたのむくけこそ此吟行の秀逸なるへけれ○滑稽傳に談林を見破りてはしめて正風躰を見届躬恒貫之の本情を探りて初て〳〵道のへの木槿は馬にくはれたりと申されたり○朗詠集に松‐柏千年終ニ是レ朽槿‐花一‐日自為ラレ榮ト

（26）　諸抄大成

　（4）（13）に同じ

（27）　句解大成

（一句の前書は「馬上吟」になっている）

一書に云凡槿花ハ只一日の栄にして世にはかなき例に引るそれさへまたてとみに馬にくはれて中失セむかいとあ

はれに悲しむへき叓にこそ人もまたかくのことし且馬の草をくふとハもとよりにして是や詩哥の趣なるへきを木槿をくふとハ独祖翁のはしめて見出されたる俳諧のおかしみなれは誠に間然すましき眼前体なり木槿を噛と云あたらしみの甚たしけれハ句作りて優にやハらけたるなり一書に世の諺に出る杭ハうたるゝといふことく身の分際分量を守るへしといふなり

或人云大全に此句大秘決ありしる人決してなしと云々初歳の俳士かゝる説に決して驚くへからす句の上に於て秘叓口傳といふ叓ハなきことなりそれか中に諷流の意ある句ハ一通りの奥に心を持ことあり

愚評必秘叓口傳といふ事ハ変してなき叓也とハ一概の論にしてかへつて無法になるなり秘叓口傳にもせよいかほとむつかしき句にても解してあらはす時ハ論なし秘事口傳なといふて初心をおとろかす言くさなり句の上に於て解セぬ句はなき事なり及はぬものハいかほと骨を折てもはた骨なり法をしり古叓古詩古哥等を句にたくらへて句の深ミをあらはす是秘叓口傳なり一本にくはれたりと出すハ非なりたりけりの訳七部大鏡にくはし

(28) 一串

（一句の上五は「道ばたの」になっている）

終りの句ハ槿花一日のはかなき事ハ古今の人の詩歌に尽させおき。道はたの木槿ハ馬にさへくはれたりと言ひ捨て聴く人をして扨もはかなしと思はせたり。

(29) 解説

（一句の前書は「眼前」になっている）

紀行一に馬上の吟とあり歴代滑稽傳に談林を見破りて初て正風体を見とゝけ躬恒貫之の本情を探りはしめて道野辺の木槿ハ馬に喰はれたりと申されたり又素隠士の序に山路来てのすみれ道はたのむくけこそ此吟行の秀逸なるへけれとありよつて道のへ道はたくはれけりくはれたりの異同の論諸説頗る難渋也といへとも強て句意にかはりたる事もあるへからすはしめ道はたとありしを西行の道の辺の清水の五文字あるにより道のへと一直せられしにや積翠子云去来抄に道はたとありけりと有或問珍に道はたとあり云々馬にくはるゝのひゝきにハ道はたの方俗談の強ミにてよろしくや素隠士も道はたの聞かれたる事なれハ従ふへくやされと紀行并に此集句撰句集とも斯くの

如し説叢ニ云或説に混本寺(ママ)の佛頂和尚の弟子と成りし時折々ことに行通ひ勤学ありしに佛頂ハかたの如く俳諧を制せられ倚語怪詞何の益ありやと毎度叱られしに或時近里に時斉ありて佛頂翁をも伴ひゆきしに道々も又俳諧の事を言ひ出されしかば然らハそこに有る木槿にて一句せよとありし時の即吟なりと其時仏頂つら〳〵考て曰善哉々々俳諧もかゝる深意あるものにこそと爰に感せられて後ハ制し玉はすとかや禅意にも叶へる所ありと見ゆると云々此事蹟も不審有佛頂の望まれしときさきにせし句を噺し聞せけんもしるへからす云々此句眼前体曲節の傳とす

五、小夜の中山

> 廿日餘の月、かすかに見えて、山の根際いとくらきに、馬上に鞭をたれて、數里いまだ鶏鳴ならず。杜牧が早行の残夢、小夜の中山に至りて忽驚く。
>
> 馬に寝て残夢月遠し茶のけぶり

廿日餘の月、かすかに見えて、山の根際いとくらきに、馬上に鞭をたれて、數里いまだ鶏鳴ならず。杜牧が早行の残夢、小夜の中山に至りて忽驚く。

馬に寝て残夢月遠し茶のけぶり

（1）三冊子

此句古人の詞を前書になして風情を照《テラ》す也初ハ馬《バ》上《ゼウ》眠《ネム》か

らんとして残夢残月茶の煙と有を一たひ馬に寐てと初五文字をしかへ後又句に拍子《ヘウシ》有てよからすとて月遠し茶の煙と直されし也

（8）呑吐句解

佐夜中山茶店餅飴を産とす夜ふかく旅立て既に夜もしら〳〵明る比茶店の煙を見るハうれしき物也馬上に眠りて月も山端にかくれかゝる時馬士に目を覚されてゆめを残すと也

（9）句解傳書

山遠雲埋行客跡松寒風破旅人夢

（12）過去種

廿日余リノ残月小夜ノ中山ニ到ルトアリ

馬に寝て

當吟

風雅集　光明峯寺入道前摂政左大臣

〽茶の葉山さやの中山長き夜も仮寝の夢は結ひのこしぬ

このうたの心にも叶ひ玉ひぬ

（16）笈の底

是ハ詩作立の吟也則貞享の比ハ此格多し依て多くハ不レ挙也去なから此節の他人の句共一句に理屈と作のミに落て取に不レ足誠に正風の志し自然に顕れて如レ此き云捨と云共一段と別ツ也其姿風情滑稽有り縄手に懸る茶見世の煙に目を覚す事旅人の常也朝毎に思出る吟と云へし

烟　煙　和名鈔ニ云烟ハ火焼ク二草木ヲ一黒気也字亦作ルレ煙ニ和名介布利字彙ニ云烟ハ與レ煙同也火ノ欝気也云々萬葉ニ炎《ケフリ》　火気同貝原云烟の介ハ気《ケ》也布理ハ昇《ノホリ》　也気昇《ケノホリ》也上を略す保と通す一説に介ハ岐江也火消て気昇る也云々契仲《冲》云気振《クフリ》の意か振ハ起る也云々今案に介布利と書て介武里と唱ふへし是ハ武に紛ふ布也此類多し亦燗《ケフタシ》　と訓す是ハ煙痛《ケムタシ》と云詞也水の冷《ヒユ》るを爪痛《ツメタシ》と云同意也煙の目鼻に入るハ痛の云也亦手足の冷るハ爪の痛む者也亦煙《ケブ》と斗も云也惣て烟ハ雲霧霞靄等に見なして詠る也

後拾遺　五月雨にあらぬけぶさへ晴せねは空も悲しき事にやしるらん　周防内侍

（17）集説

古人の詞を前書に題して風情を暁らす也初は馬のうへ眠

らんとして残夢残月茶の烟と有を馬に寐てと初も又かへ後又句に拍子有よかす（マヽ）とて月遠し茶のけふりと直されしや土芳説也

（18）句彙

杜牧之早行詩　馬上續《ニク》㆓残夢《ヲ》㆒

羅山詩　坂道《ノ》升降是早天《ノ》夢残《ニ》㆓馬上《ニ》㆒不㆑成㆑眠《ヲ》歌

入る月をかなたの空とかへりミて夢路にこゆる小夜の中山

（19）年考

貞享元年八月東武を立て伊賀の旧里に赴く時の吟なり野さらし紀行ニ見へたり其序ニ素堂の曰さよの中山の馬上の吟茶のけふりの朝けしき桛に夢をおひて葉落る時驚きけん詩人の心をうつせるにや〇赤艸紙ニ此句初めハ馬上に眠らんとして残夢残月茶の煙とあるを一たひ馬上に寐てと初五文字をしかへ後又句拍子ありてよからすとて月遠し茶のけふりと直されし也

〇杜牧ヵ早行ノ詩垂鞭信馬行數里未鶏鳴林下帯残夢葉飛時忽驚霜凝孤雁廻月暁遠山横僮僕休辭險何時世路平

（頭注）東坡文集ノ詩畧ス

（20）蒙引

（一句の前書は「杜牧か早行の残夢小夜中山にいたりてたちまち驚く」になっている）

ゆり起されて鞍上に眼をひらけと月も煙も夢こゝろなる半覚半睡の風情をいへるならんかれか早行の詩を思ひ合せて面白かりけん

（23）参考 **（口絵12頁）**

（一句の前書は「〇杜牧か早行《甲子紀行》の残夢小夜の中山に至てたちまち驚く」になっている）

考杜㆓牧字牧《ハ》㆒之唐ノ人早㆓行ノ詩丈㆒山詩㆓仙堂之《ノ》一㆒ニテ詩㆑仙㆑堂ニカクト堂ハ叡㆓山ノ麓一㆒乗寺村ニアリ　早㆓行垂㆑鞭《ヲ》信㆑馬《テ》㆒行數《ニ》㆓里《ク》未《タ》㆒鶏㆑鳴㆒林《ナラ》㆑下帯《ニ》㆓残㆒夢《ヲ》㆒

（24）泊船集

馬に寝て《ガタツ》来レハ見《ハテヌ》残夢《ナガラウツ》〱《トナガムレバ》月遠し近クハ家《アリテ》茶ヲ煮ルの煙

朝またきけしきのさなから目に見る心地そせらる

（頭注）　数里ハ二三里四五里程の事

鶏鳴は夜明なり

杜牧之か早行詩《ノ》ニ

馬上續《ク》二残夢《ヲ》一トアリ

(25) 翠園抄

○杜牧早行　垂《テ》レ鞭《ヲ》信《セテ》レ馬《ニ》行数｜里未《タ》二鶏｜鳴《ナラ》一林｜下帯二残｜夢《ヲ》一葉落《テ》時《ニ》忽《チ》驚《ク》霜凝《テ》孤｜雁廻《リ》月暁《ニシテ》　遠｜山横《フ》僮｜僕休《シテヨ》レ辞《スルコト》レ險《ヲ》何時《カ》世路平《ナラン》

(27) 句解大成

一書に杜牧秋夢詩〳〵寒空動レ馬吹二月色一満二清砧一残夢夜魂幽美人辺思深孤鳴秋出レ塞一葉暗辞レ林又寄二紅衣一香迢々天外心の意を俤とす

愚考題早行。早行星尚在数里未二天明一不レ弁雲林色一空間流水声月従二山上一落河入二書簡一横漱至二重門外一依稀見二洛城一

扨二ツの詩をならへて見るに何れ予か出す所の詩に必定セリ爰に一ツの不思議あり此詩は三體詩に郭良か作る所也杜預か詩に句を合すれは意不レ叶郭良か詩に句を合すれはことは書の杜牧に不叶是必泉を覚へ違へて矢立の紀行書誤られたりと見ゆる郭良か詩を模写したるにきはまれり

(29) 解説

素隠士曰又さよの中山の馬上の吟茶の煙葉の落る時驚きけん詩人の心をうつせる也杜牧早行詩《ノ》云《ニ》垂《レ》レ鞭《ヲ》信《テ》レ馬《ニ》行数《ク》里未《タ》二鶏鳴《ナラ》一林｜下帯二残夢《ヲ》一葉飛《ノ》時《フ》忽《キ》驚《チ》霜《ク》凝《テ》孤雁廻月暁遠山横《フニ》　僮僕休《ヨ》レ舜險《ヲ》レ何時《ノ》世路平《ナラン》　赤双紙に此句古人の詞を前書になして風情を照す也初ハ馬上眠らんとして残夢残月茶の煙とあるを一たひ馬に寐てと初五文字をしかへ後又句に拍子ありてよからすとて月遠し茶の煙と直されし也とあり前書僅に異同あり

六、伊　勢

松葉屋風瀑が伊勢に有けるを尋音信て、十日計足をとゞむ。腰間に寸鋮（鐵）をおびず、襟に一嚢をかけて、手に十八の珠を携ふ。僧に似て塵有、俗にゝて髪なし。我僧にあらずといへども、浮屠の属にたぐへて、神前に入事をゆるさず。暮て外宮に詣侍りけりけるに、一ノ華表の陰ほのくらく、御燈處ゝに見えて、また上もなき峯の松風、身にしむ計、ふかき心を起して、

みそか月なし千とせの杉を抱あらし

松葉屋風瀑が伊勢に有けるを尋音信て、十日計足をとゞむ。腰間に寸鋮（鐵）をおびず、襟に一嚢をかけて、手に十八の珠を携ふ。僧に似て塵有、俗にゝて髪なし。我僧にあらずといへども、浮屠の属にたぐへて、神前に入事をゆるさず。暮て外宮に詣侍りけりけるに、一ノ華表の陰ほのくらく、御燈處ゝに見えて、また上もなき峯の松風、身にしむ計、ふかき心を起して、

みそか月なし千とせの杉を抱あらし

（8）呑吐句解（口絵4頁）

御裳裾川哥合に西行法師

萬代を山田の原の綾杉に風しき立て聲よハふ也晦日月なしとハ暮て参詣したると也風来りて杉を取巻て万声をうたふと也信心の起る事たれしも同し神慮なりとこやミとなる時御神楽を奏したるをおもひ出たる心を籠るへし

（頭注）　松葉や風瀑カ伊勢に有けるを尋ねて十日斗足を止む暮て外宮に詣てけるに一の鳥居の陰ほのくらく御燈所々に見えて又上もなき
峯の松風身にしむ――
前書のつゝき如此

（9）句解傳書

外宮ノ奉納嵐身ニシム斗深キ心ヲ起スト前書有

（12）過去種

三十日月なし

當吟　余れる姿を挙て註に遺詞相交ゆ

〽腰に寸鉄を帯せす襟に一嚢を懸す手には十八の珠数を携ふ僧に似て塵有俗に似て髮なし我僧にあらすといへとも髮なき者ハ浮屠の属にたくへて神の廣前（ママ）へ入事をゆるさすとあり

（17）集説

（一句の前書は「外宮に詣侍るに峯の松風身にしむはかりふるき心起して」になっている）

泊船集松葉や風瀑か伊勢に有けるを尋音信て十日はかり足をとゝむ暮て外宮に詣て侍りけるに一の鳥井の陰ほのくらく御燈處々見えてまた上もなき峯の松風身にしむはかり深き心を起してと有

守武神主の辞世に

　神路山我こしかたも行末も峯の松風〳〵

（18）句彙

（一句の前書は「暮て外宮に詣侍りて」になっている）

外宮に千枝の杉といふあり今ハ枯亡たり巣居行脚のころ山田にありし日林嵜の御文庫の学官より千枝の杉の枝を三十計贈られて持侍る

（19）年考

（一句の前書は「外宮に詣侍りけるに峯の松風身にしむはかりふかき心をおこして」になっている）

貞享元年の吟也甲子吟行ニ松葉屋風瀑か伊勢に有けるを尋音信て十日はかり足をとゝむ襟に一嚢をかけて手に十八の珠を携ふ僧に似て塵あり俗に似て髮なし我僧ニあらすといへとも浮屠の属にたくへて神前に入事をゆるさす暮て外宮に詣て侍りけるに一の華表の陰ほのくらく御燈所〳〵に見へてまた上もなき峯の松風身にしむはかりふかき心を起してとありて此句見へたり素堂の序ニ云ゆき〳〵て山田か原の神杉をいたき又上もなきおもひをのへ何事のおハしますとハしらぬ身すからもなミた下りぬ

○西行一代記ニ神路山のあらしおろせハミねの紅葉みもすそ川の流ににしきをさらすかと疑はれ御かきの松を見れハ千とせの陰木するゐにらはるおなし御山の月なれハい

かに木の葉かくれもなんとおもふことに月の光りもすみのほりけれハ神路山月さやかなるちかひにて天か下をハ照らすなりけり〳〵榊葉や心をかけんゆふしてのおもへハ神もほとけ也けり○案するに素堂の序ニ杉をいたきおもひをのへ泪下りぬといふを見れハ此時のあハれおしはかりたるなりされハ西行ハ嵐に月のさやかなるを感しはせをは月なきあらしをなけきて樹をいたくにや○神社考曰外宮一日豊受宮國常立尊也左者瓊々杵尊右者天児屋根命雄畧帝時建之養老五年九月初奉官弊○一説曰外宮傳言天祖御中主神也○舊事記曰天御中主者國常立尊之弟也

（頭注）　新古今　西行　きかすともこゝをせにせんほ
　とゝきす山口か原の杉のむら立
又蒔絵の松といふあり是ハ祭主輔親の哥に
玉くしけ二見の浦のかひしけみまきゐに見ゆる
　松のむら立

（20）　蒙引

（一句の前書は「暮て外宮に詣侍りて」になっている）

鳥羽玉の暗の嵐の烈しきに杉をたのめる風情なから内宮ハ日の神と仰き外宮は月の神と崇め奉るは月なきこそ無形空體の却て尊とくおハしませハ神木を即御正躰と渇仰し玉ふの意味なるへし杉を抱くとハ忝さの限りなく手の舞足の踏ことをしらさる底の形容ならんか且三の鳥居の外に五百枝の杉といへる老杉あり神木のよしいひつたふ此所僧尼の拝所也翁も爰にて拝し玉へりと紀行にミゆ

（24）　泊船集

みそか月なし千年モ經タル神垣の杉をメグリイ抱くあらしガフクコトゾ

闇の夜の物すこくて尊さも殊更に覚ゆなるへし

（頭注）　西行家集ニふかく入て神路のおくを尋ぬれハま
　たうへもなき峰の松風
寸鉄は俗ニ云相口小脇指の類也
一嚢は頭陀袋なり
十八の珠は十八粒の珠数なり
鬟《クワン》ハひんつら也浮屠《フト》ハ佛者也

（25）　翠園抄

○浮屠又浮圖トモ梵語也曰ニ塔婆ー譯シテ曰ニ髙顕ー按るに寺院の通稱に用ゆ故に僧の事をもしかいふなるへし
○素堂評にゆき〳〵て山田か原の神杉をいたき又うへもなきおもひをのへ何事のおはしますとは知らぬ身すか

らもなミた下りぬ○西行物語に神路山の嵐おろせハ峰の紅葉御裳裾川の流にこき錦をさらすふと御垣の松を見やれハ千とせのみとり梢に顕る同し御山の月なれはいかに木の葉隠てなんとおもふことに月の光もすミのほりけれは〽神路山月さやかなるちかひにて天か下をは照すなりけり○按るに西行ハ嵐に月のさやかなるを感しはせをは嵐聞けとも月なきをなけきて樹をいたきけるにや

(27) 句解大成

愚考腰間に寸鉄をおひす翁の行脚汰に腰に寸鉄たりとも帯すへからす云々

襟に一嚢をかけては頭陀なり

浮屠　浮図　佛陀皆僧の事なり

華表は鳥居也鶏栖桓衣とも書へし

杉は五百枝の杉とて名に高し

貞享甲子の紀行に出たる句にて千年の杉と作たる意は外宮の鎮座をかりにあらはすなるへし

抑外宮は豊受皇太神と申て国常立尊之云云雄略帝二十二年秋七月七日丹波国余佐郡真井原より度會の山田原に迁し奉る与謝郡今ハ丹後国和銅六年丹波国五郡を割て丹後とす故に丹後守佐郡とあり

内宮は垂仁帝三十六年の鎮座にして外宮は千三百年ほとに及ふ只内宮外宮と唱る跡は村上帝御宇祭主公節の時に皇太神は奥座なるか故に内宮と称し度相は外座なるか故に外宮と申すよし内外の神都合四万二千石云々

(29) 解説

伊勢外宮ハ豊受皇大神なり伊勢両神主飛鳥ハ欽明帝の時の人なり作る所の本紀を案るに清陽の氣ハ天となり重濁のものハ地となり其中に物あり其形葦牙の如ニして生する大元の氣を天御中主と申す豊受とハ天御中主皇神皇御孫尊二柱の惣名なり豊ハ豊葦原の主天御中主の尊の徳なり受者斯徳を皇孫の譲を受玉へる名也國常立尊を豊受皇大神と奉申なれハ豊に天地と倶にきはまりなく受つき玉ふ御名と申奉るへきかと本紀抄に見えたり西行物語云伊勢大神宮に参りつゐてみもすそ川のほとり杉の村立中にそ一の鳥居を見つけ参らせてかたしけなくも恭敬礼拝して云云さて神路山の嵐おろせは見もすそ川の浪汀を洗ひ月の光をうつしていかきの松の本に立よれハ千とせの緑

身にしミて眠りをさまして同し空ゆく月そかしいかてか此みきりにハ木の葉隠れも猶殊にさやかなるらんと覚えて墨染の袖しほるはかりにて〽神ち山月さやかなる誓ひありてあめか下をハてらす也けり〽榊葉に心をかけて夕しての思へハ神も佛也けり云々士佛参詣記に爰を山田の原と申せはけにも杉の村立奥深け也是則外宮也参宮道すから更に人間とハ覚えすあらぬさかひに生れかはる心あり古松老檜のとしを歴たるかけ森々としてもの淋しく瑞花異草の霜に残れるよそほひ茸々としていと哀也鳥居ハ冠木もそらす正直のものを照らし玉ふ本誓を表すとあり此紀行素隠士の序ニ云行々て山田か原の神杉をいたき又うへもなき思ひをのへ何事のおはしますとハ知らぬ身すらも涙下りぬ云々この時の哀をおしはかりしなるへしされハ西行ハ嵐に月のさやかなるを感し士佛ハあらぬさかひに生れかはれる心ありと云はせをハ月なき嵐を嘆きて樹をいたくや鬢なきものハ浮屠の属にたとへて神前に入る事をゆるさすと浮屠ハ塔の梵語也釈氏寶塔を貴ふゆへ是を浮屠氏といふ僧の事也素隠士の序に何事のおはしますとしらぬ身すらとあるハ恐らくハ行教和尚の宇佐八幡にて詠せし〽何事のおはしますかハしらねともかたしけなさに涙こほるゝとあるうたの事を申さるゝに似たり世に誤りて西行のうたとし芭蕉も再ひ参宮のとき〽何の木の花ともしらす匂ひかなとありて西行の涙をしたひといふ前書あり誤りハ誤りをもて傳ふといふ事あれハ芭蕉も素堂も世俗の誤り来れるまゝに用ひられしにやいふかし

七、西行谷

西行谷の麓に流あり。をんなどもの芋あらふ
を見るに、
芋洗ふ女西行ならバ哥よまむ
其日のかへさ、ある茶店に立寄けるに、てふ
と云けるをんな、あが名に発句せよと云て、
白ききぬ出しけるに、書付侍る。
蘭の香やてふの翅にたき物す
閑人の茅舎をとひて
蔦植て竹四五本のあらし哉

西行谷の麓に流あり。をんなどもの芋あらふを見るに、

芋洗ふ女西行ならバ哥よまむ

（4）評林
かゝる風流ハはいかいなるへし

（7）膝元
西行谷の麓に流あり女ともの芋あらふを見ての吟也
評林ニ此句春の部ニ入

（8）呑吐句解
西行の狂哥におかしきあり尚またおもひ出していも洗ふ女の句をおしく見ると也下心上人のあとをしたふならん
（頭注）　西行谷よし野の奥にあり

（9）句解傳書
彼上人ヲシトフ

（12）過去種
句のみ記載

（16）笈の底 **（口絵8頁）**
此吟なとハ誠に俳諧と云へき者也芋を洗ふ形ハ笑味ありて殊に賤女の手業にハ哀にして風流共云へし桶の縁《フチ》に跨《マタ》かりて両手を以て撚《ヒネ》る姿何さま西行ならハ哥詠へきの風情也猶亦地名を以て云出る処味へし此法師ハさせる事無き物迄も能く取出て詠み置玉ふ彼と云是と云

絶妙の吟也此句に對して素堂二云江口の君にあらねハこたへも無そ口惜き云々今案此吟字餘ると二云共如此無二據所一餘るハ自然共二云へし世に求て文字を餘す等有り慎へきの事也此格貞享の比の句躰と二云共是なとハ正風共云へし殊に字餘れ共吟して耳不レ立名誉と二云へし

西行谷　伊勢国渡會郡宇治里《ノ》山添《ニ》在《ル》也傳《ニ》二云此処其昔西行上人暫結レ庵住其古跡今《ニ》残る有二庵室一則上人《ノ》像有り云々此山峯より山田宇治等眼下にして絶景也山間に瀑布《タキ》有て麓に落る則其流にて芋洗ふ女なるへし

芋　和名鈔二云芋葉《ハ》似レ荷其根可レ食レ之和名以閉都以毛蔌芋茎《ノ》也和名以毛加良一《ニ》二云以毛志俗用《ニ》二芋栖一二字一二云々芋《イモ》ハ原野山中農民多く植て粮とし飢を助て甚民用に利あり亦種類多し今案芋ハ葉荷《ハス》に似ると有り一種葉青く里俗に蓮芋《ハスイモ》号是也上世の品成へし亦民俗芋を里芋と二云是ハ山芋《ヤマツイモ》に對して云へし山芋ハ薯蕷の事也本草廣志《ニ》二云君子芋魁大如レ斗《ノ》云々芋魁《イモカシラ》ハ芋の母也此物ハ小毒あり亦芋葝《イモノコ》ハ毒少し　万葉集十六詠荷葉哥

　蓮葉者《ハチスハハ》如是許曾《カクコソ》有物《アレモ》意吉麻呂《オキマロカ》之家在物者《イヘナルモノハ》宇《イ》
　毛《モ》乃《ノ》葉《ハ》爾《ニ》有之《アラシ》

於《乎》武奈　女　婦　媼三字共和名　於《乎》武奈　或　於々《乎々》奈
於《乎》宇奈　於《乎》美奈　於《乎》奈
字彙二云女未レ嫁《ハ》謂女《トニヲ》已嫁謂レ婦若二父母於レ子《ニ》雖レ嫁亦《ト》曰レ女《ト》也女子已《ニ》嫁《テ》曰二婦人《ト》一婦之言服《ハ》也服二事於夫一也云々説文二云媼《ハ》老女之稱也云々今案惣て女を色と号す△（頭注）
△則国色ト二云也毛詩序疏《ノノ》二云女有二美色《レハ》一男子悦レ之故経文通《ニニ》　女曰《シテヲ》レ色《ト》云々　女□
□於《乎》武奈　姫　未通女《ヲトメ》　妹《イモ》　和岐母古　美女於爾　醜《ミニクキ》
女女《ヲンナメ》　是ハ男《ヲ》と訓するに對す也則雌雄《メヲ》の義也　於《乎》武奈　是ハ於《乎》々奈共於《乎》宇奈共皆同くして則宇と於《乎》五音通也亦於《乎》奈共二云是ハ中畧の語也亦於《乎》美奈共二云是も美と武《乎》通し音にて於《乎》武奈と二云義也万葉にも乎美奈と詠り催馬楽《ニ》御稲搗女《ミシネツクヲミナ》云々

　祝ひ置く御代のはしめのや於《乎》むなに八百萬
　代の程ハ見へにき　信實《夫木》

古之《イニシヘノ》　媼爾為而也《オウナニシテヤ》如此許《カクハカリ》　戀爾《コヒニ》将沉如《シツマムタ》手《テ》　童《ワラハ》兒《コト》　万葉二
大名兒《オホナコヲ》彼方野辺爾《ヲチカタノヘニ》苅草之《カルカヤノ》束《ツカノ》　間《アヒタモ》　毛吾忘礼《ワレワスレ》目《メ》

同二
哉《ヤ》

姫　是ハ上古に比古命《ノミコト》　日《ヒ》賣《メノ》命と云則姫にて女の称号也比古ハ彦にて男子の称号也姫彦ハ女《メ》男《ヲ》と云に同し神功紀媛《ニヒメノミコト》命云々今案此訓ハ秀女《ヒイテメ》と云義の中略也中華にも美女を称して姫姜と云か如し亦佐保姫立田姫ハ山野を司る神の号也女神なるへし

佐保姫のいと染かくる青柳をふきなミたり
そ春の山風　詞花　平兼盛

立田姫たむくる神のあれハこそ秋の木葉の
幣とちるらめ　古今　兼見王

未通女《ヲトメ》　漢女同　孃子同　嬿嫣同　娘同　幼婦《ヲトメコ》　稚乙女《ウナヒヲトメ》　海《アマ》處女《ヲトメ》　早乙女　天津乙女日本紀万葉等に皆々出る処也是ハ惣て小女を云娘と云に同し説文娘《ニハ》小女之称也云々今案に乙女と云訓ハ即男ハ兄に比し女ハ弟に比す依て弟女《ヲトメ》の署語也妹《イモト》と云訓女弟《イモヲト》と云義惣て妹《イモ》と号す也亦天津乙女とハ天女を称し云則本朝月令《ニ》云昔清見原天皇吉野《ノ》瀧宮《ニテ》而琴《ヲ》弾《シ》玉ふ天女出来て舞ふ其時帝《ノ》御哥

末通女《ヲトメ》ども小女《ヲトメ》さびすもから玉を童女《ヲトメ》不閑《サビス》
も其琴《クラタマ》を

是より五節の舞ハ始ると云傳ふ也契沖云五節の發りに両説あり續日本紀にハ天武天皇礼楽無してハ世ハ治め難しとて此舞を為レ作《ラ》玉ふと云々本朝文粋《ニ》出たる三善清行《ノ》異見封事にハ天武天皇吉野に坐しける時天女の天降て舞ける由を記す云々上世の義不レ詳也亦此哥の詞則不閑《サビスモ》也其音曲の愛たきを云亦琴《カラタ》と異名すと有也今案此哥不レ詳萬葉哥《ニ》〽遠等呼良《ヲトメラ》何《カ》遠等呼《ヲトメ》佐備周等《サビスト》可羅多麻《カラタマ》乎多母等爾麻可志《ヲタモトニマカシ》云々上下畧此哥の模したる者成へし亦五節舞の濫觴ハ日本礼楽の始り成へし或ハ五度袖を返して天女舞依て五節の舞と云説児女云也豊明節會《トヨノアカリノセチエ》善相公《ノ》異見《ニ》云五節《ノ》舞妓者大嘗會《ノ》時五人新嘗會《ノ》時四人云々則擇《シテ》二良家《ノ》女未レ嫁者《ヲ》一置《テ》為二五節《ノ》妓《ト》一也云々花鳥余情云十一月中《ノ》丑《ノ》日舞妓参入即有二帳臺《ノ》出御一寅《ノ》日御前《ノ》試《ミ》卯《ノ》日童女御覧辰《ノ》日節會舞妓進舞装束丑《ノハ》日赤色唐衣寅《ノハ》日青色《ノ》唐衣辰《ノハ》日青摺《ノ》唐衣赤紐日蔭《ノ》鬘等也云々今案大嘗會ハ天子御一代に一度也新嘗會ハ毎歳十一月に行る也亦五節舞妓の濫觴ハ則續日本紀に其始り正しく出る也或ハ天武天皇吉野の宮に於て始ると云説ハ寛平延喜の比の流言成へし殊に天女の天降ると云浮言と云へし

後選《（ママ）》集　五節の舞姫にてもし召とゞめらるゝ
事やあると思ひ侍けるをさもあらさ
りけれは　藤原滋包か娘
くやしくぞ天津乙女と成にける雲路尋る人
もなき世に

伊毛。和岐母古。万葉妹《イモ》　吾妹児《ワキモコ》今案男を背《セ》と云女を妹《イモ》と云是ハ男を先として兄に興へ女を後として弟に興ふ依て背《セ》と云ハ兄と云か如し妹と云ハ弟の如し則妹背と云て男女の号にして兄弟をも云夫婦をも云也則妹《イモ》と云訓ハ妹弟《イモオト》の畧語也國俗に伊母止と云是妹弟と云義也男女共に次に生るを弟《オト、》と云乙《オト》と云物語等に女《ヲンナオト、》　弟と云也亦兄夫共に背奈と云此奈ハ名《ナ》にて称号也惣て称する時其名を呼ふ依て背名と云義古語也和岐毛古　是ハ吾《ワカ》妹子《イモコ》也岐毛ハ伊毛横の音通す加を畧して和岐毛古となる也則吾妻《ワカツマ》と云義也

月見《ツキミレハ》　國《クニハ》　同《オナシリ》　山隔《ヤマヘタテ》　愛《ウツクシ》　妹《イモハ》　隔《ヘタテタル》　有鴨《カモ》
万葉十一
吾妹子か旅寝の衣うすきほどよきて吹なん
夜半の山風　新古今 恵慶法師

美女《ウツクシメ》　是ハ美男に對す称号也容顔美麗成を云美人と云時ハ男女共の称号也里俗に美人と云て女のミと覚ゆも有るか美男と云へき事也和漢共に顔姿を以て称美す殊に女ハ姿風情を愛す故に腰の細を好とす或ハ國色なと異名する也戦國策云驪姫者國色也云々淮南子云霊王好細腰而民有二殺《ヘラシテ》レ食自飢《ルコト》一也云々唐駱賓王《ノ》詩云美女出二東鄰一容豫《シテ》上《ル》二天津《ニ》一整《衣ヲ》香満《チ》レ路《ニ》移《セハ》レ歩《ヲ》襪生《ス》レ塵《ヲ》唐詩選芙蓉《モ》不レ及美人粧云々史記曰女無《ク》三美悪《ト》一入《テ》レ室《ニ》見レ妬《マ》土無二賢不肖一入レ朝見レ嫉《マ》美女者《ハ》悪女之仇豈不レ然哉《ラ》云々趙《ノ》簡《ノ》玉語《ニ》云夫《レ》美女者醜婦之《ノ》仇也《也》盛徳之《ノ》士《ハ》乱世所《也》レ疏《スル》也正直之行《ハ》邪狂所《ノ》レ憎也荘子《ニ》云逆旅人有二妾二人一其一人美《ハ也》其一人悪《ハミニクシ》　々《クキ》者貴《ハ》　而《シテ》美《ナル》　者《ハ》賤《シ》云々

朝寝髪われハけつらし美《ウツク》しき人の手枕ふれ
てし物を　拾遺 人麻呂

於爾　是ハ惣て女を云也今案於《乎》武奈を中畧して於《乎》奈と云於爾と云ハ於奈と云義成へし奈と爾五音通也亦伊勢物語醜《ニオ》女《ニ》と書り醜《セタ》　女《ミニクキメ》を云ハ如何也既漢《ニ》書にも女の字を於爾と訓す亦男女ハ陰陽也男ハ陽にして神也女ハ陰にして鬼也此《ノ》義を以て鬼と興へ云共有り或ハ佛説外面《ニ》

以菩薩内心如刄の義〇夜脱有〇云也亦國色の号を以て云時ハ其
艶色に迷に至てハ傾城《共》國の例誠《シ》に鬼魅共云へきの快物
也莊子《ニ》云毛嬙麗姫ハ人之所レ美《トスル》　也魚《ハ》見《ヲ》レ之《ヲ》深《ク》入《リ》鳥《ハ》見《テ》レ
之《ヲ》高《ク》飛《ヒ》麋鹿《ハ》見《テ》レ之《ヲ》決驟《ハシル》

拾遺集　ミちのくに名取の郡黒塚と云所に重
之かいもうとあまたありと聞ていひ
つかはしける　兼盛

陸奥のあたちか原の黒塚におにもれりと聞
ハまことか

葎おひてあれたる宿のうれたきにかりにも
おにの集《スダ》く也けり　伊勢物語

右二首共に鬼の趣に相通ハせて詠る也兼盛ハ重之の娘
に懸想の哥也前書に明か也次の哥も女の集りたる所へ
業平の詠掛たる哥也弁へきの事也

醜女《ミニクキヲムナ》　誠に美女ハ悪女の仇也悪女ハ美女の飾《リ》也醜《ミニクシ》　と
て悪むにあらす美しとて可レ愛にもあらざる者ハ女也
斉國無監縣に生る女性ハ鐘離名ハ春と号す是ハ世に聞
へたる醜女也列女傳云斉宣王《ノ》自説《ニラテ》為二皇后《ト》一則名《シテ》二無塩
君入《トル》二宮中《ニ》一云々或云斉有二婦人一極醜《テミニクキ》　無レ雙《ヒ》曰無塩女《ト》一

其為レ人也臼頭深目長壮大節昻鼻結喉肥項少髪折腰出
胸皮膚如レ漆《シ》《ノ》云々徒然草《ニ》云女のなき世なりせハ衣紋も冠
もいかにもあれ引つくろふ人も侍らしくかく人にはち
らるゝ女いかばかりいみしき者そと思ふに女の性ハ皆
ひかめり人我《ニンガ》の相深く貪欲甚しく物の理をしらず唯迷
ひの方に心もはやくうつり言葉もたくミに苦しからぬ
事をもとふ時ハいはず用意あるかと見れハ又あさまし
き事迄もとハず語りに言出すふかくたはかりかされる
事ハ男の知恵にも勝りたるかとおもへハ其事跡よりあ
らハるゝをしらす直ならすして拙き者は女也其心にし
たかひて能く思ハれん事ハ心うかるへしされハ何かハ
女のはつかしからん若賢女あらハ夫も物うとしすさま
しかりなん唯迷ひを主としてかれに隨ふ時やさしくも
面白くも覚ゆへき事也上畧

弘法大師詩《ノ》云《ニ》蘭肴美膳味無レ變病口飢《ノ》舌甜苦別《コト也》西施《カ》美
笑人《ハ》愛死《レトモ》　魚鳥《ハ》驚絶《シテ》　都《テ》不レ悦《ヒ》
和歌和訓《ハ》矢麻止宇太倭歌と号ハ詩《カラウタ》に對したる称号也則
謌ハ吾朝の風儀也説文《ニ》曰《ハ》歌詠也徐《カ》云《ク》長引二其声《ヲ》一以詠《スル》レ
之也釈名《ニ》人声《ヲ》曰レ歌《ト》々《ハ》柯也以レ声吟咏《スルコト》如《シ》三草木之有《カ》二柯

葉一又作ルレ謌ニ也云々経信卿二云和哥者ハ隠遁之源ト菩薩ノ提要路云々西行二云和歌者禅定之修行也云々古今集眞名序ニ二云古天子毎ニ二良辰美景詔リシテ二侍臣ニ一預ル二宴莚ニ一者献ル和歌ヲ一君臣ノ情由テレ斯ニ可レ見二賢愚之性ヲ一於是ニ相分所下以隋テ二民之欲一擇フ中士之才ヲ上云々畧千載集序二云凡此ことわざ我國の風俗として是をこのミ持《モテ》あそへハ名を世〱に残し是を学ひたづさハらさるハおもてを墻にして立《タテ》らんが如しかゝりければ此世に生れとうまれ我國に來《キタ》るときたる人ハたかきもくたれるも此哥詠さるハすくなし云々畧八雲御抄云凡哥の子細を深くしらんにハ万葉集にすぎたる物有へからす哥の様をひろく心えんためにハ古今集第一也詞につきて不審をもひらく方《カタ》にハ源氏物語にすぎたるハなし云々亦云文躰三たひうつるといへる最哥にもしかりむかしの風今の風あきらかなるうへ人の心かはり安く時移り世あらたまるまゝに末代の人心のまゝに善悪をさたむ管絃音曲の道なとハむかし逸物といひつるうへハ今の人難するにあたハす哥におきてハ今の世の人の心をわかしてほめそしる浅き心を持て深き心をそしるもつとも恐るへき事也深草元政云我聞レ之和哥者天地自然之声萬物之情也感シテレ於心ニ而形《アラハル》二於声ニ一其レ唯述レ志ヲ之言耳ノミ不レ以ヲ二偽飭ヲ一為ト上事矣云々定家卿二云和哥ニ無レ師以旧哥為師二云リ偏ニ秘ヲ而不レ傳者ハ非和哥之大意ニ一乎云々

抑倭哥の徳たるや天地を動かし鬼神を感せしめ人倫を敬し夫婦を和す是仁義礼知信の道也是を以て國を糺し是を以て君臣父母兄弟の信を厚くし朋友の情を結ひ男女の中を美しくす誠に人の心を種とすると云吾朝の風儀也然ハ南殿の鬼も哥の徳に化し小町ハ神泉苑に雨を祈りて其驗《シルシ》を云傳ふ能因法師續て三嶋の神に雨降らす西上人ハ讃岐の白峯崇徳帝の御陵に哥を奉て山陵動きたる由也或ハ獄の翁答《シモ》の下に哥を詠して其罪を免さる徹書記ハ中々にと云哥を詠て遠流せられ嶋に於て亦中々と詠て帰洛す有難き道と云へし然ハ樵父賤女に至る迄も哥の徳を以て上﨟に立交り遊君白拍子の哥と云共撰ミに影る則古今集に白女有り或ハ遊女戸々宮木亦ハ傀儡靡《ナヒ》き等其外撰集に入る賤き名を天子法皇の御製に并ふ事哥道の功し也然るを世歴り時去りて此道に式と云事つのり今ハ卑賤の詠ハ哥と云事さへならす悲むへし依て後世終に名聞とのミ成り行たり定家卿も秘し

て不レ傳ハ和哥の本意に非すといふ誠に今も喜撰蟬丸如き者なきにしも有へからす天地の造化四時の景姿万代不朽にして其盼《ナガ》め古へに等し亦詞ハ濱の眞沙尽へからさるの義也

月の夜の声をほそめに窓あけて心をやれる
哥詠《ナカ》む哉　夫木　信實

(17) 集説
泊船集

(19) 年考
貞享元年の吟也のさらし紀行に前書とも如此出たり素堂の序ニ西行谷のほとりにて芋洗ふ女にことよせけるに江口の君ならねハ答へもあらぬそ口惜し○撰集抄ニ過きにし長月廿日あまりの比江口といふ所を過侍りしに家は南北の川にさしはさみ心は旅人の往來の舟をおもふ遊女の有さまいと哀にはかなきもの哉と見たりしほとに冬をまちへぬむらさめのさえくらし侍りしかハけしかる賤かふせやに立より晴間まつまの宿をかり侍りしにあるしの遊女ゆるすけしきの見へはへらさりしかハ何となく〳〵世の中をいとふまてこそかたからめかりのやとりをおしむ君かなとよみて侍りしかハ主の遊女うちわらひて世をいとふ人とし聞けハかりのやとにこゝろとむなとおもふはかりそと返していそき内に入れ侍りき唯しくれのほとの宿とせんとこそおもひはへりしに此哥のおもしろきに一夜のふしとゝし侍りき云々

(20) 蒙引
江口の君とよミかハされしことあるよりさすかの上人を女子好キといひなし玉ふ滑稽称すへし

(24) 泊船集
芋あらふ女ノ風情ヲ見ルニ西行ならバうたよまんモノヲ
鄙ひたるけしきの無下に過かたきと思へる成へし

(25) 翠園抄
○素堂評に西行谷のほとりにて芋洗ふ女にことよせけるに江口の君ならねは答もあらぬそ口をしき

(26) 諸抄大成
(4) に同じ

(27) 句解大成
愚考西行谷は伊勢也今世の人の句ならは連哥せむと作るなるへしそれを哥よまむとは則奪胎換骨也彼西上人江口

のさとの俤はとりなから哥に骨を揩たるそいみしく覚う
る其いひかける處則連哥なれはなり此女とも心あらは江
口の挨拶もあるへきをアヽ本意なし
(29) 解説
西行谷ハ伊勢二見の浦に上人菴室住居の事一代記に見へ
たり其旧蹟なるへし素隠士の序ニ曰同しく西行谷のほと
りにて芋洗ふ女に事よせけるに江口の君ならねハ答へも
あらぬそ口惜しき按るに西行物語に天王寺へ参りける道
にて雨のふりけれハ江口の君かもとに宿をかりけるにか
さヽりけれハ〽世の中をいとふ迄こそかたからめかりの
宿りをおしむ君かな是を見てさすか心ある君にて人をは
しらかしてかくそ〽世をいとふ人としきけハかりの宿に
心とむなと思ふはかりそ此事撰集抄にも見へたり芭蕉ハ
みつから西行ならねはといひ素翁ハかれを江口の君なら
ねハと云いかなる女にか有けんかし

其日のかへさ、ある茶店に立寄けるに、てふと云けるをんな、あが名に発句せよと云て、白ききぬ出しけるに、書付侍る。

蘭の香やてふの翅にたき物す

(1) 三冊子
此句ハある茶店《サテン》の片はらに道やすらひしてたヽすみあり
しを老翁《ロウオウ》を見知り侍るにや内に請《セフ》じ家女《カジョ》料紙持出て句を
願ふ其女のいはく我ハ此家の遊女なりしを今ハあるしの
妻となし侍る也先のあるしも靍といふ遊女を妻とし其比
難波《ナニハ》の宗因《ソウイン》此処にわたり玉ふを見かけて句をねかひ請た
ると也例おかしき事ていひ出てしきりにのそミ侍れハ
いなミかたくてかの難波の老人の句に葛の葉のおつるの
恨《ウラミ》夜の霜とかいふ句を前書にしてこの句遣し侍るとの
物かたり也其名をてうといへハかくいひ侍ると也老人の
例《レイ》にまかせて書捨たりさのことも侍らされハなしかたき
事也と云り
(8) 呑吐句解
徒然草の文章に依て蘭のかほり蝶のつはさにうつりてお
のつから匂ふハさなから衣にたきものすることくと也て
うといふ名によそへての案し也
(頭注)　或茶店に立寄るにとあり伊勢宮地の茶店なるよ

し
笈日記に美人圖と題有
世の中の心まとハす事色欲にしかす人の心ハをろか成ものかな匂ひなんとハ仮の物なるにしはらく衣裳にたきものすと知なから忿ならぬ匂ひにハ必心ときめきするもの也翁女に望まれて句を考るにもはや人の迷ひ安き色情を恐るゝ下心見たりかゝる句なと好まるゝにも嗜第一有へし

(9) 句解傳書
美人ノ図

(13) 茜堀
赤冊子曰此句ハある茶店の片はらに道やすらひしてたゝすミありしを老翁の見知り侍るにや内に請し家女料紙持出て句をねがふ其女の曰我は此家の遊女なりしを今のあるしの妻となし侍る也先のあるしも鶴といふ遊女を妻とし其比難波の宗因このところに渡り玉ふを見付て句を願ひ請たると也例おかしき事まていひ出て頻に望ミ侍れハいなミかたくて彼の難波の老人の句に
葛の葉のおつるが恨夜の霜
とかいふ句を前書にして此句遣し侍るとの物かたり也其名をてふといえはかくいひ侍ると也老人の例に任せて書捨たりさのことも侍らされはなしかたき事也けりといえり梅丸曰梅老人の例もなかりせはいかてかとは翁の慎ミにてかの頭陀の掟書にも思ひ合すへし
句選にはてうといへる女あが名に發句せよと云て白き絹出しけるに書付侍るとあり笈日記にハ美人圖と題せり句選の白絹に赤冊子を合せて此説を正とすへし
白氏文集為《ニ》レ君薫《カフ》衣裳《ニ》つれ〱草曰《ニ》人の心は愚《カ》なる物かな匂ひなとはかりのものなるにしはらく衣裳にたきものすとしりなから

(16) 笈の底
此吟前書を以て明か也誠に児女等に對してハ如レ此艶なる吟こそ云出たき事也蝶の翼に炷物すとハ優に風情有り是ハ即興にして工《タク》ミ出たるにも非す自然に其餘情深し常に心の不レ離所の名誉と云へし
蘭　和名鈔云蘭一名蕙和名　布知波賀萬　新選万葉集ニ別用藤袴二字字彙云蘭香草《ハ》左傳ニ蘭有国香云々太史黄氏曰一幹一花而《アリテ》香有レ餘者蘭《ハ》也一幹数花《アリノ》而香不レ足者蕙也乃

今之山蘭也云々拾遺集物名に良爾と出る是蘭也漢音を呼所也惣て武ゝも《を》爾と訓す和音に多し亦別草に藤袴と号すあり今案漢名ハ燕尾香と云則俗に燕尾香《フチハカマ》と訓む也此品葉に香あり依て蘭《フチハカマ》　の名を借て号す成へし倭漢共に香気ある艸ハ惣て蘭の字を冠らせて名附く今世に美観とする蘭は則蘆蘭と号す品也中華にも蘭の種類甚多し亦藤袴と云訓を今考に諸草茎を纏ひ褁《ツヽム》　物を苞《ハカマ》と云也蘭ハ諸草に勝れて茎立を褁事美也亦此物花の蔕《ジク》幹の節毎に苞《ハカマ》　有り故に節苞《フシハカマ》と云訓成へしや貝原云蘭葉《ハ》大葉《ノ》麦門冬似《ニテ》花香《シ》日《ヲ》不レ畏《レ》卑《ヲ》忌《ム》也亦暖《ヲ》好《ミ》寒《ヲ》悪《ム》別《テ》春《ノ》寒風《ヲ》忌也云々

拾遺集物名　らに

秋の野に花てふ花を折つれハわひしらにこそ虫も啼けり

蘭《ラニ》もかれ菊も枯にし秋の野のもえにけるかな佐保の山面《ツラ》　源順

古今集　ふちはかまを詠て人につかはしける　貫之

宿りせし人の形見か藤袴わすられかたき香にゝほひつゝ

秋の野にむら〳〵見ゆるふちはかま紫ふかく誰か染けん　国信

此国信卿《ノ》哥ハ燕尾香を詠るやう也今案紫と云詞の入たるハ多く燕尾香を詠成へし

炷物　是ハ伽羅を始め練香を云也香《ノ》伽羅等の事ハ前に委く出る也貝原云合《セ》香《ハ》有二四種一焼香掛香貼香《ツケカウ》食香也焼香《ハ》百和香龍延香及《ヒ》奇南沈香檀香なとを云掛香ハ香嚢《ニホヒフクロ》　香《ノ》口《蝕玉か》なとを云貼香《ツケカウハ》　兵部卿《ノ》花《ノ》露《ノ》等身《ニ》塗《ヲ》云食香透頂香《ハトウチンカウ》香茶餅なとを云亦合香練香《ハ》と云雑馥共調香共云是輟《レ》耕録《ニ》出たり云々焼物　空炷物　百和香　芸香　反魂香　甲香焼物《タキモノ》練物共訓る也白氏文集《ニ》為《ニ》レ君《ノ》薫《ス》二衣裳《ニ》一云々今案香《カウ》と云訓ハ馨《カウハシ》　の下畧の語也馨《ハ》奥香遠聞也云々空炷物是ハ夫となく焼物の自然に薫り出るを云或ハ人待宿なとに炷を云へし亦ハ出御等に焼物す其以前に一度炷しめて置なとをも云へき也　源氏若菜云空焼物こゝろ悪く薫《カヲ》り出て妙香《メウカウ》の香《カ》なと薫《ニホ》ひミちたるに君の御追風いと殊なれハ内《ウチ》の人〴〵も心つかひすへかめり云々百和香《ハクワカウ》杜詩集註云漢武帝時月支進二百和香《ヲ》一云々今案百

和香ハ練香にて其薬方和漢共に種々製有る也芸　香《クサノカウ》順
二云芸《ハ》香草也和名久佐乃加宇字彙二云芸香《ハ》艸可レ辟二書蠹《ヲ》一
採《テ》置《ハ》二席下《ニ》一能《ク》去二蚤蝨《ヲ》一爾雅二云仲冬之月芸始《テ》生《ス》似二邪蒿一
而香可《シ》レ食云々反魂香准南子《ニ》云反魂《ハ》樹《ノ》名在二西海中聚窟
洲《ノ》上《ニ》一花葉《ノ》香聞二数百里《ニ》一状如二楓香《ノ》一煎《シテ》二其汁一可レ為レ丸《ト》
名曰二震霊丸《ト》一亦名二反生香一又名二卻死香《ト》一死屍在レ地聞レ
気乃《チ》活出《ツ》云々
河海《ニ》云漢武帝李夫人を失ふ《て》甘泉殿の内に彼《ノ》形を圖して
方士《（ママ）》をして灵薬を合しめて金炉に焼しかバ香の煙の内
に夫人の姿見へしと也白氏文集《ニ》九花帳深《シテ》　夜悄々《タリ》　反魂
香《ハ》反二夫人《ノ》魂一夫人之魂《ハ》在二何《レノ》許《ニ》一香煙引到《テ》二焚レ香処《ニ》一甲《カウ》
香《カウ》南州灵物志二云甲香《ハ》螺《ノ》属也可下合《シテ》二衆香《ヲ》一焼上之皆使レ益レ
芳《ヲ》独焼則臭《シ》云々是ハ螺《ホラ》の種類の蓋《フタ》也紅螺《アカニシ》螺蛳《ニナ》油《バ》蛳蝦《ニナ》油《バ》
螺《イ》皆々種類にして其方土に依て形の少し灵り亦郷名あ
り兼好云武蔵《ノ》金沢《ニ》是を倍奈太里と云々今に如レ此里民
号す也

古今集物名ハくわかう詠人不知

花毎にあかすちりしく風なれハいくそハく

わがうしとかハ思ふ

春よりハ萌出しかと芸《クサ》の香薫《カウカ》ハ秋風にゝほ

ふなりけり　忠房

天の川横ぎる雲やたなハたの空炷物のけふ

りなるらん　詞花　顕輔

(17) 集説

其日のかへさある茶店に立よりけるにとてうといひける
女・・・句選前書の如し泊船集に出たり句選頭書笈日記
に出る所美人図と題有

(頭注)　土芳云此句ハ或茶店の傍にやすらひしてたゝす
ミありしを老翁見て内に賞し家女出て句を願ふ
其女の云我は此家の遊女なりしを今は主の妻と
なし侍る也先の主も靏といふ遊女を妻とし其比
難波の宗因此處に渡り給ふを見かけて句を願ひ
うけたると也
例おかしく云出て頻に望ミ侍れはいなミかたく
彼難波老人の句に

菊《（ママ）》の葉のおつる恨《（ママ）》み《（ママ）》そ夜の霜

とかいふ句を前書にして此句遣し侍るとの物語
也

（18）句彙

詩　夢断《ハツ》燕妓《カ》暁《ノ》枕《ノ》薫《モノ》

素性法師

　ぬししらぬ香ハ匂ひけり秋の野に誰ぬきかけしふち
　はかまかな

（19）年考

貞享元年秋八月東武を立て野さらし記行有其文ニ云西行谷のふもとに流レ有女共の芋洗ふを見るに〽芋あらふ女西行ならハ歌よまん其日のかへさある茶店に立寄けるにてうと云ける女あが名に發句せよと白き絹を出しけるに書付侍るとありて此句見へたり○笈日記伊勢の部ニ美人の圖とあり○真蹟集にも見へたり○赤双紙ニ此句はある茶店の片ハらに道やすらひしてたゝすみ有しを老翁を見知り侍るにや内に請し家女料紙持出て句を願ふ其女の云我は此家の遊女なりしを今ハあるしの妻になし侍る也先のあるしも靍といふ遊女を妻とし其ころ難波の宗因此所にわたりたまふを見かけて句をねかひ請たるとなり例おかしき事迄云ひ出てしきりにのそみはへれハいなミかたくてかの難波の老人の句に葛の葉のおつるの恨ミ夜の霜といふ句を前書にして此句を遣し侍るとの物かたり也其名をてうといへハかく云ひ侍るとなり老人の例にまかせて書捨たるさのミの事も侍らされハなしかたき事也と云り徒然草ニ世の人の心まとハす事色欲にはしかす人の心はおろかなるものかな匂ひなとハかりのものなるにしハらく衣裳にたきものすとしりなからえならぬにほひにはかならす心ときめきするもの也　久米の仙人ハ物あらふ女のはきの白きを見て通をうしなひけんハまことに手あしはたへなとのきよらかに肥あふらつきたらんハ外の色ならねはさもあらんかし

（頭注）　西行谷伊二《（ママ）》見ノ浦ニ
　　上人菴室住居ノ叓
　一代記ニ見ヘタリ
　左傳宣三年
　又襄二十八年

（20）蒙引

比して艶姿を称せり工ミ見つへし
しとろなる却て風色そとへ興ならん

（24）泊船集

蘭の香や斯風流《アリテ》蝶のつハさにたきものす《ルヤウナモノゾ》
蘭を風流を好めるに比し蝶は女の名なれハ其人の志を称セるならし

(25) 翠園抄

○左傳に蘭有二國香一人服《レハ》媚レ之○赤草紙に此句ハある茶店の片ハらに道休らひしてたゝすミありしを老翁を見知り侍るにや内に請し家女料紙持出て句を願ふ其女の曰我ハ此家の遊女なりしを今ハあるしの妻となし侍る也先のあるしも鶴といふ遊女を妻とし其頃難波の宗因此處にわたり玉ふを見かけて句を願ひ請たるとなり例をかしき事まていひ出てしきりにのそミ侍れハいなミかたくてかの難波の老人の句に〽葛の葉のおつるの恨夜の霜といふ句を前書にして此句を遣しけるとの物かたり也其名をてうといへはかくいひ侍ると也○按るにつれ〳〵草に世の人の心まとはす事色欲にハしかす人の心はおろかなるものかな匂ひなとハかりのものなるにしはらく衣裳にたきものすとしりなからえならぬ匂ひには必心ときめきする物也久米仙人ハ物洗ふ女のはきの白きを見て通を失ひけんハまことに手足はたへなとのきよらに肥あふらつきたらんハ外の色ならねはさもあらんかし

(26) 諸抄大成

(13) に同じ

(27) 句解大成

愚考円機活法ニ曰都下名妓楚蓮香と云国色無双也毎出則蜂蝶相随慕二其香一也又白氏文集為レ君薫二衣裳一君聞二蘭麝不馨香一云々索隠ニ云蕙屮緑葉紫莖魏武帝以此焼レ香云々示雅翼ニ曰一幹一花而香有二余者蘭一一幹数花而香不足者蕙是等を取て作るにはあらす只かゝる作例等腹のうちに不改にある故に自然とかゝる句作にハおよふなるへし武帝ハ蕙屮をもて香に焼又楚蓮香妓か美人には蝶のしたひ又君か為にハ衣裳に薫すなと皆此一句の趣向にはなれりかゝる味ふへし蝶の翅にとは彼蝶といふ女の衣裳にたきものすとなりされはいかなる変化をいふとも作例を云を正風といひかりそめのことにても作例なき作り言は変風なりとしるへし猶此上に風賦比興雅頌といふを得心して句作はすへし

(29) 解説

赤草紙に云此句ハある茶店の片はらに道休らひしてたゝすみありしを老翁を見知り侍るにや内に請し家女料紙持出て句を願ふ其女のいはく我ハ此家の遊女なりしを今ハあるしの妻となし侍る也先のあるしも鶴と云遊女を妻とし其頃難波の宗因此所にわたり玉ふを見かけて句をねかひ請たると也例おかしき事まていひ出てしきりにのそミ侍れはいなミかたくてかの難波の老人の句に葛の葉のおつるの恨夜の霜とかいふ句を前書にして此句遣し侍るとの物語也其名をてうといへはかくいひ侍ると也老人の例にまかせて書捨たりこのことも侍らされはなしかたき事也と云り徒然草に世の人の心まとはす事色欲にハしかす人の心ハおろかなる物かな匂ひなとハかりのものなるにしはらく衣裳にたきものすと知りなからえならぬ匂ひにハかならす心ときめきするもの也云云梅丸曰梅老人の例もなかりせはいかてかとは翁の慎ミにてかの杜多の掟書にも思ひ合すへし白氏文集為レ君薫二衣裳一と云奥羽紀行に遊女の一段あり此紀行にかくの如き美人あり恋の部なるへきや笈日記伊勢之部美人の図と題あり但蝶ハてふの假名也風国并赤双紙ともてうと書誤れり例の杜撰にや

閑人の茅舎をとひて
蔦植て竹四五本のあらし哉

（6）師走嚢
此句閑人の茅舎を訪てと題有閑人の躰に蔦四五本といへる言絶妙比類なし

（8）呑吐句解
蔦は枝折戸にしからミ四五本の竹に庵をかこひて嵐も《の》音も是四五本を過すとなり四五本に限へからす纔斗植と也
（頭注）　たえまなくかゝれるつたの色つけハ紅葉をかこふかきねとそ見る

（11）金花傳
句のみ記載

（16）笈の底
（一句の上五は「地錦《ツタ》植て」になっている）
此吟ハ草庵の侘を云出たる処也地錦を植てハ其蔓の餘樹に莚《ハヒコ》り纏ふ事を思ふ竹亦絡石《ツタ》の為にハ直にして風情も好し竹の為に絡石《ツタ》を植てへ《ゑ》石鮧《ツタ》の為に竹を植て其靡き纏ひて紅葉《モミツ》るを愛す是茅舎朝暮の眄《ナガメ》と云へし求むるに

易く其楽ハ風流と云へし纔の竹と云共嵐吹く夜ハ眠を寤る《し》て不レ降時雨も簷に聞へし万の事たらすハ雅也物の満るハ却而賤し然ハ此吟竹四五本と云出たる詞滑稽と云へし今案支考云る事あり或ル俳筵に於て誰人か附句に〽地錦《ツタ》の葉ハ茶を飲む人を慰て云々其時翁の耳語《サヽヤキ》て俳諧を得たる人哉紅葉ならバ酒を煖むへしと誉られたるよし此意を以て此吟ハ味ふへし心相通也

津太　地錦　石鮫　絡石　此品二種あり則秋紅葉して散り蔓ハ冬残る物ハ地錦石鮫と書す物也亦冬絡石《フユツタ》と云ハ常磐にて四時葉有て諸樹に莚《マト》ふ葉厚くして澤《ツヤ》ある也常春藤《フユツタ》扶芳藤《同》と書す是也亦此品類二種有り里俗に定家藤と云品是ハ葉ハ黄楊《ケ》の如にして夏より秋葉先紅《ヘニ》の如し能く石に纏ふ亦同種にして葉少し長く大ひにして初夏白花を開く花形山梔子《クチナシ》の花の如し愛すべし此二品別名石網《イシツナ》網敷本のマヽ共号す也亦哥に常磐と詠ハ皆此類の冬絡石也今案国俗に蔦と書す不レ詳也蔦ハ桑寄生の類に○して寓木《トリキ》の義也絡石に非す誤也

おもハすよよしある賤の住家かな地錦《ツタ》の紅
葉を軒にはゝせて　西行

立よらん木のもともなきつたの身ハ常磐な
からに秋そかなしき　躬恒

(17) 集説
泊船集に閑人の茅舎をとひてと有

(18) 句彙
山家集
やまさとのよしある賎か住居かな蔦の紅葉を軒にはら
せて

(19) 年考
貞享元年の野さらし紀行ニ閑人の茅舎をとひてと前書あり○笈日記伊勢の部ニ盧牧亭とあり○聯珠詩格劉改之詩翠竹無多第一奇止憂喧俗人知清風自（ママ）　足僧用只是窻前久好詩

(20) 蒙引
閑亭の形容知足を称すの意

(22) 松の風 **（口絵11頁）**
僧清-順か詩に。城中寸土《ノ》如《シ》二寸金《ノ》一幽軒種《ノ》一竹只十箇又包
吉か詩にも掃《テ》レ竹《ヲ》催《シ》レ鋪《ント》レ席《ヲ》垂《テ》レ蘿《ヲ》待《ツ》レ繋《ト》レ船《ヲ》

(24) 泊船集

蔦植てタノムシホトナレハ竹四五本ホドのあらしギリニテ心ヤスキかな
たのしミは淡きかよかるへし容レ膝の易レ安なり又もとめのなきにハしかしとさとし給へるならんといふ説もあれと前説しかるへし

（25）翠園抄
○聯‐珠‐詩‐格劉改之ノ詩に翠竹無レ多第一奇止憂喧聒俗人知ル清風自足ラル老ノ僧用只是窓前欠二好詩ヲ一

（29）解説
笈日記伊勢の部に戸牧亭とあり素隠士の序ニ云わた弓を琵琶になくさみ竹四五本の嵐かなと隠れ家によせける此両句ハとりわき世人もてはやしけると也然れとも山路来てのすみれ道はたの木槿こそ此吟行の秀逸なるへけれ

八、故郷母の白髪

> 長月の初、古郷に帰りて、北堂の萱草も霜枯果て、今は跡だになし。何事も昔に替りて、はらからの鬢白く、眉雛《（皺）》寄て、只命有てとのみ云て言葉ハなきに、このかみの守袋をほどきて、母の白髪お《（を）》がめよ、浦島の子が玉手箱、汝がまゆもやゝ老たりと、しばらくなきて、
> 手にとらば消んなみだぞあつき秋の霜

長月の初、古郷に帰りて、北堂の萱草も霜枯果て、今は跡だになし。何事も昔に替りて、はらからの鬢白く、眉雛《（皺）》寄て、只命有てとのみ云て言葉ハなきに、このかみの守袋をほどきて、母の白髪お《（を）》がめよ、浦島の子が玉手箱、汝がまゆもやゝ老たり

と、しばらくなきて、

手にとらば消んなみだぞあつき秋の霜

(8) 呑吐句解

かしらの霜を見てうち驚きうれしき涙わきたつ斗と互の深切をいへり注するに及ハす父子の情たれかかく有らさらん詩にも不知明鏡裏何處得秋霜白髪を如此作る詩多し

夏の夜ハ浦島か子の箱なれやはかなく明てくやしかるらん

(頭注) 古郷ハ伊賀上野ナリ

浦島子

丹後與謝郡筒《ツヽ》川人往蓬萊不老不死絲三百四十餘暦皈舊里

卅ノ後水江の人なり日本記雄略天皇二十二年秋七月海辺に出て釣をたれ一ッの亀を得たり別化して女と成れり夫婦と成て蓬萊に至三とせ過て古郷に帰り玉手箱を取らせて此ふた取事なかれといへり

あやしとやおもひて蓋を明れハ箱の中より白雲生して忽白髪となる哥にもあけてくやしきなとよめり

(9) 句解傳書

古郷ニ帰り母ニ逢フ前書アリ

(12) 過去種

句のみ記載

(16) 笈の底

後撰集　人こふる涙ハ春そ暖《ヌル》ミけるたえぬおもひのわかすなるへし　伊勢

此吟前書を以て其趣明らか也句意ハ此哥の心詞を以可レ解也哥の意ハ先水暖《ヌルム》ハ春なれハ人を恋る涙ハ春暖と云出て其暖《ヌル》む趣意を下句に不レ絶思ひの為涌《ワカス》可レ成と断りたる也此為涌《ワカス》と云詞ハ俗語也水を煮に沸湯とする時ハ泌《タギ》りて涌《ワキ》上る物也依て涌《ワク》と云へし亦惣て思と云を火に云成す則思ノ火胸ノ火なとより出て思の比の一字を取て火に興へて詠む也又涙の暖《ヌルキ》と云ハ血涙の義也至て悲む涙は温《アタヽ》かなる物也是を血の涙と云今案に此吟手に取らハ消むと云是俳諧也亦消るの縁語を以て秋霜と置て余情を添たり此秋霜と云ハ眉の霜を云白髪を雪霜に

興ふ常也則前文に汝か眉も漸老たりと書る所より秋霜と云出たり妙術にして翁の粉骨と云へし亦詞書に北堂の萱艸も霜枯てと云是ハ毛詩《ニ》云北堂《ニ》栽《テ》二萱艸《ヲ》一能忘《クル》レ憂《ヲ》云々北堂ハ母を住する堂を云萱艸ハ忘憂艸共号して憂を忘れしむか為に植ゆ是孝養の義也

霜　和名鈔《ニ》云霜凝《ハ》露也和名　之毛　時珍《カ》云陰盛《ル》則《ハ》露凝《テ》為《ル》レ霜《ト》云々或《ハ》云霜露《ハ》陰陽之気勝《ヽ》則陰気勝《寸ハ》則凝《テ》而成《ル》レ霜《ト》今案に露ハ霜の始め寒する時は変して霜と成る天地暑寒に寄る所是陰陽の気也夏ハ露と置き冬ハ霜と凝る物也

初霜　霜冱　霜曇　霜氷　霜柱　霜折　霜解　霜枯

初霜　霰《ハツシモ》　字彙《ニ》云霰《ハ》曰二早霜《ヲ》一云々月令《ニ》云季秋《ノ》之月是《ノ》月霜始降《テル》云々　霜冱　冷《サヘ》共書す則冷《ヒユ》るの義寒して白きを云月冱に意同き也　霜曇是ハ霜気の煙の如く空に靡て鈍《ダミ》宛曇を言也　霜氷是露の氷たる霜と云極寒にハ分て凝氷て其色甚白し　霜柱　氷笋《シモハシラ》と書す寒し凝て土と共に氷て杭を立たる如し依て号す氷柱《ツラヽ》に趣意同き也亦霜折《シモヲレ》と云も日に解て折るを云霜解に同し萬葉に霜霑《トケシモ》と訓す是也　霜枯是ハ冬枯と云に意同き也霜に落葉する比を云萬葉に霜十《シモカレ》と書す此字義に寄れハ霜枯は十月を宗とすへし拾遺集詞書にも十月と書る但し霜降月と云へハ霜月を専ら云へき事成へし亦初霜枯と云詞九月に詠り初の字を置け共九月に霜と詠は時節早し後世珍敷詞を好む依て此趣の事多し

千載

霜さゆる庭の木葉をふミわけて月は見るやとゝふ人もなし　圓位法師

霧に見し俤よりも淋しきハ霜にくもれる野へのあけほの　定家

新古今

霜氷る袖にも影は残りけり露よりなれし在明の月　通具

谷深ミ岩屋にたてる霜柱たれ冬籠る住家なるらん　光俊

今日ハ又山の朝気の霜折《ヲレ》に空かきくもり雨は降りつゝ　信実

日あたりの沢の深田の霜解に傳ひかねたる畦《アゼ》の細道　光俊

後撰

霜枯の枝となわひそ白雪のきえぬるきりハ花とこそ見れ　詠人不知

山里は雪より先に住わひぬ初霜かれの長月

のそら　範宗

(頭注)　由匪云　古今集長哥《ニ》霜氷いやかたまれる云々

(17)　集説

泊船集道の記に出す句選前書略せり此前書はとまり舟に誌せり

(18)　句彙

白氏文集　青雲倶《トモニ》不レ達《セ》白髪遞《タカヒニ》相《ヒ》驚《ク》二十年前《ニ》別《レ》三千里《ノ》外《ニ》行云云

(19)　年考

貞享元年伊賀にての唫也野さらし紀行《ニ》長月のはしめ故郷に帰りて北堂の萱艸も霜枯《(ママ)》て今ハ跡たになし昔にかわりてはらからの鬢白く眉皺寄てたゝ命ありてとのミ言て言葉ハなきにこのかみの守り袋をほときて母の白髪拝めよ浦嶋か子の玉手箱汝か眉もやゝ老たりとしハらく泣てと詞書ありて此句見へたり

(頭注)　聯珠詩格　白楽天　年終四十鬢如霜

(20)　蒙引

白髪を霜に比すあつきの語愁情かきりなく消るに響あり

(24)　泊船集

其シラガヲ手にとらハ消ん我涙そあつき故ト切テ秋ノ霜ハ分て見るへし

秋の霜ノヤウナレハ上の句へまハして見るへし

哀傷の心感慨すへし

(頭注)　北堂ハ母の住ゐし家を云

詩《ニ》云焉《ソ》得《テ》二萱草《ヲ》一言《ニ》樹《ン》二之《ヲ》背《ニ》一

註《ハ》背北堂也

北堂といふより萱草といひて母にたとへ霜枯果てとハ死し給ふをいへる也

浦島子ノ事扶桑略記《ニ》アリ浦嶋の子神女のあたへし匣を開きて忽白髪になりし事あれハ老たりと云冠辞に置たる也

(25)　翠園抄

○楽天か詩に年終《ニ》四十鬢如レ霜《ノ》

(27)　句解大成

愚考井沢長秀か俗説弁に云日本記に推略帝の御宇二十二年七月丹波国餘社郡管川《(ママ)》の人水江浦嶋子蓬莱にいたるとあり舎人親王の日本紀を奏上せられしは元正帝の養老五年五月廿一日と続日本紀に見へたり日本紀より前にあるへきを後にあるを如何と云々

玖浦嶋か子釣に出て大亀を得しに此亀化して美女と成此女に倶して蓬萊に到り三百四十年を経て古里に帰らむとす彼女一ツの玉手箱を授け此箱をひらく事なかれと堅く制して有けるをうたかひてひらけは忽白髪の翁と成と云々

(29) 解説

素堂序ニ云それより古郷に至りてはらからの守袋よりたらちねの白髪を出して拝ませけるは誠に哀さハ其身にせまりて他にいはゝ浅かるへし蝶夢云宗房の住し家ハ上野の玄審町と云所にありと北堂の萱草とは衛々詩伯兮の卒章に焉《ンソ》得《テ》二諼草《ヲ》一言樹《ヘン》二之《ヲ》背《ニ》一願《テ》言思《フ》レ伯《ヲ》使《ム》二我《カ》心《ニシテ》痗《ニ》一と云釋文諼本又作レ萱是をハわすれ草とす其味甘く人をしてよろこはしめ愁を忘れしむると云南を表北を背とす背ハ北堂の事也詩人の心ハ北堂は婦人の住むへき室也夫の久しく征役にゆきて帰らされハわか北堂にわすれ草を植て憂思を忘んと思ふしかハあれとも終に忘るゝ事のなりかたく深く我心をやましむるよしを嘆きて作れる詩なり芭蕉翁此詞を用ひて北堂の萱草も霜かれ果て跡たにもなしとハ申されし也北堂の萱草とハ其母をさし逢ひ見たらんにハ愁をもわするへきにはや枯果玉ひて其跡たにもなしと昔に替れる故郷の有さまを歎息せらるゝ詞也然るに猶兄弟の鬢も白くおとろへ果て皺うち寄たれは只命ありてかく再會のよろこはしきとのミ他に言葉もなくおかめよと出されし白髪も浦嶌か子の玉手箱の類ひなると也水江の浦嶋か子ハ雄略天皇廿二年に仙郷に至りて淳和天皇天長二年に故郷に帰れるよし浦嶋か子の心にハ三とせの間と思ひしか故郷に帰るに至りて数百年を経たる事を知さりけるとそ扶桑略記に浦嶋子《カ》不レ老不レ死其後《ノ》帰《リ》二故里《ニ》一省《ントス》二父母《ヲ》一時《ニ》神女授一與《シテ》玉一匣《ヲ》曰《ク》欲《セハ》二再《ヒ》来《ラント》一此《ニ》者必勿《レト》レ開《クコト》二斯《ノ》箱《ヲ》一浦嶋《カ》子還《ラ》レ郷《ニ》見《ルニ》レ之《ヲ》知《ル》者無《シ》二一人《モ》一忘《テ》二神一女《ノ》言《ヲ》一而少《シク》開《ケハ》二玉匣《ヲ》一紫雲忽《チ》出《テ》靉《タナヒク》二於常世《ノ》國《ニ》一浦嶋《カ》子大《ニ》悔《ユ》其貌《ノカタチ》俄為《ニナルト》二老翁《ト》一されハ兄半左衛門命清守袋を浦嶋か子の玉手箱になそらへ汝か眉もやゝ老たりとハ申せしならん白髪を秋霜にたとふる事ハ李白秋浦《ノ》歌《ニ》白髪《ノ》三千丈縁《テ》レ愁似《ニコトク》レ個《カクノ》長《シ》不レ知《ラ》明鏡裏《ノウチ》何《レノ》處《ニカ》得《タル》二秋霜《ヲ》一芭蕉翁亡母の白髪を見て我なく涙のあつきに手に取らハ秋霜のはかなく消もせんかと也愛慕の至情誰か酸鼻せさらん玉藻に曰父没而不レ能レ讀二父之《ノ》書《ヲ》一手澤存《スレハナリ》焉尓母没《シテ》而杯圏不レ能レ飲《コト》焉口一澤《ノ》

之氣存《スレハナリ》　焉爾況《ヤ》其親《ノ》の髪なるをや木静かならんと欲すれハ風止ます子養んと欲して親忽ち歿す親歿して後誰か為に孝をかせん悲嘆の情おしはかるへし

九、竹の内

大和の国に行脚して、葛下の郡竹の内と云處に《ハ》《ミ》、彼ちりが旧里なれバ、日ごろとゞまりて足を休む。

わた弓や琵琶になぐさむ竹のおく

大和の国に行脚して、葛下の郡竹の内と云處に《ハ》《ミ》、彼ちりが旧里なれバ、日ごろとゞまりて足を休む。

わた弓や琵琶になぐさむ竹のおく

（8）呑吐句解　**（口絵4頁）**
綿打音を琵琶に聞て夜を更たる旅寓の慰ミなり詩の心をふまへてそれとなくして感あり
（頭注）　獨坐幽篁裡弾琴復長嘯深林人不知明月来相照

(15) 新巻
王維詩独-坐幽-篁裡弾-琴復長嘯深-林人不レ知明-月来-相-照

(16) 笈の底
(一句の前文最後に「藪より奥に家あり」の一文がある)

是ハ綿を打音を琵琶に聞成したり風流と云へし今案に片田舎なとに間々此風情あり小藪を隔てたる奥の離れ屋是ハ祖父《ヂヒ》の隠居の跡なとにて秋ハ棉実《ワタヽネ》取入て弓を以て打和く音の雑發なりと云共何か音声の琵琶に似通ふ気味あり殊に竹の内と云地名を以て竹園の奥と云余情誠に琵琶法師なとの隠家共見なしたり可レ味し亦綿を打ハ其響に綿飛散す依て風の隙圍ひ垂込て是を打つ然ハ市中は二階村里ハ右の如き別家等に如レ此き事迄も聊本情を不レ違可レ尊也

琵琶　和名鈔《ニ》云琵琶本出《ハツ》二於胡《ニ》一也馬上《ニ》鼓《ス》レ之《ヲ》一《ニ》云魏《ノ》武帝造《クレト》　也今《ノ》之所レ用《ルレ》是也毘婆《ノ》二一音俗《ニ》云微波今案《ニ》琵琶頭有二四柱一又琵琶體《ノ》有《リ》下反首轉手覆手承絃揆面落帯満月半月等《ノ》之名上所レ出《ル》末《タ》レ詳《カ》俗《ニ》云首《ハ》者反也轉手《ハ》者如《ナル》二琴軫《ノ》一者也覆手《ハ》者在二腹《ニ》如《キ》レ屈《カヾムル》レ掌《ヲ》者《ノ》一也承絃《ハ》者所三以《ノ》承《ル》二絃《ノ》之末《ヲ》一者也琴箏等皆有《リ》レ之《ニ》揆面者《ハ》當《テ》二於用《ル》レ撥處《ヲ》一以《ニ》レ草《テ》為《ヲル》レ之満月《ヲ》半月者《ハ》在《ルノ》レ腹之孔《アナノ》　名也各《ヽ》自《ラ》二其體《ノ》一名《ニ》　也《トス》云々字彙《ニ》云琵琶《ハ》胡《也》琴長《サ》三尺五寸象《ハル》二三才五行《ニ》一四絃象《ハル》二四時《ニ》一推《ヲ》二手前《ニ》一曰《ヒ》レ琵《ト》却《スヲ》二手後《ヲ》一曰《フ》レ琶取《ト》二鼓《テ》　時《スル》一以為《ヲテル》レ名《ト》也云々禁秘抄《ニ》云玄上《ハ》累代宝物《ノ》也置《ク》二中殿御厨子《ニ》一根源《ノ》様人不《ス》レ知《ラ》レ之《ヲ》掃部頭《ノ》真敏渡唐之《ノ》時所《ノ》レ渡《ス》比巴二面其《ノ》一歟《ツ》云々

慰《ナグサム》　萬葉　遮焉《ナギヌ》是ハ慰畢《ナキヌ》也則慰《ナクサミヲハンヌ》　畢　の略語也今案に此奈岐奴と云詞ハ多凪《ナギ》に云懸て詠む也心の和《ナギ》ぬるハ慰の意則和《ヤハラ》く趣にて和《ナゴム》と云義也字彙《ニ》云慰《イハ》レ安《シテ》レ之以《ヲテシ》愜《ニ》二其情《ヲ》一也六書正偽俗《ニ》作《ル》レ慰《ニ》云々

古今　　なくさめん方こそなけれ逢見ても逢でも歎
く恋の苦しさ　　詠人不知

伊勢物語　大淀の濱に生ふてふ見るからに心ハなきぬ
かたらハねとも　　斉宮

萬葉十一　虚蟬之《ウツセミノ》常　辭《ツネノコヽロ》　登《ト》雖　念繼而《オモヘトモツキテ》之《シ》聞者《キケハ》心《コヽロハ》　遮焉《ナギヌ》

(17) 集説
(一句の前文最後に「藪より奥に家あり」の一文がある)

泊船集に出る前書あれとも爰に畧すはせを消息の写し
○大和の国葛下郡竹の内といふ所に日比とゝまり侍る

に其里の長なりける人朝夕問来て旅の愁を慰けらし誠其人は尋常にあらす心は高きに遊て身は芻蕘雉兎の交をなし自鍬をとりて渕明か園にわけ入牛をひきてハ箕山の隠士を伴ふ且其職を勤て職に倦す家は貧しきを悦てまつしきに似たりたゝ是市中に閑を喩て閑を得たらん人は此長ならん

綿弓や琵琶になくさむ竹のおく

芭蕉散人桃青

右所持大和竹の内油屋喜兵衛とあり

(18) 句彙

(一句の前書は「大和の国竹のうちにて」になっている)

世説ニ云張薦隠居頤《シテヤシナフ》レ志《ヲ》家《ニ》有二苦竹數十頃一張於二竹中一為レ屋《ヲ》常《ニ》居《ス》二其中《ニ》一云々

(19) 年考

(一句の前文最後に「藪より奥に家あり」の一文がある)

貞享元年野さらし紀行に見へたり其序に素堂曰わた弓を琵琶になくさみ竹四五本のあらし哉と隠家によせける此両句をとりわけ世の人もてはやしけるとなりしかれとも山路来てのすみれ道はたのむくけこそ此吟行の秀逸なるへけれとあり

(20) 蒙引

(一句の前書は「大和の国竹の内にて」になっている)

地名の間雅といひ千里か故郷といひ綿うつ弓を琵琶と聞てかの竹里館の夕へをも思ひ合するやとりそとの挨拶ならん綿弓大和に自然也

(24) 泊船集

(一句の前文最後に「籔（ママ）よりおくに家あり」の一文がある)

わた《ウッ》弓や琵琶に慰む聞ユヤウニ竹のおくナルユエ

(25) 翠園抄

○素堂評にわた弓を琵琶になくさみ竹四五本の嵐哉と隠家によせける此両句をとりわけ世人もてはやしけると也しかれとも山路来ての菫道はたのむくけこそ此吟行の秀逸なるへけれ

(27) 句解大成

(一句の前文最後に「藪より奥に家あり」の一文がある)

愚考野さらし紀行のうちの句也素堂の序に大和廻りすと て綿弓を琵琶になくさみ竹四五本のあらしかなと隠家によせける此両句をとりわけ世人もてはやしけるとなり

云々宜なるかな此句竹のおくに綿うつ音を琵琶にきゝなして旅情をおのつからなくさむ尤興あり此綿打ハ女なるへし尤唐弓うちとて男の商賣にはすれと竹の奥ハ女に治定せりされハとて竹の奥にあらすむはよきひゝきも出ましをものゝとりあはせによりて一句の死活ハありぬへし琵琶の叓ハ吉野の砧の句の条下に合せて見へし

(29)解説

(一句の前文最後に「藪の《より》奥に家あり」の一文がある)

素隠士曰しはらく故園にとゝまりて大和めくりすとてわた弓を琵琶になくさみと云々

一〇、当麻寺

二上山當广寺に詣でゝ、庭上の松をみるに、凡千とせもへたるならむ。大イサ牛をかくす共云べけむ。かれ非常《（情）》といへども、佛縁にひかれて、斧斤の罪をまぬかれたるぞ、幸にしてたつとし。

僧朝顔幾死かへる法の松

二上山當广寺に詣でゝ、庭上の松をみるに、凡千とせもへたるならむ。大イサ牛をかくす共云べけむ。かれ非常《（情）》といへども、佛縁にひかれて、斧斤の罪をまぬかれたるぞ、幸にしてたつとし。

僧朝顔幾死かへる法の松

（8）呑吐句解

（一句の中七は「幾死かへり」になっている）

僧の百歳も槿花の一時も共にいく度かかハりたるといへとも法の松ハ千歳の翠同しとされとも此松も終にハ千歳を経て朽んとの心也僧朝皃取合面白味知へし

（頭注）　二上山大和国葛城

　當麻寺　中将姫

　拱《タ》佩《ヘマ》豊成公女天平宝字七年入當麻寺薙髪称法如

　後蓮茎取糸織淨土象相圖

　朗詠集

　松樹千年終是朽

　　槿花一日自為栄

（9）句解傳書（口絵5頁）

（一句の中七は「幾死かへり」になっている）

當麻寺ノ千歳ノ松ニ感シテ也

（12）過去種

（一句の中七は「幾死かへり」になっている）

僧舜

當吟の切字心切也

死かへり何〳〵としてと心余れり

（15）新巻

（一句の中七は「幾死かへり」になっている）

山谷詩　老松魁一梧《ナル》　幾一百一年斧斤所レ赦今参《ル》天

狭衣に死かへる松に命そたへぬへきなか〳〵何にたのめそめけん是らに寄りて僧朝かほの詞妙なり

（16）笈の底

　　朝顔のくれを待ぬもおなし事千年の松に果しなけれハ　　清輔

此吟ハ此哥の趣を以て可レ解也其意ハ明か也誠に松の千年に競れハ人の命ハ朝顔の如し今案松も千年を不レ待薪に砕ると云語を踏へて佛縁に引れて千歳を経と云る筆意可レ味也此吟ハ延宝の比の句格と云共其理り明か也

僧　比丘　比丘尼　優婆塞　優婆夷　是を四部之弟子と号す也惣て浮圖の号多し其少を記　道心　匹如《スルスミ》　新発意　沙彌　山伏　野伏　曽美加久太

比丘名義集云比丘名二乞士一清浄《ニシテ》　活《ス》レ命《ヲ》故《ニ》又翻《シテ》　曰二除《ノ》

謹云《ト》々比丘梵《ハ》語也二百五十戒《ヲ》持《ツヲ》　僧と云也比丘尼名義集

云比丘尼通《シテ》称《シテ》レ女《ヲ》為尼《ト》々得二無景律《ノ》義《ヲ》一故《ニ》應《ニ》次《ク》二比丘《ニ》一又称《ス》二阿夷《ト》一云々是《ハ》女《ノ》出家《シテ》五百戒《ヲ》持《ツヲ》比丘尼と云也優婆塞涅槃経云善男善女受二三帰依《ヲ》一是則名《テ》為二優婆塞《ト》一云々大蔵一覧《ニ》云僧男《ヲ》曰二優婆塞《ト》一或《ハ》在家《ノ》男《ニ》嫁《シテ》五戒《ヲ》持《ツヲ》優婆夷と云也今案優婆塞《ハ》五戒《ノ》俗男子也優婆夷《ハ》五戒《ノ》俗女人也　僧是《ヲ》号二法師《ト》一也字彙云僧《ハ》従《ル》二浮圖《ノ》教《ニ》一者名《ク》二沙彌沙門桑門比丘苾芻《ト》一又称《シテ》曰二上人《ト》一受二五戒一不二殺生《セ》一不二偸盗一不二邪淫《セ》一不二妄語一不二飲酒一云々維摩經云破戒《ノ》僧不レ為《ヒ》堕落一持戒《ノ》僧為《ス》二堕落一云々法華科註《ニ》云法者《ハ》軌則也師者訓《ル》レ匠《ト》也法雖レ可レ軌《ノツトル》體不二自弘《カラ》一通《スルコト》レ之《ヲ》在レ人故曰二法師《ト》一云々道心十六観経《ニ》云発《ス》二無上道心《ヲ》一云々四教義云菩提《ヲ》名《ケ》二佛道《ト》一菩薩《ヲ》名二成衆生《ト》一或云菩提《ヲ》名一道《ト》薩埵《ヲ》名レ心《ト》之教義也云々徒然草云道心あらハ住所にしも寄らし家にあり人に交る共後世をねかハんに難かるへきかハと云ハ更に後世しらぬ人也げにハ此世をはかなミ必生死を出んと思ハんに何の興ありてか朝夕君に仕へ家をかへり見るいとなミのいさましからん心ハ縁にひかれて移る物なれハ静ならてハ道ハ行しかたし云々匹如《スルスミ》白氏文集云心中無レ喜《ヒ》亦無レ憂《モ》匹如《ノ》身《ノ》後有《ル》二何事《カ》一應下向二人間《ヨノナカニ》一無上レ所レ求静《ニ》念《テ》二道経《ヲ》一深《ク》閉レ目云々新発意　沙彌　徂来云古ハ俗人の入道したるに沙弥と云有り御成敗式目に在り亦新発意と云有り前太平記に多田新発意太平記《ニ》和田新発意なと也沙弥ハ沙弥戒を受たるへし新発意ハ菩薩戒を受たるへし宗門に依て替ると見ゆ也云々花鳥余情云御堂関白出家《シ》玉ひて入道殿と申き依レ之《ノ》出家入道と云事憚て多田満仲を多田新発意と其比ハ申侍り云々山伏野伏河海云世を遁て野に臥し山に伏《フス》を山伏野伏と云也云々今案佛名の宵僧なとを野伏共哥に詠り惣て修行者修験者を云へし亦役行者より鮮魔法師《ヤマフシ》の号ハ出たるへし則曽美加久太と号す也曾美加久太貝原云曽三加久太ハ桑門の行脚するを云也亦山伏をも云也曽三ハ世をそむく也武と美と通す久を畧す加久ハ隠るゝ也隠遁也太ハ旅人也世をそむき隠《て》る行脚する也云々

万葉集十六　戯嗤僧哥一首

法師等《ホフシラ》之《カ》鬚《ヒケ》乃《ノ》剃杭《ソリクヒニ》　馬繫《ウマツナキ》　痛勿《イタクナ》引曽《ヒキソ》僧《ホフシ》　半《ナカラ》甘《カモ》

優婆塞がおこなふ道をしるへにてこん世も
ふかき契たかふな　源氏　夕顔

葛城や木陰にひかる電《イナツマ》を山伏の打火《ツ》かと
こそ見れ　兼昌
山ならぬ住家あまたに聞人ハ野臥にとくも
成にける哉　拾遺 経房
白樒《シラカシ》のしらぬ山路をそミかくた高根のつゝ
き蹈やならせる　長能
法《ノリ》　法《ホウ》ハ万物の法也是を佛家に法《ノリ》と云也字彙云法度《ハ》也数
也又刑法又方法也云々今案法《ノ》詞哥に詠む所多し其少を
記す亦源氏に御法の巻の号有り　法門　法庭　法莚
法舟　法燈火　法水　法海　法詞　法声
さハかしき峯の嵐や磯の浪も皆これ法の御
声なりけり　夫木 空也上人

(17) 集説
(一句の中七は「幾死かへり」になっている)
泊船集に出る○新筑葉《(ママ)》云三千とせに花咲松も朽にけり朝
皃のミやはかなかるへきと有
(18) 句彙
(一句の中七は「いく死かへり」になっている)
端書の注にて義明なり

(19) 年考
(一句の中七は「幾死かへり」になっている)
貞享元年野さらし紀行の句にして前書もかく見えたりさ
れとも大同小異あり大イさ牛をかくすとも云ふへけんか
れ非情といへともと見えたり○和州巡覧記ニ當麻寺は又
禅林寺と云用明帝第四皇子麻呂子親王の建立なり二上ケ
嶽の下まりこ山の麓に有寺は南に向り本堂ハ観音なり本
堂の下に大きなる松あり根南北に長してて東になし怪松
也
(20) 蒙引
千歳の樹を見て人界を観す僧と法との句熟せり
(24) 泊船集
僧ハ朝顔《ノヤ》《ウニ》幾《タリ》《モ》死かへ《リカ》《ハ》る法の縁《ニヒ》《カレテ》松《ハカハラズ》《サカユルガ》
(頭注)　牛をかくすトハ荘子ニ大木の事を云
(25) 翠園抄
○和州巡覧記に當麻寺ハ又禅林寺といふ用明帝第四皇子
麻苗子親王の建立なり○白氏集題流溝寺古松烟葉葱
龍蒼塵尾霜皮駁落紫龍鱗欲《シテ》レ知《ント》ニ松《ノ》老《ヲ》一看《レハ》ニ塵壁《ヲ》一
死ニ却題《ス》レ詩幾許人《ヲカ》一

(27) 句解大成

(一句の中七は「いく死かへり」になっている)

愚考當麻寺ハ用明天皇第四皇子麻呂子の草剣なり道師は恵灌律師高麗より来舶の僧なり始禅林寺後當麻寺と更む天台宗にて寺を三百石中将姫の古事なとハ是にかゝはらねは略す是時貞享甲子年也千一千年余也よて凡千年と大数をいふなり大いさ牛をかくす荘子ニ云吾有ニ大木一人謂ニ之樗曲轅樽其大敝レ牛匠石曰散第云々句の意は松樹千年終是朽槿花一日自為栄又清輔朝臣の〽朝かほの暮をまたぬもおなし事千とせの松にはてしなけれは詩歌の意其侭にいふ僧をくはふるによて俳諧の我ものにはなれり僧と蕣とは幾死にかはり〳〵すれとも松の千歳ハ自然果なれは也と其姓を明らかにのたまふなり

(28) 一串

(一句の中七は「幾死かへり」になっている)

朝かほにはかなき序あり。・・當麻寺のかミさび無常を忍ふ媒となるも。・・それ〳〵の序に依て情を述たるか故なり。もし今各位を替て。當麻寺の朝皃を菊とし。不二川の猿を鷗とせバ。聴く人いかでか作者の意に通ぜんや。されば歌連哥の席上に。古人の作例ある書《ふミ》をあまた積おくも。此序を明にせんが為なり。

(29) 解説

和州當麻寺ハ二上か嶽の下丸子山の梺にあり号ス二上山万法蔵院禅林寺一本堂ハ観音也曼陀羅堂と云勅額あり是に新曼陀羅あり本堂の後に寶蔵あり中将姫の真の曼陀羅是に納む當寺ハ用明天皇第四の御子麿古の御建立也麿古ハ聖徳太子の御弟也本堂の下に大きなる松あり根南北に長して東になし怪松なり白氏文集ニ曰松樹千年終是朽槿花一日自為榮槿花ハ一日の栄寺僧も幾世に及ふらん千歳の松ハ朽すと怪松を称美ありて寺の古きをも尊とみ玉へるならし但大木の牛を隠すといふハ荘子の書に見へ来れり

一二、吉　野

獨よし野ゝおくにたどりてけるに、まことに山ふかく、白雲峯に重り烟雨谷を埋ンで、山賤の家処〳〵にちいさく、西に木を伐音東にひゞき、院〳〵の鐘の聲は心の底にこたふ。むかしより、この山に入て世を忘たる人の、おほくは詩にのがれ歌にかくる。いでや、唐土の盧山といはむも、またむべならずや。

　ある坊に一夜をかりて

碪打て我にきかせよや坊が妻

獨よし野ゝおくにたどりてけるに、まことに山ふかく、白雲峯に重り烟雨谷を埋ンで、山賤の家処〳〵にちいさく、西に木を伐音東にひゞき、院〳〵の鐘の聲は心の底にこたふ。むかしより、この山に入て世を忘たる人の、おほくは詩にのがれ歌にかくる。いでや、唐土の盧山といはむも、またむべならずや。

　ある坊に一夜をかりて

碪打て我にきかせよや坊が妻

（1）三冊子

此句とも字餘《アマ》り也字餘りの句作の味ひハその境にいらされハいひかたしと也かの人ハ初瀬《ハツセ》の山おろしよと有文字餘りの事なと云出てなくてなりかたき所を工夫《クフウ》して味ふへしと也

（4）評林

ことは書よし野にてと有

　みよし野の山の秋風さよ更て古郷寒く衣打也

前書ニよしのとあるゆへに此哥とはしられたり此句の趣意ハ一二句聞はつりたる誹少子の自賛してあの句ハこの句ハと世にもてはやしかたはらいたき事有衣打とハ申せとも砧打とハいはし鐘のおととはいへとも音とはいはぬ

よし種々に附會の説ありミな〱言語のあらそひにて深意をたとり取ぬゆへかわけて淋しき旅寐に所もよし野の梺なれはせめて衣なりとうちて聞せよと旅寐の夢をさまさんと也只旅ハものうく事たらぬを情とすへし
経信の哥に
　古郷に衣打とは行鳫や旅の空にも鳴てつくらむ
かりの旅とハよそへものにしてすへてかりの旅なりいせ物語にも秋風吹とかりにつけこせとあり猶可有事なり

（5）句解
（一句の前書は「芳野にて」になっている）
〽みよし野ゝ山の秋かせ小夜更て故郷さふく衣うつなり
此哥を葛藤にしてきぬたを望たるなるへし坊とは伊勢の町坊なといへるにひとしくよしのゝ入口に軒をならへて旅客をとゝむるの家居なり挽もの細工を商ひて箱根の湯本に俤似たり

（6）師走嚢
芳野の奥或坊に一夜を借てと有句の心ハ我も世をいとふ躰なれ共心ハ人にかハる事なし何をも恥玉ふ事有へからすもし妻もあらは幸碪打せ玉ふへし我も聞へしとの句也

（7）膝元
句解ニ坊ハ町坊也吉野参なとの宿するを坊といふ
評林にわけて淋しき旅寝に所もよし野の梺なれハせめて衣なりと打處聞せよ旅寝の夢をさまさんと也
　みよし野の山の秋風吹かゝる故郷さむくころもうつなり
芳野に宿し給へれハ此哥に此感をおこし給へるならん
私案
翁の二十五條ニ砧打とハすへからすト制あり然に自身此句ありいふかしと古来よりうたかい来れり依て或日白兎園に此事を尋ねしに其返書ニ坊かつまに對してハ子夕性口傳もへセねハ有のまゝに申されたるらんと家家には発明を付くる也又俗談ハくるしからしと申もあり廿五条の第一ハ俗談平話を正さんといふ正の字か字眼なれはなり尤此句貞享比の句とも有へし廿五条ハ元禄七と迁化の六月の事也又法式を定ルと一座一興とハ同日の談にあるへからす是迄ハせんきいたし忝候尚よき説もあらハ其方へも付申度候後覧をしたひ候也ト申送られたり所以ニ予たひ賛を折て此事を工夫せしに先ツ廿五条ニ砧打とハすへ

からすと制せしハ俳諧の家の発明にハあらす元来連哥の制也さる子細ハキヌタトハキヌタ、クノ下署なれハ砧打としてハ重言たり世にキヌ板の署言と思へるハあしきなり此趣貞徳翁の御傘に出て随て廿五條も如此可也連哥新式きぬた打とハせぬ事なり但し宗牧《ホク》ハせられしなり哥に

千たひ打きぬたの音に夢さめて

と詠せしことくうつきぬたとハつらなるへし砧打とハつゝけぬ也已上

夫レ連哥ハ式のきひしきもの也それさへ宗牧ハきぬた打とせられしならハ俳諧の緩制《クワンセイ》なるうへハ何をきぬた打ともせさらんや若シ重言をとかめハ

光明峯寺入道殿

衣打きぬたの音も高圓の山の木の葉に秋かせそふく

此哥なとハ衣打のうへに猶きぬたゝくと迄打重ねしとやいふへきされハキヌタとハ勿論衣タ、クの署ノ音なから既に衣をうつ盤の名と成りたれハそこにおのつから躰用わかれて衣うつきぬたの音と迄ハ詠し給ひそめさハ哥にさへことにふれ其制に緩《クワン》ありて連哥ハ猶宗牧も砧打とせられたらん扨ハ俳諧におゐておや其日其座のあつかひには翁も砧打の句なからんやこゝに思へハ連哥新式ニ砧打とハすへからすと改なから詞をかへして宗牧いせられしと書蕉翁ハ廿五条にきぬたうつとハセぬよし書してしかも自身に此句あり実に制の制たる旨をしりてしかも不制の不制なるあつかいをもしるへきハ俳諧のゆえむならんかし

（8）呑吐句解

砧うつとハいハす打砧といふなれともてとあれハくるしからすやみよしのゝ山の秋風さよ更てふるさとさむく衣うつなり

此哥によりて此吟あるなるへし聞て今宵の友とせんとなるへし坊ハ宿坊をいふ

（頭注）　吉野にてと有

旅宿多し挽物なり物産とす

獨よしのゝ奥にたとりけるに誠に山ふかく白雲峯に重り煙雨谷を埋ミて山賤の家所々にちいさく西に木を伐る音東に響き院々の鐘の心《(ママ)》の底に答ふむかしより此山に入て世を忘れたる人の多

くハ詩にのかれ歌にかくるいてや唐土の廬山といはんもまたむへならすや砧打て——

（9）句解傳書

吉野万菊ヵ宅旧事ヲ尋ルノ餘り

（10）説叢

（一句の前書は「よし野にて」になっている）

袋云吉野の奥或坊に一夜を借てと有句の心ハ我も世をいとふ躰なれ共心ハ人に替る事なし何をも恥給ふ事有へからすもし妻もあらは幸礎打せ給へ我も聞へしとの句也林云詞書よし野にてとありみよし野の山の秋風さよふけて古郷さむく衣うつなり前書よし野とある故此哥とハ思ひとられたり此句の趣意ハ一二句聞はつりたる誹少子の自讃してあの句ハ此句ハともてはやしかたハらいたき事有衣打とハ申せ共礎打とハいはし鐘のおとゝハいへとも音《ね》とハいはぬよし種々の附會の説有言語のあらそひにて深意をたとりえぬゆへかわけて淋しき旅寐に所もよし野の麓なれはせめて衣なりと打て聞せよと旅寐をさまさんと也只旅ハものうく事足らぬを情とすへし経信の哥に無益なれハ今下略す解云よし野にて引哥前に同し此哥を葛藤にして砧を望たる成へし坊とハ伊勢の町坊なといへるひとしくよし野の入口に軒を並へて旅客を留るの家居也挽物細工を商ひて箱根の湯本に俤似たり

説袋坊を僧坊と思へるにや．よしのゝ奥などゝ書り．僧坊に妻あらんや．一向妄語不可用也．句選其外の書にも．よし野にてとばかり有．都て袋注に出す所の．詞書等ハ．自己にこしらへて．おのれが注に會せたるもの．十に八九みな是也．罪ふかゝるべしや．又我ハ世をいとふ躰なれども．心ハ人に替る事なしとハ．いかなる事にやいにしへより．世をいとふ人ハ．人心に異るや．何とも心得ぬ一言也．林何ともわからず．他の事を交へ評する故也．鐘のね．砧うつの義ハ．枝也此句の當用にあらす．予も鐘のね蛍火の義に付て甚た論有．家書好多《ホウダ》草《グサ》に委し．又経信の鳫の旅の哥猶無益也．迂遠と云べし．解此哥を葛藤にしてと．文章に至つてハ．如此も書べけれども．葛藤の字義．注なくしてハ．初輩合点ゆかぬ也．然らば．句解を思ひ出し．初輩のためには．露なるまじ．初心の人を導くに．かゝる禅語などハ．遠慮あるべき事をや○倭名抄云坊《マチ》市《イチ》坊ハ別屋也．野外聚居也．など注せり○東雅ニ曰凡坊とハ．街市の惣名にて．商賈来り聚て交易する場を市といひ．客商を留る所を邸家といひ．坐商の居所を店家といひ．其物をつらぬる所を肆といひし也と云云猶拾芥抄に圖委し．見るべし．伊勢の町坊も．云ハゞ重言の．誤り傳へて．俗習の詞也．爰にも．坊ハ旅客をとゞむる所をいふさもあるべし．○句意ハ．今よし野に来りさまよひあそぶ．折ふし秋といひ．古郷も恋しく思ふ旅寐のころなれば．古哥をふとおもひ出られたり．さればしきりに．聞かまほしければ．其町の女房に對して．ちと碪うってきかせてたべなど興したる．即吟の風流也．下心ハ．古郷の恋しかりけんにや．しるべからず．其所がらといひ．古哥も思ひ合せて．座興の吟と．見るべきや．

　はせを小文庫に此句のこと書出たりしりへに記し出す併せ考へし

(14) あけ紫 **(口絵13頁)**

(一句の前書は「よし野にて」になっている)

野さらしの序に。素堂この句をいふ所に麓の坊と書けれハかしこにやとりしての吟なるへし。心ハ此山下風の夜寒たへかたきにつきて。かの雅経のみよしのゝ山の秋かせ小夜更てふるさと寒く衣うつなり。とよめりける古哥もふと思ひ出られて。己か古郷もいとゝ恋しくものうきに。せめてハ所からなるきぬた打てきかせよや。さもあらハ旅ねのうさもわすれん物をと也。坊ハ説文に邑里《いふ》の名と有て。まちと訓俗に町の字を用ふるにおなじ。されども是ハ字義にかゝハらず町坊なといへるものか。又ハ衆徒《しゅと》の事かとおもハれ侍る。一山の衆徒むかしハ妻帯《さいたい》也。岩菊丸はせをよし野へ供せられたる万菊丸と混すへからす童形にて執行せり。その遺風《いふう》はせをの頃まて有しか今ハ清僧也。台斗かさねていはく。風状か編し鷹の白尾にきぬた打とハせすと記せりいかん吾山曰この制誹諧にいまたきかず。連歌新式《の》註にいはく碪うつとハせず。うつきぬとハする也。是ハうつきぬとつゞく故也。和哥連哥ハ優美に艶なる詞つゝきを専となすなれハ碪うつとハせぬ也誹諧ハ世の諺をもととして當時の人事をもてあそふものなれハ碪うつともするなり。和字正鑑契沖作曰きぬいた和名衣板也畧してきぬたと云かくの如くうつきぬとハつゝくうつ板とハつゞかぬといふ事也。順和名云碪擣レ衣石也又作レ砧正字通曰砧擣レ繒石又藁砧農家擣石云々しかれバ元来石にてうちし物也。後世俗用に木をもつて作れる物と成たると見ゆ今も石にてもうつ也。わらきぬたなといふごとく。器《うつハもの》の名目《めいもく》なれハきぬたうつともわらぎぬたうつとも誹諧に難なし。引《ひ》板《た》ハ引板《ひきいた》の中畧也。しかるに西行ひた引ならす大原の里とよみ玉ふごとくひたと道具に名付る時ハ引の字の同字同意にハあらずとしられたり是又きぬたにひとし。もとより艶《えん》なる詞續を第一とせざれハ少もくるしからざる也

（15）新巻

（一句の前書は「よし野にてある坊に一夜かりて」になっている）

みよし野の山の秋風さよ更てふるさと寒くころも打なり

此詠をふんで妻帯僧のおなしけれハはいかいにとれるなるへし

宋陶穀清異録京師大相寺國僧有レ妻曰二梵嫂一於二自妻一知足不《ル》レ行二非法邪婬一則當レ来二生善處一等出萃厳経涅槃経陀羅尼経等一

（16）笈の底

新古今集　三吉野の山の秋風小夜更て古郷さむく衣うつなり　藤原雅経

此詠を本文として則其地に愛宛《メテ》此哥を心に持て云出たる所也今案に一句の余情は此詠に譲りて唯砧を聞せよ坊か妻と云珍敷坊か妻と云詞妙計也亦砧の音ハ女の力なく弱〳〵と打を称す故に坊中の妻を取出たる風流と云へし誠に寺院に赤子の声を聞むハ憂《ウシ》共云へし女の手業たる砧打て聞せよと下知したる詞天晴《アハレ》也

碪《キヌイタ》　砧《同》　碪《同》　帛砧《同》　擣衣也是ハ絹布等を擣《ウツ》て和か成し沢《ツヤ》を出すの具也今案に石木を以て作る也亦俗に岐奴太と訓ハ絹板《キヌイタ》の略語也是を打搗の具を槌杵と云亦碪に志天宇都と云詞ハ繁打《シテウツ》也繁く打と云義也　和名鈔《ニ》云碪擣《ハツ》レ衣《ヲ》石也字亦作《ル》レ砧《ニ》也碪展《ハル》レ繒《ヲ》石也漢語抄《ニ》云岐奴伊太東宮舊事《ニ》云擣衣《ノ》杵和名都知李白詩長安《カニ》一片月《ノ》萬戸擣《ツ》レ衣《ヲ》声云々朗詠誰家《ニカノ》思婦《カ》秋擣《ツ》レ衣《ヲ》月苦《ミ》風凄《シ》砧杵悲《メリ》

秋風のまた身にしまぬ里人や音もたえ〳〵衣擣らん　為家

小夜衣いつこの里に打ならん遠くきこゆる槌の音哉　西行

後拾遺　小夜更て衣しで打声きけハいそかぬ人も寐
　　られさりけり　　　　伊勢大輔

坊　和名鈔《ニ》云声類《ニ》云房《ノ》反《シ》別屋也又村坊也野外《ノ》聚居也和名萬知又《ハ》無良今案に国俗に坊と云ハ僧室を云也則町と云に同意也伊勢吉野を始て町坊と云惣て古代ハ妻帯の僧多し今ハ吉野の衆徒も清僧の由也亦考に此句の坊と云ハ吉野山入口に軒を並へて役行者の家居あり是を町坊と云皆妻帯也此所旅客を止るを業とす此坊か妻成へし亦僧を俗に坊主と称す是も其室を坊と号すより云成へし

豆萬　夫妻也右両字同訓也男子ハ女を妻と云女子ハ男を夫と云是夫婦の義也夫和名鈔《ニ》云夫《ハ》猶《ヲ》レ扶《ノ》也以《テ》レ道《ヲ》扶《ケ》接《ハル》也和名乎宇止一《ニ》曰乎止古字彙《ニ》云夫《ハ》丈夫也扶二達《スル》人《ヲ》一者也又妻《ノ》良人《ヲ》曰レ夫《ト》也孟子夫《ニハ》有レ所レ受レ之《ヲ》也云々妻萬葉《ニ》嬬《ツマ》孋同和名鈔《ニ》云妻者《ハ》齊也與レ夫齊《スレハ》レ體《ヲ》也又用《ユ》二夫妻婦妻《ヲ》一和名米一《ニ》曰米阿波須字彙《ニ》云妻婦《セイハ》也與レ己齊也以《テ》レ女《ヲ》レ嫁《ヲ》レ人《ニ》曰《フ》レ妻《ト》也云々妾和名鈔《ニ》云妾《ハ》非《ス》二正嫡《ニ》一故《ニ》以《テ》レ接《ヲ》為《ス》レ稱《ト》云々有《ルノ》レ接嫡一之名也也小妻也和名乎無奈女字彙《ニ》云妾《ハ》女婢也孟子《ニ》侍妾数百人云々今案ニ乎止古ト云和訓ハ男と云義にて女に對す則男女と云へハ夫婦の事也亦婦ハ妻也妻《メ》ハ則女《メ》也互に呼て豆萬と云是ハ妻《メヤハ》すと訓を以て也亦妹背と云も男女の義にて妹ハ女の惣称婦と云背ハ男の惣称夫を云也今考に国俗に乎豆止と云是ハ乎宇止の音便也亦乎止古とハ小男を云共夫を云事多し源氏の詞にも男《ヲトコ》すると云ハ夫を儲《モフク》るを云也亦前妻《ノ》和名《ハ》古奈美後妻《ノ》和名《ハ》宇波奈里亦徒然草《ニ》妻《メ》を云物こそ男子《ヲノコ》の持間敷なれと書る其文章誠に名誉にして金玉のことし熟覧して可レ味也妻子ハ世の羈《ホタシ》　也殊に女子と小人とハ食《ヤシナ》ひ難し遠さくれハ不孫也近けれハ怨《ウラム》とハ聖賢の語也心可レ有の事也妾禮記《ニ》曰聘《スル寸ハ》　則為レ妻《ト》奔《ハ寸ハ》　則為レ妾《ト》云々聘ハ礼を以て迎を云奔ハ無レ媒《ナカタチ》　の心則野合の義是妾也亦神代巻《ニ》木花開屋姫詞《ノミ》妾妊身《ヤツコハラメリ》云々妾を矢豆古と点せる事則卑下の詞也或ハ恋奴なと云惣て侍妾の義にて婢を奴《ヤツコ》と云也今の世にも女の罪ある者は奴に下し遣ふ是奴婢の云ひ也

(頭注)　由匯按
木花開屋姫ののたまふやつことハ奴隷《ノ》奴《ノ》意にて卑下謙退《ノ》詞也恋の奴戀《ハノ》ために身をも心も遣ひも

のにされるといふこゝろにての奴也同しやうな
る事にて聊違ひ有へきにや

(17) 集説

(一句の前書は「よし野にて」になっている)

泊船集道の記詞書　独よし野のおくにたとりけるにまことに山深く白雲峯に重り烟雨谷を埋ンて山賤の家處々にちいさく西に木を伐ル音東にひゞき院々の鐘の聲心の底にこたふむかしより此山に入て世を忘れたる人のおほくハ詩にのかれ哥にかくるいてや唐土の廬山といはんも又むへならすや

ある坊に一夜をかりて

砧うつて我に聞せよや坊かつま

如此泊船集載たり

(頭注)　みよし野の山の秋風小夜更て故郷寒く衣うつなり坊とハよし野の町には町坊といふ有
評林云誹少子の自賛してあの句ハこの句ハと世にもてはやしかたはらいたき事あり衣うつと申せとも砧うつとハいはし鐘のおとハいへともねとハいはぬよし種々に附會の説ありミな言語のあそひにて深意をたとりえぬゆへかわけて淋しき旅寐に所もよし野にて旅のものうきこと猶有へき事也

(18) 句彙

(一句の前書は「芳野にてある坊に一夜をかりて」になっている)

詩　孤燈燃シ二客夢ヲ一寒杵搗ツク二郷愁ヲ一

政談云吉野の僧等中頃まてハ皆妻帯なり此四五十年以来此文明に成て清僧となる也と

(19) 年考

貞享元年の唫也野さらし紀行に獨りよし野の奥にたとりけるにまことに山深く白雲峯にかさなり烟雨谷を埋んて山賤か家處〳〵にちいさく西に木を伐る音東にひゝきて院〳〵の鐘の聲心の底にことふむかしより此山に入て世をわすれたる人多く詩にのかれ歌にかくるいてや唐土の廬山といはんもまたむへならすやある坊に一夜をかりて砧うつて我に聞せよや坊か妻甲子吟行はせを真蹟にもかくのことし其序ニ素堂云麓の坊にやとりて坊か妻に砧をこのミけん昔潯陽の江のほとりにて楽天をなかしむるハ

あき人の妻のしらへならすや坊かうつ(ママ)ての礎ハいかに打て翁をなくさめしそや共ニきかまほしけれそれハ江の辺り是ハ麓の坊地をかふるとも又しからむと見へたり○續虚栗に前書よし野の奥に夜をあかしてとあり○曠野ニ前書句迁の通り出たり○評林に見よし野の山のあき風さよふけて古郷さむく衣うつ也前書ニよし野と有ゆへに此哥とハしられたり此句の趣意ハ一二句聞はつりたる俳少子の自讃してあの句はこの句ハと世にもてはやしかたはらいたき事あり衣うつとハ申せとも砧うつとはいはし鐘の音とハ云へとも音《ね》とハ云ハぬよし種〳〵に附会の説ありミな〳〵言語のあそ(ママ)ひにて深意をたとり得ぬゆへかわけて淋しき旅寐に所もよし野の麓なれはせめて衣也とうちて聞せよと旅寝の夢をさまさんとなりたゝ旅は物うく事たらぬを情とすへし○或問珍ニ砧うつの御哥に〽千たひうつきぬたの音にゆめさめてものおもふ袖の露そくたくる○句解に云三よし野の山の秋かせの歌こそ哥を葛藤にしてきぬたを望みたるなるへし坊とハ伊勢の町坊なといへるにひとしくよし野の入口に軒をならへて旅客をとゝむる家居なり挽物細工を商ひて箱根の湯本に俤似たり○百人一首師説参議雅経〽みよし野の山の秋かせさよふけて古郷さむくころもうつなり擣衣の心をとありこれハ古今の歌にみよし野の山のしら雪つもるらし古郷さむくなりまさるなりといふ哥とり心は門に也秋風のミ音つれわたる折から衣うつ聲すミわたる淋しさかきりなしとなり小夜ふけてねられぬ心こもれり仍覚御説古郷の淋しさにするわさとてハ衣うつと云々三吉野ゝ事古今の混乱義抄云々みよし野ハ上中下の芳野也又代々臨幸によって御吉野といふ又神を称するによれりと云々○古文前集楽天潯陽江の長篇畧す

烏明提要録に我に聞せよやのやの字よろしきよしを云り貞享元年紀行同四年の續虚栗に聞せよやとあり元禄二年の曠野ニ聞せよとやの字の無きやすらかなるを見るへきにや○師走袋によし野ゝ奥或坊に一夜を借りてとあり句の心は我も世をいとふ躰なれとも心は人にかはる事なし何をも恥玉ふ事有へからずもし妻もあらハ幸ひ砧打せ玉へ我も聞へしとの句也○説叢に師走袋を難して曰坊を僧坊ともおもへるにやよしのゝ奥なと書り僧坊に妻あらんや一向妄語不可用也句迁其外の書にもよし野にてと斗り

ありすへておのれか詿に會せたるもの十に八九ミな是なり罪ふかゝるへしや又我も世をいたふ躰なれとも心は人に替る事なしとハいかなる事にやいにしへより世を厭ふハ人心に吴なる也何とも心得ぬ一言也評林何ともわからす他の事を交へ評する故也鐘の音砧うつの義は枝也此句の當用にあらす予も鐘の音蛍火の義に付て甚論あり家書好歩艸に委し又経信の雁の旅の歌猶無益なり迂遠といふへし句解此哥を葛藤にしてとハ文章に至てハ如斯も書へけれとも葛藤の字義注なくしてハ初輩合点ゆかぬ也しからハ句解もおもひ出し初輩の為にハ露なるまし初心の人を導くにかゝる禅語なとハ遠慮あるへきをや倭名抄ニ云坊《マチ》市《マチ》坊（ママ）別別屋也野外聚居なと注せり東雅に曰凡坊トハ街市の惣名にて商買来り聚て交易する場を市といひ客商を留る所を邸なと云ひ座商の居所を店家といひ其物をつらぬる處を肆といふ也と云々猶拾芥抄ニ図くわし見るへし伊勢町坊もいはゝ重言の誤り傳へて俗習の詞也爰にも坊は旅客をとゝめる所をいふさもあるへし句意ハ今よし野に来りさまよひあそふ折ふし秋といひ古郷も恋しくおもふ旅寝の比なれハ古歌もふとおもひ出られてしきりに聞まほしけれハ其町の女房に對してちと碪うつて聞せてたへなと興したる即吟の風流也下心は古郷の恋しかりけんにや知るへからす其所からといひ古歌もおもひ合せて座興の唫とミるへきにや○案するに此句紀行ニハ麓とハなし素堂の序ニ麓とあり續虚栗によし野の奥とあり奥ならんにハ町家を坊といへるとも思われす麓ならハさも有か芳野にハ喜蔵院南陽院なといへる妻帯の寺ありあつミ山哥仙に此世のすゑはみよし野に入不玉といふ句に朝つとめ妻帯寺の鐘の聲曾良と附たりしかれハよし野に妻帯の寺あれハ町を坊と云へりとも定めかたくや

（頭注）　白氏文集

江人校衣脱十月初聞碪一夕高樓月万里故園心

或問珎ハ吏登迁

（20）　蒙引

（一句の前書は「芳野にて或坊に一夜をかりて」になっている）

此山の秋景もろこしの廬山といハんも宜ならすやと甲子の紀行に書玉へり寂寞察すへし猶雅経の卿の〽ミよし野ゝ山の秋かせ小夜ふけて古郷寒く衣うつなりの哥を思ひ出て感歎のあまり砧聞せよとハ詠し玉ひけん坊か妻の

語に実を留へからす此語のさびありて且よし野なる事を顕ハせる妙々仰くへし

（24）泊船集

砧打て我に故郷ノアハレヲきかせよや坊か妻よやとやの字を添たるハしひて好める意なるへし

みよしのゝ山の秋風さよ更て故郷さむく衣うつなりといふ哥より作れるなるへし坊とは旅客をとむる宿を此地にてすへていへるとなり

（25）翠園抄

（一句の前文最後に「ある坊に一夜をかりて」の一文がない）

○廬‐山山南《ハ》康軍山北《ハ》是《レ》九‐江‐郡山‐中有二三‐百六‐十余‐寺一天‐下第一《ノ》勝‐地《ナリ》也

○朗詠に擣《ツ》レ衣《ヲ》砧上《ノ》俄添《ニ》二怨別聲《ヲ》一○評林に〳〵ミよし野の山の秋風さよふけてふるさと寒く衣うつなり前書によし野と有ゆへに此うたとはしられたり○素堂評に麓の坊にやとりて坊か妻にきぬたをこのミけん昔潯陽の江のほとりにて楽天を泣しむるはあき人の妻のしらへならすや坊かつまの砧はいかに打て翁をなくさめしにや潯陽の琵琶行古文前集にあり○按るによし野には喜蔵院南陽院なといへる妻帯の寺ありとそ○三草紙にきかせよやのやの字よろしとあれとも元禄二年の曠野集にやの字をのそけりやすらかなるを見るへきにや

（26）諸抄大成（**口絵13頁、『あけ紫』の部分のみ**）

（4）（14）に同じ

（27）句解大成

（一句の前書は「吉野にて或坊に一夜をかりて」になっている）

素堂云むかし潯陽の江のほとりにて楽天を泣しむには商人の妻のしらへならすや坊か妻の砧ハいかに打て翁をなくさめしそやともに聞まほしけれそれハ江のほとり是ハ埜の坊地をかふるともまたしからむと云々

一書にみよしのゝ山の秋風さよふけてふるさと寒く衣うつなり諸注是をもて本とす

愚考此哥は衣うつをよそより唯うちきゝたる斗なりわさ〳〵打て聞せよや誠に坊か妻のといふか字眼なれは必琵琶行の模写変態に紛れなし前の綿弓ハ琵琶をあらはし爰には妻を体として砧に代ふる皆是其意おなし

事文類聚《ニ》曰琵琶行白居易　元和十年予左二遷九江郡司馬一明年秋送二容湓浦口一有下船中夜弾二琵琶一者上聴二其音一錚々然有二京都声一問二其人一本長安娼女嘗学二琵琶於穆曹二一善

才一年長色衰委レ身為二賈人婦一遂命レ酒使三快弾二数曲一曲罷憫然自叙二少ノ小時歡楽支一今漂淪憔悴濟二従於江湖間一予出レ官二年恬然自安感二斯人言一是夕始覚レ有二迁謫意一因為二長勺歆一以賜レ之凡六百二十二言命曰二琵琶行一
潯陽江頭夜送レ客楓葉荻花秋索々主人下レ馬客在レ船挙レ酒欲レ飲無二管弦一下略ス

(28) 一串

（一句の前書は「吉野にて」になっている）

初句ハ古郷寒く衣うつなりの歌に縁し。聞せよと願たるハ。我たのしむ処のさびしミ也。

(29) 解説

廬山ハ大明一統志云南康府廬山在府西北二十里古名南障世傳周武王ノ時匡俗兄弟七人結テレ廬隠ヿ居ス於此一故ニ名二其山一畳嶂九-層崇-巌萬-仭周五百餘里ニ實南方ノ巨鎮也和州吉野山ハ本朝七高山の其一也金の御嶽と称し又金峰山国軸山と云吉野山の事ハ予か風俗文選通釋吉野賦ノの処に詳なり爰に略す素隠士の序ニ曰桙の坊にやとりて坊か妻に砧を好ミけん昔潯陽の江のほとりにて楽天をなかしむるハ商人の妻のしらへならすや坊か妻のきぬたハいかに打て翁をなくさめしそやともにきかまほしけれそれハ江のほとり是ハ桙の坊地をかふるとも又しからむ續虚栗に前書よし野の奥に夜を明してとあり曠野集にハよし野にてとあり句觧に三よし野の山の秋かせのうた此うたを葛藤にして砧を望ミたるなるへし坊とハ伊勢の町坊なといへるにひとしく吉野の入口に軒を並へて旅客をとゝむる家居也挽物細工を商ひて箱根の湯本に俤似たりと云みよし野とハ古今集聞書云上中下の芳野又々代々臨幸によって御吉野といひ又神を称するによれりと説叢云今よし野に来りさまよひ遊ふ折ふし秋といひ古郷も恋しと思ふ旅寐の頃なれは古歌もふと思ひ出られてしきりに聞かまほしけれハ其町の女房に對してちと碪うつて聞かせてたへなと興したる即吟の風流也云云白氏潯陽江詩長篇なれハ爰に略す
積翠子云案るに此句紀行にハ桙とハなし素堂の序に桙とあり續虚栗によし野の奥とあり奥ならんにハ町家を坊といへるとも思はれす麓ならハさもあるか芳野にハ喜蔵院南陽院なといへる妻帯の寺ありあつミ山哥仙に〽此世の末ハ見よし野に入不玉といふ句に朝つとめ妻帯寺の鐘の聲曾良と附たり然れハ吉野に妻帯の寺あれは町を坊とい

へりとも定めかたし吉野山僧坊の事猶此句解予か説叢侯
後抄にしるす但和名抄に坊をまちといへり

一二、西行庵

西行人の草の庵の跡は、奥の院より右の方二町計わけ入ほど、柴人のかよふ道のみわづかに有て、さかしき谷をへだてたる、いとたふとし。彼とく〳〵の清水は昔にかハらずとみえて、今もとく〳〵と雫落ける。

露とく〳〵心みに浮世すゝがばや

若これ、扶桑に伯夷あらバ、必口をすゝがん。もし是、杵《(許)》由に告バ、耳をあらはむ。

西行人の草の庵の跡は、奥の院より右の方二町計わけ入ほど、柴人のかよふ道のみわづかに有て、さかしき谷をへだてたる、いとたふとし。彼とく〳〵の清水は昔にかハらずとみえて、今もとく

〳〵と雫落ける。

露とく〳〵心みに浮世すゝがばや

若これ、扶桑に伯夷あらバ、必口をすゝがん。もし是、杵《(許)》由に告バ、耳をあらはむ。

（8）呑吐句解

西行

　とく〳〵と落る岩間の苔清水汲ほすほともなき菴哉爰に伯夷あらは必口を漱んもし許由あらハ耳を洗ん

（頭注）西上人西行法師也

　　圓位上人と云

　芳野奥ニ古跡ありていまも落る岩間水とく〳〵の清水と云

（9）句解傳書**（口絵5頁）**

西上人吉野ノ奥院ノ側トク々々ノ清水《昔》ニカハラストナリ

（11）金花傳

傳ニ云西行上人とく〳〵と落る岩間の苔清水汲ほすほともなき住居かな此哥のとく〳〵ハ適《テキ》となり翁のとく〳〵ハ速《トク》々也爰に変「易の動を見るへし

（16）笈の底

　　とく〳〵と落る岩間の苔清水汲ほす程もなき住居かな　　西行

此吟前文に明らか也此清水今に其流不レ絶して殊に西行の住玉ふ庵存す誠に古跡と云へし今案に本哥の趣意を取て誠に浮世を濯ハやと云詞絶妙と云へし山深く此岩間に尋入て世の音を暫く忘れ宛心の塵を拂共云へきを凡俗の身なれハ恐れ有りと卑下して試にと云出たる詞限りもなく哀に余情深く再吟して可レ味の句也

露　和名　豆由　伊勢物語　恵澤《ツユ》　時珍ニ云露カ者ハ陰気ノ之液也《也》夜気着レ物而潤ニ二澤ス於道傍ニ一也云々今案に露ハ陰陽の気也陰気勝時は凝て為ルレ霜雪ト一陽気勝時は散て為ル二雨露ト一也則露ハ霜の始め也八雲ニ云露ハ春も詠ど夏秋の物也露けきハ繁き也しげき玉共ニ云又涙によする也云々露の号多し挙るに暇なし其少を記す甘露　露玉　白露　露結露時雨　甘露白虎通ニ云甘露ハ美露也降スハ則物トシテ無シレ不ストムコト二美盛ナラ一矣本草ニ云甘露釈名ハ膏露瑞露天酒時珍カ曰ニ按瑞應圖ニ云甘露美露也神霊ノ之精仁瑞ノ之澤ノ其凝如ノレ脂其甘如レ飴ノ故ニ有リ二甘膏酒漿ノ之名一云々拾遺記ニ云崑崙山ニ有二甘露一望レハ之ヲ

如レ丹《ノ》著《ケ》二草木《ニ》一則皎瑩如《シ》レ雪《ノ》云々露玉誠に玉を連ねたるか如し故に貫く玉共詠る也玉水と云に意同し皆称号也白露伊勢物語金露《ニシラツユ》是は其色を称し云也露結露ハ置を結ふと云也草葉にすかりて風に靡け共落難し依て乾る露なと云也文選云人《ニ》生度《ハタル》二一世《ニ》一去《ルコト》若《シ》二朝露晞《ノヒルカ》一云々露時雨是は興へ云也山路なとに露に濡たるハ村雨に行か如し時雨とも云へし

草の葉にほと〳〵における露の玉おもきハ落る人の世の中　無名

新古今　露しくれもる山陰の下紅葉ぬるとも折らん秋の形見に　家隆

濯灌　和訓須々具或ハ曽々具共云則須と曽五音通也字彙《ニ》云濯《タクハ》浣也又濯濯《ハ》肥澤《ノ》貌也灌《ハ》者方祭《ニルノ》之始用二鬱鬯《ノ》之酒《ヲ》一灌《テ》レ地《ニ》降《ス也》レ神《ヲ》又漑也澆也聚也

後撰集　平のたかとふがいやしき名とりて人の国へまかりけるにわするなといへりけれハ髙遠か妻のいへる

わするなといふに流るゝ涙川浮名をすゝく瀬とゝならなん

止久々々　今案に速《トク》々成へし是は水の流落る音を云詞也俗語にて本文もなし世俗に湯水等に附て沸出或ハ走り落を止久々々と云是則音の義にて速《ハヤ》く出て落る趣也然ハ速《トク》々と可レ書者か亦湯水を飲に此詞を用ゆ是亦同意にて速《スミヤ》かに呑の音の義也或ハ謡に速《トク》々立や梓弓と云へるも趣意同く速《トキ》事也又逸疾敏の字皆々同意也字彙《ニ》云速《ハ》疾也疾《ハ》急也逸《ハ》奔也遁也放也云々

(17)　集説
泊船集に若是扶桑に伯夷あらは必口をすゝかんもしこれ杵由に告は耳をあらハんと有句選に欠文有泊舩を以補ふ

(18)　句彙
(一句の前書は「とく〳〵の清水にて吉野山にあり西行上人三年籠居し玉ふ所なり」になっている)
王建詩　一瓶一鉢垂々老萬水千山得々来
西行哥
とく〳〵と落る岩間の苔清水くむほともなき我住居かな

(19)　年考

貞享元年の秋よしの行脚の時の句也野さらし紀行に見へたり其文略す○とく〳〵の水招かは来ませ初茶湯（素堂）自判曰西行法師をしたひての句合なれは第一番汲ほす程もなき住居哉と詠し玉ふ吉野の奥の苔清水を出されけるにや○五元集に霜月廿七鴈候干黄門光國卿之御茶亭題周山之佳景とある句の中〽炭屋岩間こかしの清水とく〳〵といふ句あり其角の前書に西行堂道の辺の清水哀也彼法師よしの山に閉てとく〳〵と落る岩間の苔清水汲ほすほともなき住居かなと云ひしをよせてと前書あり○百菴か梅花林藪に苔清水の歌西行の詠に非さる事前條春の上巻凍とけて筆に汲干す清水哉の条下委し故に略す○枯尾花の序貞享初のとしの秋知利を伴ひ大和路やよしのゝ奥も心のこさす露とく〳〵こゝろミに浮世すゝかはや○甲子吟行の序に素堂云とく〳〵の水にのそみて洗ふに塵もなからましをこゝろミにすゝきけん此翁年比山家集をしたひておのつから粉骨のさも似たるをもつてとりわき心とゝまりぬ思ふ伯牙の琴の音こゝろさし高山にあれは峩々と聞へこゝろさし流水にあるときハ流るゝかことしとかや我に鍾子期か耳なしといへ共翁のとく〳〵の句を聞は眼前の岩間をつたふ雫りを見るかことし○或人覚書初案ハ誠にうき世すゝかん苔清水

（頭注）　吉野山西行の菴室跡并苔清水有ルコト貝原カ和刕順覧記出タリ

（20）　蒙引

（一句の前書は「とく〳〵の清水にて」になっている）

此清水芳野也西行の遺跡なり○其潔き昔したハしけれハ心のよこれをすゝきて見はやと也此句の虚にして信なるを見るへく試みの語の俳なるを味ふへし畢竟ハ水清く境静なるを称し玉へるなり

（23）　参考

[考]和漢三才圖會芳野の奥苔の清水西行法師菴室跡有遺像浅くともよしや又汲人もあらし我に事たる山の井の水（西行）とく〳〵とおつる岩間の苔清水汲ほすほともなき住居かなよミ人しらす○支考文撰に西行とあり

（24）　泊船集

露とく〳〵（此閑寂ニ暫ナリト我モ）心見に浮世すゝがばや（はやハ哥にも見せはやをらはや）（ノ類たきノ意也）

西行のあとをしたへる情思ひやるへし

（頭注）西行此所に居給ふ時よめるとく〳〵とおつる岩間の苔清水くミほすほともなき住居かな此哥によりてとく〳〵の清水と云

扶桑ハ日本を云

伯夷ハ義人にて首陽山と云へ隠れし人也

許由ハ堯帝の天下を譲らんと宣ふを聞て汚れたりとて耳を洗ひし人也

(25) 翠園抄

○西行法師の歌に〽とく〳〵と落る岩間の苔清水くミほすほともなき住居かなとよめるよし素堂かとく〳〵句合五元集等にミえたり或人云此歌山家集及撰集抄にもミえす諷調西行法師の詠ともおもはれすと也按るに句のうへをミるに虚實にはかゝはるへからすや

○扶桑ハ日本の一名也事ハ山海經准南子等に詳也伯夷許由か事ハ人皆知る所也

(27) 句解大成

愚考西上人とく〳〵の清水は前にも委しけれハ略し侍る扨五文字をそゝかはやと書る本あまたありそゝぐハ節用なとにも灑泛潟灑濺注灌以上の七ツ皆上よりそゝきかける意なり字義を見るへしすゝくは濯《ス、ク》漱《ス、ク》雪《ス、ク》洗《ス、ク》以上恥を雪く口を漱く衣を濯く是すゝくとそゝくとは是濁の違ひなり心をそゝくとはいはれぬ義理なり猶いふへしそゝくはものゝうへに水をかける義也すゝくは水へものを入てする義なり彼楽天か詩に但有㆓泉声㆒洗《ス、ク》㆓我心㆒更無㆓俗物㆒當人眼是等の情にならふて仮令楽天西行に及はぬまても先試にすゝかはやといふ句意なり

(29) 解説

素隠士序ニ曰三芳野のおくにわけ入南帝の御廟に忍ふ草生ひたるに其世のはなやかなるを忍ひ又とく〳〵の水にのそミて波に塵もなからましを試にすゝきけん此翁年頃山家集を慕ひておのつから粉骨のさも似たるをもつてとりわき心とゝまりぬ思ふに伯牙の琴の音志高山にあれは峩々ときこえ志流水にある時は流るゝかことしとかや我に鐘子期か耳なしといへとも翁のとく〳〵の句をきけハ眼前岩間を傳ふしたゝりを見るか如し吉野山に西行の菴室の跡並に苔清水ある事貝原か和州順覧記に出たり西行の詠は〽浅くともよしや又くむ人もあらし我に事たる山の井の水とあり又〽とく〳〵と落る岩間の苔清水汲ほす

程もなき住ゐ哉といふうたをも西行の詠歌と定むへきにや此うた諸抄に見へす西行の詠歌といへとも山家集其外の撰集家集にもれたるうたも無きにハあるへからす素堂芭蕉其角皆西行の詠とす別によみ人きこえさらんには実に西行の詠歌なるへきか素隠士とく〳〵の句合に〽淂々の水招かハ來ませ初茶湯といふ句を一番の左に出し自判ニ云西行法師をしたひての句合なれハ第一番に汲ほす迄もなき住居哉と詠し玉ふ吉野の奥の苔清水を出されしなるへし許由巣父の事ハ逸士傳に見へたり堯の許由に帝位をゆつらんとありしを其耳のけかれたりとて洗ひし下流を巣父の見て濁りたるを知りたるとかや伯夷ハ聖の清なるものと孟軻も申せしなれハ伯夷の聖者も許由の賢人も此清水の清きにハ口をそゝき耳をも洗はんとその清きを賞する也されハ芭蕉も浮世の垢をそゝき試んとなるへし鍾子期ハよく伯牙の音を知る鍾子期死して伯牙弦を断ちて再ひ琴を鼓さすと云許六断絃文も此意をもて作れり断絃の事劉向の説苑にあり曰伯牙鼓レ琴意在《リ》二高山《ニ》一鍾子期曰善《カナ》乎巍々乎《トシテ》　若《シ》二泰山《ノ》一俄《ニシテ》　而志在《リ》二流水《ニ》一子期曰洋々乎《トシテ》　若《シ》二流水《ニ》一子期死《ス》伯牙破《リ》レ琴《ヲ》絶《ツ》レ絃《ヲ》云云素隠士ハよく芭蕉翁の音を知る断絃の友なる事世に知る処なり今将何をか贅せん

一三、後醍醐帝の御廟

山を昇り坂を下るに、秋の日既斜になれば、名ある所〳〵み残して、先、後醍醐帝の御廟を拝む。

御廟年経て忍は何をしのぶ草

山を昇り坂を下るに、秋の日既斜になれば、名ある所〳〵み残して、先、後醍醐帝の御廟を拝む。

御廟年経て忍は何をしのぶ草

（8）呑吐句解
百敷やふかき軒はの忍ふにも猶あまりあるむかしなりけり此哥にて分明なり恐多き事なれハ何を忍ふとハなけれともむかしおもひ出さるゝさま也何の字ニてしんしやく聞ゆ句あまりハ下手好むへからす
（頭注）　山を登り坂を下るに秋の日斜になれは名ある
處々見残して先後タイコの――
芳野か里山廣くして見のこして――
垣衣《シノフクサ》　忍草ハ俗字也

（9）句解傳書
後醍醐帝ノ御陵ヲ拝ムト也忍フハ昔也

（12）過去種
（一句の前書は「後醍醐天皇の御廟を拝て」、上五は「御廟千とせ」になっている）
（頭注）　御廟千とせ
當吟切字心切也
此御陵の千代もふる事厳重なるに側の屮しのふの生れと屮にも忍ふ名ハいかゝや何を忍ふ屮な
らんと何の一字に咎て眠るに

（13）茜堀 **（口絵7頁）**
（一句の前書は「後醍醐帝の御陵を拝む」になっている）

古雅躰序句の格忍の詞に三品ある中に是ハかくれしのぶの義なるへし御廟のあたり忍草なと生へしげりたる此帝

の世にみまそかりける時はかたきの為に忍ひさまよひ玉ひしに今や御陵となり給ひ恐るへきかたきもなきに猶年を経ても忍ふは何をしのふ草にやと有りし御世を思ひつゝけて深く悲しひ給へる懐古の吟なるへし

（15）新巻

（一句の前書は「後醍醐帝の御陵を拝む」になっている）

因太夫行役過二故《ノ》宗廟宮一室盡為二禾黍一

これらにかよひ此帝にしていよ〳〵あハれふかし

（16）笈の底

新古今集　長月の在明のころ山里より式子内親王

　　にておくりける

思ひやれ何をしのふとなけれとも都おほゆ

る有明の月　　惟明親王

此吟ハ此哥の詞續に通ひて其面影似たる也後醍醐天皇の御陵に額衝《ヌカツキ》て聞傳たる其昔を思巡らし奉るに其邉《ホトリ》忍草の生ひ繁りたるハ何を今に忍せ玉ふにや年の《を》経ても御憤りの未《タ》不レ散して忍せ玉ふにやと草の名に附て如レ此云出たる也今案一句の表ハ惟明親王の詠の趣にして其極意ハ西行の哥の意を取て云出たるへし則西行法師崇徳院の御跡を奉レ慕て讃岐国迄波濤を渡て遥々参しに早崩御有て白峯に納め奉ると聞て夫より嶮難を経て彼の峯に至て御陵を拝し奉りて詠る哥

よしや君むかしの玉の床とてもかゝらん後

ハ何にかハせん

是則御怒をなだめ奉らんか故也後醍醐帝も其御憤り崇徳帝に替らせ玉ふ事なし是に依て翁も其忍ハせ玉ふ事種《コトクサ》の茂り宛生ひ出たるや年歴たれハ御怒も散し玉へかし何を今に忍草の生る事よと西上人の心を敬ひ貴ミて申出奉るの意也此吟唯忍の一字を眼也再吟して味へし其余情深々たる也

御陵　和名鈔二云日本紀私記《ノニ》云山陵埴輪云々山陵《ハ》和名美佐々岐埴輪《ハ》和名波迩和埴輪《ハ》山陵《ノ》縁邉《ニテ》作二埴人形《ノヲ》立《ツ》如車輪《ノ》者也字彙二云陵《ハ》丘後高《キ》也又帝王所レ葬《スル》曰二山陵《ト》一云々今案御代々御陵五畿内を始めて諸国に在り但シ不詳山陵多し長けれハ今略す亦後世御陵ハ泉涌寺也四条院始て此事に葬し奉る其後に後圓融院を奉レ葬以来此寺に納め奉る也亦後醍醐帝御陵ハ吉野也

後醍醐帝山陵三才圖絵《ニ》云如意輪観音寺号塔尾山本尊《ト》為《ヲ》二

寺号ト一有蔵王権現像ノ一其竈扉《ノトヒラニ》従二吉野一至二熊野ニ一道ノ圖後醍醐天皇宸筆之讃過去帳有ニ二楠正成一族ノ名一後醍醐天皇陵ノハ在二寺之後ロニ一云々

御廟　字彙二云廟寝廟前ハ曰レ廟也後ヲ曰寝古今注ニ二云廟者貌也所三以彷二彿先人之容貌一也云々今案廟と号ハ灵屋《タマヤ》の義也国俗に墳墓を廟所と云者多し誤也廟と墳墓《墓》意ミ別ツ也

志乃布久佐　和名鈔二云垣衣一名ハ烏韮和名　之乃布久佐

弘景曰垣衣亦名二烏《カラスニラト》韮一也云々

今案別名ハ金星草烏《カラスニラ》韮俗名烏《ヤマシノフ》韮共訓す亦垣《シノフクサ》衣と書す義ハ此物ハ苔の種類なるを以て也既に青苔衣に似る共云り惣て苔の種類ハ其物々に纒ひ生る品也則垣衣も擔垣等に能く生す故に垣衣と書是釈名也亦烏《シノフクサ》韮ハ其葉ハ風蘭に似て薄く表に筋一ツあり葉裏に黄色の星一面にあり故に金星草共云亦韮ニラの葉に似るを以て釈名烏韮也此品ハ簷其外日蔭の墻等に多く生す或ハ古松の根亦ハ諸老樹の枝の股なとに能叢生する也亦上世より此忍草忘草一物二名なりと云説多し不レ詳也忘草ハ萱草也別物なる事明か也今考忍忘の詞の對して昔より詠ミ来る依て一物のやうに相通ひて聞ゆるか故に誤来る也

亦今世俗に忍草と云て玩賞する草ハ石長生と号す物なるへし弘景時珍所レ説の形状相當す則云茎黒ク或ハ紫色細茎葉似レ蕨ニ亦似レ檜ニ四時不レ凋多ハ生二石岩ノ上一亦生二山陰ニ一苗ノ高さ七八寸也亦類多し冬枯有ル云々是里俗ニ云忍草也哥等に詠ミ来る所の忍草ハ垣衣也亦忍草紅葉すると間々哥に詠を以て疑ひの説々多し最垣衣ハ冬葉不レ凋常磐の草也故に紅葉ハせすと云共草木惣て冬葉の不レ落物も葉を替る比ハ黄《キバミ》返て落る此時を黄葉と詠り疑ふへきの事にあらす

独のミなかめふる家のつまなれは人をしのふの草そおひける　古今　さたの昇

新古今集　忍草の紅葉したるに附て女の許につかはしける　花園左大臣

我恋も今ハ色にや出なまし軒のしのふも紅葉しにけり

(17)　集説

(一句の前書は「後醍醐帝の御陵を拝む」になっている)

泊船集の道の記に出る御廟は吉野山恵《(ママ)》輪寺に有

(19)　年考

（一句の前書は「後醍醐帝の御陵を拝む」になっている）
貞享元年芳野行脚の吟也野さらし紀行前書とも如此出たり○案るに百人一首抄に順徳院御製もゝ敷やふるきのきはのしのふにもなをあまりあるむかし成けり百官座を敷ゆへに禁中を百敷といふ末の世になれはむかしを忍ふハならひなれとも誠に五道おとろへて一身の御上ならす天下萬民のためと思召ゆへなれハ上古のしのはしき事ハ中〱いふても〱あまりあり昔をこひしのふことたへぬとあそハされたりと見へたり○案するに此御製のしのふをおもひ出て帝王の御廟なれハかくつくれるにや○孤松集ハ前書於吉野天皇の廟にまうてゝと有りて此句上五文字御廟千とせと見へたり○撰集抄新院の御墓所をおかみ奉らんとて白峯といふ所に尋ね参り侍りしに松の一むらしけれるほとりにくれぬきし廻したり是ならん御墓にやと今更かきくらされて物もおほへすまのあたり見奉る事そかし清涼紫宸の間にやすミし給ふて百官にいつかれさせ後宮後房のうてなには三千の花翠のかんさしあさやかにて御まなしりにかゝらんとのミしあハせ給ひしそかし萬機のまつりことを掌にきらせ玉ふのみにあらす春は花の宴を専らにし秋は月の前の興つきせす侍りきあにおもひきや今かゝるへしとハかけてもはかりきや他國辺土の山中のおとろの下にくち玉ふへしとハ貝鐘の聲せす法華三昧つとむる僧一人もなき所にたゝ峯の松風のはけしきのみにて鳥たにもかけらぬありさま見奉るにすゝろに泪を落し侍りき始めあるものおハりありとハ聞侍りしかとも未かゝるためしをハ承り侍らすされはおもひをとむ（ママ）ましきハ此世なり一天の君萬乗のあるしもしかのことくのくるしミをはなれまし〱侍らねはせつりもしゆたもかハらす宮もわら屋もともにはてしなきものなれハ高位もねかハしきにあらす我等もいくたひか彼國王ともなりたまひけんなれとも隔生即忘してすへておほへ侍らすたゝ行てとま（ママ）りはつへき佛果円満の位のミそ床しく侍るとにもかくにもおもひつゞくるまゝに涙のもれはて侍りしかはよしや君むかしの玉の床とてもかゝらんのちハなにゝかハせんとうちなかめられて侍りき

（頭注）　續後選（ママ）集
順徳院ハ承久三年譲位
しのふを羽倉曰しのふハ古きやねなとに生る萱

草に似たる艸也今いふしのふにハあらす伊勢物語ニしのふか萱草かと問たる事あり似たる物ニあらてハ問ふまし
又百敷ハ百官座を敷ゆへと云ハ俗説なり百官と定りたるハ孝徳天皇より始る事職原抄見ニへたり是より以前日本紀の哥の内にも百敷の大宮人と賦す按るに宮居ハ大きなるもの故百石木の大宮といふ事也とそ

(20) 蒙引
(一句の前書は「後醍醐帝の御陵を拝む」になっている)
御前の塵たれ清むるものもなくおどろハ道もなき迄に閉ぬらん翁も悲しさに堪玉ハすしのふハ又何を忍ふそ無いにしへをしのふらんと自問自答して思ひを述玉ふなるへし

(24) 泊船集
御廟年を経て我モ昔ヲシノビシタフガしのふハ何をしのふ艸
しのふ草ハ何をしのふと轉倒して聞へし詩ニモ久拚三野鶴如二雙髩一双髩の野鶴のことくなるなり此類多くある事なり御廟にしのふ草の生たるハさひしくも又あハれにもありぬへし

(25) 翠園抄
○順徳院御製〽百敷やふるき軒端のしのふにも猶あまりあるむかしなりけり○撰集抄に新院の御墓跡を拝ミ奉りて西行〽よしや君むかしの玉のゆかとてもかゝらん後ハ何にかハせん

(26) 諸抄大成
(13) に同じ

(27) 句解大成
(一句の前書は「後醍醐帝の御陵を拝す」になっている)
愚考後醍醐帝ハ人王九十五代後宇多帝第二の皇子也御風雅にわたらせ玉ひ続千載集また続後拾遺集等成鎌倉高時の斗ひにて流さむとす天皇潜に笠置山に行幸亜相師資を身代として台山に登りて衆を集む六波羅勢是を攻む帝楠正成を召て軍吏を任せ玉ふ彼かしこに流歴し玉ひ再ひ位に即玉ふ是皆尊氏の功也天皇私に大塔宮を弑して自為軍と称するをにくミ玉ひ義貞をして尊氏を打しむ利あらすして終に吉野に幸し都を建南朝と号す延元三年吉野に崩す二代目後村上院も吉野に三代の南帝に至りて和睦あり

南都凡五十六年と云々

（29）解説

大和名所圖會云塔尾山如意輪寺ハ勝手社より坤の谷にあり後醍醐天皇の御廟如意輪寺のうしろにあり菅笠日記云塔の尾の陵と申て此堂のうしろの山へ少し登りて木深き蔭に彼帝の陵のあるに詣てゝ見奉れハ小髙くつきたるを彼の木とも生ひ茂り作りめくらしたる石の御垣もかたへハくちゆかみかけそこなはれなと淋しく哀れ也云々順徳院御製に百しきや古き軒端に忍ふにも猶あまり有るむかし也けり拾穂抄云百敷とハ禁中ハ百官の坐をしく所なれハ百敷とハ申也玉みかゝれし禁中の古き軒端と成て忍ふ草なと生ることをいひて王道の衰たるありさまを述へ玉へる也哥の心ハ御抄云末の世になれハ昔を忍ふハ習ひなるに王道衰へては一身の御うへならす天下萬民の為なれは忍ふと云にも猶あまりある昔の恋しさなると也芭蕉此御製あれは今後醍醐天皇もかく御廟に忍ふ草も生ひ出たるハ何をか忍ひ玉ふらんと御心の程を察し奉れるなるへし忍ふ草ハ様々あり何れの草にかありけんたゝ忍ふ草なるへきにや

一四、常盤の塚

やまとより山城を経て、近江路に入て美濃に至る。います・山中を過て、いにしへ常盤の塚有。伊勢の守武が云ける、よし朝殿に似たる秋風とは、いづれの所か似たりけん。我も又、

義朝の心に似たり秋の風

やまとより山城を経て、近江路に入て美濃に至る。います・山中を過て、いにしへ常盤の塚有。伊勢の守武が云ける、よし朝殿に似たる秋風とは、いづれの所か似たりけん。我も又、

義朝の心に似たり秋の風

（4）評林

守武か言けんハ義朝の氣情秋風のするとなるをいへと何となく心残りて一句の守ニ立かたし心に似たるよりそ秋風のせんハあるへし猶可考

（5）句解

只野間の内海の秋風に涙をそゝきたる句と見るへし歐陽永叔秋聲賦曰夫秋ハ刑官也於レ時為レ陰又兵象也於レ行為レ金是ヲ謂二天地之義気ト一常以二粛殺一為レ心

（8）呑吐句解

父子こと〳〵く木の葉の散〳〵如く成行たる秋風のつれなきハ義朝の心に似たりとならんよしともハ平治の乱に己をかへり見て後悔有しと也守武か書たる趣ハしらす定て翁の似たるといふ所差別有へし

（頭注）　父為義ハ六条河原にて死ス義朝兄弟九人朝長□
　　原卿等〳〵こと〳〵く亡ふ義朝ハ野間領にて死
　　す委細ハ世に知又それハ略す
　守武か云所ハ保元の乱なるへし守武ハ別ニ記す

（9）句解傳書

伊勢ノ守武カ義朝ニ似タル秋風トハイカヽ我モト前書アリ心ト形ト違イ

（10）説叢

［林］云守武か云けんハ義朝の氣情秋風のするとなるをいへと何となく心残りて一句の専に立かたし心に似たるよりそ秋風のせんは有へし猶可考［解］云只野間の内海の秋風に涙をそゝきたる句と見るへし歐陽永叔秋聲賦曰（無益なれは今爰に畧す）

［袋］此句を出さず

（説）此句詞書なくてハ聞へがたし．評林にハ詞書を記し．句解にハ記さず．知れたる事をも．其句によりてハ．略してあしき有也．初輩のためにせんにハ略すべからず．句選にハ詞書あり．［林］例の含糊．但し心に似たるよりぞと云書ざま手尓葉たがへるか．聞わからぬ也．心に似たりといふにてこそ．秋風の専ハあるべきと．記したきもの也．○扨翁ハ守武が理屈をはぐらかして．今我が句作らば．秋風は義朝の心に似たりと云べしと也．義朝に似たるとハ．其情の理屈にして．秋かぜハ義朝の心に似たるとハ．俳諧のふり也．爰に思ふに．古代の俳諧ハミな．理屈ねちミやくを専らにして．風雅の道理にあたらず．其餘涎をなめる人．いまだ粗．

残りて、木曾の情の句を、義仲の勇烈に比して注せるなど妄邪餘多也、信ずべからず、理屈をぬきて、姿の正統に言ひかえて感あるハ、翁の心骨、又一層々也、

解 餘りに麁末なるにやあらん

（15） 新巻（口絵8頁）

秋声賦ニ其為レ声也凄々切々《トシテ》　呼昕奮發《ス》これらにかよひ義朝ハ正月三日尾張国野馬（ママ）にて其家人長田忠宗に殺さるされは其父子主従の殺伐秋風の彼もいとハす是もおそれすうち枯すさまなり

（16） 笈の底

此吟ハ義朝思ひ立し事空しくして野間の内海に身を隠し終に爰に本意なく死し玉ふ其意を推發して野間の秋風に涙を灌《ソヽ》くと云なるへし今案に前文に守武を疑て何れの所か似たりけんと云出て我も又と云て誰《唯》心の一字を入て一句とし其趣意を顕《アラハ》に不レ言也是後世に至て何れの所か心に似たりけん弁へ難し然ハ其人に不レ有ハ不レ知翁の心何なる所に似たる秋風そや今愚意を以て云んハ闇推にして却て句意を穢すに等し

義朝　左馬頭也従四位下六条判官為《ノ》義嫡《ノ》男也後白河院《ノ》御時新院崇徳院有《リ》二重祚御志一於《テ》レ是公家武家親族為《テ》レ二《ツト》而関白忠通公以下下野守義朝参《ル》二内裏《ニ》一左大臣頼長公以下源《ノ》為義同子息《ク》為朝等参《ル》二新院《ニ》一既而新院軍敗走《ス》詔《リシテ》二義朝《ニ》一殺《シム》二父《ノ》為義《ヲ》一義朝軍功《アリテ》　任《ス》二左馬頭《ニ》一云々平治元年右衛門督信頼謀《カ》叛組《シ》與《ニ》二平清盛《ノ》一合戦既破《スニレテ》　奔《ル》二干濃州《ニ》一国中蜂起《ス》難《シ》レ越《ヘ》二干尾州《ニ》一義朝家臣式部太輔重成防戦《キヒ》蒐二入陣中《ニ》一射《テ》二十余人《ヲ》一自《テナノリテ》爾　曰我是大将義朝也《ハレ》自《テツカラ》　手削《リ》二面《ノ》皮《ヲ》一腹播切《キテス》死義朝遁《テ》二萬死《ヲ》一往《キ》二尾州《ニ》一寓《ル》二長田家《ニ》一長田遂《ニ》反《シ》レ心《ヲ》殺《ス》レ之《ヲ》云々或云《ハ》義朝没落之時季範非《ス》二武家《ニ》一故無《ニシ》二頼寄《ノ》一大官司亦《モ》憚《ハヽカリ》《ク》　多而不レ綉《イロハニ》　直至《ル》二野間《ノ》内海《ニ》一長田忘《ニ》二譜代相傳之《ノ》義《ヲ》一変《シ》レ志《ヲ》討《ツ》二主君《ヲ》一無道至極云々此義を今案に義朝ハ朝敵也則平治元年冬謀逆翌年正月誅《ス》云々亦長田忠致を義朝の臣と云ハ誤り也長田ハ尾州自立の武家也但鎌田か妻の父也依て長田を頼むなるへし此義を以て家臣と云にや不レ詳也

常盤塚　三才圖繪《ニ》云美濃国青野原青墓自《リ》二垂井一五町計東《カ》《ニ》相並《ヒ》有レ之源義朝妾《ノ》　名《モノクニ》常盤《磐ト》一義経《ノ》母也義朝亡《ノチリ》後成《ニ》二清盛《ノ》妾《ト》一又見《レテ》レ棄《テヒ》慕《ヲ》二義経《ヲ》一至《リ》二此所《ニ》一為《メニ》二青墓盗賊《ニ》一被《ル》レ害《セ》云々甚《タ》虚《也》清盛《ノ》為《テ》レ妾《ト》生《スリ》二一女《ヲ》一見《テ》レ棄後復成《チタリテ》二一條大蔵卿長成《ノ》

妾ト一有リ二数子一云々

(17) 集説

泊船集大和より山城を経て近江路に入て美濃にいたるにいます山中を過ていにしへ常盤の塚ありいせの守武かいひけるよしとも殿に云々と有

(19) 年考

貞享元年の唫野さらし紀行に大和より山城を経て近江路に入て美濃に至るにいまた(ママ)山中を過ていにしへ常盤の塚あり伊勢の守武か云ひける義朝殿に似たる秋風とはいつれの所か似たりけん我もまたと有て此句見へたり○評林曰守武かいひけん義朝の気性のするとなるをいへと何となく心残りて一句専立かたし心に似たるよりそ秋風のせんはあるへし猶可考○案るに守武千句ニ〽月見てや常盤の里へかへるらんと前句に義朝殿に似たるあきかせと附たり評林に守武か句義朝の気性のするとなるを秋風に似たると解しけるやおほつかなしすてに前書にいつれの所似たりけんとはせをさへ知られぬ趣也此句ハ一句いふときハは知られさる尤也月見てやといへるゆへに秋風と附ケ常盤と有ゆへに義朝と附たり月見てハ秋風也其あき風は常盤の里へかへるといへる秋かせか義朝に似たると其前句の詞によりて附たる迄也此頃は一句に趣意のたゝぬ句ハあまた也只前句の詞によりて付る事也同し千句の内に日ハひるになるを狩場に驚ぬといふ前句に十郎殿そ塩をたゝるゝと付たり昼を蛭にして塩と附狩場に曾我の十郎と附たり何ゆへに十郎の塩断といふ一句のせんハなき也しかるを義朝の気性の秋風に似たると聞ときハはせをの句ハ糟粕にて云ひ出すへき事にもあらす評林の説おほつかなし○句解に云野間の内海の秋風に涙をそゝきたる句と見るへし歐陽永叔秋声賦曰夫刑宮也於時為陰又兵象也於行為金是謂天地之義氣常以粛殺為心○王代一覧を見るに中納言藤原信頼大将に任せられん事を望む後白河上皇此叓を少納言信西ニ仰談せらる信西大将は昔より其人を撰ハる大将になりかたきと云ふ信頼聞て大ニ怒り俄ニ武藝を習ひ信西を亡さんと斗る信西ハ清盛としたしみ有ゆへに信頼ハ義朝をかたらふ義朝も勢ひに乗て清盛を撃んと思ひ同心す平治元年十二月廿七日清盛か嫡男重盛大将にて合戦す源氏遂に討負て信頼は捕はれて誅せられぬ翌正月三日義朝は尾張の国野間にて家人長田忠宗か為に弑せらる

年卅八義朝か妻常盤ハかくれなき美人なるよしにて清盛妾とす故に其腹の男子三人流罪にも及ハすと云々○説叢ニ句解を難して曰例の含糊但し心に似たるよりぞと有さまてにはたかへるか聞わからぬ也心に似たりといふにこそ秋風の専ハあるへきと記したきもの也扨翁ハ守武か理屈をはぐらかして今我か句作しハ秋風は義朝の心に似たりといふへしと也義朝に似たるとハ其情の理屈にして秋風は義朝の心に似たるとハ俳諧のふり也爰におもふに古代の俳諧は理屈ねちミやくを専らにして風雅の道理にあたらす其餘涎をなめる人いまた粗残りて木曾情の句を義仲の勇烈に比して注せるなと妄邪余多也信すへからす理屈をぬきて姿の正統にいひかへてハ惑あるハ翁の心骨又一層也句解あまりに麁末なるにやあらん○案するに句解の秋聲の賦無益ともおもハれす説叢に義朝に似たる秋風は理屈とハいかなる所理屈にや予か耳にハ聞えすはせをの耳にも聞えぬ故に何れの所か似たりけんといへるにあらすや一句の聞へぬは其頃の附合なれハなり秋風は義朝の心に似たりとハなし義朝の心に似たりとの句也守武も義朝に似たりとの句なり

(20)　蒙引

落葉古家を埋ミ尾花縦横にミたれて殺罪の風すさましきに懐古の涙とゝめあへす与風守武か詠をおもひ出て口号ミ玉ひけん

(24)　泊船集

義朝の心に似たり秋の風サヒシク物ガナシクテ

(25)　翠園抄

○評林に守武か云けんよし朝の氣性のするとなるをいへと何となく心残りて一句の詮立かたし○句解に野間の内海の秋風に泪をそゝきたる句とミるへし歐-陽-永-叔秋-聲ノ賦ニ曰夫レ秋ハ刑官也於ハレ時ニ為レ陰又兵ノ象ニ也於ハレ行ニ為レ金是レ謂下天-地ノ之義-氣常ニ以テ二肅-殺ヲ一而為ルヲ上レ心ト○説叢に翁ハ守武か理屈をはたらかして今我句作らは秋風ハ義朝か心に似たりと云へしと也よし朝に似たるとハ其情理屈にして秋風の義朝の心に似たるとハ俳諧のふりなり○按るに守武千句に〽月見てや常磐の里へ帰るらんといふ前句に〽よし朝殿に似たる秋風と附たり此附心は月見てやといふに秋風と付常磐と有によし朝と付たり月を見て常磐の許へかへるとは義朝也夫故に今宵の秋

風ハよし朝に似たりと付侍るなるへし兵象粛殺等の事にてハあらさるならん説叢の説のことき義朝に似たる秋風といはんも秋風に似たるよし朝といふともいつれ同し事ならん予か聞処守武の句ハ前句へ附侍るまてにて一句の上ハ何れか似たるやきこへす故にはせをもいつれの所か似たりけんと前書にあるも一句きこへぬ故に守武の詞をそのまゝにして心と云字を入たるまてにてよしともの氣性の殺気に似たる秋風と作せるなるへし王代一覧をミるに中納言藤原信頼大将に任せられん事を望む後白河上皇此事を少納言入道信西に仰談せらる信西大将ハ昔より其人をゑらハる大将に成かたきといふ信頼怒り信西を亡さんとよし朝をかたらふ義朝勢に乗りて清盛をうたんと同心す平治元年十二月重頼大将にて合戦す信頼誅せらる明年正月よし朝尾張國野間にて長田忠宗に弑せらる時に三十八歳よし朝妻常磐美人なり清盛の妾となる

(26) 諸抄大成

(4) に同じ

(27) 句解大成

一書に只野間の内海の秋風に泪をそゝきたる句と見へし

鷗陽永叔秋聲賦曰

夫秋刑官也於レ時為レ陰又言象也於レ行為レ令是謂天地之義乗常以二粛殺一為レ心云々

愚考貝原岐蘇路記云関ヶ原と今洲の宿の間に山中の里あり源義経の母常盤墓あり道の北森あるところなり云々

(29) 解説

常盤御前の墓ハ今須の東山中村の北側民家の側にありこゝに石塔婆三基あり其従者の塚ならんか一説に常盤駿河守の墓とも云守武千句に〽月見てや常盤の里へ帰るらんといふに義朝殿に似たる秋風とつけたり續千載集に秋そともわかぬときはの里人ハたゝ夜寒にや衣うつらんとハ山城国の名所也常盤の里へ帰るらんといふハ義朝の妾の事にハあらすさるを義朝の妾に取なして其帰る人ハ義朝殿に似たるとハつけたる也然れとも何れの所似たるか知るへからす説叢に翁ハ守武か理屈をはくらかしてと申されしか古風詞の俳諧にて常盤に義朝とつけたる迄にて理屈とも言ひかたきにや守武か此附句あれハ前文にかくハしたゝめられしなるへし按るに左馬頭義朝ハ都の合戦

に打負尾張の国野間の内海に落ゆき家人長田忠宗の為に弑せらる義朝の妾常盤ハ美人なれハ清盛妾とするを以て男子三人流罪にも及はすと云云今秋風の翁の身に入ミて淋しく悲しき旅情ハ義朝の妻子に離別して落ゆき玉ふ心にも似たらん我漂泊の身の秋風ハ義朝の心に似たりと常盤の塚を見ての感情深き吟なるへし芭蕉翁撫子にかゝる涙無楠正成父子の別れを察せられし意中も此秋風にや似たらん積翠子曰説叢に秋風ハ義朝の心に似たりとハ俳諧のふり也といへれと秋風か義朝の心に似たりとハなし義朝の心に似たりとの句也守武も義朝に似たりとの句也只心の一字にて芭蕉の句と成たる所見るへきにやと云猶秋風を義朝の心に比す然ハ義朝の心を翁の自己の心に比して秋風を感傷すと云説叢に連歌〳〵秋風ハすゝき吹ちる夕へかな俳諧秋風にすゝき吹ちる夕へ哉と云句を上けて拳扇の傳ありと云秋風ハにてハ秋風の講釈也秋風ににてハ秋風の感情也此句も義朝の心に似たりと感傷せらるゝ是俳諧なるへし秋風を義朝の心に似たりといはゝ連歌なるへきにや

一五、不破の関

> 不破
> 秋風や藪も畠も不破の関

不破

秋風や藪も畠も不破の関

（8）呑吐句解

今は名のミなから歌にハ只あれたるさまをよむなり長等橋も絶てなけれともある心地におもふか本意也秋風に荒たるといふへきを不破の関と置たる也

（頭注）　不破と有り
美濃なり

普光院殿冨士御覧有へきとておもむかせ玉ふ時

かねて不破の関にしてあそはさるへき御歌なと思召よりつゝけて美濃に着玉ひて関屋ハいつくそと御尋ありけるに都にて思召たるより関屋も民家もみがき立たるやうにきれいなれはいと興なく思召て是ハいかにと問せらるゝに国守より旅館の御もてなしにあらたに造りかへてかくとかくと申上意ことの外そんじて御機嫌あしかりけりされとも関屋の邊にて当念有てふきかへて月こそもらね板ひさしとく住あらせ不破の関守此哥いみしく出来たる故御きけんなをらせ給けるとそ

(13) 茜堀

ふハ〳〵とかけ合たり重もの攄は古今集に貫之が守山に白露も時雨もいたく守山ハとよめるを本歌にて阿佛の尼

ひまおほき不破の関屋ハ此ほどの時雨も月もいかにもるらむ

(15) 新巻

人住ぬ不破の関屋の板ひさしあれにしあとハ只秋の風

此詠へもかよひ不破ハ荒たるをもて此地の景地とす古今著聞集にむかし普光院殿冨士御覧の時関にてあそハさるへき御哥なと此ニ都よりおほしめしつゝけて美濃の国不破郡へ御着ありてやかて関ハいつくそと御尋ありたるに結構なる関家のしろ〳〵と作りたてたるを是関屋と申御覧するにきこしめしたるに大きに相違したり故をとハせらるゝに国主より御路の賞翫に如此と申をきこしめして上意ことの外あしかりけるされともかの関屋にて当座御念ありて御詠に

ふきかへて月こそもらね板ひさしとくふミあらセ不破の関守とよませ有て御哥の出来たるに御氣色なをりけるとなむ

(16) 笈の底

新古今集　和哥所哥会に関路秋風と云事を　摂政太政大臣

人すまぬ不破の関屋の板ひさし荒にし後は唯秋の風

此吟ハ此哥の風情を以て句作有る所なるへし不破関ハ荒たる事にのミ詠来る也則荒にし後は只秋風と詠玉ふ

心を取て秋風や藪も畠もと云出たる也今案に此吟荒の詞を不レ用して不破関と斗云て夫と聞せたる名誉と云へし亦里俗に風の物吹き飛しなとするを布波〳〵と云此俗談を以て藪も畠も不破と云懸たる所也詞の続き優にして其意本哥をもれす妙術と云へし

不破関　美濃国也則今須駅より関ヶ原に至て其中に有リ二関屋ノ旧跡一今案に関ヶ原と云号も其昔此関有を以ての名なるへし　関日本紀ニ関門《セキト》　塞《コシヂ》　月令章句ニ云関在ハリレ境ニ所二以察シレ出ルヲ禦クレ入ルヲ也或ハ云王城ノ四境ニ関置ヲク云々中院通躬公説ニ四境ハ東ハ逢坂南ハ立田西ハ穴生北ハ有乳云々或ハ云逢坂鈴鹿竜田須麻云々亦日本三関ハ令軍防令ニ云其ノ三関者ニハ設二鼓吹軍器ヲ一国司分当テ二守固ス一云々今案に三関ハ則伊勢ノ鈴鹿美濃ノ不破越前ノ愛發也此愛發と云是荒乳山の関なるへし日本紀ニ云延暦二十五年帝崩遣シテレ使ヲ固二守ス伊勢美濃越前三国ノ故関ヲ一云々或ハ関塞と号す萬葉に塞《セキ》共点す也関は惣て出入を糺し守り非常を禦く所也亦塞《コシヂ》ハ隔つ也遠境の義也貝原云関と云詞ハ防《フセキ》と云義上略の語非常を防く所也塞《ソコ》は界《サカヒ》也曽と佐と通し加と古と通す比を略せり内外を隔る要害の難所を云関に趣意同き也

畠　圃　暵　和名鈔ニ云續捜神記ニ云江南ノ畠種ニレ豆ヲ一ニ曰陸田云々日本記《紀》ニ暵ノミ訓八太介　字彙ニ云圃ハ種ノレ菜ヲ之處周禮注ニ云樹ルヲ二果瓜ヲ一曰レ圃ト云々　〓《ヤイハタ》　畑《ハタ》　畔《クロ》　塍同　塝《アゼ》同　畦《ウネ》　隴同

〓　和訓矢伊波太或ハ火田《ヤイハタ》共書す是は焼畠《ヤキハタケ》の下略也畠を初て開く時ハ火を放て雑草亦土を焼て後に種る故に号す也　畑是は俗字にて不レ詳此訓ハ八太介の下略の語也畔塝隴《クロアゼウネ》是皆々田畠の界を云但し畦《ウネ》ハ其物々を植る界目を云也

いたつらに荒る園生の畠芹わひしけにても
ある世也けり　知家

人のすむ里の気色に成にけり山路のするゐの
賤の火田《ヤイハタ》　行尊

誰ならん荒田の畔《クロ》にすミれつむ人は心のわ
りなかりけり　西行

賤の男か塝《アゼ》の細道水こえて苗代小田に春雨
そふる　耕雲

蒔なくに何を種とて浮草の浪の隴《ウネ》〳〵生ひ
しけるらん　小町

（17）集説

笠小文庫　泊船集

(19) 年考

貞享元年の吟也野さらし紀行に不破の前書有○小文庫ニも不破にてとあり○新古今人すまぬ不破の関屋の板ひさし荒にし後ハたゝ秋の風　摂政大政大臣○秉燭談ニ令ノ軍防令ニ其三関者設鼓吹軍器國司分當守固ス云々義解ニ謂ル伊勢鈴鹿美濃不破越前受《イニ愛》發智等是也と越の愛發何れの所なる事を知らす或云江州塩津は古へ越へ入るの路也とたしかならす後義解の善本を見れハ受ハ愛の字の誤り也刊本字謬れり愛発といふハあらちと讀む点も附てあり越前の荒乳山の事也古へ北國へ行にハ西江州より北にとりて荒乳の山を通るゆへに此所に関あり今も其跡ありといふ又本朝訳字の例を考るにアトチの縁をとりて荒乳を愛發と書けるなるへし日本紀畧に延暦廿五年帝崩す遣使固守伊勢美濃越前三國とありそのかみ是を故関といふ時は上世よりの事にて延暦の時分にしてハ当時の緊要にあらさるやうに見ゆ又禁秘抄の内ニも追討宣旨の下ニ三関警固諸衛帯弓箭追討使宣旨云々トあり

(頭注)　智イニ作發

(20) 蒙引

関屋ハ更に其跡なる藪もはたけも吹あらしたる淋しさをいへるや不破の関の五文字荒るゝといふ意をもたせたらん此関ハあれにしことのみよミ来れハなり

(24) 泊船集

秋《タヾ》風や籔(ママ)も畠も○上へまハして見るへし不破の関《トイヒシ》《所ガ》

新古今

人すまぬ不破の関屋の板ひさしあれにし後ハたゝ秋の風此哥の心をもて見れハよく聞ゆるなり

(25) 翠園抄

○新古今集に〽人すまぬ不破のせきやの板ひさしあれにし後は只秋の風

(26) 諸抄大成

(13) に同じ

(27) 句解大成

(一句の前書は「不破にて」になっている)

胡蝶云新古今集に〽人すまぬ不破の関屋の板ひさしあれにしのちハ唯秋の風の意を模写してかくは作れるなるへし愚考扨不破の関は和漢年契其外のものにも美濃の国不

破郡にて天武帝白鳳峯に関を居ると云々又風土記に曰天王と大友皇子と合戦の時天王方無難にありけれハ其處を不破の関と号くとあり又本朝年代記には白鳳元年天王と王子と不破の関に陣を對すとあり又云元明帝和銅六年信濃を割て美濃と号す云々考ふへし

(28) 一串

初句不破の関ハ本歌を序とするのミ。

(29) 解説

不破の関ハ古へ三関の其一也伊勢の鈴鹿美濃の不破越前の愛智を三関とす新古今集摂政太政大臣〽人すまぬ不破の関屋の板ひさし荒にし後ハたゝ秋の風藪も畠も秋風に荒たるとの眼前の事を吟せられしなるへし後普園院良基公車坂の坂寐物語の里より東二町許にありと云

一六、大　垣

大垣に泊りける夜は、木因が家をあるじとす。武蔵野を出る時、野ざらしを心におもひて旅立ければ、

しにもせぬ旅寝の果よ秋の暮

大垣に泊りける夜は、木因が家をあるじとす。武蔵野を出る時、野ざらしを心におもひて旅立ければ、

しにもせぬ旅寝の果よ秋の暮

(8) 呑吐句解

(一句の前書は「むさし野を出し時野さらしを心におもひて旅立ければ」になっている)

かねて死を覚悟して旅立けるに遙〳〵の旅いのちなから
へて爰まて来りける事よと也
　ミやこをハ霞と共に立しかと秋風そふく白河の関
能因法師の哥なとおもひ合すへし
（頭注）　美濃大垣に泊りける夜ハ木因か家を主とす此
　つゝきむさし野を—
　碧巌集ニ
　死中得活ト有り
（12）過去種
句のみ記載
（15）新巻
（一句の前書は「こゝろに思ひて旅立ければ」になっている）
楽府古歌秋風蕭々愁㆓殺人㆒
かくしつゝ暮ぬる秋そ老ぬれハしかすかに猶ものそかな
しき　能因
老てハいよ〳〵秋の暮行に心も暮行ならんさなきたる夏
ふし木曾の嶮路を越へ侍らんに死地に帰るへしと心にお
もひて木曾路に秋くれしさまハいまた死にせぬ事よと歎
しけるにや

（16）笈の底
此吟端書を以て可レ弁也則野曝の句を云捨て立出たる
に死もせすして美濃国迄ハ尋《タドリ》たり旅ハ常さへも憂に折
しも行秋の空不思議にも命無レ恙事よと観想の吟也今
案に此果と云詞暮秋に對して字眼也旅寐の果秋の果身
の果不レ死の果也暮秋の哀を云んとて死にもせすとハ
誠に名誉其名言共可レ云也亦左に記す歌の趣意も有て
老を恥たる心栄成へし可レ味也
　哀ともしる人さへやまれならんくたり行世
　の秋の夕くれ
秋暮　是ハ暮秋を云亦三秋の日暮をも云也則初夕暮と詠
るハ初秋の哥也惣て四時共に夕暮ハ物哀成るに別て秋
ハ清冷の時に感して悲愁を催すの気候也既に愁の字躰
則秋の心と書を以て可レ知也
家集　秋立て初夕くれに吹かせのやかてさひしき
　荻の音かな　家隆
　新古今集　題不知　寂蓮法師
淋しさは其色としもなかりけり槇立山の秋
の夕くれ

同集　　　　西行法師
心なき身にも哀ハしられけり鴫立沢の秋の
夕くれ
同集　西行法師すゝめて百首歌詠せ侍
けるに　　　藤原定家朝臣
見わたせハ花も紅葉もなかりけり浦の笘屋
の秋の夕暮
右三首並入たり是を後世称して号《ス》二三夕《ト》一也今案に大磯
鷸立沢は名所に不レ有るの由也或《ル》説《ニ》云西行大磯の沢に
て此哥を詠と云傳て則鴫立沢と号す由を飛鳥井雅章卿
秋ならぬあわ《は》れも袖にしられけり鴫立沢の
むかしたつねて
詠し玉ひしを鴫の羽打鳴して秋の夕暮に立たらんハ何
れの所にてか哀ならざらん此地にのミ限りて哀なるに
やと勅定ありしとかや其後冷泉為久卿此地にて
爰をのミ鴫立沢と思ひおかバけに心なき身
とやしられん
詠ミ玉ひしと人の語り侍る詳なる事ハ不レ知る也云々
（頭注）　由匪云大磯の鴫立沢西行の哥よミし所にハあら
さるよししかれ共雅章卿の御自筆の短尺あり正
筆に疑なく見ゆる也其哥ハ
さひしさハ秋ならねともしられけり鴫立沢の昔
尋てとありこゝに引たる哥とハ上の句たかひた
れハしるし置西行の短尺もあれとも手跡甚覚束
なし雅章卿の短尺ハ手跡正真に見ゆるもの也鴫
立沢ハ古の哥よみし所ハ何方なりや何れにも今
云ハ後人の哥によりて作意せし所也
（頭注・朱書）　飛鳥井雅章卿関東下向の時大磯の鴫立澤
にて歌よみ給ひし事にて暫遠慮し給ひしと云説
あり是は古跡の穿鑿もなく歌よみ給ひし故と云
しかれは西行のよみし鴫立沢は外ならんかし

（17）集説
（一句の前書は「むさし野を出し時は野さらしを心におもひて
旅立けれは」になっている）
泊船集　野さらしを心に風のしむ身かなと出たり詞書の
文考あるへし貞享甲子秋八月江上の破屋を出るほと風の
聲そゝろさむ気なりとありて○大垣にとまりける夜ハ木
因か家をあるしとす武蔵野出し時野さらしを心におもひ

て旅立けれはと泊船集に出たり

(19) 年考

(一句の前書は「むさし野を出し時ハ野さらしを心におもひて旅立けれは」になっている)

貞享元年の唫野さらし紀行ニ大垣に泊りける夜は木因か家をあるしとす武蔵野出し時は野さらしを心におもひて旅立けれハ此句あり○案するに此八月東武を立出る時野さらしをの吟よつて此唫あり

(20) 蒙引

(一句の前書は「武蔵野を出る時野さらしを心におもひて旅立けれハ」になっている)

野に臥山にたをれんことを期して出しか異なふ秋も暮なんとすとなり老懐かきりなし猶下五文字動かす

(24) 泊船集

死にもせぬ旅ねの果よ《定メナキ世ノ》秋の暮《ナガラ》

(25) 翠園抄

○首途野さらしの句思ひ合すへし

(27) 句解大成（口絵14頁）

句のみ記載

(29) 解説

木因ハ大垣杭瀬川の船問屋谷九太夫と呼ひ標号を白楼下と号す季吟門人にて芭蕉翁の友なるよし笈日記に木因亭の句〳〵隠れ家や月と菊とに田三反猶竹の画讃あり

一七、桑　名

桑名本當寺にて（統）
冬牡丹千鳥よ雪のほとゝぎす
草の枕に寝あきて、まだほのぐらきうちに、
濱のかたに出て、
明ぼのやしら魚しろきこと一寸

桑名本當寺にて（統）
冬牡丹千鳥よ雪のほとゝぎす

（6）師走囊
此句桑名本當寺にてと有一句の心ハ院主の言すくなくしてしかも其徳備ハりしハ雪中に郭公の声ハなけれ共それを冬の牡丹千鳥と觀して賞するとの句也一句の仕立其人にふりて巧也

（8）呑吐句解
冬も牡丹の花あれハ是に對して見ハ千鳥也さらハ又杜鵑に對して見ハ雪なりと二對を以て寺の景色を称するならん二段に句を切て見るへし

（頭注）尾州
桑名本當寺ニてと有海邊なれハかれ是をおもひ合せてならん
冬牡丹ハ冬花咲牡丹ニハあらし口傳有りといへり外ニ冬牡丹といふ異名あり是を以傳受とするか牛を黒牡丹といふ類なり人傳受といふにまかせて記さす此吟は誠に冬牡丹也冬牡丹咲事めつらしからす所々に有もの也

（12）過去種
（前書に「桑名本當寺は牡丹を愛し給へハ」とある）

（頭注）冬牡丹
當吟　前書の院主詞少ナにおハしてしかも其徳備りしを風雅の骨髄に賞し雪中に時鳥の声ハあらされ共世になき事と云よりそれを雪の時鳥と

賞して句の終にせん為に起語を冬ほたん千鳥と風姿風情の上を對の味ひに発し数々を挙て感し称し玉ひし尊吟也其人に倚ルの巧也木因子ハ本當寺の句聞へす別章木因前書〽一日東方西方の山〳〵紅葉狩して走井山観音堂に至ル海上目前にうかひて数多の舟ハまつけに繋くけしき木因
〽帆の枯て海ハ木のはの夕哉

(16) 笈の底

後撰集　朱雀院の春宮におハしましける時
たちはき等五月はかり御書所にまかりて酒なとたうへてこれかれ歌詠けるに　大春日師範
五月雨に春の宮人来る時は時鳥をや鶯にせん

此歌ハ春の宮人にハ時鳥ハ時ならねハ鶯の《に》なして聞せんと也則春の一字を称美して詠る所也是五月雨に時鳥春の鶯の對の懸合也此吟も此趣意也先《ツ》牡丹にハ時雨《鳥》時節の物なるに是ハ冬牡丹なれハ千鳥時節の物なれ共千鳥に白牡丹珍らし然れハ千鳥と見れハ牡丹ハ雪成へし亦牡丹と見れハ千鳥ハ時節成へし也是冬牡丹に千鳥ハ雪の時鳥共云へしと也則對の懸合也今案牡丹に時鳥は時の物成るを千鳥成れは牡丹ハ雪と見ると云を雪の時鳥と云出たるハ曲也是貞享の比の風儀也亦惣て歌に此格多く皆對し興へ云所也左に記歌の趣を以ても可レ弁也

千載集　月の歌とて詠侍りける道性法親王
琴の音を雪にしらふと聞ゆ也月さゆる夜の峯の松風

(17) 集説

(一句の前書の後に「吟味すへし」と記している)
泊船集道の記に出る前書同し秋の部に出ぬ句選冬の部に出たり考へし

(19) 年考

貞享元年の吟也野さらし紀行ニ詞書如此見へたり○挙白集に〽鉢たゝき暁かたの一聲ハ冬の夜さへも鳴ほとゝきす○定家卿難題七首の内〽深山にハ冬も鳴らんほとゝきす玉ちる雪を卯の花と見て

(頭注)　本當寺ハ一向宗のよし

(20) 蒙引

海べなる桑名の寺にての吟なれハ千鳥をかけ合セたらん

時鳥といへるハ牡丹の二字のうつりなり

(24) 泊船集

冬牡丹《ガ咲テ》千鳥《ガ啼コト》よ雪の《ウチニ》ほとゝきす《ヲ聞ク心ガセラル、》

(25) 翠園抄

○挙白集に〽鉢たゝき暁かたの一聲は冬の夜なから鳴ほとゝきす定家の難題七首の中〽深山には冬も鳴らんほとゝきす玉散雪を卯花と見て

(27) 句解大成

句のみ記載

(28) 一串

これ冬ぼたんの句也。寒天の饗應を謝したるならん。郭公ハほたんのうけなり。……されば冬ぼたんももと天然ならず。かつてきく冬ぼたんとは。盛火をもりたる火鉢の異名とそ。さるかたならんか。

(29) 解説

本統寺ハ桑名寺町にあり京師東本願寺輪番所桑名御坊と稱す初ハ教如上人の息女長姫君法躰して寿量院殿と云門徒請して住職とす寺中三ケ寺末派二百餘寺尾濃勢に散在すと云定家卿難題七首の内深山にハ冬もなくらん時鳥玉ちる雪を卯の花と見て是等の例もあれは此吟ありし成るへし句意ハ牡丹ハ初夏の景物なり然れとも冬咲牡丹あり千鳥ハ雪中の時鳥なるへし冬又時鳥ありと其声をきゝ其寺の風景を愛し玉へる一句なるへし笈日記にハ古益亭と題し千鳥かとあり

草の枕に寝あきて、まだほのぐらきうちに、濱のかたに出て、

明ぼのやしら魚しろきこと一寸

(1) 三冊子

この句はしめ雪薄しと五文字あるよし無念《ムネン》の事也といへり

(2) 去来抄 **(口絵1頁)**

白魚しろき事一寸

貞固か松布に門には女共さほへ

瀧あり蓮の葉に暫く雨をいたきしか　素堂

是等は詩か語か又文字数ふ合のミにあらす合たるにも

(8) 吞吐句解

篝火を揚て夜中網を下し白魚を取り明かたに成て帰る也濱へ引出たる体を見ての吟なるへし白魚わつか一寸斗の魚の白さなれ共そのあたり一面雪のことく成ハさて〳〵おひたゝしき事よなとおもふ心なるへし

（9）句解傳書

大塊《アメツチ》我ニ細事ノ看ヲモ示ス自然ノ妙

（11）金花傳

初の作ハ雪うすしなり雪の白さハ薄く白魚の白きハ勝れりと理屈を嫌ひ何となく曙やとおきなをし給ひけん尤仰へき事共也此句ハ桑名の本當寺にて冬牡丹千鳥よ雪のと吟し翌る日詞書に老の枕の寐られぬまゝ朝とく濱辺を出てとあり東へ此所より献する白魚寒に入三日五日めに取得て其長一寸となん春季なから眼前を述給ふを知るへし

（12）過去種

（頭注）　此次に

曙や――の当吟あり同題に木因〽白魚に身を驚くな若翁と蕉翁へ申されし吟こそ遊ひ来ぬ

當吟ハ句面不及解

蕉翁木因叟同舩也かくて木因子翁を侶申され此所にて別れ玉ふにや

翁　名古屋へ入　貞享子年

（16）笈の底

杜甫詩《カニ》云小群分《テツ》レ命《ヲ》天然二一寸魚《ノ》云々此詩より出たる吟也則詩作立也渚も未《タ》ほの闇き空も早浪をはなるゝ横雲の白《シラ》ミ渡りたる曙の光風水色静にして白小《シロウヲ》の薄曇たる潮合に白き事一、、、寸と云出たる眼前也此詞を今案に二寸と八少《チ》と窮屈也一寸ハ数の始にして余情有り名誉と云へし亦此句冬の部に出る也案に此魚冬月を甘美とす冬を旬とすへし然を近来春の物となしたるへし今見能か為に春に出す

曙　和名訓ミ　阿介保乃　日本紀に昧爽《アケホノ》字彙《ニ》云曙《ハ》旦也暁也云々今案に此訓は明仿佛《アケホノカ》と云を下略したる詞也天明《ホノ〳〵》と云詞に同意也只今夜の明たる所を云也曙ハ四時の内専ら春を称美する也　異名《ハ》山加豆良今案に山加豆良山髪山葛の一名三品あり混雑す哥を以て可レ別也但古歌に曙を山加豆良と詠る未《タ》レ当レ見後世の歌に出るのミ

山かつらいや年のはに末かけて霞方より春やたつらん　　太田道灌

長閑なる光にあくる山かつらくるとハ等《シル》き
春の空かな　　逍遥院

此道灌か哥ハ山加豆良に山髮《カツラ》を流て詠る也其故は末懸てと云詞ハ暇髪《スヘ》懸てと云流たる也暇髪《スヘ》ハ髢《カモジ》の事也亦逍遥院の御哥は山加豆良に山葛《ヤマカツラ》を流て詠む其故は繰《クル》と縁語を入て詠ミ玉ふ也惣て哥の常にして両用相興て詠む故に弁へ難し

志呂乎　白小　鮊魚　鱎魚　王餘魚　和名鈔ニ云鮊魚薄身ハ白色也漢語抄ニ云之呂乎今案に此魚漢名不レ詳と云共右挙る所の字相当すへし或ハ麵條魚鱠残魚等を以て白魚と云不レ詳也此魚品類多し俗に云乾鱎《シラスホシ》　或ハ鮊《コホリウヲ》　亦は和加佐岐の類麵條魚膾残魚の文字に可レ当也　本草綱目ニ云白魚釈名鱎魚ハ云々時珍カ云白亦作ル鮊者色也鱎者頭尾向上也云々考に是則白魚也頭と尾返て相向と云を以て證とすへし　亦此魚諸州に多し中国にハ備前の邊南海は勢州桑名に多し東北にハ秋田に有か近来東［都の］海に多し今佃嶋を名産とす此魚中國南海味ひ不レ美東都の品殊に味ひ勝れたり此魚は初春より河に登て卵を産む故に中春ハ川に多し則河に生して海に出て夏秋の中に育魚也亦別に白魚《ハク》と云あり是は周武王ノ舩に入る物也鱸の種類也日本にも此魚九州にあると云也　氷魚鮊《ヒヲ　コホリウヲ》　和名鈔ニ云鮊ハ今案俗ニ云氷魚是也云々今案に氷魚は鮎《アユ》の苗《ナヘ》也と云説不レ詳也別種也氷魚は和加佐岐と云魚に色形共に似て色至て白く骨柔にして味ひ軽く美也供御に奉るを以て可レ察也此物宇治川を名産とす則宇治の網代人九月初より是を打始て年内中奉二供御一也或ハ田上にも捕て奉る也今案に大坂に春の内鮎子と云て喰ふ品此氷魚也鮎子ハ色黄にして味ひ氷魚とハ甚劣る也其風味中々鮎の苗の及ふ所に非す氷魚を鮎子と覚て喰は難波の不風流と云へし假令鮎子たり共氷魚と称して用ゆるこそ稚と云へし

（17）集説（口絵9頁）
泊船集芭蕉翁道の記に冬の部に入たり桑名地蔵院の所蔵は上五文字雪うすしと有
（頭注）土芳云此句初めハ雪うすしと有五文字無念の事なりと云り

（19）年考
貞享元年の唫也野さらし紀行に桑名本當寺にて〽冬牡丹

千鳥よ雪の杜鵑とありて次に此詞書にて此吟見へたり○孤松集ニハ白魚の白き事との丶字あり○熱田三歌仙桑名にてと前書ありて雪薄しと五文字見へたり○笈日記桑名の部ニ古益亭冬ほたん衢や雪の時鳥おなし比にや濱の地蔵に詣して雪うすし白魚白き事一寸此五文字口惜しとて後に明ほのやときこへしとあり○甲子紀行の序ニ素堂曰桑名の海邊にて白魚の白きの唫は水を切て梨花となすいさきよきに似たり天然二寸の魚と云ひけんも此魚にやあらんと見へたり○按するに天然二寸の魚一寸ハ冬なるへし諸書ミな春にあらす○大和本艸ニ麪條魚シラウヲ又白小トモ云○杜子美詩《カニ》白小群分命天然二寸魚

(20) 蒙引

明わたる汀にちら〱ミゆる風情哀ふかし猶大小のかけ合感あり一寸ハ例に無用の用にして置くことかたし

(24) 泊船集

あけほのや見テ居レハしら魚白き事一寸ホドツヽアルガ遊ヒ居タリマダクラクテ外ニハ何モ見エネドモ

(25) 翠園抄

○桑名の濱にて漁人白魚をとりて國の守に奉る今に絶すとかや○素堂評に桑名の海邊にて白魚の白き吟は水を切て梨花となすいさきよきに似たり天然二寸の魚といひけんも此魚にやあらん○按るに杜子美白小ノ詩ニ天然二寸魚されは一寸は冬なるへし

(27) 句解大成

愚考いかなる事にや袖日記に冬の部の句吟に書入たりいつこに有ても春季なり爰におもへは白魚は冬のうちにもをり〱取逢るなれは眼前体の旅体といひ出玉ふにや

胡蝶云笈日記に始は雪薄しとあり後に明ほのやとあり

仝人云杜詩ニ一双白魚不レ受レ釣注に魯隣隠釣人問得二多少一答云此処浅疏一双白魚三寸不レ受レ釣といへり一寸の字脈是等によれる成へし

笈日記には五文字雪薄しと出せり明ほのは再案なりと云々

一説に白魚白き事チヨツトと訓む人もありそれは然るへからす唯有のまゝに一ツスムと吟して可ならむか

(28) 一串

これ曙の句也東の空わつかに白く成たるを海辺なれバ白魚の一寸斗なるもて喩せり境界の部新春の句に〻にやは

しや新年。瓢米五升に同し一躰裁也

（29）解説
桑名の海にて冬より春に至るまて白魚を漁する事多し冬國主に献す冬一寸春二寸と云土俗の方言なり草の枕とハ唯たひ枕の名にいふのミ本統寺のとまりならんにハ草枕ともいふへからさるに似たり是ハ風雅の常該と見て置くへきか素隠士曰桑名の海邊にて白魚白きの吟ハ水を切て梨花となすいさきよきに似たり笈日記にハ同し頃にや濱の地蔵に詣してとありて五文字雪薄しとあり後にそ明ほのともきこへ侍りしと見えたり

一八、熱　田

熱《（熱）》田に詣
社頭大イニ破れ、築地はたふれて、草村にかくる。かしこに縄をはりて、小社の跡をしるし、爰に石をすゑ《え》て其神と名のる。よもぎしのぶこゝろのまゝに生たるぞ、中〳〵にめでたきよりも心とゞまりける。
しのぶさへ枯て餅かふやどり哉

熱《（熱）》田に詣
社頭大イニ破れ、築地はたふれて、草村にかくる。かしこに縄をはりて、小社の跡をしるし、爰に石をすゑ《え》て其神と名のる。よもぎしのぶこゝろのまゝに生たるぞ、中〳〵にめでたきよりも心とゞ

まりける。

しのぶさへ枯て餅かふやどり哉

（6）師走嚢

熱田の社破壊したるに参詣しての句也蓬しのふなとハ大概荒たる所に生茂る物なるにそれさへ冬の末に枯果てやとるへき所もなし漸旅行の飢を助くへき為に餅買迚立やすらひたるさま所のあれ果たる躰思ひやるへし句の仕立絶妙也

（8）呑吐句解

茶店の吟なるへし冬ハ人目も草もかれて往来も稀なれは冬しのふに水車を仕かけて酒肴をもふけ旅人を待たる気色に引かへて餅の外ハあらしとさひしミをいへり

（9）句解傳書

今ハ人目ヲタニツヽマス

（11）金花傳

社頭大ィに破築地ハたゝ《(ママ)》れて草村に隠るかしこに縄を張て小社の跡を印《(ママ)》爰に石を居て其神と名乗蓬忍ふのまゝ生てそ中〳〵に目出度よりも心止る

一とハし草に芭蕉のおのこゝ秋風に薄うち散ル夕かなと吟称して能順に辱しめられしと其微レ人に万子の孫とて言けり然とも此句前作ハ秋風に薄うち散るとして晩年に至り直し秋風ハにしてよしと申されむと小松の左静二十五ケ條連哥傳の所にいへり其書レ記今当所と評に存セリ思ふに初メ秋風にとして秋夕の句を作り後。ハに変して秋風の句に直されたるへし最初の秋夕も実情を述たれハ敢て勝レ劣見るへからすしかも何れか哉の居たらんや按るに涼袋の夫かなの希因に従し時金澤の府にして此傳書を見てにハの手尓葉の掌に氷レ解セさる儘かく浮レ談を出セるにや其人を悪むにハあらねと後世恐れさるの罪質《タヽス》すへき也

（12）過去種

（頭注）　しのふさへ

當吟　蓬信夫ハ大体荒たる所にも　生ひ茂ルものを夫レたるにも時節の枯葉にして寓るへき所もなし漸旅中の飢を介クへきかたへの餅屋に立寄給ふ成へし

（16）笈の底

（一句は「垣衣《シノフ》さへ枯て餅買ふ寓《ヤトリ》かな」になっている）

古今集冬の歌とて詠る　源宗于朝臣

山里は冬そさひしさまさりける人目も草も
かれぬとおもへは

此哥の人目も草も枯ぬと詠る心詞此吟に相通へし可レ味也前文の趣至て神閑《カミサヒ》たる冬枯の風情現れたり今案鳥韮《シノフ》さへ枯てと云詞ハ其寂寞につれて人目を忍ふ心さへ離《カレ》てと云趣意成へし然ハ餅買と云也則餅を買事を至て耻たる心成へし是人情也花の句にも我酒白く飯黒し共云り先ッ酒ハ雅品にして餅ハ俗物也其故ハ餅ハ粮と成か故に賤し酒ハ鬱を散し興を催す是憂を忘るの貴き品也依て酒買にハ聖賢も往り餅買にハ童部も可レ耻唯荒たる霜枯の寂寞を強て云んとて餅買と云出て知せたる余情成へし亦一句の表ハ右挙る所の哥の風情成へし再吟して可レ味也

（17）集説

泊船集云熱田詣つ社頭大いに破れ築地ハたふれて草村にかくるかしこに縄はりて小社の跡をしるし爰に石をすゑて其神と名のるよもきしのふ心のまゝに生たるそなか〳〵に目出度よりも心とまりけると有

（19）年考

貞享元年の吟也野さらし紀行に熱田に詣つ社頭大に破れ築地ハたふれて草むらにかくるかしこに縄をはりて小社の跡をしるし爰に石をすへて其神と名のるよもきしのふ心のまゝに生たるそ中〳〵に目出度よりも心とまりけると有てト前書あり○神社考曰初蛇帯此劔其尾常有雲気故曰天叢雲劔至此名草薙劔武尊自東帰還劔於熱田宮其後以劔蔵于尾州熱田神詞○神代巻艸薙劔在在尾張國吾湯市村即熱田祝部所掌之神是也○瓊華集ニ秦徐市上書始皇請與童女五百人入海求三神山不死薬得海島遂留不還即我朝尾州熱田神祠是也○暁風集尾張之熱田大明神則楊貴妃也此説妄談可笑○東武鯉屋何某ハ杉風か家也彼家蔵真跡ニおもひ立事の有としと前書ありて餅を夢に折むすふ歯朶の艸枕と此年の歳旦にや

（頭注）　杉風か墨蹟其外翁許六か絵等磯屋何某江戸橋向のたはやか別墅にあり

（20）蒙引

禰宜の家なとにやとり給へるに軒端かたふき蔦しのふか

れまといて朝夕の煙もたへ〳〵なるにさすか餅かふなと恥しのふへき業なからそれさへ忍ハさる艱難のさまをいへり尤これ寓言にして当社の頽廃《タイハイ》限りなく哀れの述るに堪たるをあらハし玉ふ自つまなりつく〳〵翫味すへし

(24) 泊船集

枯ストモ生タルガ哀ナルヘキヲしのふさへ枯て泊ラウニモ食物モナク餅かふテクフテナリトモ一夜ヲ明サネハナラヌやとりかな

行過かたき此あたりのさひしさならん

(25) 翠園抄

○熱田三哥仙にハ神前の茶店にてと前書有

(29) 解説

熱田太神宮ハ尾張国愛知郡江嶋松姤嶋千竈卿に鎮座あり光行紀行云或人の云此宮ハ素盞鳥尊也初て出雲の国に宮作ありけり八雲たつといへる大和言葉も是よりそはしまりける其後景行天皇の御代にこのみきりに跡を垂れ玉へりといへり又云此宮の本躰ハ草薙と申奉る神劔なり景行の御子日本武と申夷を平けて帰り玉ふ時熱田にとまり玉ふとも云々句意ハ別に解なし熱田三歌仙に神前の茶店にてと前書あり

一九、名古屋

名護屋に入道の程、風吟ス。
狂句木枯の身ハ竹斎に似たる哉
草枕犬も時雨ゝかよるのこゑ
雪見にありきて
市人よ此笠うらふ雪の傘
旅人をみる
馬をさへながむる雪の朝哉
海邊に日暮して
海くれて鴨のこゑほのかに白し

名護屋に入道の程、風吟ス。
狂句木枯の身ハ竹斎に似たる哉

（1）三冊子（口絵1頁）
（一句の上五は「木からしの」になっている）
木枯初ハ狂句《ケウク》木からしのと餘して云へり

（3）古今抄
凩《ママ》の身は竹斎に似たる哉
といへる句をあり集の設論に例のル哉と難したれと是は〳〵たる哉〳〵ける哉と手｣尓波に手尓波をかさねたれハ治定の決定といふへき也似《ニノ》｣字のあまり短さに見｣損したるも殊におかし△猶｣撰するに此哉は思ふ哉とは浮てとまらす思ひ哉とハ沈て動す此故に漢土の韵書にも思ふハ平聲にして軽く思ひは仄音にして重し見る哉といひ見し哉といふ過現の二用にもしるへき也たとい連誹の旧式に色〳〵の名目あるも和漢の通用ならさるは公表の證文にハ用ひかたし
或は古式の名目に願｣哉といふ事あれと漢文にハ決してその字義なししいて大｣和の名目となさハ乎《カノ》字の部類といふへきにや古今に色〳〵の名目あれともすへて治定と称歎の枝｣葉ならん例の多岐にはまとふへからす

（頭注）支脂ノ韻ハ思ノ字アリ両韻ナリ然トモ憶想ハヲモフトヨミヲモヒトヨシテモ仄字ナリ懐ノ字ハヲモヒトヨミテモヲモフトヨミテモ平字ナリ思ノ字ニ限ルハ聊カ

（7）膝元
後嵐雪 吏登斎 曰
竹斎ハ古人なりそれに我身の似たる哉とハ過当なれハ狂句とハ改り給ふもの也竹斎ハ狂よミ我は狂句をいふ風人ぢやといふ事にもはなし
古今抄ニ云ある集に此句を例のル哉と難したれと是ハたる哉ける哉と手尓葉を重たれハ治定の決定といふへし似ノ字の餘り短に見損したるもおかし

（8）呑吐句解
（一句の上五は「木からしの」になっている）
竹斎ハ狂哥にうかれて此国の所まても来り玉ふといふをおもひ出て我もはいかいにうきめをいとハさるハ此人に似たると也
（頭注）　竹斎
睡月斎とて實ハ古道三をいふと也一休禅師と中

よかりし人也ふるき咄本にさま〳〵の狂哥あり
おかしき事のミ多し　笠ハ長途の雨にほころひ
帋衣ハ泊り〳〵の嵐にもめたり侘つくしたるわ
ひ人我さへ哀に覚えける昔狂句の才士此国にた
とりし事を不図おもひ出て侍ると前書有り

(9) 句解傳書

笠ハ長途の雨ニほころひ帋衣ハ泊り〳〵の嵐にもめたり侘つくしたる侘人我さへあはれにおほへけるむかし狂哥の才士此國にたとりし事を不図思ひ出て申侍る

此小序甚タ体ヲ得タリヨク味ヒ玉ふへシ尾劦ニ入ッテ其國ヲ誉タル挨拶也昔名護屋ニ浅井氏ノ名醫有シカ在京ノ中労病ヲ病ル者ニヲカキシ艸紙作ッテ志ヲ慰而シテ療セントテ竹斎物語ニ囲ヲ作ル此竹斎ハ尾劦ノ狂生ニテエセ歌ヲ讀ミテ世ヲ世トモセス大言を云廻リテ終ニ人ニ叩キ叙述タル事ヲ書キタル物芭蕉翁我誹諧ノ世人ニ合ハサルヲ此竹斎ニ比シテ我身ノヲトロヘヲ我サヘ哀ト見ル也

○此書近キ文ナレハ狂哥ノ二字ヲ上ニ置キ世人ニ云ワケスル也古ノ歌ヨシ物語ヲ取ッテ哥ヲヨムニ比ス名護屋ノ人ヲ讃美ス

○狂句或人一部ノ心ト云非也翁書炉冬扇ト衆ニイヽテ我句人ニ合サルヲ知ノ心也自ラ隠ルヽ心深シ此一句狂句ト云ニテ竹斎スハレリ

狂句凩の身ハ竹斎に似たる哉　芭蕉

木葉木ヲ離ル終地ニ落ヘキヲ知ル尤寂深シ

冬ノ日ノ集二ノ巻ニ解アリ

(12) 過去種

當吟ハ　狂句凩の

(頭注) 竹斎物語と云もの有此者漂運の者也翁行脚し玉ひて凩の時節に当り吟行ありさなから御身ハ丁度竹斎の如き漂泊浮雲の身也と上に狂句と余して当吟ハ当時此物語を取玉ふ故か　又此哉浮哉にあらす似るハ浮ヵ似たる哉不浮としるへし此竹斎と云者山城国に有て藪くすし也然といへとも生質にして貴きも不レ死富家をも不レ親心中踈か也故に住居を変して雲遙の風姿只有の儘に過たり此物語の中に白睨之介と云下僕一人召つ

ると見ゆ雑書の説なから竹斎の名によりて挙り

（15）新巻

（一句の上五は「木からしの」になっている）

住わひぬうつらふ人の秋の色に身を木からしの森の下露

（16）笈の底

（一句の上五は「木枯の」になっている）

冬の日　笠は長途の雨に綻ひ紙衣《カミコ》ハ宿〳〵の嵐にも見え《ママ》たり侘尽したる侘人我さへ哀に覚えけるむかし狂歌の才士此国にたとりし事を不《フ》図《ト》おもひ出て申侍る

木枯《ママ》の身は竹斎に似たるかな

泊船集に云道の記にハ狂句木枯と有けり後に狂句の文字をはぶきたまひし由

貞享甲子記《ママ》行詞書に名護屋に入る道の程諷吟すと有て狂句木枯風と出たる也今案其比の句躰ハ専ら字餘多し正風の再吟《案》に狂句の二字を省《ハブキ》たる也

此句意ハ前文に顕れたる也行脚の長途冬枯の空誠に侘尽したる旅の笑味を木枯風に興へ出たる也萬《前》章殊に哀深き筆意也再吟して可レ味し亦狂句と云義ハ今案先萬葉集に無心所著の歌出る是に随て古今集に俳諧歌あり然ハ狂歌あり猶連哥に狂連歌の号あり弥俳諧に狂句あるへし然るを正風の俳諧専ら諸州是を尊て狂句は廢れたるへきの事也既に今も無心所著の發句する人間々聞ゆ是狂句の余風共云へしや好んで益なく一笑と云へし亦此吟を今熟々考に是ハ定家卿の身を木枯と詠し玉ふ詞を羨ミて則打返して木枯の身ハと云出たる妙計成へし亦竹斎に似たると云詞ハ則消侘ぬ移ふ人のと云詞を取たる成へし一句の心詞前文に引合せ見るに此詠を本歌成へし再吟して可レ考也

新古今集　恋　藤原定家朝臣

消わひぬうつろふ人の秋の色に身をこからしの森の下露

竹齋　貞享甲子記《ママ》行序ニ素堂云竹斎能く鼓《ツヽミ》を打て人を迷しむ云々此語に寄《ヨラ》は皷を打狂哥なと吟して道路に物乞法師等の風狂人か亦前書に昔狂哥の才士此国に尋《タド》る事を見出て申すとあれは狂哥の隠士成へしや何れにも風

流の異人と聞ゆ也或ハ扶桑隠逸傳ノ七叟なとの趣の人にや

(17) 集説

(一句の上五は「こからしの」になっている)

冬の日集前書

○笠は長途の雨にほころひ紙子はとまり〳〵の嵐にもめたり侘つくしたるわひ人我さへあハれにおほえけるむかし狂哥の才士此國にたとりし事を不図おもひ出て申侍る

枯尾花の序に云貞享はしめの年の秋知利をともなひ大和路やよし野の奥も心のこさすとく〳〵心ミにうき世すゝかはや是より人の見ふれたる茶の羽織檜の木笠になんいかめしき音やあられと風狂してこなたかなたのしるへおほく鄙の長路をいたはる人々を乞句を忍ふるやはからす聞えしかは隠れかねたる身を竹斎に似たる哉と凩の吟行猶も徳化して正風の師と仰き侍る也と有○竹斎は播磨の人京に住て後名古屋に住て江府に至る竹斎物語に出たり慶長年中の人なり○句選首書に冬の日集にハ狂句の二字をそへけりと有

泊船集後には狂句の字はふき申されし也

(19) 年考

(一句の上五は「木からしの」になっている)

貞享元年の唫也野さらし紀行ニ名護屋に入ル道のほと風吟す〻狂句こからしの身は竹斎に似たるかな道の記にハ狂句木からしと有後に狂句の文字をはふき玉ひしよし此句を巻頭として五哥仙あり冬の日といふ是也と有り○貞享元年の迁冬の日ニ此句の前書ニ笠ハ長途の雨にほころひ紙衣はとまり〳〵のあらしにもめたり侘つくしたるわひ人我さへあはれにおほへけるむかし狂哥の才士この國にたとりし事を不図おもひ出て申侍る狂句こからしの身ハ竹斎に似たるかなはせをたそやとハしるかさの山茶花野水有明の主水ニ酒屋つくらせて荷兮と脇第三有て重五杜國正平と六吟の哥仙有○古今抄ニ曰凩の身ハ竹斎に似たる哉といへる句を或集の設論に例のル哉と難したれと是はたる哉ける哉と手にはに手にはをかさねたれハ治定の決定といふへき也似の字のあまり短さに見損したるも殊ニおかし猶撰するに此哉はおもふ哉とハ浮てたまらすおも

ひ哉とハ沈ッて動す此ゆへに漢土の韻書にもおもふ哉ハ平聲にして軽くおもひハ仄韵にして重く見る哉と云ひ見し哉といふ過現の二用にも知るへき也たとひ連誹の舊式に色〳〵の名目あるも和漢の通用ならさるは公表の證文にハ用ひかたし或ハ古式の名目に願哉といふ事あれと漢文には決してその字義なししゐて大和の名目となさハ乎《カ》の字の部類といふへきにや古今に色〳〵の名目あれともすへてハ治定と称歎の枝葉ならん例の多岐にまとふへからす○七部捜に蓼太問曰冬の日に〽狂句木からしの身ハ竹斎に似たる哉此句の狂句の二字或人冬の日一部の意味有やうに申候いかゝ御座有へく候や吏登答曰深き意味有事にやしらす先師なとの申されしは竹斎は古人也殊更詞書にも狂哥の才士とありそれに我身の似たるかなとハ過当なれハことハりたるもの也竹斎も狂哥よみ我も狂句を云ふ風人じやといふ事てハない謙退のこゝろに見て置かよきなり翁迁化の後門人等狂句の二字を取て集なとに出したるハ又面白き事也○案するに吏登か師傳おほつかなし竹斎ハ至て貧しき医師にて狂歌をたのしみしもの也其事ハ冬の日に前書ありてあきらか也その竹斎に似たるといふ事の何過當ならんはせをの胸中ハ虚栗の跋に栗といふ一書其味四あり李杜か心酒を嘗て寒山か法粥を啜るよつて其句見るに遙にして聞に遠し侘と風雅の其つねにあらぬは西行の山家をたつねて人の拾ハぬ蝕栗也下畧と見へたり其集ハはせを門人其角迁也其身に其志なくして此事を書へきやかゝる心中ゆへに芋洗ふ女西行ならは哥よまんとの唫ありしも此木からしの吟おなし行脚の年也又狂句ハ二字余り也此ころハ勿論の事元禄二年の奥羽行脚にもあなむさんやな甲の下のきり〳〵すと吟せしを後にあなの二字を省きて奥の細道ニは出したりと去来抄ニ見へたり此狂句の二字ハやはり竹斎は狂哥我ハ狂句といふ事なるへし後狂句の二字をはふきて《た》るとハ巳に泊船集に見へてはせをミつから後にはふきたる趣きなり○又竹斎か支ハ竹斎と題せる草紙あり其書に山城の国に藪くすし竹斎とてけうかる痩法師壱人あり其身ますしくして何事も心にまかせさりけれはおのつから心もまめならす膚にしやう衣を飾らねハ藪くすしとて人も呼す世の中の例として貴きを敬ひ賤しきを敬ハされハ親しき中も遠くなる然れは都に有ても益ハなし賢きより賢からんは色にかへ

よと論語とやらんにも見へたり又にらみの助とて郎等一人有渠を呼出して申けるやうハ汝存ることく我等藪くすしの名を得たりといへとも身貧にして病はさらに近つかす所詮諸国をめくり何国にも心のとまらん所に住はやと云ひけれはにらみの介申けるは仰のことくかゝるうき住居をし玉ハんよりハ一まつ田舎にも下り玉ひて何國にも心の止まり玉ふ所に住ハせ玉へかし此にらみの助いつくまでも御供仕らんとそ申けるまづ〳〵京内参りを仕らんとて三條の大橋打渡りて祇園林にさしかゝり先清水に参りつゝ鰐口てうと打ならし南無や大慈大悲の観世音さしもくささしもかしこき誓ひのすへたかへ玉ハすハ我等を守らせ玉へや千手の御ちかひにハ枯たる木にも花咲と承れは此身の果もたのもしくおもひ申也けさうとうひやうそうゆけんと念頃にきせひして一首詠しける〽違ひなき清水寺の瀧の糸くりかへしつゝいのる行すゑ観音にまいりて其身一躰分身にましませハ取わけわうなんのくるしみを守らせ玉ふと承るわくざうわうなんぐりんげうよくじゆしうねんびくわんおんりきたうじんたん〳〵ゑと秘文をとなへつゝ山つたひに鳥部野に分行て哀れけに泣てそ帰るとりへ野の涙さきたつ道芝の露豊國大明神に参りてそも〳〵当社大明神は前関白秀吉公の御霊跡也今時うつり変して社頭大破に及へり〽幾世とも栄へもやらて豊國のふるき宮居ハ神さひにけり大仏殿をふし拝ミてゆゝしけに顔をハ見せて秀頼の役にもたゝぬ大仏かなと三十三間堂に参りつゝ此御寺ハ白河の法皇の御建立と承る今とてもさすかハたへぬしら河のむすひし水ハ法のためかハ扨夫より誓願寺に参り二世安楽とふし拝ミ傳へ聞くこの誓願寺の御本尊ハ毎日一度西方浄土へかよひ玉ふとうけ玉ハれは〽西方へ日々に通ふと聞からにけふも仏ハ留守にてやある○赤双紙に初は狂句こからしのといへり後になしかへられ侍るこの類猶あるへし皆師の心のうこき也味ふべし

(頭注)　元政辞世

深艸の元政坊ハ死れけり我身なからもあはれ也けり

玉つさのはしかきかとも見ゆる哉
飛おくれつゝ帰る鳫かね　　西行

(20) 蒙引

（一句の上五は「木からしの」になっている）

竹斎ハ狂哥の才士木枯の身とハ漂泊憔悴の風情をいへり己か境界を観し玉ふの句なり

（23）参考

（一句の上五は「木からしの」になっている）

考手爾葉のかななり《堀川太郎百首》東路の不破の関《セキなる》屋の鈴虫を馬やうふると思ひける哉　仲實　竹斉ハ磐齋と同時寛文の頃の人とそ

（24）泊船集

狂句凩の《吹ク日ニモアリク》身は竹斎《ト云人ガサウデアツタガソレ》に似たるかな

狂句とハたハふれたるやうにいひなしたるを云

（頭注）慶長の比山城の国に竹斎とてけうかる法師ありとそ

（25）翠園抄

○冬の日集此句の前書に笠は長途の雨にほころひ紙衣は泊〳〵のあらしにもめたりわひ尽したる侘人我さへ哀に覚ける昔狂歌の才士此國にたとりし事をふと思ひ出て申侍る○七部捜に吏登か曰深き意味ありやしらす先師なとの申されしハ竹斎は古人なり殊更詞書にも狂歌の才士とありそれに我身の似たる哉とハ過当なれはことはりたる物也竹斎も狂歌よミ我も狂句をいふ人しやと云事にてハなし謙退の心に見て置くかよき也翁迁化後門人等狂句の二字を取て集なとに出したるハ又面白き事也○按るに吏登か傳覚つかなし竹斎ハ至てまつしき醫師にて狂哥を楽し者也竹斎に似たると云事何そ過当ならんはせを虚栗の跋に栗といふ一書其味四ッあり李杜か心酒を嘗て寒山か法粥を啜る是によつて其句見るに遥にして聞に遠し侘と風雅のよのつねにあらぬは西行の山家をたつねて人の拾ぬむし喰栗也とミえたり其集天和二年門人其角か選也かゝる胸中故〳〵芋洗ふ女西行ならハ哥よまむの吟あり又狂句ハ字餘りにや此頃ハ勿論の事元禄の奥羽行脚にもあなむさんやな甲の下のきり〳〵すと吟せしを後にあなの二字をはふきておくの細道には出したりと去来抄にミえたり此狂句の二字やはり竹斎は狂歌我は狂句と云事なるへし笈の小文にはせをミつからの詞に百骸九竅の中に物ありかりに名つけて風羅坊といふ誠にうすものゝ風に破れやすからん事を云にやあらんかれ狂句を好ことひさし終に生

涯のはかりことゝなす下畧これらにも謙退ならさる事知られたり後狂句の二字はふきたる事ハすてに泊船集にミえてはせをミつから後にはふきたる趣也○竹斎物語天和三刊行日数つもりて清洲の宿命なこやに着にけり扨ちいさき町に宿をかり看板をこそ出しけれ又折ふし冬の事なれハ破紙衣に布うらつけ帯は木綿の丸くけにはおりハいかにもすゝひたる紫紬のえりをさしのけゐもんにそきなしける○定家家集に〳〵きえわひぬうつろふ人の秋の色に身をこからしの森の下露発句の全躰此歌により所深し

(27) 句解大成

大部大鏡に委し

(28) 一串

凩の句は述懐にて狂句の置字句眼なり。其狂句扁鵲も耆婆も及ばぬ我なりとしらぬ病家ぞあはれなりけるによみし如く。世の人我をしらずと憤《いきどふ》りたる句なり。其意ハはしかきの風吟とあるにて知られたり。

(29) 解説

冬の日集の巻頭とす前書あり笠ハ長途の雨にほころひ紙衣ハとまり〳〵の嵐にもめたり侘尽したる侘人我さへ哀に覚へける昔狂歌の才士此国にたとりし事を不図思ひ出て申侍る古今抄ニ曰或集の設論に例のル哉と難したれと是ハたる哉ける哉と手尓波にてにはを重ねたれハ治定の決定といふへき也似の字のあまり短かきに見損したるも殊におかし猶撰するに此哉ハおもふ哉とハ浮てとまらす思ひかなとは沈んて動かす此故に漢土の韻書にも思ふかなハ平声にして軽く思ひ哉ハ仄韵にして重し見る哉といひ思しかなといふ過現の二用にも知るへき也たとひ連俳の旧式にいろ〳〵の名目あるも和漢の通用ならさるハ公表の證文にハ用ひかたし或ハ古式の名目に願ひ哉といふ事あれと漢文にハ決して其字義なししゐて大和の名目となさハ乎の字の部類といふへきにや古今に色々の名目あれともすへてハ治定と称嘆の枝葉ならん例の多岐にまとふへからす七部捜に吏登曰竹斎も狂哥よミ我も狂句をいふ風人しやといふ事てハなひ謙退の心に見ておくかよき也翁迁化の後門人等狂句の二字を取て集なとに出したるハ又面白き事也積翠子曰竹斎ハ至て貧しき医者にて狂歌を楽しミしもの也其竹斎に似たるといふ事の何過當なら

ん〳〵芋洗ふ女西行ならハうたよまんとの吟あり云々翁西
行に期待す竹斎に於て何かあらん積翠子吏登の説を破す
宜也といふへし字余りハ此頃の風調此紀行已に多し芭蕉
後に狂句の二字を省きたる也又竹斎か事ハ竹斎と題せる
草紙あり赤双帋に初ハ狂句こからしのといへり後になし
かへられ侍る此類猶あるへし皆師の心の動き也味ふへし

草枕犬も時雨ゝかよるのこゑ

（8）呑吐句解

野へのかりねに犬の吼るを聞けハ一入夜寒なりとならん
犬も此寒にハかなしくや啼らんと打添ていへり

（頭注）霜かれにかたしく袖の草枕世ハならハしの野へ
の寒けさ

（9）句解傳書

舊里落ノ人ニ及フ

（11）金花傳

犬の聲も時雨て衆かなしう聞侍る矧ンャかゝる夜野に臥
たる人をやと思ひやとれし愛情尤殊勝に覚ふ

（16）笈の底

夫木抄　山里ハ人のかよへる跡もなし宿もる犬の声は
かりして　　定家卿

此吟ハ此歌の風情を以て可ㇾ味也守ルㇾ家ヲ一犬迎テㇾ人ヲ吠な
と有て犬ハ守り禦くの獣也此吟も旅寝の夜半の物静成
る侘を云出たる也今案犬も時雨と云詞珍敷して俳諧と
云へし殊に犬もの母の字に余情有り此母の字に我が時
雨る事ハ顕れて名誉と云へし遠里などに犬の何かひた
と吼る霜の声枕に聞く旅寐の風情殊に更行村液雨《ムラシクレ》の寂
寞可㆓思合㆒の吟也詩ニ云旅舘ノ寒燈獨リ不ㇾ眠ヲ客心何事轉ソタヽ凄
然云々

犬　狗　番狗《チン》　獅犬《スイケン》　金絲犬同　和名鈔ニ云犬ハ一名尨ハ狗犬ハノ子
也和名恵沼獳ハ深毛ノ犬也和名無久介以沼本艸ニ云狗ノ類甚タ多シ
其ノ用有リㇾ三田犬長喙ハ善獵ラククル吠犬短喙ハ善守スクル食犬體肥ハ供テㇾ饌ニ也
云々或云狗ハ別テ㆓賓主ヲ㆒善守禦クリク故著テ㆓四門ニ㆒以辟テク㆓盜賊ヲ㆒云々論
語注ノニ云犬以テ㆓守禦ヲ㆒馬以テㇾ代ルヲㇾ勞ニ養ルㇾ人ニ也今案字彙犬有リ㆓懸
蹄㆒云々是ハ四足の後に指の如き少なる物有り是を云也
雉鶏に距《ケツメ》有るに同意也世の説に懸蹄ハ水搔也と云誤
り也蹼《ミツカキ》と書て是ハ指の岐《マタ》の不ㇾ切を云水鳥の足是也里

俗に狼に蹼《ミヅカキ》有りと云ハ此懸蹄を誤り云也亦犬を繋を綀《キツナ》と云也此字鷹にハ綵《アシヲ》と訓す則足緒と云義也一字両訓也

徒然草《ニ》云養ひ畜《カフ》物にハ馬牛つなきくるしむるこそいたましけれとなくてかなわ《は》《ミ》ぬ物なれハいかゝハせん犬ハ専禦くつとめ人にも勝れたれハ必あるへしされと家毎に有物なれハ殊更に求め畜すともありなん其外の鳥獣すへて用なきもの也

　里閑《サトビ》たる犬の声にそしられける竹より奥の
　人の家居は　定家

　思ひ来る人は中〳〵なき物をあわ《は》《ミ》れに犬の
　主を知ぬる　慈圓

(17) 集説

荒野集　泊船集

(19) 年考

貞享元年の野さらし紀行に名護屋ニ入道のほと風吟す狂句木からしの身ハ竹斎に似たるかな草まくら犬もしくるゝかよるの聲と見へたり曠野集ニ旅の部に出たり新古今集秋の下家隆の歌に下もミちかつ散る山の夕しくれぬれてや鹿のひとりなくらん

(20) 蒙引（口絵10頁）

垣《カキ》根にゐのころのかさなりふして悲しけに鳴なるへし翁もそこの賤家にやとりて夜の衣いと薄くまとろミかねての口号ならん旅愁いふへからす草まくらの語双關の妙あり

(24) 泊船集（口絵12頁）

草まくら旅ニ居テ寝覚ガチナルガ犬もしくるゝユヱ寝ヌかよるの聲ガスル

　深更に時雨を察したる情思ひやるへし

(25) 翠園抄

○新古今集に家隆〻下もミちかつちる山の夕時雨ぬれてや鹿のひとりなくらん

(27) 句解大成

草まくらの時雨は七部大鏡に委しく解す

(29) 解説

新古今集秋の下家隆のうた下もみちかつちる山の夕しくれぬれてや鹿のひとりなくらん曠野集旅の部に出せり旅泊に犬の聲をきゝ淋しさ彼もぬれてやなくらんと思ひ玉へ知らるゝか

雪見にありきて

市人よ此笠うらふ雪の傘

（1）三冊子

句（「市人にいて是うらん雪の笠」）のみ記載

（8）呑吐句解

（一句は「市人にいて是賣ん雪の笠」になっている）

いて発端の言葉也伊勢乙由か句にその柴のぬれ色かハん初時雨翁の雪の笠より考たるにハあるましけれとおもひ哥所の眼同し價を以て賣買へきにあらす

（頭注）　イニ

市人に此笠賣う雪の笠とも有いかゝ

市　うるもかふも皆市といふ国々に市立あり

（12）過去種

句（「市人にいて是賣ん雪の笠」）のみ記載

（15）新巻

（一句は「市人にいて是賣ん雪の笠」になっている）

瑯琊代酔《ニ》陳一紹一卿《カ》曰記勝之書《ニ》雪《ハ》者五穀《ノ》之精一取レ汁以漬二厚蚕之沙一和穀種《レハ》レ之耐レ早これらにて市人にうらんといへるかあるハ阿叟の雪にめてゝおもしろきに餘市人も買んと風情にたハれしにや

（16）笈の底

（一句は「市人にいて是うらん雪の笠」になっている）

此吟無《シ》二別意一唯笠の雪を称美の趣也誠に雪の降積たる笠其姿何とやら風流にして拂捨て難く然ハ市人に先賣《イテ》んとハ云出たり今案市郭児《イチヒト》ハ偏に賣む事をのミ欲して其價の下直成りと高声に呼ふ是市人の習ひ也故を以て我も是賣んとハ市に集る人に對して下知したる也呉々も雪の笠賣んとハ滑稽と云へし亦左に記哥に雪の笠の趣ハ可レ味者か

くれふかく帰るや遠き道ならん笠おもけなる雪の里人

市人　市郭児和名鈔《ニ》云市郭児一《ニ》云市人和名伊知比止是ハ道路に立て賣買する人を云也則駅を市と云依て市人と号す或ハ市女鬻女と云皆物々を鬻く野婦を云也亦市姫と云ハ市を守る神の号也則山姫橋姫なと云同意也　市字彙《ニ》云市《ハ》買賣《ノ》之所也日中為レ市《ヲ》買レ物《ヲ》曰《ヲフ》レ市《ト》神農作市《ルヲ》云々周礼《ニ》云大市《ハ》日側《カタムヒテ》而市《ス》百族《ヲ》為レ主《ト》朝市《ハ》朝《ノ》時《ニシテ》而市《ス》商賈《ヲ》

為レ主《ト》夕市《ハ》夕時而市《ス》敗夫敗婦《ヲ》為レ主《ト》云々神代直指抄《ニ》云市の伊ハ集《イル》也知ハ路也人の集る路也云々今案諸州市を立ツ或ハ月に幾日と定む亦昼夜を定む也市ハ店家有るの所町と云に同意也但立て賣を市と云座して賣を店と云也

識るしらぬ人は立田の市なれや誰をたれと
かわけてたのまん　忠継

松かえのひゝきを雨に聞なしてふかぬ嵐に
さわく市人　頓阿

立くらす市女もさこそなけくらめ心をかへ
て思ひしるかな　経家

市姫の神のいかきのいかなれやあきなひ物
に千代を積覧　為頼

伊天　日本記《ニ》壓《イ》乞咄《テイ》哉《テヤ》古記萬葉等《ニ》凡《イテ同》先是ハ發語發端の詞也則我心を發して遣ふ詞也率《イサ》と云に意同き也文選註《ニ》云凡《ハ》猶《ヲ》修目《ノ》説文云凡《ハ》大槩《タイカイ》也云々或云凡《ト》者《ハ》一槩《ニ》總《スヘ》説《トク》之意云々

後拾遺集　離《カレ》〳〵なる男のおほつかなと
いひたりけるに詠る

有馬山いな野笹原風ふけはいでそよ人を忘
れやはする　大貳三位

源氏

いてやなそ数ならぬ身にかなわ《は》ぬハ人にま
けしの心なりけり　蔵人少将

(17) 集説

(一句は「市人にいて是うらむ雪の笠」になっている)

泊船集市人に《よ》この笠賣う雪の笠と有前書雪見にありきてと有〇句選首書イニ市人に此笠賣う雪の笠ともあり考へし

(19) 年考

(一句は「市人にいて是うらん雪のかさ」になっている)

貞享元年の唫也野さらし紀行に名古やの所に雪見にありきて〽市人や此笠うろふ雪の傘〇笈日記《ニ》尾張部抱月亭〽市人にいてこれうらん笠の雪翁〽酒の戸たゝく鞍のかれ梅野月是は貞享のむかし抱月亭の雪見なりおの〳〵此第三すへきよしにて幾度も唫しあけたるに阿叟も轉吟して此第三の附あまた有へからすと申されしに杜国もそこにありて下官もさる事におもひ侍るとて朝かほに先たつ母衣を引つりて杜国と申侍りしとなりされハ鞭にて酒屋

をたゝくといへる者は風狂の詩人ならハさも有へし枯梅の風流におもひ入らハ武者の外にての第三有へからすしからハ此一座の一興ハなつかしき事哉と今さらおもハるゝ也老子六十二章美言可二以《テ》市一尊行可二以《テ》加一人《ニ》

（頭注）　紀行如《ニ》此笠傘の二字あり

(20)　蒙引

（一句は「市人にいて是うらん雪の笠」になっている）

異本に市人よとあり又笠の雪といへるもあり○風狂灑落酒中の仙とも謂つへし恐らくハふくめる所我か俳風を海内にほとこさんとの趣意ならんか

(24)　泊船集 **（口絵12頁）**

市人よ此笠うらう雪の事ナル《カヽリテ見》傘ナラズヤ　興したる躰なるへし

ある本に市人にいてこれうらん雪の笠とあり此句作然るへし

(25)　翠園抄

○笈日記に抱月亭と前書ありて〽市人にいて是うらん笠の雪翁〽酒の戸たゝく鞭のかれ梅抱月と脇あり○老子曰美言可以市《テアキナフ》一尊行可二以《テ》加レ人《ニ》

(27)　句解大成

句（市人にいて是賣らふ雪の笠）のみ記載

(29)　解説

笈日記に尾張の部抱月亭〽市人にいて是うらん笠の雪翁酒の戸たゝく鞭のかれ梅抱月是ハ貞享のむかし抱月亭の雪見也各此第三すへきよしにて幾たひも吟しあけたるに阿叟も轉吟して此第三の附ハあまたあるへからすと申されしに杜国もそこにありて下官もさる事に思ひ侍るとて〽朝かほに先たつ母衣を引つりて杜国と申侍しと也されハ鞭にて酒屋たゝくといへる者風狂の詩人ならはさもあるへし枯梅の風流に思ひ入らは武者の外にこの第三あるへからすしからハ此一座の一興ハなつかしき哉と今さら思はるゝ也句撰句集ともに此句笈日記に同し按るに紀行に如此笠傘の二字あり翁のうらんと申されし笠ハ柄なく首にのせてゆくもの也雪の傘のかさハ柄ありて手にとりゆく唐かさ市人のさせるなるへし傘させる市人に雪のつもりて面白けれハ此かふりかさをうらんと戯れられしならんか笈日記のときハ再案なるへきにや

旅人をみる
馬をさへながむる雪の朝哉

（6）師走囊
他人を見ると端書あり此馬をなかむるといへる新しミなりよのつねに馬を眺るとハなけれと雪の朝なれは旅人の馬に乗たる躰むかしの事なと思ひ出られて眺る躰心深し

（8）呑吐句解
木〳〵ハいふに及ハす牛ハ雪におかしき物也されハ馬をさへの五文字他の景色こもれり

（10）説叢
袋云旅人を見ると云端書有此馬をなかむるといへる新らしミ也よのつねに馬を眺望ハなけれと雪の朝なれは旅人の馬に乗たる躰むかしの事なと思ひ出られ眺る心深し林
解此句を出さず
説袋注小児の雪を見て白しといふが如し．不可用．端書いづれの集にもいまだ見當らず．句選にもなし前書の事を知らざる人の．後に隠たると覚ゆ．端書なくても．旅人を見るさまハ．一句に籠りて明らか也．翁何ぞ．かゝる手つゝをせんや．是百菴がいへる．却て翁に罪を課すといふ人歟．○此句．さへの詞に心を付べし．又ながむるの詞に深き心あり咏《ナガムル》の字心ハ．歎くこゝろ．古来よりよめる也

後撰集伊勢
春立てわか身ふりぬるなかめには人の心のはなもちりけり

謙徳公家集
夜るハさめひるハなかめにくらされて春のこのめそいとなかりける

後撰集
いたつらに我身世にふるはるさめのはれぬなかめに袖ハぬれつゝ

此哥などハ．上に春雨とあれば．下のながめハ．いよ〳〵歎きなることあきらか也．雨に結びたらんにハ．雨二つある也．又順徳院建保二年歌合深山雨つれ〳〵のなかめも今やまさきちるみやまの秋のむらさめの空是らハみな．古に習ひて．歎く心のミにて．見る心はなし．後世思ひやると云ひ．見渡せばなど云詞を一ッ

に合せて、ながめやると云詞さへ出来たり、それらより、眺望観想の事にして、見はるかす事と心得て、咏嘆の事ハなきが如く成行ぬ、それをいかにといふに、西土の書に、飛耳長目など云詞あるにつきて、長目ハすなはちながめなれば、此詞いよ〳〵いひ習ひて、新古今集の前うたより今に至てハ、遠望眺望には、此語なくて叶ハぬやうになりし、古を思ひやるといふ辞も、今の世に心得たる如く、爰にして彼所を推量る心にハあらず、破レ悶《モダヘ》ヲ遣《ヤル》レ悶《モダエ》ヲ事にて、心にはるけがたき、むすほゝれたる思ひをやりはらふ事なれば、ながめやるも、いはゞ其心にこそハいふべきを、思ひやると云詞も今ハ想像の事と成てより、ながめやるも、爰にしてかしこを、見はるかす事とハなせるや、此詞に古を思ひやる心ハなけれ共、述懐又ハ懐舊の句などに、昔をしたひ歎く心のはるけがたき時ハ、大空をうちながめて、嘆息する事のあれバ、其うちには、おのづから、古へを思ひやる心も有べし、此馬を咏るも馬を見るといふ、心にはあらず、よく〳〵味ひ辨へて、咏れば見れば須广の秋と云句をも了解すべし、須广の句ハ、思ふことあれば、此書に記さず、此句の解にて解すべし

○扨句意ハ、此玄冬の雪中の旅人、さこそさり難き事にてこそ行らし、さぞや其艱難思ひやらるれ、とながめゐれば、又馬さへなほ不便に、むご〳〵しさよと、嘆息したる也、太神楽猿廻しなど見る心ざまにてハ中〳〵此句の風骨には、及びなき事ならん、

(12) 過去種

(頭注) 雪と見る

　當吟雪ハ詠む共よミすてす続て中の白《イサギヨキ》人の中を初暁するひに是ハ雪見月見取合せいと尊し

(16) 笈の底

(一句の下五が「夙《アシタ》かな」になっている)

此吟ハ前の雪の鴉の句に似て其意ハ少し異り是ハ旅人の馬に跨りて乗行く気色雪中の東坡共見成したる眼前躰也今案牛馬と對し云内に牛ハ其形頑《カタク》な成れ共稚品也馬ハ其形勢ひ有て殊に美品也然ハ静に打見て心笑しきハ牛也□にして静に亦其形も風流と云へし馬ハ眇《ナガム》る所なし其故を以て馬をさへとハ云出たる詞珍敷して字眼

と云へし此雪も深雪の趣此副《サヘ》の詞に籠るへし凡天地の間積るへき萬物ハ皆降埋たる夙《アシタ》の却て可レ眇《ナガム》隈さへもなき白妙に往来も絶たる原野を乗行馬の鞦髦《ヲフサタテカミ》に降積たる後姿面白共云へし然ハこそ馬をさへとハ云出たる妙計也唯雪なとハ専ら其道具を可レ案の事也翁殊に雪の吟多し皆々道具珍敷品のミ也既に山川草木の雪ハ詩歌に尽せり伏て不レ謂唯思ひも不レ寄品を以て一句の作所可レ味是を俳諧の滑稽と云へし

馬　赤駒《アカコマ》　騙馬《カケコマ》　驄《アシケコマ》　尾駮駒青馬《ヲフチノコマアオウマ》馬の事ハ前所々に出る爰に毛色を少し記其毛色夥敷亦号多し委敷挙るに暇なく　赤馬和名鈔《ニ》云騂《ハノ》馬赤色《ナル》也騂馬《ハ》赤毛馬也騙馬騙《カケウマカケハ》浅黄《ノ》色《ノ》馬也鹿毛馬《カケコマ》也亦驃《ハ》黄白色《ノ》馬也驃馬《ハハ》白鹿毛也赤驃馬《ハ》赤鹿毛也驄《アシケウマ》　馬是驄《ハアシケウマ》　馬訓《ノ》也驄《ハ》青白雑《ノ》毛馬也青馬也葦毛馬也桃花馬《ハ》葦花毛紅《ノ》色《ナル》　馬也或有《ハリ》二深浅斑駮謂一二連銭《レンセン》一驄《アシハト》一也尾《ヲ》駮馬《フチウマ》騍《ハ》尾白也駮《ハル》不二純色一馬也　青馬青驪《クロミトリウマ》　馬也唐韻《ニ》云駰《ハ》鉄驄馬也青驪馬也

白馬節會正月七日也是を正月三節會《ト》云則四方拝白馬蹈歌也萬葉白馬《ニアヲムマ》青馬と書也同今案禮記春《ニハ》東郊《ニテ》向青馬七疋《ヲ》用《ユト》有り則馬ハ陽獣也亦七ハ小陽の数也正月亦小陽の月也青ハ春に属す也是を見て陽を向へ或ハ年災邪気を除くと云本文也公事根源等に此事出たり或云《ハ》仁明天皇承和元年正月於《テ》二豊楽院《ニ》一青馬《ヲ》見給《フ》同六年於《テ》二紫震殿《ニ》一御覧《ス》云々河海抄《ニ》云光仁天皇《ノ》宝亀六年正月七日天皇御《オハシテ》二楊梅《ノ》院安殿《ニ》一設《モウク》二宴《ヲ》於五位以上《ニ》一已而《ニシテ》　内厩《ノウマヤ》　宴《シテ》　進《メ》二青御《キヲ》馬一兵部《ノ》省進《ス》二五位以上装《ノカサリウマ》　馬一云々

萬葉二十　水鳥乃《ミツトリノ》可母能羽之伊呂之《カモノハノイロノ》青馬乎《アヲウマヲ》今日見流《ケフミル》人《ヒト》者可藝里奈之等伊布《ハカギリナシトイフ》

白馬《アオウマ》を先《ツ》引く物と思ふ間にわすれやすらん
今日の子の日ハ　出羽弁《ノ》

佐閉副也或ハ曽閉共云五音通也是を傍《ハソヒ》と云義也則比と閉通音也日本記紀注副《ニサヘ》ハ傍《ソヒ》也亦沍《サエ》同才有り不レ可レ混也此両詞ハ江の国字《カナ》也副ハ倍の假名也

吉野山花の盛りや今日ならん空さへ薫ふ峯
の白雲　守覚法親王

後撰

今日そへに暮さらめやハと思へとも絶ぬは
人の心なりけり　敦忠

(17) 集説

泊船集に旅人を見てと前書有句選にも出

(19) 年考

貞享元年の唫なり野さらし紀行ニ旅人を見ると前書あり○春の日集にも見へたり○笈日記雲水の部ニ熱田連中と有りて悼芭蕉翁の文あり其中にはせを翁十とせあまりも過ぬらんいまそかりし頃はしめて此蓬萊宮におハして此海に艸鞋をすてん笠時雨と心をとゝめ景清かやしきも桐葉子か許ニ頭陀をおろし玉ふより此道のひしりとハたのミつれ木枯の格子あけてハ馬をさへなかむる雪と闇に舟をうかめて浪の音をなくさむれハ海くれて鴨の聲ほのかに白しとのへ下署と見へたり○熱田三歌仙ニこの句有て脇〽木の葉に炭を吹をこす鉢閑水〽はた〱と機をる音の名乗来て東藤と三ツ物あり○つゝきの原に前書もなく此唫見へたり○師走袋に旅人を見ると端書有りこの馬を詠るといふ新らしみなりよのつねに馬を眺るとハなけれと雪の朝なれハ旅人の馬に乗たる躰むかしの事なとおもひ出られてなかむる躰心ふかし説叢に師走袋を難して曰註ニ小児の雪を見て面白しといふか如不可用端書いつれの書にもいまた見あたらす句選にもなし前書の事を知らさる人の後に添へたると覚ゆ端書なくとも旅人を見るさまは一句にこもりて明らか也翁何そかゝる手つゝをせんや是百庵かいへる却て翁に罪を課すといふ人か此句さへの詞に心を付へし又なかむるの詞にふかき心あり咏ムルの字心は歎く心古来よりよめる〽春たちて我身ふりぬるなかめにハ人の花もちりけり後撰集伊勢〽よるハさめひるハなかめにくらされて春のこのめそいとなかりける謙徳公家集〽いたつらに我身世にふるはるさめのはれぬなかめに袖ハぬれつゝ後撰集この哥なとハ上に春雨とあれハ下のなかめハいよ〱歎きなる事あきらかなり雨にむすひたらんにハ雨ふたつある也又順徳院建保二年歌合に深山の雨つれ〱のなかめも今やまさきちるミやまの秋のむら雨の空是等ハミな古に習ひて歎く心のミにて見る心ハなし後世思ひやるといひ見渡せハなといふ詞を一ッに合せてなかめけるといふこと葉さへ出来たれそれより眺望観想の事にして見はるかす事と心得て咏嘆の事ハなきかことく成行ぬそれをいかにといふに西土の書に飛目長目なといふ辞あるにつきて長目ハすなはちなかめなれハ此詞いよ〱いひ習ひて新古今集の前かたより今に至て遠望眺望に此語なくて叶ぬやうになりし古をおもひやるといふ

辞も今の世に心得たることく爰にして彼所を推量するにハあらす破レ悶遣レ悶事にて心にはるけかたくむすほゝれたるおもひをやりはらふ事なれハなかめやるもこゝにしてかしこを見はるかす事となせる也此詞に古をおもひやる心はなけれとも述懐又は懐舊の句なとにむかしをしたひ歎く心のはるけかたき時は大空をうち詠て嘆息する事のあれハ其のうちにハおのつから古へをおもひける心も有へし此馬を咏るも馬をミるといふ心ニハあらす能〳〵味ひ弁へて詠れハ見れは須亡の秋といふ句をも了解すへし扨句意ハ此玄冬の雪中の旅人さこそさりかたき事にてこそ行らしさそや其艱難おもひやらるれと詠居れハ又馬さへなほ不便にむこ〳〵しさよと嘆息したるなり太神楽猿廻しなとを見る心さまにてハ中〳〵此句の風骨には及なき事ならん○案するに説叢の論旅人を見ると野さらし紀行にあるをいかにしてかくハいひけん

(20) 蒙引

柳塘圯橋なとにさしかゝれるけしきとも見ん是画中の好景

(21) 雙説

此句さへの詞に心を付へし又なかむるの詞に深きこゝろあり詠の意の心ハ歎くこゝろ古来よりよめる

〽春たちてわか身ふりぬる詠には人のこゝろの
花もちりけり

〽いたつらに我身世にふる春雨のはれぬ詠に秋
はぬれつゝ

〽それ〳〵の詠もそやまさ木ちるミやまの秋の
村雨の空

是等ハミな古に習ひて歎く心のミにて見る心ハなし此詞に古きおもひやる心ハなけれとも述懐又ハ懐古懐旧の句なとに昔をしたひ嘆く心のはけかたき時は大空を打詠て息する事のあれは其うちにハ自古へをおもひやる心もあるへし此間を詠るも馬を見るといふ心にはあらす能〳〵風骨を味ふへし句意ハ此冬の雪中の旅人さこそさり難き事にてこそ行らしさそや其艱難おもひやらるれと詠ぬれは又馬さへなを不便にむこ〳〵しさよと嘆息したるなりよく〳〵翁の正風の骨の及ひかたかるへし

(24) 泊船集 **(口絵12頁)**

馬ハワキテ詠メモナケレトモソレをさへなかむる雪のあした哉

雪けしきの見捨る物もなきとなり其中に此獣の荷なと付てゆくを憐む心もこもるなるへし

(25) 翠園抄

○笈日記にはせを翁十とせあまりも過ぬらんいまそかりし頃始て此蓬莱宮におはして〽此海に草鞋を捨ん笠しくれと心をとめ景清か屋敷もちかき桐葉子か許に頭陀をおろし玉ふより此道のひしりとハたのミつれ木枯の格子明てハ〽馬をさへなかむる雪と闇に舟をうかへて浪の音をなくさむれハ〽海暮て鴨の聲ほのかに白しとのへ

(27) 句解大成

句のみ記載

(28) 一串

初句雪途のかちあるきに堪ぬ旅人の馬にたすけられたるをかなしミ其馬をさへあハれむとなり実ハ人をあはれむを例のはしかきにもたせたる也。

(29) 解説

春の日集にも見え笈日記雲水の部にも見へたりつゝきの原にもあり説叢に旅人を見るといふ端書いつれの書にも見當らすといふかし既に此紀行にあり且なかむるの詞にふかき心あり咏《ナカムル》の字心ハ歎く心古来よりよめる又云句意ハ此玄冬の雪中の旅人さこそさりかたき事にてこそ行らしさそや其艱難思ひやらるれと詠居れは又馬さへ猶不便にむこ〱さよと嘆息したる也それもさる事なから旅人を見るとの前書あれは山海の風景馬さへも咏めらるゝと眼前の風情を吟せらるゝなるへし

海邊に日暮して

海くれて鴨のこゑほのかに白し

(3) 古今抄（**口絵2頁**）

（一句は「句讀切」として「忘れすは佐夜の中山。にて涼め」の句とともに記されている）

右二章は天和の比の作也これらハ例の曲節なれハ求てはこのむましき事とそ▲三校するに句讀の事は本式のいへる中切に猫の恋も既望の月もやむ時。といひ出て。といひそこに咏聲をとゝむへけれハ中切は例の別名にして句讀は今の惣名とやいハむされと此いふ三校は例に

滅後の推量なから惣別の二名の紛れやすけれハ幾たひも衆議によるへき也

（頭注）　山峰曰海暮て鴨の聲ほのかに白し此句甲子紀行(ママ)に見ゆ天和の吟にはある論とす

（8）呑吐句解

壱は風時に順て白しと也漁村の淋しさをいへり句讀あしけれハ聞にくし

（頭注）　猿犹何曽離暮嶺鸕鶿空自泛寒洲誰堪登望雲烟裏向晩茫・・發旅愁

（9）句解傳書

師走ノ海鳥の聲ホノカ白キイカニト尋ヌル句

（15）新巻

杜甫詩《ニ》江碧島愈白　土佐日記にくみとりといふ鳥岩の上に集りをりその岩のもとに浪白くうちよすると云々昼ハ木からしのさハ〳〵しきもかき暮浪散り海の色も見へりかすかほのかに鳥の聲のきこへしに見やるかた鴨の羽毛のほのかに白き風情幽玄限りなし

（16）笈の底

此吟端書に明らか也其意ハ唯寒天の江海黄昏《タソカレ》の眼前風景を云出たる所也此海暮てと云詞に余情有り惣て東海道中国へ懸ての海ハ東西を抱へたる濱浦也依て沖の方より日ハ暮る也此趣を以て海暮てとハ云出たり入江などの沖の暮たるに水鳥の集《スタ》く声彷彿として聞へたる風情誠に声白し共云へし此白しと云ハ清しと云の意也則風白嵐も白しと云白きに同意也張籍詩夜静《カニ》秋江白《ニシテ》《ク》と作る此意に相通の吟也今案鳬《カモ》ノ音声ハけたゝましき声にして至て遠く聞ゆる物也此吟髣髴と云に暮たる沖に遠く聞く趣を現したる所名誉と云へし再吟して可ㇾ味也

鳬　和名鈔《ニ》云鴨《ハ》野名《ニテ》曰ㇾ鳬《カモト》家名《ニ》曰鶩《アヒルト》　也鳬鷖和訓加毛本艸《ニ》云鳬釈名《ハ》野鴨　野鶩　鸍　沉鳬字彙《ニ》云《フ》鳬《ハ》水鳥如ㇾ鴨背上有《リ》ㇾ文青色卑脚短啄也也云々今案鳬ハ加毛の惣名也国俗に鴨《カモ》と一字にて訓む事古くより誤り来る也鶩《アヒル》に一種緑頭《アヲクビ》に似たるを里俗に鳬鶩《カモアヒル》と云是も間違也和名鈔《ニ》云如く家鴨と書く品則鳬鶩《カモアヒル》の義亦野鴨と書く品緑頭《アオクヒ》也家に有《在》を家鴨《アヒル》と云野に有《在》を野鴨《カモ》と云喩ハ野猪《井ノシヽ》家猪《ブタ》と書か如し惣て鴨ハ鶩《アヒル》の義也俗に真鳬《マカモ》と云品ハ家鴨《アヒル》に似たるを以て野鴨と書依て緑頭《アヲクヒ》ハ野鴨と可ㇾ書し一字にて鴨《アヒル》と

訓す字也惣てハ鳧《カモ》と可レ書の事也凡《ハ》鳧ハ雁より後に渡る故に春は雁より遅く帰る鸍《コカモ》ハ別て後《オク》れて帰る也亦鳧ハ其種類甚多し殊に郷名多く諸州に名を異にす今和名郷名荒々是を記野鴨《マカモ》　赤頭　羽白　黒鳧　尾長　葦鳧《ヨシカモ》
秋紗《アヒサ》　鸍《タカベ》　鈴鳧　與志布久　嶋布久　比度里　度宇長
觜廣　美古秋紗《アヒサ》　海雀《ウミスヽメ》
真鳧《マカモ》　是野鴨と書す物也釈名緑頭《ハアヲクヒ》也萬葉歌沖津《ニヲキツ》麻可母《マカモ》と詠り此物其味美にして鳧の内の上品也故に俗に真鳧《マカモ》と称号也葦鳧《ヨシカモ》是ハ野鴨より小き也形長く頭の毛斑《マタラ》に腹白し頬に巴の紋の如き毛有て此品水上に雌雄相連て能巡る其形亦巴に似たり彼是を以て里俗に巴鳧共号也
秋紗《アヒサ》萬葉の訓也此物刀鳧《コカモ》に似て不レ同觜尖《トガ》る亦丸きも有り是亦品類多し皆魚を捕て食ふ也此品群を成す惣て沉鳧《コカモ》の如し鸍《タカベ》　和名鈔《ニ》云鸍《ハ》一名《ハ》沉鳧貌似《テ》レ鴨《ニ》而小《シ》背上《ニ》有《リ》レ文多加閉別名鷚《ハアヂ》国俗に小鳧《コカモ》と云是也此品群れ集る故に萬葉鷚村《ニアヂムラ》と訓す則群《ムレ》と云義也字彙《ニ》云鸍《シハ》貌似《テ》レ鴨《ニ》而小也長尾背上《ニ》有《リ》レ文一名《ハ》沉鳧一名《ハ》刀鳧今案鸍《タカベ》ハ水中に潜《クヾツ》て小魚を捕て食す依て沉鳧《コガモ》と釈名す也諸州に多く太加閉と号古語ハ邊鄙に残の云也今東都に田原町にて商人共専ら太加倍と云也是を竊に考に田舎より持来て鸍《タカヘ》と云より終に習て呼ふ所成へし和訓共不レ知事哀と云へし鈴鳧是を今案鳧ハ惣て翅の音甚強く冱《サヘ》有て鳴る誠に鈴を振の響有故に号するか凡《ソ》鳧類ハ殊に方言多く其地に依て名を異にす然ハ此鈴鳧と云も郷名成へしや諸州に是を尋るに何れの鳧の名と云事を里民不レ知也

朝日さす片山川の薄氷まつ打とけてねむる村鳧《ムラカモ》　有仲

千載
野鴨《カモ》の居る入江の芦の霜かれておのれのミこそ青葉也けり　道因法師
芦鳧のはかひの霜や置ぬらん尾上の鐘もほの聞ゆなり　俊成
すみのほる月のひかりに横きれてわたる秋紗《アヒサ》の音の寒けき　頼政

萬葉家葉〻
人不搒《ヒトコガズ》有雲知之《アラクモシルシ》潜《イサクスル》 為鵞與《ヲシト》髙部《タカベ》共《ト》船上住《フネノウヘニスム》
恵慶〻

家集
見る人ハ沖津荒浪うとけれとわざと馴居る鴬鸍《タカヘ》かな　恵慶
夕されハ真野の池水氷して夜かきかちなる

鯵《アヂ》のむら鳥　三條入道
家集　終夜《ヨモスカラ》沖の鈴鳧羽ふりして渚の宮にきね鞁《ツヽミ》うつ　仲正

(17) 集説
泊船集海辺に日暮してと前書有○蓬か嶋集四吟三哥仙あり

(18) 句彙
巓倒錯乱の格也杜律にも此格あり所謂梧桐栖荒鳳凰枝香稲啄《ミ》餘《マ》鸚鵡粒是等の作例なるへし

(19) 年考
貞享元年熱田にての唫也野さらし紀行に海辺に日をくらしてと詞書有○笈日記尾張の部に尾張国熱田にまかりける頃人〳〵師走の海ミんとて舟さし出てと有りて此句見へたり又雲水の部に悼芭蕉文ニ曰その神無月の中の二日しはしめもとゝめす今のむかしと成りぬ何事もかくとわきまへかねるなミたおもへハくやしはせを翁十とせあまりも過ぬらんいまそかりし頃始て此蓬莱宮におハして〽此海に艸鞋を捨ん笠しくれと心をとゝめ景清かやしきも近き桐葉子か許に頭陀をおろし玉ふより此道のひしりとハたのミつれ冬枯の格子あけてハ馬をさへ詠る雪と云ひやミに舟をうかめて浪の音をなくさむれハ海暮て鴨の聲ほのかに白しとのへ白鳥山に腰をおしてのほれハ何やらゆかしすミれ草となし松風の里寝覚の里かゝみ山よひつきの濱星崎の妙句をかそえ終に片身となし玉ひぬと互に見やり泪のうちに人〳〵一句をのへて西のそらを拝すのミとミへたり○古今抄に句讀切わすれすハ佐夜の中山にてすゝめ〽海くれて鴨の聲ほのかに白し右の章ハ天和の頃の作也これらハ例の曲節なれハ求めてハこのむましき事なり△三校するに句讀の事ハ本式の云へる中の切に猫の恋も既望の月もやむ時と云ひ出てと云ひそこに咏聲をとゝむへけれハ中の切は例の別名にして句讀ハ今の惣名とやいはんされと此云ふ三校は例に滅後の推量なから惣別の二名の紛れやすけれハ幾度も衆議によるへき也○俳扁鵲にハ鴨の息と見へたり

(20) 蒙引
日のいりはてし海の面に爰かしこに水鳥の音聞ゆるなと旅愁限りなからん但鴨の聲の五文字沓置なハほのかに白しの語海のことにのミかゝるへきを轉動して置玉へるよ

り風情浅からす名人の手妻翫味すへし

（24）泊船集（口絵12頁）

海ニ日ノくれて鴨の聲ガスルガほのかにしろしト思ハル外ハ皆クロクナリテ何モ見エネハ

此句ほのかにしろし鴨の聲とあれハ句調よかるへしされとほのかにしろきか後にて鴨の聲か先なれハなりこれらハ無心躰にて古池なとの句に類せり

（25）翠園抄

○古今抄に〽わすれすハ佐夜の中山にてすゝめ〽海暮て鴨のこゑほのかに白し右二章ハ天和の比の作也是等ハ例の曲節なれは求めてこのむましき事也

（27）句解大成

句のみ記載

（28）一串

これ冬の海の句なり。〽海暮てほのかに白し鴨の聲とあらハ鴨の句也としるべし。一体裁也

（29）解説

笈日記尾張部に尾張の国あつ田にまかりける頃人々師走の海見んとて舟さし出てと前書あり又雲水の部にやみに舟をうかめて浪の音をなくさむれはとありて此句あり暗夜に鴨の白く見へたる也強て聲にかゝはるへからす俳篇鵲にハ鴨の息と見へたり異説用ゆへからす其角か猿の歯の吟に類せんか古今抄に句讀切の證句とす

二〇、故郷越年

爰に草鞋をとき、かしこに杖を捨て、旅寝ながらに年の暮ければ、
年暮ぬ笠きて草鞋はきながら
と、いひ〳〵も、山家に年を越て、
誰が聟ぞ歯朶に餅おふうしの年

爰に草鞋をとき、かしこに杖を捨て、旅寝ながら
に年の暮ければ、
年暮ぬ笠きて草鞋はきながら

(8) 呑吐句解
あら玉の年のおハりニ成ことに雪も我身もふりまさりつゝ笠の字此哥の心に應す前書にて解に及ハす

(12) 過去種
句のみ記載
(16) 笈の底
(一句の中七は「笠着て千里馬《ワラジ》」になっている)
此吟ハ前文に明らか也其意ハ唯光陰の早き事を云出たる所也誠に笠を着草履《ワラシ》を結ふ間に暮行ハ人の齢ひ也蟻の如くに集て東西に走り南北に駈る人皆夢に夢見る旅客也何事そや唯老と死とを待のミ今案誰々も此趣ハ可レ知の所と云共其すミやかに来る事を忘れて今日を送るか故に老の来て始て是を驚く人多し常に笠を冠り艸鞋の紐を結ひて用意せハ唯今老の来る共少しも恐る間敷の事也此趣を能く述たる観想の吟にして翁の粉骨と云へし名誉也亦世の習とハ云共惜むへきの年を人毎に急くも哀と云へし笠着て草履帯《ハキ》なからと云詞に此意も籠るへし或云是《ハ》日《ノ》己《ニ》過《レハ》命《モ》則衰滅《ス》如《シ》二少水《ノ》魚《ノ》一斯有《レル》二何《ノ》楽《カ》一云々

おしむ《を》へき年の終りを人毎にいそくならひ
といつ成にけん　頓阿

徒然草ニ云寸陰おしむ《を》人なし是よくしれるか愚なるかお

ろかにして怠《ヲコタ》る人の為にいはゞ一銭かろしといへとも是を重ぬれは貧き人を富る人と成すされハ商人の一銭をお《を》しむ心切《セツ》也刹那覚えすと云共是をはこひて止されハ命を終る期《コ》忽に至るされハ道人ハ遠く日月を惜むへからす只今の一念空しく過る事を惜むへし若し人来りて我哀明日ハ必うしなはるへしと告しらせたらむに今日の暮る間何事をか頼ミ何事をかいとなまんわれらか生《イケ》る今日の日なんそ其時節に異ならん一日の内に飯食便利睡眠言語行歩やむ事を得すしておほくの時を失ふ其あまりのいとまいくはくならぬ内に無益の事をなし無益の事をいひ無益の事を思惟《シユイ》して時をうつすのミならす日を消し月を亘《ワタツ》て一生をおくる至愚也云々下略

あれはとてたのまれぬかな明日ハ又昨日と今日ハいはるへけれは　西行

見し事もかわ《は》らぬ月の面影や唯月の前のむかし成らむ　忠資

（17）集説

泊ふね集

（頭注）　山家集に白川の関越るに何となく心ほそくそおもほゆる旅の空にて年のくるれは

（18）句彙

常よりも心ほそくそおもほゆる旅の空にてとしのくれぬる

山家集

（19）年考

貞享元年野さらし紀行にこゝにわらちをときかしこに杖を捨て旅寝なからに年のくれけれはと有て此句見へたり○山家集に陸奥國にてとしの暮によめる〽常よりも心ほそくそおもほゆる旅の空にて年のくれぬる○素堂の序ニ笠着てそうりはきなからの歳暮の如き是なん皆人うき世の旅なる事を知り顔にしてしらすさるを諷したるにや○撰集抄ニ額にハすゝろに老の浪をかさね眉にハ霜のつもれるをもわきまへすしてはかなき嬰児の父母に貪する如くにしてむなしくはせ過来世のくるしみをおもへハ仏語にハあらすや知り皃にして知らされハ生死無常に侍るそかし

（頭注）　句選落字

（20）蒙引

浮雲流水の境界西行宗祇にも恥さるへし死も又かくのことく思ハさるにいたらんとの餘情ミゆ

(24) 泊船集

年くれぬ世上ハ用意ノイソカシキ中ニ笠着てわらちはきなから　上の句へまハして見るへし

(25) 翠園抄

○素堂評に笠着てそうりはきなからの歳暮のことき是なん浮世の旅なる事を知り顔にして知らさるを諷したるにや○山家集に陸奥国にてとしのくれによめる〳〵つねよりも心ほそくそおもほゆる旅の空にてとしの暮ぬる

(27) 句解大成

句のみ記載

(29) 解説

素堂の序に笠きて草鞋はきなから歳暮のことくさ是なん皆人のうき世の旅なる事をしりしらさるを諷したるにや撰集抄に額にハすゝろに老の浪をかさね眉にハ霜のつもれるをもわきまへすしてはかなき嬰児の父母に貧する如くにしてむなしくはせ過来世の苦しミを思へは佛語にハあらすや知り㒵にして知らさるハ生死無常に侍るそかしと云云山家集に陸奥にてとしの暮によめる〳〵常よりも心細くそおもほゆる旅の空にて年の暮ぬる心の程思ひやられて哀なり

と、いひ〳〵も、山家に年を越て、

誰が聟ぞ歯朶に餅おふうしの年

(1) 三冊子

此句ハ丑の日のとしの歳旦也此古躰《コテイ》に人のしらぬ悦ありと也

(8) 呑吐句解

舅のかたへ歳暮なるへし餅飾にしたを添て負ひ行と也前書山家に年越てと有しかれハ春の吟なるへし一本丑の年とあり此方かうしハ自然に句のかゝりも有て負ふといふ字に應す年玉の吟にても心ハ同し初聟ならん

(頭注)　壻婿同上

(9) 句解傳書

山家ニ年ヲ越テト題ス

(10) 説叢

(説)句選に．同じ詞書を出して．句をば年の暮と記し冬の部に出せし．尤いぶかし．前にいふ杉風家什の一軸に．此句はじめにありて．次にいくしもにこゝろばせをの松かざりとあり．然れば誰がむこの句も．歳旦と覚ゆ．春の部に記すべきを．事多くて．もらし侍れバ．今ついでおかしくこゝに出すもの也．句意ハ正月に餅を．配るの義にや．餅負ふを．追ふに縁語を取て牛を追ふの心につらねたる．古風の躰也．尤是らハしゐていろふべからずの句也．詞書に．としをこえてとありながら．句選に年の暮として．冬の部に入しハ．前後の相違麁末なるもの也．又鞭をふと出す集もありき．もちとむちの書たがひにやと覚ゆ

(12) 過去種

(頭注) 誰聟そ

當吟山家の面り也鄙の習古雅に艶しく舅姑の礼を親く思へるより自身祝器を負運ふ礼ハ却て貧キに厚く年旦の深切也志をもてするならし

(14) あけ紫

○此吟ハ。山家に年をこえてと前書ありて歳旦也。今案するに。都會の地にてハいつこもかうやうのくさ〳〵は年の暮にこそとりかハすなれ。此男のしうと夫婦祝ふとて。歯朶に餅取そろへ背《せ》たらおひて。年禮がてらをくれたる歳暮をつとめんと山坂こえ行さま是山家の実境也。正直一偏の生質にて假にも礼をうしなハず。おのつから義信そなハりたるを称美してたが聟そといへるものならし。五もじ無窮の感あり。年のくれとハ華雀が句選に出たりとや。句選ハおほつかなきものなれどきく所有しか。たゞし再案か季吟増山井に。子のとし丑のとし等の十二支雑也。むかしハ元日の句に季をもたせり。近年不ㇾ用ㇾ之といへり然らハはじめハ丑の年といへる古風なりしが。後としのくれとあらためられしにや未考。しハらく台斗が問にまかせて此所に申侍る也。

(16) 笈の底

此吟ハ山家の眼前躰の笑し味を云出たる所也今案に壻か花嫁連て初春舅の許《カリ》年始に行事諸国何方も同し其風情殊に辺鄙ハ古風と云へし木綿に裾模様を染出し茜の裏を引返し襭《ツマハサ》ミて桃色の犢鼻褌《シタヲビ》長く振袖を帯に狭て面耻気《ヲモハユケ》に壻ハ我等顔に餅飾の背負たる後状貌《スカタ》誠に一蝶

か画ける形象《ナリフリ》今見るか如し或ハ嫁を馬牛に乗て口取り行くも有り己かさま〳〵なるいとやさしくも又古雅と云へし此吟丑の年と云字眼なるへし句中に牛に乗り引く面影も有り但夫婦連立餅負ふ風采《カタチ》の哀に憂と云懸たる趣意も可レ有者か可レ味也

　賤女か吾妻かけの麻衣ふたまた川をさそわたるらむ　信實

壻　和名　無古爾雅《ニ》云女子之《ノ》夫《ヲ》為《ハ》レ壻《ト》作《ル》二聟聓《ニ》一俗作《ハ》レ婿《ニ》非也云々貝原云壻と云訓は睦　《ムツマシミコ》子の如しと云を中略したる詞也中華の書に婿を半子と云か如し今案に伊勢物語云此聟金《コノムコカネニ》爾讀《ヨミテ》而遺有《ヤリケル》云々壻金とハ壻に兼備たる相應の人躰と称美の詞也又壻実《ムコサネ》とも云同意也或ハ客真《マロウトケネ》共云て実に宜しと誉称する語也此金実《カネサネ》の意ハ虚実真偽に對する字義也又惣て男子ハ兄とし女子ハ弟とす故に兄《セ》と云妹《イモ》と云是妹背の義の義にして男女の惣号也男子を女子より差て背《セ》と云故に夫をも兄をも云又男子より差て妻をも妹をも妹《イモ》と云也又背名《セナ》と云ハ称号也惣て名と冠るハ皆尊称也又萬葉哥に葛鹿乃《カツシカノ》手子奈《テコナ》とよむ此奈《ナ》は女にて名にあらす手子とハ果子《ハチコ》の略にて乙子《ヲトコ》と云義末子也則乙子《ヲトコ》女《メ》と云義にて乙女と云意也又女《ナ》と訓ハ略語にて古語也案に背名の号ハ國風の詞也依て今に関東に背名と云也吾妻風《フリ》なるへし古語ハ辺鄙に残ると云り誠に可レ尊の事也

餅餻餈　和名母知比釈名云餅含《ハムル》二糯麵《ヲ》合并一也胡餅以《ハテ》レ麻《ヲ》著レ之《ヲ》云々或云餻《ハ》糯米《ヲ》蒸《テ》為レ餻《ト》レ是蒸《ヲン》或炙《ハリ》食《ス》云々今案に餅　《コムキモチ》と訓せて以麪《テヲ》作る所の餅也今専ら臘月等製する所ハ餻の字に相当る也但是も餻　《クサモチ》と訓せたる也字彙餻粉《ハ》餈餈飯《ハ》餅也云々然ハ惣てハ餈の字を可レ用者か餈ハ和訓志止岐《シトキ》と訓す然ハ餈ハ餅の義なるへし毛知比加比母知比加知武　母知比　是ハ餅飯《モチイヒ》の伊を略したる号也加比毛知比是は撥餅飯《カイモチイヒ》にて制する撥煉《カキネリ》する故の号也加知武是は色を云則鐵色《カチン》と云義也此鐵色ハ賀礼の服の染色也餅に赤小豆《アツキ》を搗入て其色を赤く鐵色に比して賀に祝也用ゆ又褐色《カチン》と書は不レ詳也里俗誤て白き餅を加知武と云一笑也左に記す哥にも可レ知也

　大佛餅を瀧本坊へ送るとて

　安楽菴傳策《策傳か本ノマヽ》

白妙の雪のはたへをもちなからかちんとい

へる色のふかさよ

返し　　　　　　　瀧本坊猩々翁

白妙の雪のはたへも是程に人のもちゐてお
　もひつくかハ

歯固《ハガタメ》是は元三の儀式也世諺問答ニ云歯固と云て餅鏡に向ふ事ハ何なる事そや人ハ歯を以て命とするか故に歯と云文字を齢ともよむ也歯固ハ齢を固る心也云々源氏初音ニ云爰かしこむれ居つゝ歯固のい《ミ》わ《は》ひして餅鏡さへ取寄て云々

歯朶　俗名裏白《ウラシロ》此艸葉。裏　白し故にニ云へし今案に和名抄等にも不レ出後世用ひ初たるへし是は蕨薇《ワラヒセンマヒ》なとの種類にして深山幽谷に生る品也惣て此種ハ大小有て冬葉枯るあり歯朶ハ常葉《トキハ》也是を年始の祝の具に貴ふ事ハ常葉にして両葉相對す故に用ゆにや惣て新年其外祝の具に其名愛度品を取出て貴ふ事愚智なる世の風俗と云へし諺以《ニテ》レ鐵作《ヲ ル》レ門鬼見笑《ヲ テ フ》レ之ニ云り或ハニ云世人之愚也《ノ》於《テ》ニ老少不定之境《ノ》一成《ニ ス》ニ千秋萬歳之執《シユツヲ》一云々古歌に

　千代ふへき物をさなからあつむとも君か齢をしらんものかハ

(17) 集説

泊ふね集　牛の年と有　句選此まゝ

(頭注)　土芳云此句ハ冬の日のとし歳旦也
　　此古躰に人しらぬ説有と也
　員云此句冬の部へ入かたし

(19) 年考

貞享二年の歳旦也野さらし紀行にこゝに草鞋をときかしこに杖をすてゝ旅寝なからにとしの暮けれハ年くれぬ笠着てわらちはきなからと云〳〵も山家にとしを越て誰か婿そ歯朶ニ餅負ふ牛の年とあり○一幅半ニハ餅に歯朶おふ丑の年とあり○案するに在辺にて舅の方へ初春のことふきに鏡餅をいわひて贈る也又貞享元年ハ子の年よつて此唫ありけるか此頃の風調か○赤草紙に此句ハ丑の年の歳旦也此古躰に人のしらぬ説有と也○案するに丑の日にてありけるか丑の年にて聞ゆへきにや○一樓の賦にも山家に年を越へてと前書ありて牛のとしと見へて春の歳旦の句のはしめにあり○説叢ニ杉風家什の一軸ニ此句はしめにありて次にいく霜に心はせをの松かさりとありしかれは誰かむこの句も歳旦とをほゆ句意ハ正月に餅を配る

の義にや餅負ふを追ふに縁語をとりて牛を追ふ心につらねたる古風の躰也尤是等ハしゐて云ふへからすの句也詞書に年をこゑてとありなから句迁にとしの暮として冬の部に入れしハ前後相違なるものなり又鞭をふと出す集もありもちむち書たかひにやと覚ゆ

（頭注）　一樓賦ハ貞享三年風瀑迁

（20）　蒙引

うしの年の歳旦なれハそれに姿を付て負ふとハいひ玉や畢竟ハ歯朶かひ敷て□□鏡餅の有様を詠せられし也誰か聟の五文字ハ此棚の壱頭なる庭訓の往来に等しく托物して句をなせるならん古代めきたる山家の風俗をよせ玉へり

（21）　雙説　**（口絵11頁）**

此句意ハ正月に餅を配るの義にや餅負ふに縁語を取て牛を追ふの心につらねたる古風の躰也尤是等はしゐていろふやからすの句也句選に山家に年をこえと詞書を出し句を年の暮として冬の部に入しハ前後の相違麁末なるもの也又餅くふとしの暮と生したる句評のあやまりもありまた鞭おふと出す集もありきもちとむちとの書違ひなるへし鞭をふにても又うつとしても發句一句に調ハすやと覚ゆ杉風家什の一軸に此句はしめにありて次にいくしもにこゝろはせをの松かさりとあり

（24）　泊船集

誰《ガ》聟そ歯朶に餅おふ《テユ》《クハ》牛の年　上へまハして見る

舅のかたへ年始の禮にゆく姿なるへし此年丑の年也

山路に牛の取合もともしかるへし

（25）　翠園抄

○按るに田舎にて舅の方へ初春のことふきに鏡餅を贈るとかや此年貞享二丑年也

（26）　諸抄大成

（14）　に同じ

（27）　句解大成

愚考古哥に〳〵錢くらや本丸殿にわれ居れは名のりをしつゝゆくは誰子そなとの俤にや

（29）　解説

貞享二年乙丑の歳旦山家ハ伊賀の山家なり説叢に正月に餅を配の義にや餅負ふを追ふに縁語をとりて牛を追ふの心につらねたる也云云活法聯句に負《フ》レ犁《ヲ》非二一日一牽レ鞆幾

何年ともいひ牛ハ物を負責あり負ふを追ふとなすにも及はさるか舅の方へ初春の寿きに鏡餅をいはひて贈る道路の躰なるへし赤双紙に此句ハ丑の日のとしの歳旦なり此古躰に人のしらぬ悦ありと也貞享暦議を按るに推《ス》㆓二年乙‐丑《ノ》夏至《ヲ》㆒条下に正月九日庚午景八尺九寸九分云々然れハ二年乙丑元旦ハ壬戌丑の日ハ即四日なり丑の日元旦にあらす土芳ハ翁直授の門人といへともかくのことき杜撰の説あり悉く信する事を得す發句丑の年とあり丑の日とハなし人のしらぬよろこひありといふもいふかしき事也

二一、奈　良

> **奈良に出る道のほど**
> **春なれや名もなき山の薄霞**
> **二月堂に籠りて**
> **水とりや氷の僧の沓の音**

奈良に出る道のほど
春なれや名もなき山の薄霞

（6）師走嚢

（一句の下五は「朝霞」になっている）

奈良に出る道の吟也名もなき山も春になれは霞立渡る遠望類なきけしき也此名もなきといへることは一句の作意也

（8）呑吐句解
（一句の下五は「朝かすみ」になっている）
和哥にも読ほとの山ハいふも更也名もなき山までも朝霞の有気色ハおもしろきと也朝は爰にてハめつらしき気色なり初霞といふへき体にもまたあらす
（12）過去種
句（「春なれや名もなき山の朝霞」）のみ記載
（16）笈の底
（一句の下五は「朝かすみ」になっている）

萬葉集春雑歌　詠霞　無名
昨日社《キノフコソ》年者《トシハ》極之《クレシ》賀《カ》春霞《ハルカスミ》霞《ミ》春《カス》日山爾《カノヤマニ》速立爾《ハヤタチニ》来《ケリ》

此吟は此歌を以て云出たる也其故ハ端書に奈良に出ると有るにて可レ弁也名應《ナニヲフ》山々ハ云に不レ及さもなき山迄も春の名立に早や霞める空を述たる句意也名もなき山と云出たる俳諧と云へし名所の山〳〵ハ専ら詠来る歌にゆづりて無名の山を云出る意甚深《の》〳〵至りなるへし今案に此吟朝と云字眼也自然に初春の薄〳〵と霞める風情顕るゝ也左に記す哥の姿も有り可レ味也
拾遺　春立といふはかりにや三吉野々山も霞て今朝は見ゆらむ　忠岑

山嶠巒和訓矢麻字彙云山小而高《ニシテ》曰《ヲ》レ岑《ト》山鋭而高《ニシテ》曰《ヲ》レ嶠《ト》云々説文《ニ》云山《ハ》宣《也》也宣《ヲ》レ気散《シテ》生《ス》二萬物《ヲ》一也廣雅《ニ》云山《ハ》産《也》也能産《ス》二萬物《ヲ》一也或云石砂長《シテ》成《ル》レ山《ト》云々白居易《カ》云千里始《ハリ》二足下《ヨリ》一高山起《ハル》二微塵《ヨリ》一古今集序云高き山も麓のちりひちよりなれる云々徂来云世俗《ニ》山《ハヤム》止也河替《ハル》也云説《ハ》理学○者《ノ》談也云々高砂
足引山　藐姑射山　山呼　山彦
高砂是ハ山の惣名也心ハ峯と云に同き也則文字を以て明らか也石砂長して山となるの義也又播州に高砂浦あり則松を景物とす惣名にハ桜を多くよむ
後撰集　花山にて道俗酒たうへける折に
山守ハいはゝいハなん高砂の尾上のさくら折てかさゝん　素性法師
我のミと思ひ来しかと高砂の岑上《ヲノヘ》の松も未《マタ》立にけり　茂定
足引山萬葉《ニ》足引之山足疾の山葦引之山是は上古の語にして山の冠辞に詠ミ来る也此説々多く出所等不レ詳依て皆推量の説とも僻考と云へし或ハ推古天皇山狩の時御足に疵附て引き給ふ依て云又ハ阿志比岐と云樹あり

故に山の冠辞とす其外挙るに暇なし定家卿御説に上古の語計り難く不レ知と云玉ふ此御詞を可レ貴也其時代さへ不レ知と有を又世を歴て今可レ知の故なし但今偸《ヒソカ》に案に日本紀山《ニ》行之《ノ》時引《テ》レ足《ヲ》行《ク》故《ニ》云々上古ハ穴居山に住む依て山の往来殊に繫し故に足引と云か此引の意ハ繫きなるへし世俗に引も不レ切通るなと云意か何れにも繫く多きの義なるへし然ハ山にも不レ限云へしや其證ハ萬葉歌に山と不レ云るあり亦菅家も山と不レ置詠ミ玉ふ可レ弁意説多く長し故に略す

萬葉十六　足曳之《アシヒキノ》玉縵之児《タマカツラノコ》如今日何《ケフノコトイツレノ》隈乎《クマヲ》見管《ミツヽ》来爾《キニ》監《ケム》

新古今　足引のかなたこなたに道ハあれと都へいさ
　といふ人のなき　菅家

藐姑射之山《ハコヤノヤマ》　萬葉《ニ》藐孤射能山是は仙家の義也故に下位の天子を称して射山と申奉る也或無何有之郷《ハフカウノサト》共号す皆々荘子出所也蒙求云姑射若水云々荘子逍遙遊云藐姑《ニハツ》射之《ノ》山有《テ》二神人一居《レリ》　焉肌膚若《ク》二氷雪《ノ》一綽約《トシテ》若《シ》二處子《ノ》一不レ食《ハ》二五穀《ヲ》一吸《ヲ》レ風飲《ム》レ露《ヲ》乗《リ》二雲迷《ニ》一御《シテ》二飛龍《ニ》而遊《フ》二乎四海之《ノ》外《ニ》一云々

萬葉十六　心乎《コヽロヲシ》之無何有乃郷爾《フカウノサトニ》置而有者《ヲキタラハヽ》藐孤射能山乎《ハコヤノヤマヲ》

見末久知香谿務《ミマクチカケム》

山呼《ヤマヨハフ》　是ハ本文あり或ハ云奈良御門の御時に三笠山萬歳と喚ふ夫より大裡に萬歳を唱るを興へ云也云々今案に山笑を俳諧に春の題とするを山呼の語より出たるへし又春陽の気に草木萌出花開くハ笑とも云へし亦山喚と云義ハ山彦の事なるへし史記云山喚《フ》二萬歳《ヲ》一云々是ハ漢武帝の時嶋山三度萬歳と呼とある也或ハ左傳昭公八年《ニ》云石言《モノイフ》二干晋魏揄《ニ》一云々

拾遺　聲高く三笠の山そよハふなる天の下こそた
　のしかるらし　仲算法師
　吹く風も木〳〵の枝をハならさねと山は久
　しき聲そ聞ゆる　崇徳院

王充論衡《ニ》曰太平之《ノ》卅五日《ニ》一風十日《ニ》一雨風不レ鳴《サ》レ條《ヲ》雨不レ破《ヲ》塊《ヲ》

山彦《ヤマヒコ》　和訓古太麻　阿麻比古　是ハ何と失と横の通音にて矢麻比古と云義也山谷響《ヤマヒコ》　谿《同》木神《コタマ》　樹神《同》　木魅《同》　魑《同》

魍　罔象《同》　順《カ》云木魅《ハ》即樹神也和名古太萬文選注《ノ》《ニ》云罔象《ハ》木石《ノ》怪《也》也云々貝原云谿《ヤマヒコ》の比古ハ響《ヒヽク》也中略也久と古と通す則山響也或云比古ハ響聲の下略也云々今案に山谷

木石に響を成す也其音に應する也空谷響《コタマ》と書を以て明らか也惣て萬物星霜を経ハ精心顕ミは《て》怪異あり木魅《コタマ》山鬼《同》と書是也深山幽谷ハ自然に音響ある者也或云空山不レ見レ人《ヲ》但聞《ク》二人語《ノ》響《ヲ》一云々源氏蓬生云元より荒たりし宮の内いとゝ孤の住家と成てうとましう気《ケ》遠《トフ》き木立に梟の聲を朝夕に耳ならしつゝ人気《ケ》にこそさやうの物もせかれて影かくしもれこたまなとけしからぬ物とも所を得てやう〳〵形をあらわしものわひし云々

世の中にむなしき谷の響くをハ誰山彦と名附そめけん　光俊

古今
あひ《ま》この音信しとそ今ハおもふ我か人かと身をたとる世に　春風

加須美　萬葉に霞の字を用ゆ今案に不レ詳也此加須美と云語ハ幽《カスカ》と云義也靄《カスミ》ハ名にあらす詞也是ハ春陽の気の空中に昇て薄赤く鈍《トミ》るを云也故《ニ》雲霧靄《モヤ》或ハ煙等皆々幽《カスミ》と云同意也俗に靄《モヤ》と訓す則靄《カスミ》 煙《同》と訓る也或ハ文烟山烟烟柳なと云是火の烟にあらす皆々靄《カスメ》る空を云煙《カスミ》立《タチ》ハ野も山も明らかにハ不レ見彷彿として唯幽《カスミ》にのミ見ゆる也亦古代ハ霞霧靄雲の類皆薫と詠み来る是煙と云意に相通也依て萬葉等霞を四季に詠る也春季と定たるハ後世の事也万葉哥に秋田之《ノ》穂上霧相《ホノウヘキリアフ》朝霞云々同哥に春山之霧と詠るも霞に通ふ也同哥に煙立春之日暮と詠も霞を詠す也雲霧靄霞皆々烟の如く立靡く物なれハ薫る共云へし何れも幽と云趣意の詞也又霞ハ赤ミ色《雲》の色を云此事次に記亦此類靡と云或ハ太奈比久と云是は立靡《タチナヒク》と云訓也萬葉の本字《ハ》靉靆《タナヒク》　霏䨴《同》　熟《字ハ》書　軽引《同》借字書　棚引　日本紀　薄靡《同》　霞の詞多し略す　霞繁

霞底　霞《ノ》天霧

霞繁《カスミシク》　是は八重霞と云に同意にて厚く幽《カスム》を云也繁浪《シクナミ》なと云に同意繁《シケ》き霞を云也霞底《カスミノソコ》　底是ハ深く霞む奥を云也雲の底と云に意同き也則下《シタ》と云に相通也　霞天霧《カスミアマキル》是は文字のことし惣て此詞ハ朦朧として曇るを云靡霧霧合《タナキルキリアフ》なと云て雲霧靄霞に曇て暗《クラ》きを云也

霞しく松浦か沖に漕出てもろこしまでの春を見るかな　慈鎮

浪の音も霞の底にしつむなり芦屋の里の春の曙　仝

はれやらぬ雲ハ雪気《ゲ》の春風に霞あまきるみ

よしのゝ空　　雅経

颶《ホテリ》母是ハ火照《ホテリ》と云義也里俗に朝焼《アサヤケ》夕焼と云日光の雲に移りて赤を云是則霞の字に相当なり朝霞不二門出《ヲ》一暮霞行《ク》二千里《ヲ》一と云是也夕霞ハ天気と云也依て幽に霞《カスム》を用ゆるハ古き誤り也 字彙云霞日旁《ハ》彤《ノ》雲云々唐韻云霞《ハ》赤気雲也云々或彩霞亦《ハ》赤雲如《シ》レ錦《ノ》なと云皆〳〵雲に日の映して赤を云也是日照《ホテリ》也霞の字義也今案に此颶 母《ホテリ》と云詞ハ方言にして舟人の云詞也或云風吹んとする時海面沖の方光る事あり是を云とも有る也岑表志《ニ》云南海秋風雲《スルニ》有《テ》レ暈如《シ》レ虹曰《フ》二颶《ノ》母《ト》一必有二颶母一云々

山の端にほてりせる夜は宝の浦に翌ハひよりと出る舟人　衣笠内府

名　詺　和訓　奈　説文《ニ》云名《ハ》自命《スル》也號也　本朝文粋云夫《レ》形者百年之《ノ》旅館《也》也名《ハ》者萬代之喜宝也云々或云人死《シテハ》留《シテ》レ名豹《ハ》死《シテ》留《ム》レ皮《ヲ》故君子疾《ハム》二没《スルマテ》一レ世而名不《ノ》レ称《セ》焉　荘子云伯夷《ハ》死《シ》二名《ニ》首陽之下《ニ》一盗跖《ハ》死《ス》二利《ニ》於東陵之上《ニ》一二人者《ハ》所《ル》レ死不《トモ》レ同《カラ》其於《ノハ》二残《ソコナヒ》一レ生傷《ヲ》レ性《ルニ》均《ヲヒトシ》也云々或云愛《シ》レ名《ヲ》尚《タツトフハ》レ利小人哉未《タ》レ見下仁者而好《ム》二名利《ヲ》一者《ヲ》上云々通鑑魏主叡　同選擧勿《レ》レ取《ルコト》二有名《ヲ》一名如《シ》二畫《ヒテ》レ地作《ニルカ》一レ餅不《ラ》レ可《クラフ》レ啖也　徒然草云名利につかわ《は》れて静なるいとまなく一生をくるしむるこそ愚なれ財多けれは身を守るに惑《マト》し害を買ひ煩ひをまねく媒なり身の後にハ金をして北斗をさゝふとも人の為にそわつらハるへきおろかなる人の目をよろこはしむる楽ミ又あちきなし云々誠に人の捨難きハ名利也列子《ニ》云鬻子《カ》云去《ル》レ名者《ハ》無《シ》レ憂と可貴の義也名聞を捨れは実に隠士と云へし口に捨て心に不レ捨ハ世の習《ナラ》ひとハ云とも哀と云へし又名の詞意多し今畧す名應

無名　浮名　佗名

名應《ナニヲフ》　是ハ名に負《ヲフ》とも云愉ハ都鳥と云ハ都と云名を負と云事也其名に應するの意にて古今序に其さま身に不レ負と云是相應せすと云義也相應するハ名應也　無名《ナキナ》是は虚名也故無き事に名の立を云也　浮名《ウキナ》　是ハ憂名也或ハ浮説に名の立をも云又浮《ウカ》れ戯《タハム》る《の》を意もある也

後撰

名にしおへは長月毎に君かため垣根の菊の薫へとそ思ふ　詠人不知

後拾遺

無名たつ人たに世にハある物を君こふる身としられぬそうき　実源法師

恋らるゝ浮名を人に立しとてしのふわりなき我袂かな　西行

佗名《アタナ》　渾名同　綽號同　混名同　貝原云誰名《シコナ》志古ハ讃《シュツ》る○事也其毀《ソシ》る事也其人の悪き癖を毀て名附る也唐にも誰名録と云て異名を記す書あり是は戯そ名附を云り云々今案に名に五品ある事春秋傳に見ゆ和漢共に異名を附る事多し必名の悪しとて賤しむにもあらす亦実に悪むへきもあり戯れ或ハ物に奥へ呼ふ多し跖ハ盗賊たれ盗跖と号す義平ハ伯父義廣を討に依て悪源太と呼ふ類ひ誠に其行跡に名も値ひ應す亦衛ノ君を悪と云其臣に石悪と号すあり是は皆悪人に不レ有る也亦曾根丹後椽好忠ハ其初ハ曾丹後と人呼ふ事旧《フリ》て曾丹と呼ふ此時好忠歎して云いつ曾太と云れんと云々

源氏　女郎花乱るゝ野辺にましるとも露のあた名
　を我にかけめや　薫ノ君

（17）集説
（一句の下五は「朝かすみ」になっている）
泊舟《（ママ）》集奈良に出る道のほと

（19）年考 **（口絵10頁）**
（一句の下五は「朝かすみ」になっている）
貞享二年の句也野さらし紀行ニ奈良に出る道のほとゝありて此句あり貞享元年江都を出て伊賀の旧里に至り尾張に旅寝して山家に年を越へ大和路にかゝりける時の吟なり○師走袋ニ奈良に出る道の吟也名もなき山も春になれハ霞立わたり遠望たくひなきけしき也此名もなきといへること葉一句の作意なり
（頭注）　山かつちいやとしのはの末かけて霞む方より春
　やたつらん　　太田道灌

（20）蒙引
（一句の下五は「朝霞」になっている）
笠城あたりの吟なりとそ春色のあまねきをいへるや

（24）泊船集
春なれや名ノアル山ハ勿論名もなき山の朝かすみモ見取アリ上へまハして見るへし
やう〱霞にけしきたちたる奈良の朝あたりさもこそあるらめ

（25）翠園抄
句（「春なれや名もなき山のうす霞」）のみ記載

（27）句解大成
（一句の下五は「朝霞」になっている）

後は貞享二年の句にて正風のたゝ中なり

(29) 解説

(一句の下五は「朝霞」になっている)

案るに芭蕉翁去年伊賀の山家に守歳し春南都にゆき洛陽に入り伏見任口上人に見へ又南都にゆき尾張に至り桐葉の家に客居し熱田三歌仙をあらはす此句伊賀の山家より大和路へかゝりける時の吟也霞立わたる遠望類ひなき春景なるへし

二月堂に籠りて

水とりや氷の僧の沓の音

(5) 句解

此句水鳥と書て冬の部に入たる集あり二月堂に籠るといふ詞書にかなハす此行法二月朔日より七日に至る此日堂前の石井に若狭国遠敷大明神より観世音へ献せしめたまふ水涌出る則硯に汲て霊符を印すこれを二月堂の水取といへり

(7) 膝元

(一句の上五は「水鳥や」になっている)

句解ニ云　二月堂に篭りての吟也然るに此句水鳥と書て冬ノ部になせるハ甚誤り也水取と書て春の部とすへし南都二月堂の行法ハ二月朔日より七日ニ出ル此日堂前の石井に若狭の遠敷《シキ》明神より観音へ献せしめ給ふと水涌《ワキ》出るを間硯に汲て霊符を印す是を二月堂の水取といへり云云尤可宜

(8) 呑吐句解

(一句の上五は「水鳥や」になっている)

水鳥ハ書誤なり水取なり奈良ハさむくさへかへりて衆僧の沓の音も高しと也此吟春の部に入へし

(頭注)　二月堂に篭りてと有奈良東大寺にあり

春二月修法あり

薪能も一日ハ二月堂ノ前ニ而あり

奈良二月堂行法朔日ヨリ七日ニ至ル此日堂前ノ石井ニ若狭国大明神ヨリ観世音へ獻シ給フ水涌出ル則硯ニ汲テ霊符ヲ印ス是ヲ二月堂水取ト云餅配ト云アリ土ニテ餅ノ形ニコシラヘテ是ヲ加持アリ是ヲ餅配ト云

（12）過去種

（頭注）水取や

當吟を水鳥やと書て冬の部に入し集のいかにそや取から足らす　詞書に二月堂に籠と有是にて知へし先此行法ハ二月一日より七日ニ至此堂前の石井傳に名付て有雅井と云是ハ若狭国遠敷大明神より此観音へ献せしめ玉ふ霊水ノ涌出ル井也則汲て霊符に印する也を是水取と云

案ルに氷の字不没是ハ後人過てこもりをこほりの假名惑行成へし僧清浄に一夜籠りて暁に水を取篭の僧顕ぬ

（14）あけ紫（**口絵7頁**）

此行法二月朔日より十四日まで二七ケ日あり。十二日の後夜に水取とて堂前の閼伽井《あかゐ》の香水を汲《くん》で符印をなす世に是を二月堂の牛王と称す。此水ハ若狭国遠敷《をにふ》大明神より献ずと云傳ふ是もと神事なれバ也。をごそかなる行法の殊に山本の寺にて。二月《きさらぎ》の餘寒《よかん》はけしき夜頃《ごろ》なれハもろ〳〵の僧の身ハ氷のごとくなるらめと見て氷の僧とハせられたり譬《たとへ》バ人の手足を氷に比するなと珍《めづらし》からず。

水取や氷とかけてこゝに心を篭《こめ》て荒き行ひに撓《たゆ》まぬ膚《はたへ》を称美《せうひ》せしなり。参河の吉田よりいらご崎へ過る途中の吟に。冬の日や馬上に氷る影法師（上の句すくミゆくやとも有　冬の日ハ再案なるへし）ときこえたるもおもひ合すへし。氷る影法師ハ氷の僧といへるにひとし。台斗かさねて云。京師の蝶夢。水取やこもりの僧の沓の音と記して此句諸集に氷の僧とありと改めたり。予いはく。釈の蝶夢ハむかし一面のまじハりあり。察するに心を潜《ひそ》めおもひを覃《ふか》くする事なく。其説の新奇《しんき》なるを悦ひて書にも著しぬるものか。こもりの僧の沓の音にてハ水取に動がぬ句とハ申がたし。かくてハ一字の曲《きよく》いさゝかの粉骨《ふんこつ》もなく。翁の句調にハあらず。ある人の云此句意ハ沓のおとの淋しきをきゝて。何となくたふとくおほゆるを申たる也と。予いはく。上国の人に誹骨《はいこつ》なしと古人のいへるハかゝる説者なるへし。此行ひハ秘《ひ》法《ほふ》也あらハしかたし。諸人の見聞く事のミを申さん。昼ハ日中。日没《にちもつ》。初夜。半夜。後夜。晨朝の六時ごとにもろ〳〵の僧の行法それ〳〵の随役《すいやく》。あるが中にも大導師呪師《しゆじ》等の職分《しよくぶん》。日本国中の大小の神祇諸天龍神を勧《くハん》請《じやう》し奉ることなどありていとをこそかなる勤《ごん》行なり。沓ハ檜《ひのき》を以て作り蹠《あなうら》の痛まぬやうにあやつり。うちにハ續飯《そくいひ》をぬり夏《なつの》月日に干《ほし》。塗《ぬり》てハ干〳〵石にひとしきを就《はき》て衆僧行道す。さるほどに其おとはなハだいかめし。斎食《さいじき》一合を吃《きつ》して腹むなしく。翌朝《よくてう》にいたるまて。湯水を禁ずれハ咽《いんどかろ》渇し。昼夜不臥の行法の堅固《けんこ》なるを氷の形《かたち》氷の魂《たましゐ》なりと見定めて。一字にふかく心を篭《こめ》て氷の僧とハせられし也。僧のさまよく〳〵おもひ入て味ふへし。翁も工夫を積玉ハすハなでう此感《かん》あらんや。つたへきく蝶夢ハ伊賀の上野にたよりて傳写《でんしや》せしとかや。彼地にハむかし蕉門の骨法を得たりし作者ありけれバよもやこもりの僧とハ書べからず。もし有とせバおそらくハ後人の加文ならん信ずるに足らす。翁生《しようがい》涯句々に精神《せいしん》を労《ろう》せられたるをかへりミず。書あらためて世上へ流布《ゐふ》せんとかまへしハ麁案《とあん》とやいはん。東武ハ蕉門興起の地にして門人おほく書とめきゝ傳へて耳目に残るしかのミならす真蹟も諸家に散在《さんざい》せり。所見なくハ往日《おうじつ》の非を悟《さと》りてとく改むへしあやまりを永く世に傳ふへからす。もし予がひがことならハ其罪《つミ》かろからず。それこそ他《ひと》の手をからずすミやかに罪をあらハさん事何ぞ怠《おこた》らん。たゞしかく申侍るハ極《きハめ》て過當なるべし。されど蝶夢法師を努《ゆめ》〳〵そしるにあらす一面の因《ちなミ》こそあれ怨《うらミ》なし。たゞ一句をそこなふ事を歎《なげ》くのあまりなり

(17) 集説

(一句の上五は「水とり《取》や」になっている)

泊船集前書二月堂に籠りてと有笈小文庫前書句選に同し○句解云水鳥と書て冬の部に入たる集有此行法二月朔日より始る石井に若狭国遠敷大明神より観世音へ献し給ふ水涌出る則霊符を印す是二月堂水取といへり

(19) 年考

(一句の上五は「水鳥や」になっている)

貞亭元年春の吟也野さらし紀行ニ奈良に出る道のほと〽春なれや名もなき山の朝かすみ次に前書かくありて句ハ水取やと見へたり○小文庫春の部に二月堂取水と前書ありて水とりやと仮名にて見へたり○句解ニこの句水鳥と書て冬の部ニ入たる集あり二月堂に籠りてといふ詞書に叶はす此行法二月朔日より七日に至る此日堂前の石井に若狭国遠敷大明神より観世音へ献せしめ玉ふ水涌出る則硯に汲て霊符を印すこれを二月堂の水取りといへり○

或人云氷に非す籠りの僧ならんと○案するに泊船集并甲子唫行小文庫共ニ氷と文字ニてあり

(20) 蒙引

(一句の中七は「こもりの僧」になっている)

異本に氷の僧に作れるあり尤用ゆへし○水取ハ南都二月堂に常例の行法にして二月朔日より十四日迄二七ケ日の間なるに十二日の後夜牛玉を印する霊水を堂前の井より汲とつて氷の僧とハ山ほとの餘寒烈しき頃斎食一食を喫して日夜の勤行に心身を凝せることを形容せるや其夜衆僧の凍れる廣庭を行道する沓音深更にさへ伽藍にひゞきて聞く人の心も澄ハたれすその感をのべ玉ふなるへし氷の一字の一句を貫たり絶妙仰さらんや

(23) 参考

(一句の下五は「履の音」になっている)

説若狭遠敷《オニフ》大明神ヨリ二月堂観世音へ献セシメ玉フ水涌出硯ニ汲ミ霊符ヲ印ス一ニコモリノ僧佳ナルカ

考履ノ音ノ氷ヲフムコトクヒ、クヲ云ナルヘシ亦佳ナルカ

(24) 泊船集

水取り《ニュ》クや氷の僧の沓の音ノスルハ

二月七日堂の前の石井に若狭ノ国遠敷《ヲニフ》大明神より観世音へ献せしめ給ふ水涌出るを硯に汲て霊符を印す是を二月堂の水取と云朔日より七日迄行法あり故に身を懲すにたとへて氷の僧とはいへるならん

(25) 翠園抄

○二月堂ハ羂索院と号す本尊ハ観音也若狭の井あり若狭の国遠敷明神閼伽を奉り玉ふと云一とせ旱して水なし衆僧井のほとりにて若狭の方にむかひ祈しかハ水出たり毎年二月十二日夜也二月の瀧と云有り垢離場なり一書こもりの僧とあり泊船集小文庫ともに氷とあり

(26) 諸抄大成

(14) に同じ

(27) 句解大成

(一句の中七は「こもりの僧の」になっている)

一書に此句水鳥や氷の僧のとして冬の部に入たるは非なり二月堂に篭るといふ詞書にかなはす此行法は二月朔日より七日に至る此日堂前の石井に若狭国遠敷大明神より観世音へ献り玉ふ水涌出る則硯にうけて霊符を印す是を

二月堂の水取といふ

（29）解説
二月堂に若狭井あり本名羂索院と云若狭井ハ二月堂の閼伽水也名所圖會ニ云實忠和尚諸神の名帳をよみ供養せらるゝに若狭国遠敷《ヲニウ》明神此會にまし〳〵願くハ我あかを奉らんと和尚に宣ふ下より黒白の鵜二羽岩中より飛去る其跡甘泉わき流れたり一年旱して閼伽水なし衆僧井のほとりに集り若狭の方に向ひて祈られしかハ見るか内に水盈満せり毎年二月十二日夜修行す是を水取と云此時若狭遠敷の神前みたらし川の流れ絶て音なし故に音無川と云氷の僧とハ水取の時冷水わき出るより袖も袂も寒冷にして氷の如く沓音も垣へひゝく是を氷の僧の沓の音とハ申されしならん或云氷にあらす籠の僧ならんと然れとも此集及ひ小文庫句撰句集みな氷に作る句解水鳥と書て冬の部に入る誤り也

二二、鳴　瀧

京にのぼりて、三井秋風が鳴瀧の山家をとふ。

梅林

梅白し昨日ふや《（ママ）》鶴を盗れし

樫の木の花にかまはぬ姿かな

京にのぼりて、三井秋風が鳴瀧の山家をとふ。

梅林

梅白し昨日ふや《（ママ）》鶴を盗れし

（2）去来抄
去来曰ふる蔵集に此句をあけて先師のうへをなしりたふ《（ママ）》し也これらハ物のこゝろをわきまへさる評なり此句《（ママ）つい》賞《しやう》に似たりと也凡秋風ハ洛陽の富家に生れ市中を去り山

家に閑居して詩歌をたのしミ騒人を愛するときゝてかれにむかへられ実に主を風騒隠逸の人とおもひ給へる上の作有先師の心に佞諂（ママ）なし評者心に佞諂（ママ）ありその後はしば〳〵まねけとも行たまハす誠にあさむくへししゆへからす又句体の物くるしきハその比の風なり子亥一巡の後評とハ各別なるへし

（6）師走嚢

此句題に梅林とあり然れハ梅の白く咲たるにあるしか是を好む林和請と覚たりさあらは鸖に有へき筈なるに今鸖斗のなきハきのふや鸖を盗まれしと訝《イブカ》る躰の句作也

（8）呑吐句解

梅白し梅か盛りをいへり主を訪ひけるに逢ハさると見えたり梅白しとあるハ眼前也明何之朗語体に林逋か雀の事ナリ林逋外に出て鸖か舞を見て客有とて帰るとなり此人を問ひても鸖も居らされハ来りたりと知らすへき便もなしとなるへし仮に林逋を以て逢ふ事なき残しおしさを述るか

（頭注）題　梅林訪山隠と有秋風か住ける鳴瀧の山家也
鳴滝ハ城州葛野郡紀州牟婁郡ニ同名アリ梅林とハ春所梅ノ坂有けると見えたり

（9）句解傳書

冨家ノ許ニテアイサツノ吟　三井氏云俗俳ニ違スルヲ見ヨ

（10）説叢

（袋）云此句題に梅林とあり然れは梅の白く咲たるをあるし是を好む林和靖と覚たりさあらハ鸖も有へきはつなるに鶴斗のなきハきのふや鶴を盗まれしと訝《イブカ》る躰の句作也

（説）梅林の題．句選にもなく．其外諸集に見あたらず．是も後に好事の人の添たるものならめ．此注ハ．素撲にして．あたれり．〇去来抄曰．古蔵集に．此句をあけて先師のうへをなしりし也是等ハ物の心をわきまへさる辯也此句追従に似たりとし秋風ハ洛陽の冨家にうまれ市中をしり山家に閑居して詩哥をたのしミ騒人を愛すると聞て渠にむかへられこゝに主を風騒隠居の人と思ひ給へる故此作あり先師の心に佞諂なし評者の心に佞偽あり其のちしは〳〵招けとも行給ハす誠に欺くへし知るへからす又句躰の物くるしきハ其代の風也子亥一巡の後評とハ格別なるへしと云云〇筆談曰．林逋．隠二居《ス》孤山一《ニ》．常蓄二両鶴一《ヲ》縦《ハナツトキハ》　則飛入《テ》二雲霄一《ニ》．盤旋《シテ》．久《シテ》復入二籠中一《ニ》．逋常《ニ》．泛《テ》二小艇一《ヲ》遊二西湖諸寺一《ニ》．有《レハ》二客至《ノル》一．童子出應レ門《ニ》延《ヒイテ》レ客《ヲ》．開《キ》レ籠縦《ハナツ》レ鶴《ヲ》．良久《シテ》　逋帰《ル》．常以《ニ》二鶴飛《ヲ》一為レ験《ト》．此故事をふまえて．洛の秋風を．林和靖になぞらへたる句意也．今日秋風に招かれ来たりて見れば．梅もさかりに．閑居のさま．いふはかりなし．此ぬしも．かの林逋のたぐひにやあるらめ．去ながら．鶴の見えぬハ．もしやきのふあたり．鶴を盗まれしやと興ぜし也．秋風を林逋に比せられしハ．過分の事にて．その心ざしも亦炭と雪とのごとくなれど．不肖の上に．心をつくべきハ．風雅にあらず．こゝをもて．風雅といふ．謡の説もかれが．ねちミやくよりぞ出たるならし．我と云ものほど．いやしく．拙きものハなし．よく〳〵後の風雅に．遊ふ人そ思すべし

(12) 過去種

(一句の前書は「京にのほりて三井楳林か鳴滝の山雅《(ママ)》を訪ふ」、上五は「楳白し」になっている)

(頭注)　梅白し

當吟楳林と前書に見ゆれハ白楳の咲し垣に主を林和靖とよそへ玉ふ也さらは鶴の有へきにと虚実にわたりて昨日や鶴ハ盗れし物ならんと姿を眼前に行給ひしならし凡而辞譲礼深の翁也或書に翁意ハしらし句難あり句体謡りと記せり蕉翁の深意見る事不能して其書の句難及ひかたし俳意一体不知者の難にして取不是といへとも語を引暁んにハ論語憲問篇微生畝謂二孔子一曰丘評焉是栖々焉者歟無乃為佞乎註栖々者依之也言務以口給悦人也　孔子曰非二敢為レ佞疾固也

かゝるは

徳を隠して固を疾むの例也可レ感云々

(15) 新巻

世説　林逋隠二居孤山一嘗畜二両鶴縦レ之則飛入《テ》二雲霄盤旋久之《ノ》従入二籠中逋常泛小艇西湖諸寺一有レ客至逋所別童子應レ門延レ客坐為《ム》開レ籠縦鶴良久逋必棹二小艇一而帰蓋常以レ鶴飛為二客至之《ル》験一　秋風を林和靖に比し籠中に鴬ありて鶴の居さまをきのふや盗れしと高隠の異観趣妙に作れり

(17) 集説

京に登りて三井秋風か鳴瀧の山家をとふと有て梅林の題
泊船集に出たり
去来古蔵集此句をあげて先師の事をなしり此句へつらへ
りと云へり是らハものゝ心を弁へすして評ぜり秋風ハ洛
陽の富家に生し市中を去山家に閑居して詩歌をたのしミ
騒人の愛すと聞て彼にむかへられて実にかれを風流の隠
逸とおもひ玉へる文作ありしかいかゞ有けん其後招けど
も行給ハず今や此評を見るに彼が佞諂成る事をしれり

(18) 句彙

(一句の前書は「秋風か鳴瀧の山家をとふ」になっている)

世説云
林和靖名《ハ》連字《アサナハ》　君復隠二居《ス》孤－山一《ニ》嘗《テ》畜《フ》二両鶴《ヲ》一又愛《ス》レ梅《ヲ》又劉
長卿詩鶴老《テ》難《シ》レ知レ歳《ヲ》梅寒《ノ》未レ作レ花《ヲ》云云

(19) 年考
貞享二年の吟也野さらし紀行ニ有貞享元年東武を立て名
古屋に至り年を越へて京に遊《吟す》ふ其文の中ニ曰京にのほり
て三井秋風か鳴瀧の山家を訪ふと詞書ありて梅林と題見
へたり○孤松集にも梅林とあり○甲子吟行の序ニ素堂曰
洛陽に三井秋風子の梅林を尋ねきのふや靏をぬすまれし
と西湖にすむ人の鶴を子とし梅を妻とせし事をおもひよ
せられしこそすミれむくけの下にたゝん事かたかるへし
下畧○去来抄ニ去来曰古蔵集ニ此句をあけて先師の上を
なしりて此句へつらへりと是等ハものゝ心をわきまへさ
る弁也此句つゐしやうに似たるとや秋風か洛陽の冨家に
生れ市中を去り山家に閑居して詩哥を楽しミ騒人を愛す
と聞てかれにむかへられ実に主を風騒隠居の人と思ひ玉
へるより此作意先師の心に佞諂なし評者の心に佞諂あり
其後しハ〱招けとも行給ハす今や此評を見るにかれが
佞諂なる事を知れり斯くへし誣へからす又句躰の物くる
ハしきハ其頃の風なり子亥一巡の後評とは格別なるべし
師走袋ニ此句題ニ梅林とありしかれハ梅の白く咲たるを
あるしハ林和靖と覚たりさあらハ靏もあるへき筈なるに
靏はかりなきハきのふや靏を盗まれしと訝る躰の句作な
り○説叢曰梅林の題句迂にもなく其外諸集に見あたらす
是も後に好事の人の添たるものならめ此注は素撲にして
あたれりと師走袋をさしていへり○筆談《ニ》曰林逋隠二居孤
山一常畜《フ》二両鶴一縦《ツトキハ》則飛入《テ》二雲霄一旋久《シテ》復入二籠中一逋常
泛二小艇《ヲ》一遊《フ》二西湖諸寺《ニ》一有二客一至二童子出《テ》応レ門延《テ》レ客開《キ》レ籠

縦ㇾ鶴良《ヲ》」久《シテ》逋帰常以鶴ニ飛《ヲ》一為ㇾ験○按するに野さらし紀行泊船集ニ有る所もはせを真蹟写にも梅林とあり紀行の文躰餘人の作にあらすはせをの文と見へたり素堂の序も有○熱田三歌仙ニハ都にあそひて題秋風子梅林と有て此句に杉菜に身する牛二ッ馬一ッと秋風か脇あり

○林和靖詩《カニ》衆芳揺落獨媗妍占断芳情《向》小園疎影横斜水浅暗香浮動月黄昏霜禽欲下先偸眼粉蝶如知令断魂幸有微吟可相狎不須檀板共金樽○省心銍要和靖先生傳曰先生林公逋字君復世為杭州銭塘人祖克已仕銭氏為通儒院學士逋少孤刻志為学景徳中放遊江淮及帰結廬西湖之孤山眞宗聞其名屢賜粟帛詔州縣常存遇之善行艸書喜為詩其語孤峭澄澹而未嘗自録其稿或謂曰先生何不録所著詩以傳於後世逋曰吾終志山林尚不欲取名於時况後世乎下畧右《ノ》傳中天聖六年十二月丁卯仁宗賜謚曰和靖先生

（頭注）　野さらし紀行ニ梅林と題あり説叢諸集に梅林の題見當らずとハ如何に

(20)　蒙引

（一句の前書は「秋風か鳴瀧の山家を訪ふ二句」になっている）

隠棲を誉む梅あれと鶴なきハ盗れしかと興し玉へるなり諛諂といふへし

(21)　雙説

此句ハ取事をふまへて洛の秋風を林和靖になそらへたる句意なり今日秋風に招れ来りて見れは梅もさかりに閑居のさまいふはかりなし此ぬしもかの林逋のたくひにやあるらめ去なから鶴の見へぬはもしやきのふあたり鶴を盗れしやと興せし也秋風を林逋にのせられしハ当分の事にてそのこゝろさしもまた炭と雪とのことくなれと亦宵の上に心をつくへきハ風雅にあらすこゝをもつて風雅といふ也此句を翁の謟なそ説もありこれらハ物の心をわきまへさる故也秋風ハ洛陽の冨家にうまれ市中をしりそき山家に閑居して詩哥をたのしミ騒人を愛すると聞て渠にむかへられこゝに主を風騒隠居の人と思ひ給へるゆへ此作あり翁の心根に謟なし其後しは〳〵招けとも行脚す是翁に謟ハなし評者のねちミやくよりそ出たるならし我といふものなといやしき拙きものハなしよく〳〵後の風雅にあそふ人に思すへしとなり

(24)　泊船集

梅しろしきのふやイッ比ゾ鶴をぬすまれしヤウニ思ハル

林和靖といふ人ありて梅と鶴とを愛しけるが其やうなる風情の所からなれハ鶴も居さうなるものなるに梅はかりあるハ盗れしにやと興しける物ならんか

(25) 翠園抄

○林和靖傳に林公逋字《ハ》君復結《フ》二廬《ヲ》西湖之孤山《ニ》一賜《テ》レ諡《ヲ》曰《フ》二和靖先生《ト》一筆談《ニ》曰林逋隠《シ》二居孤山《ニ》一常《カツテ》蓄《フ》二両鶴《ヲ》一縦《ツス》レ之《ヲ》則飛《テ》入《テ》二雲霄《ニ》盤旋《ニ》久《シテ》之復入《ル》二籠中《ニ》一逋常泛《テ》二小艇《ニ》遊《フ》二西湖諸寺《ニ》有《レハ》二客《ノ》至《ル》二童子出《テ》應レ門《ニ》延《テ》レ客開《テ》レ籠《ヲ》縦《ツ》レ鶴《ヲ》良久《シテ》逋歸《ル》常以二鶴《ノ》飛《ヲ》一為レ験《ト》○林和靖詩疎影横斜水清浅暗香浮動月黄昏○素堂評に洛陽に至り三井氏秋風子の梅林を尋ねきのふや鶴を盗れしと西湖に住人の鶴を子とし梅を妻とせし事をおもひよせしこそ菫むくけの句の下にたゝん事かたかるへし○去来抄に去来云古蔵集に此句をあけて先師のうへをなしり此句へつらへりと云り是等は物の心を辨さる弁也此句つゐしやうに似たるとや秋風か洛陽の冨家に生れ市中を去り山家に閑居して詩哥をたのしミ騒人を愛すると聞てかれにむかへられ実に主を風騒隠居の人と思ひ玉へるにより此作有先師の心に佞諂なし評者の心に佞諂あり其後しは〱招けとも行給はす今や此評をミるにかれか佞諂なる事を知れり斯くへし誣へからす又句躰の物くるしきは其頃の風なり子亥一巡の後評とは各別なるへし

(27) 句解大成

貞享ニ三井秋風をたつねて也

（一句の前書は「秋風か鳴瀧の菴を尋ぬ」になっている）

一書に云龍門の瀧にてよめる千載集に〽芦田鶴にのりてかよへる宿なれとあらたに人は見えぬ也けり

一書に林和靖か俤をとり玉へり

一書に云筆談に曰林逋隠二居孤山常蓄二両鶴二縦則飛入二雲宵一盤旋久復入二篭中一逋常泛二小艇一遊二西湖諸寺一有レ客至童子出應明延客開レ篭縦鶴良久逋帰常以鶴飛為レ験此故事をふまへて洛の秋風を林和靖になそらへたる同意也今日秋風か庵に来りて見れは梅も晝に閑居のさまいふはかりなし此主も彼林逋の類ひにやあるらめ去なから鶴の見へぬはもしやきのふあたり鶴を盗まれしやと興せしなり

(28) 一串

これ仙鳥もてあるじを林和靖に模し。庵の清雅なるを喩せる也。白梅に実なき霸をまうけ出し。その実なき跡を又隠して盗まれしとすこれ滑稽の利口なり。

（29）解説

素隠士の序に洛陽に至り三井氏秋風子の梅林を尋ねきのふや鶴を盗れし西湖に住し人の鶴を子とし梅を妻とせし事を思ひよせしこそすみれむくけの句の下にたゝん事かたかるへし名臣言行録《ニ》曰林逋字君復杭州銭塘人《ノ》結《ヒ》二廬《ヲ》西湖之孤山《ニ》一不《シテ》レ娶無レ子教《ユ》二兄子《ノ》宥《ヲ》一登《ル》二進士甲科《ニ》一筆談《ニ》曰林逋隠二居《シ》孤山《ニ》一常《ニ》畜《フ》二両鶴《ヲ》一縦《テレハ》　則飛《テ》入《リ》二雲霄《ニ》一盤-旋《スルコト》　久《シ》之復《タ》入二籠中《ニ》一逋常《ニ》泛《ヘ》二小艇《ヲ》一遊《フ》二西湖《ノ》諸寺《ニ》一有《レハ》　客《ノ》至《ルコト》　童子出《テ》應《シ》レ門《ニ》延《キ》レ客《ヲ》開《キ》レ籠《ヲ》縦《フ》レ鶴《ヲヤ、》良久《フシテ》　逋歸《ル》常以《テス》二鶴《ノ》飛《ヲ》一為《ナスト》験去来抄暁臺本ニ云去来曰古蔵集に此句を上けて先師の上をなしり此句を謡へりといへり是等ハ物の心を弁へさる辯なり此句追縦に似たると也秋風ハ洛陽の冨家に生れ市中を去り山家に閑居して詩哥を楽しミ騒人を愛するときゝて彼にむかへられ実に彼を風騒隠逸の人と思ひ玉へるより此作ありしかいかゝ有けむ其後しは〳〵招けとも行玉はす今や此評を見るに彼か佞謡なる事を知れり師走袋に此句題に梅林とあり然れは梅の白く咲たるを主ハ林和靖と覚へたりさあらハ鶴もあるへき筈なるに鶴はかり無きハきのふや鶴をぬすまれしと訪る躰の句也説叢に曰句解の注素撲にしてあたれりと熱田三歌仙に此句に秋風の脇あり

樫の木の花にかまはぬ姿かな

（6）師走嚢

是翁我身の性質の淳朴を状りての句と見えたり其質の正直にして世の諂諛に従ハぬハ花の色香の時めくにも増りたるとの句なるへし

（8）呑吐句解

（一句の前書は「ある人の山家に至りて」、上五は「樫の木の」になっている）

世上の花美にハかまハす山家に引籠りて居玉ふハたのもしとの心也浮世の花を見尽されハ此吟の心得かたし樫トナベテ書櫃《カシ》なり

（10）説叢（**口絵5頁**）

袋云是翁我身の性質の淳朴を状りての句と見へたり其質の正直にして世の諂諛に従ハぬハ花の色香の時めくにも

増りたるとの句成へし林解この句を出さす

説袋妄荒．翁の性淳朴たる．何ぞ自慢の念あらむや．ありなバ．正直とは．いふべからず．是翁をしらぬ人．翁に罪を課せぬるもの也．○句意ハ美花にほこれる．木々もあるがなかに．此樫ハ花も．あるかなきかに咲て．色香を爭はず．咲ほこる．樹木にハ．構はで．淋しくおかしくゆかしくこそ思へ．心あらん人ハ．かくこそ．世にハありたけれ．扨こそ．常盤木の．不易にして．良材にこそあれとの心なるべし．○句選に或人の山家に至りてといふ詞書を記す．然ればなほ．其主人に對して．樫に比して．称美したる．挨拶と見ゆ．此詞書ありて．此句意ノ分明也．されバ詞書ハ．句の光りを．あらはすもの也と．いひ置れしも是等にて知べし．

（12）過去種

（一句の前書は「或人の山家に入て」になっている）

（頭注）　樫の木の
　當吟　前書
　或人の家に至と帆ふくら翁生得直心にまし〳〵
　或人の家居山深きを賞し玉ふ此意も世に諂ぬ生
　得哉と思ひ給ふ浮世の時めくをも寂としてかま
　ハぬ心勝れたる姿情を賛美の余り也

（14）あけ紫

（一句の前書は「ある山家に至りて」になっている）

友人の性質《せいしつ》を山中の良材《りやうざい》に比して頃ハ花の盛なるに世と共にうかれもせてひとり安閑に住なせる心のミさほを花にかまハぬすかた哉と称美せられしならんある時〴〵くろミて高き樫の木の森といふ前句出けるに。去来。師の附句を乞ひけれハ〴〵咲花に小き門を出つ入つと附て見せられける。此附合などよく〳〵思ふべし。説叢にいはく此かしの木ハ花も有かなきかに咲て。色香もあらそハず咲ほこる樹木にハかまハで淋しくおかしくゆかしくこそ思へ前後文畧すかく樫の木のその花をいはんにハ。かしの木ハ花にかまハぬ姿哉と有へし。すでにあら野集花三十句の内のひとつなり。又尾張の野水へ贈られし書通に。二三日以前旧友にあふて挨拶也と有て日附ハ三月十一日と記せり。是ハたとへハ淋しさや花のあたりのあすならふといへるごとく。古山木《みやま》に桜のかけ合なるへし

(16) 笈の底
(一句の上五は「橿《カシノキ》の」になっている)
此吟詞書を以て明らか也是は山家の主を橿《カシ》に興へ出たる也其故は花に競ふ心もなく山住して己を楽む事の最《イト》愛たしと其閑を称美したる挨拶の吟也今案に花に不構ぬと云詞可レ味也是衣食住を始て萬の事に渡るへし花の都を打捨て宛かゝる深山幽谷に寂寞たる誠に持《モテ》る調度迄も有るにまかせて其美麗を好《コノマ》さると不レ云して句中に羨む余情自然に現たる也其打聞は安らかにして其意ハ深〳〵の吟也
橿　櫧　和名　加志　字彙ニ云橿ハ鋤ノ柄又枋也也一名ハ萬年木云々今案に萬年木ハ檍《アヲキ》の事也橿を萬年木と異名する義ハ此樹至て堅し故に不レ朽依て号すへし亦和名鈔に橿《カシ》と訓す但櫧の字可ニ相當一今俗に樫《カシ》と書す俗字にして不レ詳或ハ俗に加太木と云此木理《モクリ》堅実なるを以て云則堅木《カタキ》と云義也亦加之と云訓も堅《カタシ》と云訓也此樹に白櫧赤櫧の二種あり萬葉に白杜材《シラカシ》と書赤櫧ハ白櫧より葉大に木の色赤し両種共に実ハ椎に似て大ひ也白櫧ハ深山に出《生》す赤櫧ハ里にも生る也

拾遺　足引の山路もしらす白かしの枝もとお《を》に雪のふれゝハ　人丸

(17) 集説
(一句の前書は「ある人の山家に至りて」、上五は「橿の木の」になっている)
荒野集に或人の山家にいたりてと有○泊船集には京に登りて三井秋風か鳴瀧の山家をとふと有

(19) 年考
(一句の前書は「ある人の山家に至りて」、上五は「橿の木の」になっている)
貞享二年の唫野さらし紀行に見へたり京ニ登りて三井秋風か鳴瀧の山家を訪ふ梅林と有りて梅白しきのふや靍をぬすまれしの句の次に見へたり○熱田三哥仙ニ山家をとふの前書ありて此句に家する土をはこふもろつはと秋風か脇あり○案するに梅の花の比吟に花とさせるハ橿の木の吟にしてはなハ噂たるへきに又大和本草ニむかしハ花といへは梅の事なりしと見へたり虚栗禮者門を敲くしたくらく是花明らか也と幻吁の句を巻頭ニす是歳旦にして定て此花ハ梅なるべししかれハ橿の木の句の花は梅とも

いふへきか尤三井秋風亭へはせをの行たる梅しろしの吟の時にて其後招けともふたゝひ行さるよし去来抄ニ見へたり○師走袋ニ翁我身の性質の淳朴を状りての句と見へたり其質正直にして世の謡護に従ハぬは花の色香の時めくにも増りたるとの句なるへし○説叢ニ師走袋を難して曰翁の性淳朴たる何そ自慢の念あらんや句意は美花にほこれる木とも有か中に此樌ははなも有かなきかニ咲て色香を争ハす咲ほこる樹には構ハて淋しくおかしくゆかしきこそおもへ心あらん人はかくこそ世にハ有たけれ句選に或人の山家に至りてといふ詞書を記すしかれハ其主人に對して樌に比して称美したる挨拶の句と見ゆ○案するに此句説叢樌の木の花と見て此解をなし尤夏の部ニ出せり元ト春の句ならんにハ解もたかひぬべしいかなる證跡ありて夏とせるやいまたしらす○曠野集に花三十句ありてこれハ〳〵とはかりはなのよしのやまと貞室か句を巻頭として路通信徳等其外ミな花の句其末にある人の山家に至りてと前書ありて此句有りしかれハ樌の木の花とする事誤なるへし是を見る時ハ梅の花と云ふもむつかし唯すへて春の花と見るかたおたやかならんかくある時は燕の脇句も猶似合し

（頭注）　神武記ニ曰天皇即位於樌原宮

幻吁ハ鎌倉円覚寺大顛和尚

案するに熱田三哥仙にわか桜鮎割枇杷の廣葉かな　秋風

筧にうこく山藤の花　はせを

かく見へ侍れハきさらきの末弥生のさくら藤の頃にはせを秋風亭へ又行たるにやしからハ此樌の木のはなは桜にせよ梅にせよたゝすへての花にや

(20)　蒙引

都をよそにすむ人の操をこの木の四時不変にして花木をうらやまさるに譬ゆ尤山家の題に應す

(21)　雙説

句意は有国にほこれる木々もあるか中に此樌ハ国もあるかなきかに咲て色事をあらそはす咲ほこる樹木には構はて淋しくおかしくゆかしくこそおもふ心あらん人はかくこそ世にありかたけれと山家の人に對し称美したる挨拶の句なり詞書に山家にいたりてと有よし

(24) 泊船集

樫の木の外ノ花ハ咲ノにかまハぬすかたかな

　此木ハ常盤にてかハらぬ色のたのもしく世に諂ハぬ人にもたとへつへし

(25) 翠園抄

○熱田三哥仙に〽家する土をはこふもろつはと秋風か脇あり○吐綬鶏集に秋風の家にまかりてと前書有り○説叢に樫の花の句とせるは誤り也

(26) 諸抄大成

　(14) に同じ

(27) 句解大成

(一句の前書は「三井秋風か鳴滝の庵にて」、上五は「樫の木の」になっている)

七部大鏡にくはし

(29) 解説

熱田三歌仙に山家をとふの前書ありて秋風か脇あり秋風の隠逸を樫の木に比したる也花ハすへての春花をさす梅といひ桜といひ一方にすへからす説叢に夏とす即此紀行春の句也熱田三歌仙に出せる秋風の脇も春也いかなる所見ありて夏と定め玉ふや去来抄に秋風亭へ再ひゆかさるよし然るに熱田三歌仙に〽わか桜鮎割批把の廣葉哉といふ秋風の句に〽筧にうこく山藤の花と翁の脇あり弥生の頃又秋風亭へ行かれしにや或ハ文音なるや湖春の第三あり

二三、伏　見

伏見西岸寺任口上人に逢て
我がきぬにふしみの桃の雫せよ

伏見西岸寺任口上人に逢て
我がきぬにふしみの桃の雫せよ

（6）師走嚢

是西岸寺の院主に對しての句也所ハ伏見なれハ名物によせ桃の雫せよといへり有難き教化して衣の袖をも濡し玉ハれと也

（8）呑吐句解

桃の花の清らか成る雫も我垢つける衣にかゝらは濯きておのつから清くやならんとにやよハ雫かけ玉へと上人を桃によそへていふなるへし伏見の桃園とて世に名高し

（頭注）伏見ハ大《山》城ナリ大和ニ同名アリ菅原の伏見とあり

和哥に

伏見にてとも《啞トモ》にやらん桃の花桃もゝもゝ桃とふもいはれぬ

イニ我来ぬに伏見のあり誤なるへし

（12）過去種

（一句の上五は「我袖に」になっている）

（頭注）我袖に

當吟の意ハ所は伏見桃の名産に寄て有難教化して我衣の袂をも濡せたひ玉へと切なる尊吟也

（15）新巻

伏見の桃ハ秀吉の城跡にして数千株の桃ありはかなき粧を上人の徳に比して教を受んとならん

山谷詩桃李《カニ》終不レ言朝露借二恩光一

（16）笈の底

今案に此句意ハ経文の衣玉の義を取出たる也其趣ハ先伏見ハ桃を景物也依て任口上人を桃に称し與へて我衣

に桃の雫せよと願の吟にして挨拶也唯我衣に玉を懸玉れと雫を玉に云なしたる趣也桃の雫せよと云義ハ其徳行の余慶を垂て我をも佛縁に導き玉へとの事也其意深々也呉〳〵も伏見成を以て桃に與へ亦桃の縁を以て雫と云玉と不レ謂して玉と聞す又句中に上人を尊称するの余情自然に現る粉骨と云へし又衣玉の義少しハ端書にも云可レ出を何とも不レ書ハ翁の腸にして貴き所也弁へる人ハ可レ味し不レ知人は其分たるへしとの義か可レ恥の事也

衣之玉　是は法華経より出たる語也其意ハ佛衣ハ清浄にして尊き物なれハ称して異名する所也或ハ裏《ウラ》之玉とも云是も衣の裏に玉ありと云義也又佛語不レ成して玉飾る衣あり混雑す但御衣或ハ楽衣等を云時は玉之衣と玉を上に附て号す衣玉とハ不レ謂也是を以て可レ別今案に玉を附る事は和漢共に古礼也楽古《ノ》記云玉飾《ル》衣《ヲ》着《テ》和風楽《ヲ》舞《フ》也云々今者昔物語玉　御《ニタマノヲンリ》　衣と云り是玉を飾たる御衣也萬葉哥に有衣之宝乃子等《アリキヌノタカラノコヲラ》云々是ハ衣の玉の義也衣の寶と云則玉の事也玉と云訓は宝と云訓の略也

後拾遺集釈　五百弟子品　赤染衛門

衣なる玉ともかけてしらさりき酔さめてこそ嬉しかりけれ

同集　中宮の内侍尼になりぬと聞てつかわ《は》しける　加賀左衛門

いかてかく花の袂をたちかへて裏なる玉をわすれさりけん

かへし　中宮内侍

かけてたに衣のうらに玉ありとしらて過けん方そくやしき

伏見里　山城大和両国にあり是は山城の伏見也則京江戸大坂落合の津にて繁花の地也惣て古代より桃多く殊に後世桃園所々に夥し別て御城跡の山に多く植て花の盛ハ桃見とて今ハ群集す也又遠く望て美観也京陸道《カイトウ》或ハ五条より伏見への高瀬通しより分て能く見ゆ又淀川の船中に望て絶景也東涯《ノ》伏見桃園《ノ》詩《ニ》云金陽變《ハシテ》　作《ル》二桃花塢《ト》一遠近霞蒸千里紅《也》云々伏見の城ハ文録三年に秀吉公築く所也其後慶長年中石田三成か乱に滅す則鳥居元忠相守て戦死す其後再建なし今に其地形ハ残る此地桃園となるなり亦山城ハ呉竹の伏見と續く冠辞也又大和ハ菅

原伏見と續く冠辞也菅原里は西の京より少し北の方也
則菅家御誕生の地也伏見の里亦菅原に近し
新古今　夢かよふ道さへ絶ぬくれ竹の伏見の里の雪
の下お《を》れ　有家
々　あけぬるか衣手寒し菅原や伏見の里の秋の
初かせ　家隆

桃　和名　毛々　字彙ニ云桃ハ果ノ名性能ク辟テ二悪鬼ヲ一畏シムレ之ヲ故考工記命シテ二劔工ヲ一曰二桃氏ト一以テ三能ノ辟二除スルヲ二不浄ヲ一也詩經ニ云園ニ有レ桃云々朱注ニ云桃ハ木ノ名華紅ニ実可レ食松江府志ニ曰桃花千葉ニシテ而大紅ニナル者名ク二絳桃ト一深紅ナル者俳桃白キ者碧桃ト云也今案に其類甚多し紅碧日月桃単《ハクケンヘイトウヒトヘ》葉千葉《ヤヘ》絲垂《シタリ》等也　姫桃
李桃《ツハキモヽ》　毛桃　異名　三千代草《ミチヨクサ》　御酒古草《ミキフルクサ》
桃実《モヽ》　仙郷同　今案に桃子《モヽ》ハ夏秋に熟す依て夏桃秋桃の号あり亦西王母桃と云あり冬桃也霜月に至りて熟す故に漢名霜桃と云異品也姫桃毛桃李桃《ツハキモヽ》是は実になるを姫桃と云へし毛桃とハ毛あるを以て云李桃《ツハキモヽ》ハ実の形山茶《ツハキ》の実に似たるを以て云也里俗豆婆伊桃と云是也三千代草是は西王母の古辞を以て云詩哥にも作る所也故に仙郷《モヽ》と書も此謂也亦諺に頭白して可レ種《シユ》レ桃《ヲ》と云り

爾雅ニ桃三歳ニシテ而有リレ子シ云々亦家語ニ云果属有テレ六而桃ヲ為レ下ト祭祀不レ用ヒ云々今案に桃ハ小毒あり食に不レ宣の果也惣て桃の事委しく挙る暇なし今略す　漢武内傳ニ云西王母命ノ二侍女ニ一索シテレ桃ヲ須臾ニシテ己至ル○盛ル二○盤ニ桃七枚ヲ一大サ如シ二鴨子ノ一形員色青以テ呈ス二王母ニ一以テレ四ヲ與フレ帝ニ母自ラ食フ三桃ノ之甘美口ニ有リ二盈味一帝食テチ輒録スレ核ヲ母問フテ録スルヲレ核ヲ何為ソノ帝曰欲スレ種ヘントレ之ヲ耳母曰此レ三千歳ニ一タヒ生スレ実ヲ耳云々
拾遺　三千年になるてふ桃の今年より花咲く春に
逢にけるかな　躬恒
後拾遺　三千代経てなりける物をなとてかハもゝと
しもはた名附初けむ　花山院
人来やとまやの軒端の柴垣に立かくれたる
姫桃の花　知家
萬葉七　波之吉也思吾家之毛桃本繁花耳開而不成《ハシキヤシワカイエノケモヽモトシケシハナノミサキテナラサラ》
在目八方《メヤモ》
志豆久滴《シタヽリ》の義也　今案に雫と書不詳和字なるへし字彙ニ云滴ハ水點也又瀝下ル也瀝ハ點滴《テンテキ》滴水将ニレ尽ント而餘滴スル也云々此點滴ハ霤《アマンタリ》の義也軒の玉水と云是也亦世に滴《テキ》を滴《シヤウ》に誤る也滴ハ水の名也古今集真名序ニ云譬ハ猶ヲ下拂ノ雲ヲ樹生シレ自リ二寸苗ノ

之煙一浮雲《ノ》之波《ノ》起《ルカ》中拵一滴《ノ》之露《ヨリ》上云々
行衛《方》なき山の滴《シツク》の露はかり流るゝ水の末の
しら浪　　定《サタ》家
和禮　我　余　和訓　和礼　字彙云我《ハ》自謂《也》二己身《ヲ》一也爾雅《ニ》
云余《ハ》我《也》也禮記注《ニ》云予古《ノ》余字《ノ》云々我とハ己を云亦麻呂共
我を云也己《オノレ》　字彙《ニ》云己《キハ》　身也人《ノ》之對也《也》又十幹己《ノキノト》　也云々荘
子《ニ》曰世俗《ノ》之人皆喜《ナテ》三人《ノ》之同《スルヲ》二乎己《ニ》一而悪《ム》三人《ノ》之異《ナルヲ》二　於己一
也　麻呂花鳥余情云麿ハ昔男女《ノ》通称也己なと云か如し
云々或ハ麻留とも云是ハ五音通也此号惣て古哥物語等
に出る今案に麿と書不レ詳也和字にも見えす是は麻呂
と国字《カナ》に書たるを後世誤りて麿と一字にする者也倭の
古書に此誤多し或ハ一字を二字に見て書亦ハ二字を一
字と心得て書写す皆々後世の失也既に泉郎《アマ》を白水郎と
三字に書すこれも泉郎《アマ》を誤て三字に書傳えたる也今の
和名鈔に白水郎《アマ》と書也亦丸《マロ》と書是ハ唯訓を借たる萬葉
書也何れも是は国風《クニフリ》の俗語にて本字ハ有ましくの義也
拾遺　夏草のしけミにおふる丸子菅まろか丸寐に
幾夜歴《ぬ》らん　　詠人不知

（17）集説（**口絵9頁**）

泊船集○我来ぬと伏見の——イニ云句選改書寿を延るの
心なるへし○喜撰の在所近きゆゑに発語か

（19）年考

貞享二年の吟にして野さらし紀行ニ前書もかく見へたり
○和州巡覧記ニ曰伏見藤の森伏見の城跡山上に天守の跡
あり山上山下甚廣し山下桃の木多し春ハ美観を極む○案
するに伏見西岸寺ハ天正年中開山岸誉上人二代雲誉上人
三代宝誉上人如羊和尚俳名任口と号す是雑談集ニ大かた
の月をもめてし七十二といへる句をせし上人也○師走袋
ニ所は伏見なれハ名物に寄る雫せよと云へりありかたき
教化にて衣の袖をも濡し玉ハれとなり
（頭注）　城跡と有ハ世々に秀吉公城跡なり
伏見の里山城大和両国にあり
新古今　　有家
夢かよふ道さへ絶ぬくれ竹のふしミの里の雪の
下おれ　　家隆
あけぬるか衣手さむし菅原やふしみの里の秋の
はつ風

（20）蒙引

教化の恩澤に涅ハンとの挨拶なるへし此興凡ならす伏見ハ桃の勝地任口ハ俳家

(24) 泊船集

我衣にふしミの桃の雫《ヲウッス事ヲ》せよ

伏見は桃の名所なれハ上人にたとへて結縁し給へといへるならん

(25) 翠園抄

○浄土宗西岸寺三世寳誉上人俳名任口

(27) 句解大成

上人は伏見西岸寺の住持なり句の意は万葉集に〳〵ひくまのに匂ふ萩はら入みたりころもにほはせ旅のしるしに此類を其儘にとりたるなり

(29) 解説

都名所図會ニ云伏見花洛より二里油懸山西岸寺下油懸町にあり浄土油かけ地蔵石像長五尺燈油をそゝきいのる伏見城山ハ龍雲寺のほとり方十町許に数千株の桃花あり宇佐見山よりの詠めと云西岸寺ハ天正年中開山岸誉上人二代雲誉上人三代宝誉上人如羊和尚俳名任口と号す是雑談集に大かたの月をもめてし七十二といへる句をせし上人なり師走袋に所ハ伏見なれハ名物に寄て雫せよといへりありかたき教化にて衣袖をも濡さんとなり

二四、大　津

大津に出る道、山路をこへ《ゑ》て
山路来て何やらゆかしすみれ草

大津に出る道、山路をこへ《ゑ》て
山路来て何やらゆかしすみれ草

（1）三冊子（**口絵1頁**）
すみれ草ハ初ハ何となく何やら床しと有

（2）去来抄
湖春曰菫ハ山によます芭蕉翁俳諧に巧なりと云へとも歌学なきの過也去来曰山路に菫をよミたる證哥多し湖春ハ地下の歌道者也いかてかくハ難しられけんおほつかなし

（6）師走嚢
此句大津へ出る道山路経テと有此何やら字眼也何と定メたる事ハなき折ふし菫の咲たる山有是さへも旅の心にてゆかしと也余情限りなし

（8）呑吐句解
箱根山を越る時の吟なるへしすみれもむらさきのゆかりあれはは江戸なつかしやとならん古哥おもひ合すへし
（頭注）　箱根山薄紫の壺菫二入みしほたれかそめけん

（9）句解傳書
（一句は「何とハなし何やらゆかし菫屮《スミレ》」になっている）
春風カキリナク怨　菫ヲ人色ニタトユル事有に
山路来テトモ人ニ亦サル春風無限解スルニ道ナシ

（10）説叢
袋云此句大津へ出る道山路経てと有此何やら字眼也何と定めたる事ハなき折ふし菫の咲たる山有是さへも旅の心にてゆかしと也余情限りなし林解此句を出さす
説此註似て非也．大津へ出る道．山路経てといふ．詞書ありといふことにや．文義．わからず．翁の詞書にかゝる手づゝなることハ．書べからず．例の註者のこしらへ事なるべし．諸集に見る所なし．〇去来抄曰．

湖春云、すミれ草ハ、山によまず、はせを翁、俳諧に巧なりといへとも、哥學なきの過也と、去来曰、山路にすみれを、よみたる、證哥多し、湖春ハ地下の歌道者也、いかてか、かくハ難しられけむ、覚束なしと云云○菫菜、山路に詠格と、定まれることにもあらず、野にも山にもよむ也、と哥よみ達申きが、万葉集第八山邊赤人、はるの野に須美禮つミにとこし我ぞ野をなつかしミ一夜ねにけり堀河院御時、太郎百首、匡房はこね山薄紫のつほすみれふたしほミ入誰か染けんすみれハその花のかたち、大工のもつ墨入に似たれバ、つぼすみれとも、いふなるべし、○或老人の云此句ハ、箱根にての吟と、然れども笈日記に、悼㆓芭蕉翁㆒尾張熱田連の、文章あり、そのうちに云、此蓬萊宮におハしてハ、この海に草鞋をすてむ、笠時雨と、心をとゞめ、白鳥山に腰ををしてハ、何やらゆかし菫艸となし、と云云、かくあれバ、箱根の吟にてハなし、熱田を蓬萊山といふ義有略之、○紫をゆかりの色といへバゆかしとハ、むすばれたる成べし、句意ハ袋にいへる所なり

(12) 過去種

(頭注) 山路来て

當吟ハ筥根山にて詠たる吟也何やら床しの七文字に句味ありはしめは何とハなしに何やら床し菫艸と見ゆ一名一夜艸和哥諸集に出るよし當吟ハ再案し玉ふ成へし忘水にハ始の吟をのす又一夜艸の意むなし昔或人曠野に日を暮しぬ艸中に鳥の卵を拾ふ是を袖にして草の枕引結ひ野に臥ける夢に拾ひたる卵ハ生前の子也此所に埋むへしと見て夢覚たり夢のことく野に埋て所を去り翌夏に成埋めし辺に爰かしこと尋ね見てあれハおのつから草生せり紫の花哀けに咲たり今の菫是也怪か説なからあらしとにもあらす

翁の唫何やら床しとハ何となく床しうて心床し是らの意も篭れるにやと爰に挙て解す此あらまし帆牓に見ゆれハ挙ク只山水の寂ミに作ると思ひ出給ふならし

(15) 新巻

続古 春の野に菫摘をこし我そ野をなつかしミ一夜ねにけ

る　　　　赤人

野をなつかしミハ歌聖の雅興にして山路の床しミハ翁の実興なるへし磊々峥峥たるに菫の細くこまやかに咲こほれたらんハいかにも床しかるへし菫ハ野に多く山路ハまれ〳〵なれハ也

(16) 笈の底

（一句の下五は「紫花埊《クサ》」になっている）

此句意を今案に先山路来て何やら優《ユカ》しと云詞の意は山路に杖を引て深山幽谷の何となく窈窕《ユカシ》と云義なるへし然ハ山居の心しきりに欲してかゝる所に住たしと云を紫花埊《スミレクサ》と云懸たる也哥に菫《スミレ》ハ住む事に多く云懸る冠辞也亦菫艸は原野或ハ里にのミ詠ミ来る但壺菫ハ山路に多し依て匡房は筥根山薄紫の壺菫と詠す也此吟の紫花埊も壺菫の吟と見て可也

須美礼久佐　紫花埊也俗に菫艸と書す誤り也和名鈔ニ云本草ニ云菫菜俗ニ謂フ二之ヲ菫葵ト一和名須美礼今案に世俗に菫　草《スミレクサ》と書す是和名鈔に随と云共順《シタカフ》　の誤る所也往々菫の字を冠る事《草》多し紫花埊《スミレクサ》に非す皆別草也詩大雅ノ云ニ菫荼如レ飴ノ云々朱注ニ云菫ハ鳥頭也是は毒草にて里俗に鳥　兜《トリカフト》と云紫花を開く品也亦本草綱目菫ニ釈名ハ苦菫菫葵或ハ紫菫と出る菫ハ紫花埊《スミレクサ》に不レ有事明らか也此事貝原も云る也亦紫花埊ハ二種ある也濃紫と薄紫の二品也但白花の種あり白に紫の筋入るもあり又紫に白の飛入も稀にある也上世ハ菜草にして専ら食ふ也故に摘と哥にも詠む惣て茅花《ツハナ》其外採《ツム》とある物ハ皆々食するを以て也後世退々に可レ食の園菜多く作りて今ハ如レ此の品を喰事稀也是則太平の御代に産るの難有所也亦異名ハ須麻比久佐壺紫花《ツホスミレ》埊是種類也花は薄紫葉形は積雪《ツホ》草の葉の如く凹にて壺に似たり依て号す短き蔓あり此品山流に多し哥にも薄紫の壺菫と専ら詠る也亦須麻比草は釈名也貝原云紫花埊を京都に角力取《スマウトリ》と云筑紫に殿駒《トノヽコマ》と云小児此花にかぎある所を両花相交懸て引て戯とす相撲の形に似たり又田舎に相撲取草と云ハ是に非す別也云々今案に此紫花埊に非す別種と云ハ俗名蕿蕧根《カヤツリクサ》と云物なるへし此草を以て専ら関東の児童角力に與へて戯とする也名同して別種也

　　金葉集連哥すまひ草といふ艸のおほかりけ
　るを引□《蝕》させけるを見て

詠人不知

ひくにハよはきすまひ草かな

とる手にハはかなくうつる花なれと

（17）集説

泊船集に大津に出る道山路を越てと前書あり則伏見より大道也○湖春曰菫は山によます芭蕉誹諧に巧ミなりといへとも歌学なきの過なり去来曰山路にすミれを詠たる歌多し湖春ハ地下の歌道者也いかて斯ハ難しられけんいとおほつかなし○蓬か嶋集に三吟哥仙出たり上五文字何とやら

（頭注）　土芳云此句初めハ何とやら何やらゆかしと有後に山路来てと直したり此類多し

（18）句彙

哥

筥根山うすむらさきの菫くさ

ふたしほ三しほ誰かそむらん

（19）年考

貞享二年の吟也野さらし紀行ニ大津に出る道山路を越へてとあり此紀行の序に素堂曰山路来ての菫道はたの木槿こそ此吟行の秀逸なるへけれ○葛の松原ニ云山路にすみれとつゝけられしを或人無覚束と難しけるハ有房卿のこね山うす紫のつほすミれといへる哥を不幸ニして見さりけん人の心こそおほつかなし○去来抄に曰湖春曰すみれハ山によます翁俳諧に巧也といへとも哥学無き過也と去来曰山路に菫詠ミたる證歌多し湖春ハ地下の哥学者也いかてかくは難しられけんいと覚束なし○甲子紀行集ニはせを自画讃ニ松山の裾に菫を畫てありと見へたり○熱田三歌仙ニ何とハなしに何やらゆかしとあり桐葉か脇〽編笠敷て蛙聞居るとあり○笈日記ニ熱田連中悼芭蕉翁文曰闇に舟をうかへて浪の音をなくさむれハ〽海暮て鴨の聲ほのかに白しとのへ白鳥山に腰をおしてのほれは何やらゆかしすミれくさとなし下畧とあり○和久加世話ニ箱根山にての唫とあり○案するに新山家集木賀山温泉入の文の中に此山に續きてはつかの野ありみやき野と申ならハし侍る奥や瀧雲に涼しき谷の聲宗祇ならてハと聞へ侍るに我翁〽山路来て何やらゆかし菫艸と句をいへる事ハ其時此句をおもひ出せるまてならんと見へたり是其角か文也此温泉紀行は貞享弐年の夏也はせを菫の吟は其年

の春にて書通に聞へけるにや其角木賀山の時此句をおもひ出てゝ書けるを千梅爰にまとひて箱根山の吟にせるにや○師走袋ニ大津へ出る道山路を経てと有此何やら字眼也何と定めたる事なき折から菫の咲たる山あり是さへ旅の心にしてゆかしと也餘情限りなし○説叢ニ師走袋を難して曰大津へ出る道山路を経てと云ふ詞書ありといふ事にや文義わからす翁の詞書にかゝる手つゝなる事ハ書へからす例の注者のこしらへてなるへし諸集に見る所なし○案するに泊舟（ママ）集甲子紀行（ママ）共に大津へ出る道山路を越へてと詞書あり師走袋いさゝか書たかへならんかさるを説叢に注者のこしらへ事なるへしと云へる諸集を見る事廣からさる也○赤草紙ニ初め何となく何やら床しとあり後なしかへられ侍る此類なを有へし

（頭注）　序ニハ道はたとあり本文ニハ道のへとあり

　堀川百首　匡房　はこね山うすむらさきのつほすミれ二しほ三しほたれか染けん

　葛の松原ニ有房とあるハ印板の誤りか

　曠野集に何の気もつかぬに土手の菫哉　忠知

　ワクカセワ葛西千梅述作

（20）蒙引

ひとり寂寞たる山路をたとり来て菫のむら〳〵と咲るを見玉ふに何とハなく哀情を催ふし玉へるを何やらゆかしとハ申出られしや紫をゆかりの色といへハゆかしの語菫に縁あり此句左集にも近江の吟といひ尾張の句といひ所さたかならす

（21）雙説

此句何やらハ宗眼なり何と定めたる事もなき折ふし菫の咲たる山あり是さへも遊の心にてゆかしとなり紫をゆかりの色といへはゆかりとハむすはれたる成へし

万葉集はるの野にすミれすミにとこし我そ野をなつかしミ一夜寐にけり　これハ赤人の哥也ある案にかなの書違ひあるゆへ正をあらはすとなり

（24）泊船集

山路来て是トサシ定メタルコトハナケレド何やらゆかしすみれ艸ガ咲テアレハ

名所にてもありや古跡にてもありやと思ハるゝならん

句調味ひ深し

（25）翠園抄

○素堂評に山路来てのすミれ道はたのむくけこそ此吟行の秀逸なるへけれ○葛の松原に山路に菫とつゝけ申さ

れしをある人覚束なしと難しけるハ有房卿の〱はこね山うす紫のつほ菫といへる歌を不幸にして見さりけん人の心こそおほつかなけれ○按るに堀川百首匡房〱はこね山うすむらさきのつほすミれ二しほ三しほ誰かそめけん

(27) 句解大成

(一句の前書は「大津へ出る道の山路を越て」になっている)

はしめは何ともなしにと五文字ありて山路来ては再案なり〱箱根山けふ越来れはつほすみれ二しほ三しほたれかそめけむ鎌倉右大臣此哥の意に叶へり

(29) 解説

素堂序に山路来ての菫道はたの木槿こそ此吟行の秀逸なるへけれ去来抄ニ曰湖春曰菫ハ山によます翁俳諧に巧也といへとも歌学なき過也と去来曰山路にすみれ詠たる證歌多し湖春ハ地下の歌学者なりいかてかくハ難しられけむいと覚束なし葛松原云有房卿の〱はこね山うす紫のつほすみれといへるうたを不幸にして見さりけん人のこゝろこそ覚束なけれ堀川百首に匡房の詠也下の句二しほみしほたれか染けんとあり有房とあるハ誤なるへし熱田三歌仙にハ何とハなしに何やらゆかしとあり伏見より大津へ四里八町京へ廻れハ遠し深草勧修寺なと越へて追分へ出る道なるへし

二五、辛崎

湖水の眺望
辛崎の松は花より朧にて

湖水の眺望
辛崎の松は花より朧にて

（2）去来抄

伏見の作者にて留の難有其角曰にてハ哉にかよふこの故哉とめのほ句ににて留の第三を嫌ふ哉といへハ句切迫なれハにてとハ侍也呂丸曰にて留の事ハ已に其角か解有又此ハ第三の句也いかてほ句とハなし玉ふや去来曰是は即興感偶にてほ句たる事うたかひなし第三ハ句案に渡るもし句案に渡らは第二等にくたらん先師重て曰角来か辨皆理屈なり我ハたゝ花より松の朧にておもしろかりしのミト也

（3）古今抄

此句は五絶の一章にして芭蕉門の秘授なるか是はまさしく哉の治定をおそれてにてと心を返されけむしからハ心詞の残る所は下の五もしの句絶にして是を下段の切とやいハむしかれともこれらの沙汰は例に故翁の遺訓を察して全く滅後の再撰なれハまして當時の衆評を窺さらんやかならす口斧をおしむへからす〱第二に中ノ切といふは春の夜のあハれも鳴あかしぬる猫の戀もやむ時は何〱として月朦朧と来鵬か寒食（冬至ヨリ百五日也）ノ詩の閑情をふくミいさ宵の月はやす〱と山の端を出はなれてそこにたな引たる雲にいさよふとは賈嶋か詩の風姿を写せりいつれも中間に心詞を添ふへき也〱第三に挨拶切といふは自問自答の格なから或ハ世を旅にとは一句にことハり或ハ人に我はとハ二句の間にことハる也或ハ三句の錯綜もあるへし句情は別に註するに及ハす但いふ小田の代《シロ》かくとは苗代の土をやハらけんとて牛に耰《マクハ》といふ物をかけて行もとりに土を掻ならす故にとそ惣して今いふ三切は心切の別

名と知へき也

(頭注) 郢斧《ヲノ》慈斧《ヲノ》斤《ヲノ》正ナトヽ云口斧ノ事也

来鵬寒食詩三糧詩七言律後聡之句云蜀魄啼来春

寂寞楚魂吟後月朦朧

賈嶋初名無本僧也従韓退之巾之此類之詩多々

大廻　辛崎の松は花より朧にて。

行春をあふミの人とおしミける。

されハ此二章ハ例の湖南の遺稿にありて辛崎の一章は我門の秘授につたへて白馬の廿五條にも曲節地の三段となせり秘する所ハ此發句の朧にてといふ詞を朧かなと決定すれハ花に褒貶の難ある故に花よりも松ハ朧にて面白からふかと心を返さハ下段の切ハ勿論にて爰を大まハしともいふへきにや返す〳〵も推量の沙汰なり

辛崎の松は花より朧にて

山は桜をしほる春雨

此發句ハ湖南の春望にして今はた句意を註するに及ハすしかるに此脇の山桜は其時の衆評にも崎にハ松を花といひ山にハ雨の桜といへる花と桜の別様をしれとそ但いハむ此桜ハむかし長等の山桜と見るへし

発句曲　辛崎の松は花より朧にて

○第三節　辛崎の松は春の夜朧にて

平句地　辛崎の松を春の夜見渡して

此發句は湖南の春望にして白馬に一條の秘訓也ある時木曾寺の夜話に故翁は晋子か雑談集を評して彼か辛崎の松の論談を見れハにてと哉との通用をあけて留る留らぬの證文となせれとさるハ訴状の返答書にして理非決断の公事に似たらん是はさゝ波に駒とめて比良の高ねの花を見しよりも辛崎の松は朧にて面白からんかと心を返して哉とは決せすにてと疑へりたとへハこれらの類説に〳〵三日月ハ正月はかり誠にてとは未決の中の決辞ならすや花より松をと決する時は和哥にも偏題とていむなるよし高ねの花はかの畫図より出て辛崎の松はその和哥より出たれハたとひ留らす切れぬとても曲節ある物は發句としるへしとて此いふ三様は口評ありし也しかれハ發句ハかくのことく附句はまして万様ならめと趣向は例の只一にして句作は曲節地の三様より或は真艸行といひ或は不易流行といひ名目は千姿万容なるへし

(4) 評林

此の句の事ハ諸集に種々の説あり其角か集にこの句の事
ありて翁の答へられしハ

さゝ波やまのゝ入江に駒とめて比良の高根の花をこそ
ミれ

只眼前の風景なるよしされと花と松とに褒貶の心あれは
哉とあるへき所をにてと留られしは妙々たるへしや殊更
句に句なしとは申されたるよしなを此句ハ可尋事にや外
に説あれとも故ありて畧ス

（6）師走嚢**（口絵3頁）**
此句辛崎の松ハよのつねハさも有ましきか花の頃よりも
朧に成しと也花よりハ花の頃より也此切字の問答中にあ
り味ふへし

（7）膝元

大廻しト段ノ切トモ

其角曰に。も。ハ哉にかよふ也哉といへハ句切廻たり依てに。
も。と有
去来曰即興感《カ》偶《クウ》にも発句たる事疑なし第三ハ句案にわた
る若シ句案ニわたらハ第二等にくたらん
翁曰其去か辯皆理屈なり我ハ唯花より松の朧にて面白か
りしなりと

角いにし留の法を説キ来ハ発句
第三の差別を説

右ハ雪門無門関ニ出ス

卯ニ東花坊の解あり云々古今抄ニあり

蕉門秘授ノ由

（8）呑吐句解
にてといふに分別有句なれハ評を残す口傳すへしかゝる
句は己か力を入て忿發し見るへき事也
（頭注）湖水眺望と前書有りからさきの松ハ花より朧ニ
て

山はさくらをしほる春雨

と眼前に花に桜をける句躰也初心の好む実にあ
らす

（9）句解傳書
松ヲ咎メテ不稱セ還ツテ孤松ノ吟猶口傳

（10）説叢
［袋］云此句大津へ出る道山路経てと有此何やら字眼也何と
定めたる事ハなき折ふし菫の咲たる山有是さへも旅の心

にてゆかしと也余情限りなし林解此句出さす
（11） 金花傳
朧にてハ松の操も花より風物一入と也辛崎傳受とて秘蔵する故詳ニあらハし難し傳へて甘すへし
（12） 過去種
（頭注） 唐崎の
當吟翁意深し是句の姿情にほ句第三平句ノ三段をしらしめ給ふ唐崎の松は春の夜朧にてとあらハ第三体成へし松を春日の見渡してとあらハ平句の体成へしほ句に姿情の二ッを生事花より見れハ松ハ朧と志賀と唐崎との照合せり曲節調へハ手爾於葉に至れりとそ哉となくにての不決定にして松よりを受てにての手爾葉至及ふ
（15） 新巻
（一句の前書は「湖水眺望」になっている）
赤人か田子の冨士見仲丸の三笠山の眺望にひとしく一句に近江の花景あり〳〵見えて当意即妙の唫なるへし唐崎の雨後月の朧々たる興観神境盡し難し
（16） 笈の底

其角雑談ニ云伏見にて一夜俳諧催されけるに旁より芭蕉翁の名句いつれにてや侍ると尋出られけり折節の機嫌にては大津尚白亭にて　唐崎の松は花より朧にてと申されけるこそ一句の首尾言外の意味近江の人もいまた見残したるなるへし其気色爰にもきら〳〵と移ろひ侍るにやと申たれハ亦旁より中古の頑作にふけりて是非の境に本意をおほはれし人さし出て其句誠に俳諧の骨髄たれとも慥なる切字なしすへて名人の格的にハ左様の姿をも發句とゆるし申にやと不審しける答にかな止りの發句ににて止りの第三を嫌へるに依てしらるへきか朧哉と申句なるへきを句に句なきとてかくは云下し申されたるなるへし朧にてと居られて哉よりも猶微たる響の侍る是句中の句他に的当なかるへしと此論を再ひ翁に申述侍れは一句の問答に於てハ然るへし但予か方寸の上に分別なしいはゞ　さゝ波や真野の入江に駒とめて比良の高根の花を見るかな唯眼前なるハと申されけり
是は真野の浦より打眄《ナガメ》たる風景にして比良か嶽日枝の山志賀の浦懸て見おろしたる湖に辛崎の松ハ遥に霞こ

めたる眼前躰也其句意は其角か文に明らか也今案に花ハあさやかにして花と見ゆ唐崎の松は青ミ渡りて見ゆれど急度夫とも見分難く朦朧たるの趣也誠に花の比膳所の辺より見んに比良志賀山の花白く雪共雲共見なさんに辛崎の松ハ遥に青ミて見ゆれとも夫と見え難くて朧気也又月に與へて云ハ山々の花ハ雲なき清光の月也唐崎の松は朦朧として朧月とも云へき也亦此吟哉と義定したるより爾天と安《ヤスラ》かに置ける余情名誉の所なるへし

辛崎近江国湖の西南の岸也八景の其一ッ夜雨と称す此松大樹也里俗云上世の松は枯たるを明智日向守光秀植継く所の松今繁茂せると云也今案に光秀漸々二百年に及へし今の松大ひにして古松と見ゆ弐百歳をも経れは如レ此大樹たる物にや覚束なし

松　和名　萬豆　史記亀策傳ニ云松柏為二百木ノ長一ト而守ル二門閭一ヲ云々今案に麻豆と云訓は太母豆と云訓意也松は長寿なる樹也又諸樹に雌雄あり黒松ハ雄ヲ也赤松ハ雌メ也松蕈《マツタケ》ハ雌松に生し茯苓ハ雄松に生る也松は其種類多し五鬣松《ゴエフノマツ》三鬣松あり其品多し其少を挙る又名所の松ハ末に出る　松ヲ大夫　十八公　十返ノ松　姫松　常磐山　松ノ花　松毬　不時雨松　不紅葉松　副馴松　松ヲ大夫史記ニ曰秦始皇ノ上ル二泰山一ニ風雨暴《ニハカニ》至レリ休フ二于樹下一ニ遂ニ封シテ二其ノ樹ヲ一為ス二五大夫ト一云々李誠カ之詩ニ云一事頗ル為二清節ノ累ヒト一秦時ノ曽受ク二大夫ノ官ヲ一云々十八公丁固夢ム三松生ヲ二腹ノ上ニ一謂テレ人ニ曰ク松ノ字ハ十八公ナリ後チ十八年ニシテ為ンカレ公ト遂ニ如シレ夢ノ云々和漢朗詠ノ江相公ノ十八公ノ栄ハ霜ノ後ニレ露一千年ノ色ハ雪ノ中ニ深シ則松と云字の木扁ハ十八也作りハ公の字也依て十八公の三字となる也十返ノ松是は幾返りとなく年を歴ると云祝詞也幾十返を過て千代の松と云意也詩ニ云錯落ケリ千丈ノ松蛇龍盤《ワタカマル》二古根ニ一云々或ハ云何ソ當ニレ凌ク二雲霄ヲ一直ニ上ルコト数千丈　姫松《ヒメマツ》媛松《同》共是ハ雌松を云也則赤松の事也姫とハ女を称す上古の詞也或ハ姫小松共云惣て姫玉唐小なと置ハ多く称号也優《ヤサシキ》を云也又此姫松に説々多しと云共不レ詳也

常盤山《トキハノヤマ》是は何方にても松ある山を云也常磐木の内に松は千年を歴る品なれは常磐と云を松の事にする也常磐ノ松なと云皆松の林を云也亦地名にハ山城丹波両州にある也　松花ノ春也緑《ミトリ》の芽の延んとする時に花開く色黄白也食物本草ノ注ニ云松花一名ハ松黄云々　松毬《マツカサ》是は松子の房

也栗の房に同意也惣て其核仁を包むを房と云也また是は釈名也其故は此毬《カサ》昼は開き夜は塞く或ハ雨雪にハ昼も閉る其鱗の形なる物開塞あるを以て傘と云也房内の仁熟すれハ自ら秡落て毬ハ枯なから暫枝に止る松子落て後は開て閉く事なし是枯の故也又五葉の毬ハ至て大ひ也可レ食中華に甚称す日本松子を不レ貴　不時雨松《シクレヌマツ》詩に冬嶺秀《ス》二孤松一と云是也常磐なる葉は時雨に不レ染也諸葉ハ雨露に濡て後に色を変す則不紅葉松と詠る同意也　不黄葉松《モミチヌマツ》　前に同意也或ハ松の下紅葉と詠るハ夏也松は色替ぬとハ詠めとも萬樹新葉出て古葉落るハ常也落葉の比ハ黄バミて落る也論語年寒《シテ》　松柏《ノ》凋《ニ》後《ルヲ》　知《ル》と有る則此意也名物鈔云《ニ》非《ス》二是葉不《レ》レ彫《ルニ》但《マタ》旧葉落《ル》時新葉已《ニ》生《ス》と云詳《カ》也此凋に後ると云ハ葉を替る事の遅しと見るへし副馴松《ソナレマツ》世に磯馴《ソナレ》松の義と云也今案に磯馴《ソナレ》松と斗り定め難く山に詠る哥間々あり磯馴と云義のミなれは水辺にのミ可レ詠事也副馴《ソナレ》を本字とすへき也磯濱或ハ高岑の風烈しき所の松は片向靡き低く生立物也依て副馴るの趣意也藻塩草云《ニ》そなれ松は生傾きたるなり又ひねたる松を云ともいへり云々亦考に漢名杜松とある品

則副馴松なるへし

　拾遺集　物名　いなミの

住吉の岡の松笠さしつれは雨は降ともいなミのハ善し

立田山余所の紅葉の色にこそしくれぬ松の色も見えけり　　為家

古今

雪ふりて年のくれぬる時にこそ終に紅葉ぬ松も見えけり　　詠人不知

　金葉集　恋　公任卿家にて紅葉海橋《アマノハシ》立《タテ》恋と三の題を人に詠せ侍けるにおそくまかりて人〳〵皆書ける程なりけれは三の題をひとつに詠る哥

　藤原範永朝臣

恋わたる人に見せはや松の葉も下紅葉する天のはし立

於保呂　朧の字を訓せたる也是は幽《カスカ》と云詞也則朧不《ハ》レ明不レ暗貌《ノ》也とあり又哥物語等に朧気《ヲホロケ》と云詞是也或ハ情なとの假初なるを與へて云也彷彿《ホノカ》なと云意に通ひて

定《サタカ》ならぬ義也法華経云《ニ》此非少縁《ヲホロケノエンニアラス》と訓せたる也

　雉子啼くおほろの山の桜花かりにはあらて
　しはし見しかな　実方

花宴

　ふかき夜のあわ《は》れをしるも入月のおほろけ
　ならぬ契りとそ思ふ　源氏君

（頭注）　類字名所和歌集云　新續古今春下

　あふミちやまのゝ濱へに駒とめてひらの高根の
　花を見るかな　頼政

（17）集説

（一句の前書は「湖水眺望」になっている）

泊船集に出たり○其角所謂大津尚白亭にて申されける句也一句の首尾言外の意味を近江の人もいまた見残したる成へし其けしき爰にきら〳〵うつろひ侍るにや哉とまりの發句第三にて留り嫌へるにて知へし朧哉と申句なるへきを句に句なしとてかくハいひくたし申されたる成へし朧にてとすへられて哉よりも猶微したるひゝきの侍る頼政卿〳〵さゝ浪やまのゝ濱辺に駒とめてひらの高根の花を見るかな只眼前なるハと申されけり○呂丸云にて留りの事ハ其角か解あり又是ハ第三の句なりいかに發句とハなし給ふや去来曰是ハ即興感偶にして發句なること疑なし第三ハ句案に渡るもし句案に渡らは第三等にくだらん先師重て曰其角去来か辨皆理屈なり我ハたゞ花より松の朧にて面白かりしのミなり

（18）句彙

（一句の前書は「湖水眺望」になっている）

其角云にて留ハ哉にかよふ云々翁はたゝ何の心なし此哥のけしきにて侍るとなり

　さゝ波や真野ゝ入江にこまとめて
　ひらの高根の花を見るかな

（19）年考

（一句の前書は「湖水眺望」になっている）

貞享元年野さらし紀行前書もかく見へたり○雑談集ニ曰伏見にて一夜俳諧催されけるに傍より芭蕉翁の名句いつれにや侍ると尋出られけり折ふしの機嫌にてハ大津尚白亭ニて辛崎の松は花より朧にてと申されけるこそ一句の首尾言外の意味近江の人もいまた見残したるなるへし其気色こゝにもきら〳〵とうつろひ侍るにやと申たれハ又傍らより中古の頑作にふけりて是非のさかひに本意をお

ほはれし人さし出て其句誠に俳諧の骨髄は得たれとも句中慥なる切字なしすへて名人の格的にはさやうの姿をも發句とゆるし申にやと不審しける答ニ哉とまりの發句にてとまりの第三を嫌へるによりてしらるへきか朧かなと申句なるへきを句に句なしとてかくハ云下し申されしなるへしおほろにてとすへられて哉よりも猶徹したるひゝきの侍る是句中の句他に的当なるへしと此論を再ひ翁に申述れハ一句の問答におゐてハしかるへし但シ予か方寸の上に分別なし云ハゝさゝ浪やまのゝ入江に駒とめてひらの高根の雪を見るかな只眼前なるハと申されたり○古今抄ニ支考曰此句の朧にてといふ詞を朧哉と決定すれハ花に褒貶の難あるゆへに花よりも松ハおほろにて面白かろふと心に返ハせハ下段の切ハ勿論にてこゝを大廻しともいふへきにや又右抄中に此發句は江南の春望にして白馬に一條の秘訓なり或時木曾寺の夜話に故翁ハ晋子か雑談集を評して彼かから崎の松の論を見れハにてと哉との通用をあけて留るとまらぬの證文となせれとさるハ訴帖の返答にして理非決断の公事に似たらん是ハ小ゝ波に駒とめて比良の高根の花を見しよりも辛崎の松はおほろにて面白からんかと心を返して哉とハ決せすにてと疑へりたとへハ是等の類説に三日月ハ正月はかりまことにてとハ未決の中の決弁ならすや花より松をと決する時にハ和哥にも偏題とて忌むなるよし高根の花も画図より出てから崎の松は其和哥より出たれハたとひ留らす切ぬとても曲節あるものハ發句と知るへし又右抄中ニ〽唐崎の松ハ花より朧にて〽山は桜をしほる春雨此發句は湖南の春望にして今はた句意を注するに及ハすしかるに此脇の山さくらハ其時の衆評にも崎にハ松を花といひ山には雨の桜といへる花とさくらの別様をしれとそ但しいはん此桜は長等山さくら見るへし○新々式に花といふハ桜の事にして桜ハ正花にあらす華に桜を付る事花の春はなの袖花の国なといふに附る也から崎の松ハ花より朧にてはせを山はさくらをしほる春雨千那かくのことく考へ又さくら鯛さくら貝等ハ別のものなれハ論なし

（頭注）　孤松集ニ朧かなとあり○孤松集ハ貞享四年尚白

迁雑談集ハ元禄四年其角選

或人曰花よりハ花からなり比良の高根の花から

つゝきて松も朧にてよろしとの吟也と此説ハ其

角支考か説にそむけハいふかし
正秀霊鏡抄ニて留の字畧す
雪ハ花の
源三位頼政の歌上五文字近江路やとあり　忠度
さゝ波や志賀の都ハあれにしをむかしなからの
山桜かな
聖教序ニ
松風水月未足比其清華
（20）蒙引
古今抄に曰これハさゝ波に駒とめて比良の高根の花を見しよりも唐崎の松は朧にて面白からんと心を返して哉とハ決せすと云云鳰の海つらはてしなく鶴とめたる渚に此松のひとり立る風色思ひはかるる
（24）泊船集
辛崎の松は花より《ハ》おほろにて　オモシロウ思ハル、ヤウナ
古今抄にさゝ波に駒とめて比良の高根の花を見しよりも辛崎の松は朧にて面白からんかとこゝろを返して哉と決せすにてと疑えり未決の中の決辞なるよし第三にあらすにて留にても發句なる躰おのつから分明なり味え知るへし
（頭注）　新續古今
あふみちや真野ゝ濱邊に駒とめてひらの高根の
花を見るかな　頼政
（25）翠園抄
○雑談集に伏見にて一夜俳諧催されけるに傍よりはせを翁の名句いつれにや侍ると尋出されけり折ふしの機嫌にてハ大津尚白亭にて〽辛崎の松ハ花より朧にてと申されけるこそ一句首尾言外の意味近江の人もいまた見残たるへし其気しきこゝにもきら〳〵とうつろひ侍るにやと申たれは又かたはらより中古の頑作にふけりて是非のさかひに本意をおほハれし人さし出て此句誠に俳諧の骨髄を得たれともたしかなる切字なしすへて名人の格的にはさやうの姿をも發句とゆるし申にやと不審しける答に哉とまりの發句にて留の第三を嫌へるによりてしらるへきか朧かなと申句なるへきを句に句なしとてかくハ言下し申されたるなるへし朧にてとすへられて哉よりも猶徹したる響の侍るは句中の句他に的当なかるへし此論を再ひ翁に申述侍れは一句の問答

におゐてハしかるへし但予か方寸のうへに分別なしいはゝ〳〵さゝ浪やまのゝ入江に駒とめてひらの高根の花をミるかな只眼前なるハと申されたり

(26) 諸抄大成

(4) に同じ

(27) 句解大成

(一句の前書は「湖水眺望」になっている)

一書に松桜よりおほろにてとすれはほ句にあらす第三体なり

愚考此論よろしほ句は論をふたつにす第三は物をひとつにしてしかも言切て仕まふほ句は余情あり第三は独立なり猶云格を守るの族松は花よりおほろかなと留る也哉はにてに通ふありなりに通ふあり故に哉留のほ句に第三にて留を用心す柳哉乙象哉のほ句には第三にて留遠慮なし治定するかなりに通ふかにてに通ふかと吟味の上にて用捨あるへし

(28) 一串

(一句の前書は「湖水眺望」になっている)

此句殊に人口ニあり。或ハにてハ哉に通ふなどいへるも畢竟切字なきになやめる説なり。哉と留てよき句ならバ。翁何の子細ありてか哉と留ざらん。若哉とせば只松一方の賞翫となるが故也。まさに端書ありて湖水惣体へかゝれる句なれば。やはりにて留ににてハ。にしての約なれば。辛崎の松ハ花より朧にしてといふ句なり。総てはし書ある句ははし書を俳諧にする格なり。句意ハ此水郷の春色遠近かけてあかぬ所なくうらゝかなり。其上辛崎の松は花よりも朧にしてといひ残し。此にしての流しにて聴《きゝて》人の心を端書の湖水上へ引出したるなり。花ハ長等山《ながらやま》に名ありて此所にあづからねど。當季の春に取入て名誉の松一株に匂はせ。松の煙に朧をもたせて水波の春態を思はせたり。もっとも絶妙の句也。此絶妙ミなにての流しより出たるなり。猶おなし端書にて

(29) 解説

(一句の前書は「湖水眺望」になっている)

葛松原云此句錦を着てよるゆく人のことし好悪をはしる人そしらん古今抄云此発句の朧にてといふ詞を朧かなと決定すれハ花に褒貶の難ある故に花よりも松ハ朧にて面白からふかと心を返せは下段の切ハ勿論にて爰を大廻し

ともいふへきにや又云此発句ハ湖南の春望にして白馬に一條の秘訓也ある時木曾寺の夜話に故翁ハ晋子か雑談集を評して彼か辛崎の松の論談を見れハにてと哉との通用をあけて留るとまらぬの證文となせれとさるハ訴状の返答書にして理非決断の公事に似たらん是ハさゝ波に駒とめて比良の高根の花を見しよりも辛崎の松ハ朧にて面白からんかと心を返して哉とハ決せすにてとうたかへりたとへハ是等の類説に〳〵三日月ハ正月はかり誠にてとハ未決の中の決辞ならすや花より松をと決する時ハ和歌にも偏題とていむなるよし高根の花ハ彼の畫図より出て辛崎の松ハ其和歌より出たれハたとひ留らす切れぬとても曲節あるものハ発句とするへしと云云此句諸抄に説々多けれと此支考の説にて盡たり爰にしるさす

二六、石　部

晝の休らひとて旅店に腰を懸て
つゝじいけて其陰に干鱈さく女
吟行
菜畠に花見㒵なる雀哉

晝の休らひとて旅店に腰を懸て
つゝじいけて其陰に干鱈さく女

（8）呑吐句解
此句に理屈を付は還而つたなかるへし句を以て其様を眼前に顕す妙所なり躑躅のおゝきなる枝を桶なとにいけて簷下にさげて椽なとへ出て干鱈さく女のさまおもひやるへし陰の字誠に奇也外の花は生て陰といふへきほとの事

はあらし山人の心なけなる産見るかことし
（頭注）　干鱈は越後の産にして色も雪のことし三月此専
是を裁《サイ》て昼かれゐの媒とす
（9）句解傳書
伊勢ノ山家ニテト有生涯楽ク分アリ
（12）過去種
（一句の上五は「子規草生て」になっている）
子規草生て
当吟ハ句面眼前帆降木因曰躑躅の赤色より子規草正字也
と傳へしハ子規一《ノ》声に血を吐鳥と云此鳥の鳴頃此花の赤
〳〵咲盛て其血に染たるか如し全く赤色也其花を生て其
陰に何の心もなくて干鱈の白きを割て女の業するハ只世
の波に漂ひ後世も菩提も辯へさる店屋の女主よと思ひ玉
ふ観相也翁句凡而仏意を心上に置玉ふ故句案悉く教誡を
示し玉ふ也
（17）集説
泊船集書の休らひとて旅店に腰をかけてと前書有
（19）年考
貞享二年の吟なり野さらし紀行に昼の休らひとて旅店に
腰をかけてと詞書有大津より水口へ出る道のほとの吟と
見へたり○或人曰江州石部茶店にてと前書ありと云々
（20）蒙引
奥なき小ミせのつゝじをへたてゝものするなとしほらし
くもをかしくも思ひけん手桶やうの物にこほるゝ斗つか
ミ立てる辺土の風ミるかことし但翁のよそほひ常ならす
ミゆるものから目前の調菜なと憚れるか
（24）泊船集
つゝしいけて其陰に干鱈さく女《モナク》恥カシゲ
躑躅をいけしは茶店に決せり其姿動さるへし
（27）句解大成
一本に此句のはし書をせすして出すは大なるあやまりな
り
（29）解説
或人云江州石部茶店にてと前書ありと云云大津より水口
へ出る道のほとの吟なるへし

吟行

菜畠に花見良なる雀哉

(4) 評林 **(口絵2頁)**
西行のうたに
　真菅生ふあら田に水をまかすれは嬉し顔にも鳴蛙哉
翁も西行の嬉し顔といへる曲をうらやまれけるよし五
老井か説にミへたり
(6) 師走嚢
此句題に吟行と有我身を燕雀のちいさきにたとへて天地の間も一箇の菜畑目前の間也其間を廣き世界と心を安して生涯を送るハいとはかなく菜畑に花見皃なる雀哉と我身の非をかえり見ての句也
(7) 膝元
　彦根の集ニ西行の哥を引て
　真菅生ふ荒田に水をまかすれは嬉し顔にも鳴蛙かな
此嬉しかほといへる曲をうつして花かへ顔とちりト有り
評林も同旨なり
(8) 呑吐句解
蝶はいふにも及ハす雀もこゝろかけに遊ふとや菜の花の盛長閑に面白時也
(9) 句解傳書
其境花ヲ楽シミ又外ニ求ナシ
(10) 説叢
袋云此句に吟行と有我身を燕雀のちいさきにたとへて天地の間も一箇の菜畑目前の間也其間を廣き世界と心を安して生涯を送るハいとはかなく菜畑に花見顔なる雀哉と我身の非をかへり見ての句也林云西行の哥に真菅おふあら田に水をまかすれは嬉し皃にも鳴く蛙哉翁も西行のうれし顔といへる曲をうらやまれける
説是又、むつかしくとりつけて、入ほかなり、翁の句ごとに、我身の観想ばかり、吟ずへきや、句選にも、其外の諸集にも、吟行の題、見えず、是亦、後の人の、こしらへ題なるべし、句ごとに題をとりて、するハ、初心の輩か、又ハ下手の、する所也、翁ハ即興感偶の句、あまたあり、初輩の事をもて、いふべからず、又菜ばたけを、天地と見て、心をやすんずる、程ならむに、何ぞはかなき身と、非をかへり見むや、安心といふものにハあらず、いと、はかなき身と、心をやすむじて、其たのしミ清貧也、それに、非をかへり見ることハ、はじめ終りの文段、叶ハぬ也、無理なる、注をなす故．言語．始終貫通せぬ也．[林]當れるはづハ．許六が宇陀法師にいへる所．一字もたがはず．杉雨が評にハあらず．許六の云如くとも．書出べきを．古人の説を盗むハ．心黒きしかたにぞありける．〇句意はあきらかなり．評も注も．入らぬ句にて．雀の居どころを．よく見さだめたる．即興の句也．

(12) 過去種

菜畠に

当吟ハ翁ノ身を燕雀に比して天地ノ間も只一箇の菜畠同前と見て世界に心を安ンし生涯を送り玉ふハいと無レ計彼畠に遊ふ雀也と身を観しの心也

(16) 笈の底

（一句の上五は「蔓《ナ》菁畠に」になっている）

此吟ハ前にも云所の懸合の句作也鳳凰に桐花を画き梅に鶯紅葉に鹿を相しろ《ら》ふ是何故と云義ハなく自然の所也然らハ雀にハ菘《ナ》の花相應なるへし此花見顔と云詞俳諧にして名誉也誠に慈鎮西行も詠ミ残したる所滑稽と云へし亦懸合の義ハ詩哥より出て風流の根本也新古今集の比専らに是を選む分て西行の哥に此意多し時鳥に杉の村立と詠る是を熟々案に時鳥ハ余樹相應せす実に杉なるへし此所を能く弁へて可レ学の事也木樟庵老人の句に芍薬や脇本陣の朝朗是能く懸合を弁へたる吟也牡丹ならハ本陣の庭なるへし芍薬に脇の一字字眼也脇本陣の白壁も落かゝりたる庭ハ芍薬なるへし是天地自然の常理にして此義觸る時は句と不レ可レ成也

顔面　貌共和名鈔ニ云説文ニ云顔ハ眉目ノ之間也也和名加保波世ニ云保々豆岐字彙ニ云面ハ顔面又向也也前也也遊仙窟面子《ニカホ》容貌同萬葉の詞書ニ云軽皇子ノ為ニ太子ニ容姿《カホ》佳麗《キラく》也云々同云皇女《ヒメミコ》亦艶妙《カホヨキ》也云々或俗ハ訓ニ面面《ツラオモテ》と云難面《ツラ》共書也面《カホ》の詞多し今俳諧に便り有る所を挙る也　虚託顔《カコチカホ》　我者面《ワレハカホ》　我物面《ワカモノカホ》

勝顔《マサリカホ》　心有貌《コヽロアリカホ》　事有面《コトアリカホ》　智顔《シリカホ》　為知面《シタリカホ》　不知面《シラスカホ》

濡貌《ヌルヽカホ》　折知面《ヲリシリカホ》　喜顔《ウレシカホ》

千載　歎けとて月やハ物をおもハする虚託顔《カコチカホ》なる我なミたかな　圓位法師

百草の花の跡なき霜の庭に我者顔《ワレハカホ》にも薫ふ白菊　後水尾院

山めくるしくれの宿かはゝそ原我物顔《ワカモノカホ》に色の見ゆらん　古哥

伊勢物語　是や此われにあふミをのかれつゝ年月ふれと勝顔《マサリカホ》なミ

千載　数ならぬ身にも心の有顔《アリカホ》にひとりも月をなかめつるかな　遊女戸々

後選(ママ)　見る時ハ事そともなく見ぬ時は殊有顔《コトアリカホ》に悲しきやなそ　詠人不知

新古今　皆人の知顔《シリカホ》にしてしらぬかなかならす死るならひありとは　慈圓

露そむる野への綿の色〳〵を機織虫の為知顔《シタリカホ》なる　後京極

後選集(ママ)　うらむれと恋ふれと君か夜とゝもに不知顔《シラスカホ》にもつれなかるらん

同　あひにあひて物思ふ比の我袖にやとる月さへ濡《ヌル》る顔なる　伊勢

夫木　山吹のしつえの花に手をかけて折知顔《ヲリシリカホ》に鳴く蛙かな　仲正

真菅生る荒田に水を引《マカ》すれハ喜顔《ウレシカホ》にも啼く蛙かな　西行法師

蔓菁《アヲナ》　菘《ナ》　和名鈔《ニ》二云蔓菁蘇敬《カ》二云蕪菁北《ハ》人名《ク》二蔓菁《ト》一和名阿乎奈或曰《ハ》レ葑《ト》辛芥也和名多加奈字彙《ニ》二云菘菜《ル》名《ノ也》韻會《ニ》江南《ニ》有《リ》二菘菜一江北有《ニリ》二蔓菁一相似《テ》而異《ル》也云々時珍《カ》二云案菘性《ニハ》凌冬晩凋四時常見《ニ》有《ルリ》二松《ノ》之操《ヲ》一故《ニ》レ曰菘也菘子《フトハル》作《ニ》レ油無《シ》レ毒塗《レハ》レ頭《ニ》長《クス》レ髪《ヲ》塗《ハ》二刀剣《ニ》一不レ鏥《サヒ》云々今案に蔓菁《アヲナ》を里俗に菜と書す菜ハ野菜にて羹《アツモノ》に云すへき諸品の号也亦菘《タカナ》ハ世に常草《フダンサウ》と云関東の俗に唐苣《タウチサ》と云品也此物四時に有り惣て種類多し水田に生を水蔓菁《ミツナ》と云陸田に作を畠菘と云也亦案に世俗に菘を温菘《コホネ》と覚ゆ是ハ蘿蔔《オホネ》の義にて蘿菁ハ蘿葍《タイコン》の類にハ非す蕪菁《カブラ》の類ひ也蕪菁に相似て一類別種也蕪葍《カブ》の類ハ黄花を開く満地金を敷か如し亦蘿菁《タイコン》の類は其花紫白也黄白の色を以て種類を可レ別也惣て俳書等にも菜《ナ》と書て黄花の趣を句作す大ひなる誤り也かやうの事ハ直したき義也余りに愚智に見ゆる也本字を書て国字《カナ》を附置へし但哥を始て漢字《ヲトコモシ》に書す例無し連俳も皆々假名書たるへき事也然共其紛ハしきハ漢字を可レ書倭字《ヲンナモシ》に不レ可レ限也

萬葉集　詠《ム》二行縢蔓菁食薦屋樑《ヲ》一歌

食薦《スコモ》敷《シキ》蔓菁《アヲナ》煮《ニ》将来《モテコ》樑《ウツハリ》　爾《ニ》行縢《ムカハキ》懸而《カケテ》息《ヤスム》　此君《コノキミ》

春くれは筐《カタミ》ぬき入て賤の女か垣根のこなを

摘ぬ日そなき　　　隆源法師

(17) 集説

泊船集に吟行と前書　又西行上人の哥に真菅生ふ荒田に水をまかすれはうれし顔にも鳴蛙かな

(19) 年考

貞享二年の唫也野さらし紀行ニ吟行と前書あり大津より水口邊漂泊の間の句と見へたり○師走袋ニ此句ニ吟行とある我身を燕雀のちいさきにたとへて天地の間も一間の菜畠同然の間也其間を廣き世界と心をあんして生涯を送るはいとはかなく〳〵菜畑に花見かほなる雀哉と我身の非をかへり見たる句也○評林ニ曰西行の哥に〳〵真菅おふるあら田に水をまかすれハ嬉しかほにもなく蛙かな翁も西行のうれし皃といへる曲をうらやまれけるよし五老井か説に見へたり○説叢に師走袋を難じて云むつかしく取り付て入ほか也翁の句毎に我身の観想はかり吟すべきや句迂にも其外の諸書に吟行の題見へす是又後人のこしらへ題なるへし句毎に題を取りてするハ初心の輩か又は下手のする所也翁は即興感偶の句あまたあり初輩の事をもてとふへからすまた菜畑を天地と見て心を安んする程ならんに何そはかなき身と非をかえりミんや安心といふものにハいとはかなき身と心をやすんして其楽しミ清貧也夫れニ非をかへり見る事ハはしめ終りの文段叶ハぬなり無理なる注をなすゆへ言語始終貫通せぬ也○案するにはせをの句多く観想也天和貞享の比ハ別て観想古事古歌謡《ウタヒ》なとの裁入レ多し至てやすらかに成りたるハ奥の細道已後と見へたり此事ハ去来抄ニ〳〵梅白しきのふや鶴をぬすまれしの句評に句躰の物くるしきハ其比の風也と見へたり此句菜畑同時の唫也又はせを題を取ての句ハ素堂年忘節季候深川集に有又通天橋ニ同庵秋の七種其外あまたあり湖水眺望なんとある事かそふへからす既に説叢の詞に感偶の句あまたありと書ける其句に即興とも又ハ感偶とも前書あらハ是をも題を置てせし句として後のこしらへものと見るへきなり唫行とある事師走袋ニいへるをしるて難すへき事にハあらし又師走袋いへる燕雀の出所ハ史記陳渉世家曰渉少時嘗與人傭耕輟耕之㆓壟上㆒悵恨久之曰苟富貴無相忘傭者笑曰若為傭耕何富貴也陳渉大息曰嗟呼燕雀安知鴻鵠之志哉と見へたり其外三国志杯に燕雀何知大鵬之志とも見へたり是ハ大器量の詞也此心を取りて師走

袋には世にあまたの花盛りなるを此菜畑に過たるハなしと雀ちいさきかの井蛙或ハ鷦鷯一枝なとゝおもひを唫したるとの解ならんか尤入ほかにやあらんすれとも説叢に師走袋の説を見残る事等閑にや○又説叢評林を難して云評林の注あたれる筈は許六か宇陀法師に云へる所一字もたかハす杉雨か評にハあらす許六か言の如くとも書へきを古人の説を盗むハ心黒き仕方にそありける句意ハ明らか也評も注も入らぬ句にて雀の居所よく見定たる即興也○案するに評林にハ五老井か説に見へたりと書出したるを説叢に其事をぬきて評林の注を書出してかく難せしや印板には慥に五老井か説と有此句におゐてハ只眼前の風流と云んには難なかるへしされとも師走袋燕雀の事をいへるより説をなさハはせをは荘子を句作する事諸集ニ見へたれは是をも荘子と見る時は逍遙遊鵬之背不知其幾千里也怒而飛其翼若垂天之雲是鳥也海運則将従於南冥南冥者天池也下畧又曰蜩與鷽鳩笑曰我決起曰槍楡枋時則不至而控於地而已矣奚以之九萬里而南為希逸注畧かく見へ侍れははせをハ天地の外の世界を知れるや如何

(頭注)　甲子吟行此句ミへす

山家集

(20)　蒙引

句面の姿ハいふも更也甲子紀行に吟行のニ字を題せるを思へハかく遊歴巡覧するも花見かほなる雀ならすやと己を省観するの意なりかの雀の心菜虫にあるを花見かほといへるも浮世の情にひゝきてをかし

(21)　雙説

句意ハあきらかなり評も注も入らぬ句にて雀の居處をよく見定て花見顔なるとハ爰正風の俳諧のおかしミなり即興の句なるよしかやうなる句にも色々の解するは翁の清館を泥草鞋にてふミたてくるかことしとなり

(24)　泊船集

菜畠に居ル故サウデハナケレド花見皃なる雀かな

かほとハさうてハなくして其やうなといふ事なりされハ雀は其気もないかハ知らぬか菜の花見するかと思ハるゝとのたまふなるへし

(26)　諸抄大成

(4)　に同じ

(27)　句解大成

一書に云西行上人〽ますけ生ふるあら田に水をまかすれはうれし顔にもなく蛙哉の意也愚考花見顔とうれし顔とよくも似たり句の意菜畑なれとも花見の句なり此雀は鳥にあらす下郷の比喩なり世にある人はうひささめき彼の花爰の花見とうかれ歩行を小百姓の身より菜畑の作を耕し鍬休めに畔に腰うちかけてやかて此菜種を十分に取入てなとにこやかにきせるくわへなから花見顔に打休らふ体をかくす作し玉ふなり七部大鏡の炭俵集の雀の柳袴の注と引合せ見へし

(29) 解説

評林ニ云西行のうたに〽真菅生ふあらたに水をまかすれハ嬉し顔にもなく蛙哉も西行のうれし顔といへる曲をうらやまれける説叢云許六か宇陀法師にいへるに云云句意ハ雀の居所をよく見定めたる即興の句也師走袋に此句我身を燕雀の少さきにたとへて天地の間も一間の菜畠同前の間也其間を廣き世界と心を安んして生涯をおくるハいとはかなく我身の非を省ミたる句也説叢に難して句毎に我身の観相はかり吟すへきやとハ申さるれとも其意なきにしもあるへからすさハあらすとも雀の逍遙の大鵬と異なると見る荘周の意ハ餘情にあるへきかそはきく人の心となるへし

二七、水　口

水口にて、二十年を経て故人に逢ふ。
命二ツの中に生たる桜哉

水口にて、二十年を経て故人に逢ふ。
命二ツの中に生たる桜哉

（6）師走嚢（口絵3頁）
（一句の上五は「命二ツ」になっている）
此題廿年を経て故人に逢とあり然らは活たるは花を生ケたる心也我と其方と命二つ其中に風雅を失ハさるは中に生ケたる桜のことしと也

（8）呑吐句解
（一句の上五は「命ふたつ」になっている）
なからへて又越ゆへしとおもひきや命也けり佐夜の中山
西行の哥にて此吟有りや互の命なからへたれはこそまた此桜に逢ふと也中に活たる手爾葉おかし桜も枯すして増〳〵繁花なるを見る悦ひ也
（頭注）　水口ハ江州なり
故人ハいにし故友か

（9）句解傳書
（一句の上五は「命ふたつ」になっている）
廿年ヲ経テ故人ニ逢フト前書活タルハ志也

（12）過去種
（一句の上五は「命ふたつ」になっている）
（頭注）　命ふたつ
當吟ハ前書に廿年へたると云に我と其方と命二ツ其中に風雅もちり失す見よ〳〵誠に風雅の散すして桜の咲立たるハと也活ハ生ケたる成也

（17）集説
泊船集

（19）年考
（一句の上五は「命二ツ」になっている）

貞享二年の吟なり前書とも野さらし紀行ニ見へたり命二ツのとあり○自得發明辨ニ曰風国か菊の香集に命二ツ中に活たるさくらかな是ハ文字あまりにて命ふたつのとあり予芭蕉庵にて借用艸枕ニ慥ニの〻字入たりの〻字入てミれハ夜の明たることく知らさるハ是非なしと見へたり○師走袋にいはく活たるハ花を生たる心也我とそなたと命二ツ其中に風雅を失ハさる中に活のこりしと也○案するに風雅を失ハさるをさくらにたとへたるといはんよりも宋之問か詩ニ年々歳々花相似歳々年々人不同とあるをおもふへきか

(20) 蒙引

(一句の上五は「命ふたつ」になっている)

釣舟にいけたる花の頼ミなき互ひの命なるも廿とせを経て拝見しことの不思議さよと悦ひ玉ふ風情ならん◎季吟叟の〱いけおくや花のいのちの釣小ふねといへるに相似たり

(24) 泊船集

命ふたつ君ト我トナカラヘテ多クカハリタル中に活たるさくらノヤウニアルかな

命をたもつ事の重きハ誰も有かたく思ふへきなり殊さらしたしき人とともにかたらハんハ此うへのたのしミやあるへき

(頭注) 故人トハ古き友達也

(25) 翠園抄

(一句の上五は「命ふたつ」になっている)

○宋之問か詩に年々歳々花相似タリ歳々年々人不レ同

(27) 句解大成

(一句の上五は「命ふたつ」になっている)

愚考源氏胡蝶の巻の俤なり蝶鳥にさうそき□たる童八人かたちなと殊にと〻のへさせ玉ひて鳥には白銀の花瓶に桜をさし蝶には黄金の瓶に山吹をおなしき花の房をいかめしう世になきにほひをつくさせ玉へりと云々命ふたつとは蝶と鳥をさしたり二人相對したるに命ふたつとは申かたし蝶と鳥の俤に桜を活たれは命ふたつとは申されたり二十年の故人とは些中菴芦馬なり橘广より帰夙に翁をしたひ来りて昔今の物語ありと云々旧名土芳なり

(28) 一串

(一句の上五は「いのちふたつ」になっている)

此こ〻ろハ花は我らか為に咲。我らハ花の為に生たる世

ぞとなり

(29) 解説

許六自讃之論云是命ふたつと字餘り也予芭蕉菴にて借用の草枕にたしかにの丶字入てありの丶字入て見れは夜の明たるかことし積翠子云宋之問か詩に年々歳々花相似歳々年々人不レ同とあるを思ふへきかと桜の活々と若やかなるを言ひて自他の老衰を嗟嘆する意に見られしにや今此紀行にの丶字なけれハ吾子とわれとの命ふたつ老衰病死苦の世の中に無異にて健なるは世の中に活たる桜也とよろこはる丶情に見てハいかならんか貞享二年乙丑より二十年以前ハ寛文の初年蟬吟死去の前也此故人何人にやいまた所見なし是より尾陽に至りて再ひ桐葉の家に客とし熱田三歌仙ありしなるへし

二八、大顚和尚の訃

伊豆の国蛭が小島の僧桑門、これも去年の秋より行脚してけるに、我が名を聞て草の枕の道づれにもと、尾張の国まで跡をしたひ来りければ、

いざともに穂麦喰ハん草枕

此僧、予に告ていはく、圓覺寺の大顚和尚、今年陸《（睦）》月の初、遷化し玉ふよし。まことや夢の心地せらる丶に、先、道より其角が許へ申遣しける。

梅こひて卯花拝むなミだ哉

伊豆の国蛭が小島の僧桑門、これも去年の秋より行脚してけるに、我が名を聞て草の枕の道づれに

もと、尾張の国まで跡をしたひ来りければ、
いざともに穂麦喰ハん草枕

（8）呑吐句解
一椀の蔬食をわけて同し草枕せんと尤心切を述たり
（頭注）　飯疏食飲水曲肱而枕之楽亦在其中矣
（12）過去種
句のみ記載
（17）集説
泊船集に詞書同し
（19）年考
貞享二年の唫にして野さらし紀行に前書共にかくあり孤
松集ニ行脚の客にあふてとあり句おなし
（20）蒙引
七字澹泊を形容して雅也捨身境界真に歎すへし麦に草縁
あり
（24）泊船集
いさともに穂麦《ナリトモ》くらハん《栄耀ハナラヌ》艸まくら
楽に飢ぬやうにせうといへる朋友の信なるへし

（25）翠園抄　**（口絵13頁）**
句のみ記載
（27）句解大成
杉亭云十論第四段に馬麦といふ事あり奥起行経に佛九十
日食二馬麦一中略我因地謗レ佛日髡頭沙門正応レ食二馬麦一不レ
応食二此甘膳之供一是等也下心にして句作り玉ひけり
（29）解説
孤松集に行脚の客にあふてとあり是ハ桐葉亭に旅寐の折
からなるへし

此僧、予に告ていはく、圓覚寺の大顚和尚、今年
陸(睦)月の初、迁化し玉ふよし。まことや夢の心地せ
らるゝに、先、道より其角が許へ申遣しける。
梅こひて卯花拝むなミだ哉

（1）三冊子
梅ハ圓覚寺《エンガクジ》大巓和《タイテンワ》尚遷化《セウセンゲ》時の句也その人を梅に比《ヒ》して爰
に卯の花拝むとの心也物によりて思ふ心を明すそのもの
に位を取

（6）師走囊（**口絵3頁**）

此句圓覚寺の和尚迁化と聞ての句也梅恋ては我このむ風雅也卯の花拝むハ彼和尚の僊化（ママ）を聞しと也

（8）呑吐句解

（一句は「桜恋て卯の花拝む涙哉」になっている）

さくらの比ハ行く末見え奉らんと心にかけたるにかなはす卯の花の比に成たるに途中にてみまかり玉ふを聞て卯の花に涙をそゝきなき師を拝む也

（頭注）　鎌倉五山　圓覚寺

　伊豆国蛭か小島の桑門是も去年の秋に行脚しけるに我名を聞跡をしたひ来りけれは此僧我に告て曰と有り和尚の迁化を桑門翁に告たると見えたり芭蕉翁此禅師を常にしたひ玉ふ趣き聞ゆ

　一本　梅と有り　心かハるへからす

（10）説叢

（一句の上五は「さくら恋て」になっている）

袋云梅恋てと五もしありて云梅恋てハ我このむ風雅也卯の花拝むハ彼和尚の迁化を聞しと也林解此句を出さす

説注一向にわからず．文語糊をふくむ．かくてありなん．諸集にも．句選にも．桜恋てとあり．梅恋てと云もまた．我このむ風雅と．言むためにや．覚束なし．又睦月遷化．と事書にあれバ．梅ならむと思ひ．五もし書たがへたるにや．遷化を聞かれしハ．四月の初と見ゆれば．桜の方ハ卯の花へ．時候近し．梅ハ一ヶ月またぎにして．観想にも遠きものにや俳諧ハさしあたり．近き時候を取合せ思ひを述る．道ならめ．遷化の睦月を．断りて梅恋てとハ．理屈に近かるべし．○句意ハ明らか也．色香の徳をしたひ恋しに．甲斐なく．憂きうの華とうつり行給ひぬる事よと．歎き申されし也．拝むなみだとハ．廻向すると云程の義也．直に拝したる義にもあらず．卯の花を．憂にかけていふ詞．和哥の血脈．和語の優美也．

（12）過去種

（一句の上五は「楳こひて」になっている）

楳こひて

當吟尾陽にて蛭ケ小嶋の桑門噺せし也圓覚寺大巓和尚迁化翁驚玉し先晋子方へ申遣し給ひけるか梅こひてとハ翁の風姿風骨卯花拝むハ和尚の迁化真如の月の卯花に向ふ

意也

（16）笈の底

後拾遺集　題不知　永源法師

心から物をこそおもへ山さくらたつねさり
せハ散を見ましや

是ハ此哥の趣有る吟也味ふへし亦其意ハ前文に明か也是ハ大顛和尚を梅に興へ称し出たる也春の内に拝謁し申へきを不レ計も月を互て春に後れ夏に至て謂ひ甲斐なくとも卯花を拝み奉る事の悲しとの義也此句今案卯花の卯の一字眼也是ハ憂《ウエ》花拝むと云懸たる詞也既に阿那卯花と詠ると穴憂と云掛たる詞也或ハ鶯とのミ鳴と詠も唯憂《ウ》と云懸たる述懐也此本詞を取て梅恋しに夫にハ引替て憂《ウキ》花の便を聞て今更に涙哉と也趣意深して其余情名誉と云へし再吟して可レ味也亦此吟ハ豆州の人の便に聞と有り然ハ鎌倉瑞鹿山圓覚寺か是ハ開山宋佛《ハノ》光禅師則平《ノ》時宗建立也

於賀武拝也礼拝の義稽首也和訓奴加豆久古記万葉専額衝《ニヌカツク》叩頭《同》曲礼《ニ》曰凡《ソ》視《ルコトハ》上二於面《ヨリ》一則敖《オコレリ》云々呂氏注云上《ル》二於面《ヨリ》一者《ハ》其気驕《オコレリ》　知二其不《ルトヲ》レ能二以下《ルコト》一人《ニ》矣云々亦枕草紙額衝《ニ》虫の事出る此虫頭を上下して人の叩頭か如し依て号す也今《ノ》児童是《コレ》を米搗虫と云今案是ハ額衝を糠搗《ヌカツク》と心得て米搗虫とハ云なるべし一笑と云へし

おかミする片目に妹か見られつゝいつらハ
心清水の瀧　　俊恵法師

はしめなき罪のつもりのかなしさハぬかの
声〱くどきつる哉　　俊頼

（17）集説

（一句の上五は「桜《梅》恋て」になっている）

泊船集には梅恋てと有前書同し

（頭注）　土芳云大顛和尚に梅を比して爰に卯の花を拝むと云心也

（19）年考

（一句の上五は「桜こひて」になっている）

貞享二年の野さらし紀行ニ伊豆国蛭か小嶋の桑門これも去年の秋より行脚しけるに我名を聞て艸まくらの道つれにもと尾張の国迄跡をしたひ来りけれハいさともに穂麦くらはん草枕此僧我に告て云圓覚寺の大顛和尚今とし睦月のはしめ迁化し玉ふ由誠や夢のこゝちせらるゝに先つ

道より其角か方へ申遣しける梅恋て卯の花拝むなミた哉と有桜にハあらす

新山家集にはせをの消息あり曰草枕月をかさねて露命恙なく今日帰庵に趣き尾陽熱田に足を休むる間ある人我に告て圓覚寺大顚和尚今年睦月のはしめ月またほのくらきほと梅の匂ひに和して迁化し玉ふよしこまやかに聞え侍る旅と云ひ無常といひかなしさいふかきりなく折節のたよりにまかせ先一翰投机右而巳〽梅恋て卯の花拝むなミた哉はせを四月五日其角雅生と見へたり此新山家集ハ其角か貞享二年夏木賀山入温泉の紀行也其文の中に鎌倉圓覚寺へ詣し其詞に大顚和尚の尊牌を礼し〽香一爐はちすに銭をつゝミけり其角ハ彼和尚のいまそかりける世をおもへハ開山より百六十三世也十三にして業徳の名あめか下に擅に一箇無心の境に遊んて詩ハ盛晩の異風を壓し且俳諧に自然の妙を傳へ予か手を曳て皷うち舞しめ玉ふよりそ萬たふとき御事を耳にふれ侍る貧ハ原子也多病杜子にひとし今年貞享二年正月三日八そじ七とせにして柴屋の雪の中に消られ給ふ御名世にすくれたまへは葬喪し奉る事眼に冨りしかれ共生前一盃の蕎麦湯にハしかしと愚集みなし栗に幻吁とゝめたる御句をしたへハ涙いくそはくそや〽三日月の命あやなし闇の梅其角虚栗の巻頭の句〽禮者敲レ門したくらく花明也幻吁案するにすへて花とのミいふときハ桜也としかれとも此句ハ梅花なるへし貝原か大和本艸に日本に昔ハ梅を花と呼ふ中世己来桜を花といふと見へたり古今集春貫之〽人ハいさ心もしらす古郷ハ花そむかしの香に匂ひける栄雅抄ニ貫之ハ父文幹か初瀬の観音に祈りての申子なれハ常に詣て宿のあるしの久しくおとつれぬとて恨るをそこなる梅を折て花そむかしの香ににほふと我心中を花にあらハしいへる玄妙の哥也又是も古今集に水のほとりに梅のはなさかりなるをよめる伊勢〽春ことになかるゝ河を花と見て折らぬ水に袖やぬれなん〽年を経てはなのかゝみとなる水ハ散りかゝるをやくもるといふらん両首なから花とはかりよめれと言葉書に梅とあれはゆつりてよめりと栄雅抄ニ見へたり又古今著聞集ニ宇治殿四条大納言公任卿といま春秋の花いつれかすくれたると論せさせ玉ひけり春ハ桜をもて第一とす秋は菊をもて第一とすと宇治殿仰せられけれハ大納言梅の候ハんうへハ桜第一にてハいかゝ候へきと申さ

れけれハ梅と桜との論に成て自餘の花の沙汰はつきに成にけり大納言恐れほなしていよ〳〵も論し申されすなから猶春の曙に紅花の艶なる色すてられかたしと申されける優にそ侍りける江記に見へたりこゝに俳諧ハ守武宗鑑貞徳の流といへとも延宝の末次韻よりはせを新風をたてたれは往古のおもむきによりて花とのミいへる此句を梅とし歳旦の巻頭とせしか尤大顛和尚ハ道とくの禅師なれハ其論有へからす此礼者の句を以て見るときハはせをの梅恋てハ花明也の梅なるへしや其角か闇の梅花は生前に花明らか也梅の句ありける曙に對して闇の梅と云へる成るへし其角十七回忌集中に其角書捨置しを記し出さるに十六歳にて圓覚寺大顛和尚詩學易傳受と見へたり師走袋ニ云梅こひてと五文字あるハ我このむ風雅也卯の花拝むハ彼和尚の迁化を聞し也説叢に師走袋を難して曰注一向あたらす諸集は句論句選にも桜恋てとあり梅恋てと云ふもまた我このむ風雅と云ハんためにや句選覚束なし書たかへるにや迁化を聞れしハ四月はしめと見ゆれハ桜の方卯の花へ時候近し梅ハ二月またきにして観想にも遠きものにや俳諧ハさしあたり近き時候をとり合せおもひを述る道ならめ迁化の時日を断りて梅乞てとハ理屈に近きや句意ハ明らか也色香の徳をしたひ恋しかひなくうき卯のはなとうつり行なひぬる叓よと嘆き申されし也拝むなみたとハ回向するといふ程の事也直に拝したる義にもあらす卯の花をうきにかけていふ言葉和歌の血脉和語の優美也案するに句選にのミ桜とありて野さらし紀行はせを真蹟にも梅乞ひてとあり新山家にも梅と有いつれの諸集ニ櫻とあるにやいまた見当らす其角風国梅とす説叢いつれを證とせるにや赤草子ニ梅は圓覚寺大顛和尚迁化の時の句也其人を梅に比して爰に卯の花拝むとハ心也物によせておもふ心を明すその物に位を取す

（頭注） 鶴林玉露ニ曰洛陽人謂牡丹為化成都人謂海棠為企尊貴之也

（20） 蒙引

長途のあけくれに忍ひまいらせしかはからすも今うき音信を聞きぬると卯の字に其意を含め玉へり猶睦月の事を卯月に聞たるのにらみといひ白きをとり合せ玉ふ働き感すへし

（21） 雙説

（一句の上五は「さくら恋て」になっている）
此句を梅恋てと評せしあり甚覚束なし又暁は遷化とこと書にあれは梅ならむとおもひ五文字書ちかへたるにや迁化を聞れしハ四月のはしめと見ゆれは桜の方ハ卯の花へ時候近し桜ハ二月までにして観相にも遠きものにや俳諧ハさしあたり近き時候をとり合セおもひ述る道ならす迁化の睦月を改りて桜恋てとハ理屈に近かるへし句意ハ明らかなり色香の徳をしたひ恋しに甲斐なくうき卯の花とうつり行給ひぬるとのよと歎き申されし也拝むなミたとハ回向するといふ程の義也直に拝したる義にもあらす卯の花を憂にかけていふ詞
和哥の血脉和語の優美也

（24）泊船集

梅恋て思ヒノ外卯の花拝むコトナル、涙かな

　梅を和尚に比し其人にあハんとしたひしに卯の花とハ憂にいひなし事の変をおとろき給ふなるへし

（25）翠園抄（**口絵13頁**）

○鎌倉圓覺寺大顛和尚俳名幻呼といふ其角か師とする事新山家集にミえたり按るに睦月の迁化を卯月に至て聞けるゆへ梅こひてうの花拝むとは作せるならん

（27）句解大成

説叢大全云師走袋に梅恋てと出したるハ睦月迁化とかく書あれは梅なからむとおもひ五文字かきたかへたるにや迁化を聞れしハ四月の初と見ゆれは桜恋てなり桜のかたハ卯の花へ時候近し梅は二夕月またきにして観想にも違きものにや俳諧はさしあたりちかき時候をとり合せおもひを述る道ならめ迁化のむつきを改りて梅恋てとはりくつに近かるへし
愚考むつきのはしめの迁化ハ梅の時候也桜とあらは桃にも柳にも動かむ何を見あてに桜とせむ梅は大顛和尚に比し卯花は時に取て佛花の俤也続後撰集に道命〽おもひきや世ははかなしといひなからきみかゝたミに花を見むとはといふ哥のことく梅のめてたきを乞ひて卯花のいまはしきを見むとハおもひよらすと也扨円覚寺は鎌倉にて律宗也寺館七貫文と云々瑞鹿山と号す開山宋の佛光禅師也弘安年中平時宗建之

（29）解説

圓覚寺大巓和尚ハ詩学易に委しく其角の師なるよし嘗て

翁の本卦のやくを箇考せられけるよし終焉記に見へたり其角への文音新山家集に見えたり草枕月をかさねて露命つゝかもなく今程帰菴に趣き尾陽熱田に足を休むる間ある人我に告て圓覚寺大巓和尚ことし睦月のはしめ月またほの闇きほと梅の匂ひに和して遷化し玉ふよし細やかに聞え侍る旅といひ無常といひ悲しさいふかきりなく折節の便にまかせ先一幹投机而巳と此句ありて四月五日と見えたり新山家集ハ貞享二年夏其角木賀山入温泉の紀行也其文中に云鎌倉圓覚寺に入大巓和尚の尊牌を礼し〽香一炉はちす銭をつゝミけり彼の和尚のいまそかりける世を思へは開山より百六十三世となり十三にして業徳の名をあめか下に擅に一箇無心の境に遊て詩ハ盛晩の異風を壓し且俳諧に自然の妙を傳へ予か手を引て鼓うち舞ハしめ玉ふよりそ萬尊とき御事を耳にふれ侍る貧ハ原子也多病杜子にひとし今年貞享二年正月三日いそち七とせにして柴屋の雪の中に消かゝれ玉ふ御名世に勝れ玉へれは葬喪し奉る事眼《冨》にとめり然れとも生前一盃の蕎麦湯にハしかしと愚集みなし栗に幻吁とゝめたる御句をしたへハ涙いくはくそや〽三日月のいのちあやなし闇の梅其角虚栗

巻頭改正〽礼者敲門したくらく花明らか也又雪夜〽佛たく夜ハさそあらんそは湯かな積翠子曰此礼者の句を以て見るときハ芭蕉の梅恋てハ花明らか也の梅なるへしと赤双紙に梅ハ圓覚寺大顛和尚遷化の時の句也其人を梅に比して爰に卯の花拝むとは心也物によせて思ふ心を明す其物に位をとる句選に桜恋てに作る説叢に桜の方卯の花へ時候近しうき卯の花とうつりゆき玉ひぬる事よと歎き申されし也卯の花をうきにかけていふ言葉和歌の血脈和語の優美也愚按るに其角の新山家集に梅恋てとあり赤双紙に其人を梅に比して爰に卯の花を拝むといふうき卯の花を拝むと云嘆かるゝ心も深きにや赤双紙の説にて事足るへし梅ハ花明らかの梅也又桜の方卯の花へ近き様恐らくハ無用の辯といはんか

二九、杜国留別

杜国におくる
白げしにはねもぐ蝶の形見哉

杜国におくる
白げしにはねもぐ蝶の形見哉

（6）師走嚢**（口絵3頁）**
此句題に杜国に送るとあり然れハ白けしにてハ有へからす目《（ママ）》くらしの誤りなるへし日くらしの世になきわたるを感して我境界の軽く蝶の飛揚せることく羽をもきて遺すとの心也誹諧傳受なとの有句と見えたり

（8）呑吐句解
白けしの散るハ蝶の羽をもくことくなれは別をおしむ心に形容し述たるなるへし夢の字を口中に込たる句なりもしや贈の字吊の字にあらすや重而考へしかたミハ紀念也

（頭注）　贈杜國子と有り杜國ハ盲人也本土尾州ト聞へたり

（12）過去種
（一句の前書は「贈杜国」、下五は「筐哉」になっている）
白けしに
當吟ハ俳道傳有時の尊吟と見ゆ風姿ニ志す者ハ清淡の意有如清キ白芥子に向ノ人を喩へ御身ハ蝶片羽をもき送玉ふ謙退の姿成へし

（16）笈の底
（一句の前書は「贈杜國子」になっている）
是ハ杜国と云人の宅に逗留なと有て帰旅の節の名残の吟成へし其句意ハ麗《ケシ》春花に止る蝶の立さまの羽風に脆《モロ》き葩《ハナヒラ》の散たるを蝶の行とて其名残に羽杌《ハネモギ》て置也と我を蝶に興へたる趣にて至て別を惜む処より形見共見よと也誠に白罌粟の葩ハ粉蝶《コテウ》の羽に能似たり亦脆《モロ》く落な《安》ゝき事同し名誉の見立也今案此羽杌《モグ》と云詞甚心切の思ひ篭る餘情味へし翅ある物片羽を失ふハ人の片腕を捨る

に勝るへし世に不具なる者を片羽者と云を以ても知へ
し其意深き吟也
加太美　形見《カタミ》　記念《同》　寄物《同》　信《同》　行《同》　右皆々訓す也是ハ
別れに物を残し或ハ送て其品を見て其形を思ひ出るの
意也亦忘形見と云詞ハ多く忘《ワスレカタ》難ミと云懸て詠る也亦
加太三の詞清濁の三事あり混ずへからず則互《カタミ》　笭箵《同》也
記念ハ清て訓す亦互花笭箵ハ濁て訓す也神代巻云《ニ》我《カ》形
見物《ノ》如《キ》云々
伊勢物語記念《ニ》　遊仙窟云《ニ》今留《ム》二片《イサヽカナルカタミヲ》　子信一　同云鳳錦
行《カタミニ》　須《シ》レ贈《ル》云々
　しのべとやしらぬむかしの秋を経《ヘ》て同し形見に残
る月影　定家
逢と見て誰そともなく明にけりはかなの夢の忘か
たみや　新古今　家隆
波爾　翮也和名鈔云羽本《ヲ》曰レ翮《ト》一《ニ》云羽根と書ハ翼《ツバサ》の本と
云義也羽毛の類其少《シ》を記毳《ニコケ》是ハ細弱毛と有て俗に
産毛《ウフケ》と云是也襁褓《フクケ》是ハ淋惨《ツヽケ》共云て鳥雛の初生羽毛の出
るを云也　小衣毛《サコロモケ》是ハ尾の下に在る毛を云鷹に詠る也
翈《カザキリ》　是は翮上の短毛也是にて風を切て飛行す舟に楫《カヂ》有
か如し　雨覆羽《アマオホヒハ》是ハ尾筒の上を云雨雲を凌く羽也亦
翼《ツハサ》　翅《同》是ハ惣名にて則翮の義也
母愚　杌也字彙云杌木《ハ》無レ枝也廣韻云《ニ》樹無レ枝《ヲ》曰《フ》レ杌《ト》云々細
流云《ニ》もき木ハ枝もなき木を云也云々今案杌《モク》と訓して可
也毛具と云詞ハ錑《モギル》　捩《同》など云趣意にて捩《モギリトル》取の義也杌《モキ》た
る跡ハ枝なき也
　余所にてハもき木なりとや定むらん下に薫
へる梅の初花　源氏　薫君
我といへハあたこの山に柴折する杌木の枝
の情なの世や　俊成

(17) 集説
(一句の前書は「贈杜國子」になっている)
泊船集　罌粟合

(19) 年考
(一句の前書は「贈杜国」になっている)
貞享弐年野さらし紀行ニ前書とも如此見へたり芥子合に
も出たり案するに杜國は三河國保美といふ所に杜國の忍
ひて有けるをとむらハんと云々笈小文ニ見へたりされと
も野さらし紀行此句のある所は尾州の国の唫の中に見へ

たり或人云てにハむつかしおそらくハ傳写誤れる白けしハ羽もく蝶の羽もきたるかたみといはゝしらけしにと有てハ分きかたしと按るに此紀行のうち桐葉か亭を出るとき牡丹の句ハ桐葉を牡丹しと其見を蜂にせし吟にやしからハ此句杜国をけしとし我身を蝶とせしやけし散たるにハあらすさかりなる花哉野さらし紀行甲子吟行芥子合ともに白けしにとあり師子《(ママ)》袋ニ五もし日くらしにの誤りなるへしと有此説無覚束或云杜国か不幸を送ると案するに此句貞享二年の句にして野さらし紀行に見へたり又貞享四年の笈の小文に杜国を尋ねて鷹ひとつ見付て嬉しの句有然れハ貞享二年杜國存生のうちの句也

(20) 蒙引

(一句の前書は「贈二杜國子一」になっている)

杜国か家を立出玉ふ時の留別とミゆ○あるしの潔きを白芥子に比し羽もくの語に信の厚きをあらわす猶その花のちる風情にうつりありといはん

(24) 泊船集

(一句の前書は「贈《ル》二杜国子《ニ》一」になっている)

白けしにはねもく《ヤウナ》蝶のかたミ哉

是ハ江戸へ帰り給ふ時におくられしと見ゆ此辺に在うちハしたしくせしか今別れゆくときハ蝶の羽をもくやうにかなしく此句を紀念《(ママ)》におくるとのたまふならん

(25) 翠園抄 **(口絵13頁)**

○杜国ハことにはせをむつましかりし門人なり

(27) 句解大成

(一句の前書は「贈杜国子」になっている)

句のみ記載

(29) 解説

(一句の前書は「贈杜国子」になっている)

是ハ桐葉亭にとゝまりて杜国におくれるなるへし杜国ハ名古屋伊勢町の人壺屋平兵衛と云後に三河国知多郡保見山中に隠る積翠子云此紀行の内桐葉か亭を出るとき牡丹の句ハ桐葉を牡丹とし其身を蜂にせし吟にや然らハ此句杜国を芥子とし我身を蝶とせしや芥子ちりたるにハあらすさかりなる花か或説白けしハとあれハよく聞ゆへしちれる花を蝶の羽もきたるかたみといはゝしらけしにとありてハわきかたし云云按るに桐葉亭留別の句其身を蜂にたとへられしことく是も自己を蝶にたとへられたるか白

けしハ蝶の羽の白きに似たれハけしの花を我羽もきしかたミと見るへしと申おくられしと覚ゆ余情にけしのちりかゝりて一とひらふたひら残りたるさひしミも見ゆへきにや杜国を瞿麦にしたるにハあらす又杜国子に贈るとあれは此句をけしの花につけておくられしにもあるへきにやとにかく塵世の諷躰も意中にこもらんかし或人云然らハ白けしをとあるへしと是は優美を知らぬ田夫といふへし白けしにはねもく蝶のかたみを見よとあらんに嘆息の意も深かるへし

三〇、桐葉留別

二たび桐葉子がもとに有て、今や東に下らんとするに、
牡丹蘂ふかく分出る蜂の名残哉

二たび桐葉子がもとに有て、今や東に下らんとするに、
牡丹蘂ふかく分出る蜂の名残哉

（7）膝元
私案　貞享以前の作か
杜詩ニ　花蘂《クワスイ》上《ル》ニ蜂鬚《シュ》一
（8）呑吐句解
牡丹ハ重ね厚く花大なる様を容する也牡丹の廿日立名残

も遠からす落花の近き名残を蜂によそへていへりおもしろき姿也五文字の餘たるも耳たゝすおかし初心のすへき事にあらす

（9）句解傳書

二度桐葉子カ許ニアリテ今ヤ東ニ下ラントスト前書アリ冨貴ノ家ニ親シク入リタルテイヲ見ルヘシ

（12）過去種 **（口絵6頁）**

（頭注）牡丹蘂ふかく

當吟句面不及解直聞ゆ愛蓮説李唐自以来世人甚愛レ牡丹牡丹者華之富貴者也

只冨家を賞し玉ふ滞留の奥深き粧ひを賞す此前書ハ二たひ桐葉子か許に有てと見ゆ

（16）笈の底

牡丹蘂《シベ》わけ出る蜂の浪餘《ナゴリ》哉

笈日記ニ云むかし武江にくたるとて人々に留別

牡丹蘂を分て這出る蜂の名残哉

今案是ハ貞享甲子記行（ママ）に出て牡丹蘂深く分出るとあり何れにも其比の句姿如《シ》レ此依て今記す処ハ翁再案の正風成へし

此吟ハ貞享記行に桐葉と云人の許より吾妻へ下る時の別離とある也亦句意ハ主を牡丹に称して《蕊》を家居に比す則群花の蜜ハ蘂に在るを以て也其甘き蘂を分出て行く蜂の名残惜む思を述たる也誠に心を留て花を見るに蜂虻なと蘂を尋入るハ早し其分出るにハ花心の鬚深くして出離《難》し我身を蜂に卑下したる妙計彼是を以て名誉と云へし再吟して味へき也

蘂《シベ》字彙云蘂花《ハノ》心鬚《也》也花外《ヲ》曰レ萼《ト》花内曰レ蘂《ト》亦蘂《ハシ》同レ上俗《ニ》字《也》也云々今案蘂は花心にて落花の後其心實《ミ》と成る也今里俗に花蔕を志倍と云蘂を薫《ニホヒ》と云ハ誤也俗に云処の志部ハ萼《ハナフサ》　或ハ蔕《ヘタ》の義也是ハ始め葩《ハナヒラ》を褁《ツヽミ》　出て後花茎と成る也是蔕《ジク》也柿の類に蔕と云蓏類に臺《ウテナ》と云疐《ホゾ》と云也亦里俗に蘂を薫と云薫《ニホヒ》と云ハ蘂を圍《カコミ》て鬚《ヒゲ》の如く連り出る其先に小さき顆《コカシラ》　あり此顆に諸花薫あり是を云也此顆《コカシラ》　ハ花の衰るに随て黄粉を生して後共に萎む也

後拾遺集　家集のはしに書付ける　祭主輔親

花の蘂紅葉の下葉かきつめて木の元よりや散んとすらん

奈呉里浪餘也此詞ハ浪餘《ナミノコリ》の中略の語也或ハ奈呉呂と云是

も浪餘に同敷也今案浪ハ寄せ来り引返しても跡に餘り残る物なれハ云へし亦名残と書ハ万葉の借字書の會意也上世より奈呉理と詠る哥ハ皆多く波の縁語を以て詠を證へき也倭漢共に同意也左傳ニ曰晋ノ重耳對テ二楚子ニ一曰其ノ波及ヒ晋者ハ君ノ之《也》餘也云々

打捨て立もかなしき浦浪のなごりいかにと思ひやる哉　源氏明石　源氏君

(17) 集説

陸奥ちとり泊船集に出る前書同し

(18) 句彙

杜律穿《ウカツ》レ花蛺《ヲ》蝶鬚々見《ユ》

(19) 年考

貞享二年の唫也のさらし紀行貞享元年の冬東武を出て其冬尾張熱田の桐葉かもとに杖をとゝめ馬をさへなかむる雪の旦かなと句有笈日記ニ馬をさへの句前書熱田の桐葉か亭にて窓を明てと見へたり其翌年の卯月二たひ桐葉か亭に至りて此句有し也熱田三哥仙に弐たひ熱田ニ草鞋を解て林氏桐葉子の家をあるしとせしに又おもひ立てあつまに下るとてと前書有て牡丹蘂分て這出るとあり發句集句選におなし

(20) 蒙引

離情を厚きを顕ハせる比興の妙味ふへし暗にいたハり浅からぬ豪家の風情ミゆ猶蜂の形容尽せり

(24) 泊船集

牡丹蘂ふかく留リ居テわけ出る蜂のヤゥナ名残かな

心ゆるりと因ミし人の家を出るにたとへしならん

(25) 翠園抄 **(口絵13頁)**

○幽蘭集に前書再ひあつたに草鞋を解て桐葉か家をあるしとしまたあつまへ思ひ立て〳〵牡丹蕊(ママ)を分て這出る蜂の名残哉はせを〳〵うきハ蘂の葉を摘し跡のひとり哉桐葉とあるしわひけらし

(27) 句解大成

茂蘭云杜詩に花蘂上ニ蜂鬚胡蝶ニ云桐葉子か許にありての端書あるハ桐葉の志の切なるも衣服飲食の心遣ひに牡丹の蘂深くといへる詞にあらはれて別れををしむ句意感すへし

愚考字あまりの句は此末さらになし時に貞享二年の作なり

（29）解説
去年の冬尾の熱田桐葉かもとに杖をとゝめ再ひ桐葉か亭に至り三哥仙あり此句の前書にふたゝひ熱田に草鞋をときて林氏桐葉子の家をあるしとせしに又思ひたちてあつまにくたるとてと前書ありて〳〵牡丹蘂分て這出る蜂の名残哉と見えたり桐葉ハ林七左衛門と云故宅市場町東側にあり桐葉と云又臨高或ハ元竹と称す此句桐葉亭の留別桐葉亭を牡丹に擬へ自己を蜂にたとへられたると覚ゆ是より帰路岐岨路へ出甲州の山中を過らるゝ也

三一、甲　斐

甲斐の山中に立よりて、
行狗《コマ》(駒)の麦に慰むやどり哉

甲斐の山中に立よりて、
行狗《コマ》(駒)の麦に慰むやどり哉

（4）評林
光陰の隙行駒なるへし寸陰おしむ事なく雲水のとゝまる事なく麦の穂の招くにはと〳〵まり幽思のさたかならぬ旅行のさまをいふへし
（6）師走嚢
是甲斐の国山家にての句也甲斐ハむかしより牧の駒多し所謂甲斐の黒駒なと云傳る是也所から行駒とハ置たりそ

れさへも時分なれハ麦秋に立止る也夏の季なれは也

（8）呑吐句解

水かふへき山吹の花なけれハ何を慰と見る所もあらす麦穂の中をわけ過て山家にやとりとれハ麦より外ハ慰ミもあらしと也

（頭注） 甲斐の国山家に立よりてと前書有り

（10）説叢

袋云是甲斐の国山家にての句也甲斐ハむかしより牧の駒多し所謂甲斐の黒駒なと云傳る是也所から行駒とは置たりそれさへ時分なれは麦秋に立止る也夏季なれは也林云光陰の隙入駒なるへし寸陰おしむ事なく雲水のとゝまる事なく麦の穂の招くにハとゝまり幽思さたかならぬ旅行のさまを云へし解此句を出さす

説袋例の入ほがにして．甲斐の駒に．限るべからず．其う増て黒駒白胡麻．にも及バざる．無用の邪妄也．其うへ．一件の文義．わからず．不可用．林光陰の隙入駒めづらし．あまりに文盲なりし．検校もせずして．ありしや．誠に隙入駒と覚えしにや知らず．隙入駒ならば．速きあゆみ成へし．春の日をやいハんと．大笑せり．是亦．言語文段．模羅含糊にして．訥の物語の如し初輩如此にてハ納得しがたき也．〇此句意只常の馬也と見べし．光陰の駒は大に当らずして入ほが也．翁の心にあらず．麦といへバはや．麦秋麦の穂と．思ふらめど．芽を出し葉わかるゝより．はや麦也．此句ハ．我が雲水漂泊の身ハ馬の麦になぐさみて行がごとく．いづくとなく．留りもなく．うか〳〵と．一生を旅中に過す．是ぞ行駒の．麦になづミて．くらすごとしと観想也．此宿りかなに心を付べし．宗祇の宿り哉といへる．同しやどり也．大切の句のしつまる所也．招くも．留るを入らずに．解せる也．

（12）過去種

（一句の下五は「寓り哉」になっている）句のみ記載

（17）集説

泊船集詞書同し笈の小文庫甲斐にてとあり評林云光陰の隙行駒なるへし寸陰おしむ事なく雲水のとゝまる事なく麦の穂の招くにハ止り幽思ひのさたかならぬ旅行さまなるへし

（19）年考

貞享二年の野さらし紀行ニ見へたり尾張より東武に帰る時の唫也詞書もかくのことし評林ニ光陰の隙ゆく駒なるへし寸陰おしむ事なく雲水のとゝまる事なく麦の穂の招くにハとゝまり幽思のさたかならぬ旅行のさまを云へし師走袋に云甲斐國山家にての句也甲斐ハむかしより牧の駒多し所謂甲斐の黒駒など云ひ侍る是也所から行駒とハ置たりそれさへ時分なれハ麦秋に立止るなり夏季なれハ也説叢ニ師走袋を難して曰入ほかにして甲斐の駒に限るへからす

按するに入ほかとも云ひかたし前書に甲斐の国とあれハ甲斐の駒の古雅をおもへるにや知るへからす説叢又評林を難して曰光陰のひまゆく駒めつらしあまりに文盲也此句意ハたゝ常の事なりとみるへし光陰の駒ハ大にあたらす入ほかなり翁の心ニあらす麦といへハはや麦秋の穂とおもふらめと芽を出し葉わかるよりはや麦也此句は我雲水漂泊の身ハ馬の穂麦になつミてくらすことしと観想也此宿りかなとあるに心を付べし宗祇のやとり哉とおなしやとりなり大切の句のしつまる所也招くも留るも入らす解せる也案するに評林の説あたれるや不知説叢にいふ所評林を難すれとも只光陰の隙行駒とハ評林のむつかしからん雲水のとゝまる事なくといへるは説叢もおなしきにや此句麦秋といへる評林の意ハ麦のたちのひたる所をいハんとてにや是も説叢に難する程の事にもあらし爰に再考すれハはせをの句多く荘子の意味あり是も荘子の意なるにや荘子曰或聘於荘子荘子應其使曰子見夫犠乎衣以文繍食以芻菽及其牽而入於太廟雖然欲為孤犢其可得乎

(20)　蒙引

翌日をもたのめぬかりのやとりに花に笑ひ月に嘯くもおもえハ行駒の麦に慰むにひとしとの観想ならん駒ハ甲斐の産物也

(21)　雙説

此句を甲斐の牧の駒の或ハ光陰隙入駒の黒駒の麦の穂の招く言葉なれは麦社のといろ〳〵文義わからぬ注多し用へからす此句意ハ我か雲水漂泊の身ハ馬の麦に慰て行かことしいつくとなく留りもなくうか〳〵と一生を旅中に過す是そ行駒の麦になづミてくらすことしと観想なり此やとり哉に心を付へし宗祇の宿り哉といへる同しやとり也麦は芽を出し葉わかるゝよりはや麦なり白いも黒いも

入らぬ也たゝ常の間なりと見るへし此句意をあきらめあらはたゝ翁の句ことに拜せしてよろこふへし

（24）泊船集

ゆく駒の麦に慰む所《ヤウナ》ニやとりかな

此国駒の名所なれハ也侘しき中にも慰まるゝとのたまふなるへし

（25）翠園抄

○甲斐ハむかし駒に名ある國也○東坡紀行の詩に近㆑山麰㆑麥早

（26）諸抄大成

（4）に同じ

（27）句解大成

胡蝶㆓云劉長郷か詩に江春不㆓肯留行客㆒艸色青々送㆓馬蹄㆒又杜詩に衫裏㆓翠微㆒馬銜㆓青艸㆒嘶なと云へる俤なるへし師走袋芭蕉発句評林説叢大全の三説さらに取所なし

一書に聖徳太子黒駒にのり大石の残りてあり当時西本願寺派下万福寺の境内にあり甲斐國より黒駒の名馬産す

（28）一串 **（口絵14頁）**

此句表ハ山路のうき旅。一夜〳〵の交りに慰め行を。乗駒の道邊の麦を一口つゝ貪り行もて喩せり。慰むが如くの心なるを省ける格なり

（29）解説

評林に光陰の隙ゆく駒なるへし師走袋に甲斐ハむかしより牧の駒多し所から行駒とは置れたり説叢に我雲水漂泊の身ハ馬の麦穂になつミてくらす如しと観相なり年考に芭蕉の句多く荘子の意味あり是も荘子の意なるや是ハ犠牛のひかれて大廟に入るとき孤犢ならんと欲すれとも得されハ荘子の聘せらるゝに應せさりし事をいへるよし又夫木抄よみ人しらすませこしに麦はむ駒ののらなれと猶も恋しく思ひたへぬを此和歌を引たり何れか其意を得たるか知らす按るに此紀行のはしめ〳〵馬に寐て残夢月遠し茶の烟とあり又道はたの木槿を馬上の吟とあり此ゆく駒も翁の乗りたる駒にて其駒も麦になくさむやとり也と翁をとゝむる風客に挨拶の吟なるへきにや周南漢廣の詩に之子《コノコ》于帰《コヽニトツク》 言秣《コヽニマクサカハン》㆓其《ノ》馬《ニ(ママ)》㆓と馬に秣かはんといふハ悦の至り也麦になくさむと云そのもてなしの程も思ひやる此時もしくハ馬に乗らさるともなそらへたる作例珍らしからす何んそ此句の心を得さるを労せん

三二、深川帰庵

卯月の末、庵に帰りて旅のつかれをはらすほどに、
夏衣いまだ虱をとりつくさず

卯月の末、庵に帰りて旅のつかれをはらすほどに、
夏衣いまだ虱をとりつくさず

（8）呑吐句解
長途の旅に着かへなくして蝨に責られたるさまおもふへし

（9）句解傳書
空山ニ虱ヲヒネル猶塵滓ヲ覚フ

（11）金花傳（口絵6頁）

卯月の初庵に帰りて旅つかれをはらすほとに
（12）過去種
句のみ記載

（16）笈の底
論語《ニ》子《ノ》曰衣《テ》二敝《ヤフレタル》　縕袍《ヲ》與下衣《ル》二狐貉《ヲ》一者上立《テ》而不レ恥者其《レ》由《ナルカ》　也
此語の趣意ある吟也蚤《ノミ》虱の類ハ下さまの物なれ共和漢共に云出たる也翁も其意を以て二句迄作意あり里俗にハ殊に賤《イヤシ》むと云共空山に虱を捫る共いひ清女の蚤の詞もあり今案翁の〳〵手の平に虱這する花陰とある誠に虱を捫ハ中華の人の滑稽の強ミ亦這するハ吾朝の風流の優《ヤサシ》き処也此這の一字仰て貴へし人情の至り名誉と云へし此吟熟々考に冬服の虱ハ下賤の常也夏の虱ハ里民に花虱の這歩くなと云て移り安く故に冬ハ常にして賤しく夏ハ行脚の旅虱にして笑味あり然ハ何れにも賤き意有を以て和訓を夏衣とハ置く処也味へし亦未夕捕果さずとハ詞の風情何とやら優《ヤサシ》く絶妙也長途の侘しき姿も篭りて余情哀共云へし
志良美　和名鈔云説文云蟣《ハ》虱子也虱齧《ハカム》レ人《ヲ》虫也蟣《ハ》和名木

佐佐虱《ハ》和名之良美字彙《ニ》云篇海類篇《ニ》云蝨《シツハ》色櫛《ノ》切齧《カム》レ人《ヲ》蟲也云々山谷演雅《ノ》詩《ニ》云虱《ハ》聞《テ》二湯《ノ》沸《ヲ》一尚《ヲ》血食《ス》云々

夏衣是ハ単衣を惣て云也蟬羽衣共云前の蟬衣に委しく出る或ハ汗衫《カサミ》綃《カトク》等夏服也汗衫和名鈔《ニ》云諸《々》給《フ》時服夏《ハ》則汗衫一領和名加佐美花鳥余情《ニ》云汗衫《ハ》童《ノ》女《ハ》着物也云々綃《カトク》是亦夏服にして平絹也と有り惣て着服の義古代と後世相違多し殊に其職に有ざれハ定め難き事多し

　おのつから涼しくもあるか夏衣日も夕くれの雨の名残に　新古今 清輔

　諸人のあそふなるかな乙女子かかさみの裾の長き世そかし　兼昌

　立かふるかとりの衣の白重かさねても猶うすき袖かな　無名

(17) 集説

泊船集に卯月の末いほりにかへり旅のつかれをはらすと有

(18) 句彙

石曼卿傍若無人捫虱也

(19) 年考

貞享二年の吟にして野さらし紀行に卯月の末庵に帰り旅のつかれをはらすとありて此句見えたり此紀行元年の冬東都を出て翌二年深川に帰庵なり甲子吟行おなし銭龍賦にも出たり小文庫ニハ卯月の初め庵に帰りて旅の疲れをはらす程にと前書有と有り宇陀法師ニもけふよりやとありて擬のやと見へたり菅菰抄ニ前漢書蘇武別李陵詩《ニ》雙鳧倶北飛一鳧獨南翔我當歸故郷ト此意を取る也

(20) 蒙引

此句のにらむ所ハ山川抖《ト》擻《サウ》に身をこらしてもいまた凡情をかり尽さすとならん風雅ハさらに徳西上人に亞《ツク》くへし

(24) 泊船集

夏衣いまた風をとりつくさす

　此句よく聞えたり下五文字字あまり心得かたしたゝ工ミなしにのたまふをしるしたるものそ

　後へに處〻酬和の句

　素堂の跋あり今畧之

(25) 翠園抄

○東坡詩に寠一前捻（ママ）二半風（ママ）

(27) 句解大成

愚考貞享元年甲子の秋江戸を立て野さらしの紀行あり同二丑の夏甲刕を経て深川の葊に帰りての吟なり

(28)一串

しらミの句ハ世俗のはなれかたきを歎したるべし。晋の阮咸が犢鼻褌《ふどし》をさらして未レ免レ俗といひし俤ならん。

(29)解説**（口絵15頁）**

小文庫にハ卯月のはしめ菴に帰りてとあり熱田より其角へおくる文音四月五日とあり夫より後帰菴なれハ小文庫誤れりといふへし素堂序に曰美濃や尾張や大津のから崎の松伏見の桃狂句木からしの竹齋にも皷をうつて人の心をまはしむこと葉皆蘭とかうはしく山吹と清し静なるおもむきハ秋しへの花に似たりその牡丹ならさるハ隠子の句なれは也風のはせを霜の落葉破れに近し暫も跡にとゝまるものゝ形見草にもならハなるへきのミして書ぬかつしかの隠士素堂とあり皷うちて人の心をまはしむるとハ易繫辞に皷レ之舞レ之以盡《ス》レ神《ヲ》といふ義をとれる也皷舞ハ是振揚発明底《ノ》意思と各其なすへき所をなさしむるをいふ也静なるおもむきハ秋しへの花に似たり云云周茂叔愛蓮説に予謂菊花之《ハ》隠逸《ナル》者也牡丹花之《ハ》富貴《ナル》者也此心をとれるにや秋しへの花とハ菊の事也

後へに處々酬和の句素堂の跋あり今略之

酬和の句とハ猶贈答といふかことし素堂の跋とハ野さらし紀行の序のことなるへし既に前に素堂序ニ曰或ハ素堂曰としるすもの是なり白楽天琵琶行自序ニ云元和十年予厄二迁《ス》九江郡《ノ》司馬《ニ》一明年《ノ》秋送《リ》二客《ヲ》湓浦《ノ》口《ニ》一聞《ク》下舟船《ノ》中夜弾《ヲ》二琵琶《ヲ》一者上聴《ニ》二其音《ヲ》一錚々然《トシテ》有二京都《ノ》聲一問《ヘハ》二其人《ヲ》一本《モト》長安《ノ》唱女嘗《テ》学《フ》二琵琶《ヲ》於穆曹二一善《ニ》方一年長《シ》色衰《ヘテ》委レ身《ヲ》為《ナル》二賈人《ノ》一婦《ト(ママ)》一　行之《ノ》卒章《フ》曰《ニ》満座聞レ之皆掩泣就《ス》レ中泣下誰最多《カモキ》江州《ノ》司馬青彩濕と坊か妻の句の解説中素堂序に商人の妻の楽天をなかすと云楽天潯陽江の詩長篇なれハ略して記さす今爰に其あらましを出す前に幷せて案すへし

此紀行ハ貞享元年甲子秋八月江上より旅立て箱根を越へ勢州にいたり外宮を拝し伊賀の桑梓に入り和州に遊ひ吉野山の奥をさくり山城を経て美濃の国大垣にいたり勢州桑名より尾州熱田の宮を拝し名古屋にとゝまり冬の日五歌仙を著し又美濃の国にゆき終に伊賀山中に守歳し二年乙丑の春南都にゆき洛陽に入り伏見より又南都へ往き尾張にいたり熱田三歌仙をあらはし帰路甲州を径て四月の

末深川に帰庵する迄の紀行なり明年初懐紙の俳諧ありさ
れハ猿ミのゝ風調の整ひたる如くにハあらす其心にて見
るへき事にそ

『野ざらし紀行』と古註釈書

芭蕉の第一の紀行文である『野ざらし紀行』は江戸期〈一六〇三～一八六八〉においては次のような公刊された芭蕉の句集・文集・全集類に収められている。

『泊船集』（風国編、元禄一一〈一六九八〉年刊）
『蕉翁文集』（土芳編、宝永六〈一七〇九〉年成）
『芭蕉翁文集』（桃鏡編、宝暦一一〈一七六一〉年成）
『丙寅初懐紙』（菊舎主人編、宝暦一一〈一七六一〉年刊）
『俳諧蓬萊嶋』（闌更編、安永四〈一七七五〉年刊）
『芭蕉翁文集』（蝶夢編、安永五〈一七七六〉年刊）
『俳諧四部録』（菊舎主人編、文化〈一八〇四〉以降刊）
『俳諧一葉集』（仏兮・湖中編、文政一〇〈一八二七〉年刊）
『俳諧袖珍鈔』（黙池編、嘉永五〈一八五二〉年刊）

これで見る限り、『野ざらし紀行』が作品として公に刊行されたのは、『泊船集』（風国編、元禄一一〈一六九八〉年刊）が初めてである。（注1）同書は芭蕉の句集として出版された最初のものである。本書は六巻から成り立ち、内訳は次の通りである。巻之一は「芭蕉翁道の記」として、発句集には例外的な芭蕉第一の紀行文である『野ざらし紀行』を所収。巻之二から巻之五までは「芭蕉菴拾遺稿」と題して、芭蕉の四季発句（五二二句）を類題別に収録。巻之六は追加として芭蕉や蕉門諸家の四季別類題発句（二四一句）を収録。

『泊船集』は編者風国の序文に、

しかるに、先師の詠草遺稿、旅泊の書すて、津〳〵浦〳〵にすくなからず。今拾ふとも盡く得べからず。只集に出、或ハ人の耳にのこりけるほ句を拾ひ、多くハ新古をわかたず、尤、同士の家にかくせる遺章一行ももとめず、細道にのこりけるハかゝげず、集て泊船堂の遺稿のひとつとなしぬ。（引用文には私に句読点・濁点などを付けた。以下同様）

とあるように、「只集に出、或ハ人の耳にのこりけるほ句」に編集の主眼が置かれていることがわかる。それにもかかわらず、巻頭から何故、「芭蕉翁道の記」が収められているのであろうか、疑問を抱いてしまうが、このことは、今後の課題にする。本書においては、『泊船集』で初めて紹介された『野ざらし紀行』が後世の人々にどのように受容されていったのかについて考察することが要請されている。『野ざらし紀行』の作品が多くの芭蕉の文集や全集類に収められていることは前に羅列した通りである。作品が人の目に触れると言うことは同時にそれを理解するための註釈書が出現することを意味する。そこで、本紀行および本紀行の所収句の古註釈書（本書では江戸期に出版および成立した古註釈書のみを取り上げる。以下、便宜上、註釈書と記す）を対象に芭蕉の発句（『野ざらし紀行』所収句）が人々にどのように受容されていったのかを明らかにする。

（一）紀行文とその註釈書

本紀行文は『泊船集』出版以後、二回単行本が刊行されている。

『野ざらし紀行』（月下編、明和五〈一七六八〉年刊）

『甲子吟行』（波静編、安永九〈一七八〇〉年刊）

しかし、月下が編んだ『野ざらし紀行』は本紀行の最初の単行本として意義あるものなのだが、

千里に旅立て路粮をつゝまず、三更月下無何に入と云けむ、むかしの人の杖にすがりて、貞享甲子秋八月、江上の破屋をいづる程、風の聲そゞろ寒気也。

という冒頭の一節がないことや「貞享元甲子年」という巻末の年時記号に問題があることなどから研究対象外に放置されてきた書であるので、ここでは書名のみ記すことにする。(注2)

ところで、本紀行自身の註釈書として掲げられるものに、次の三書がある。

『泊船集注解紀行之部』(軽化坊編、文化九〈一八一二〉年刊)(注3)

『野ざらし紀行翠園抄』(積翠編、文化一〇〈一八一三〉年刊)(注4)

『泊船集解説』所収「野曝紀行」(錦江編、安政六〈一八五九〉年成)(注5)

これらのうち、『泊船集注解紀行之部』と『泊船集解説』所収「野曝紀行」は『泊船集』の註釈書であり、特に後者は発句のみの註釈書である。また、二つ目のみは安永五〈一七七六〉年に刊行された『甲子吟行』(『野ざらし紀行』の第二の単行本)に基づく註釈書である。(注6)

なお、『甲子吟行』に基づくものは『泊船集』を底本にしたものより、

つゝじいけて其陰に干鱈さく女

菜畠に花見良なる雀哉

の二句分少ない四五句が採録され、註釈の対象になっている。

さて、ここで江戸時代における現世に残る三つの本紀行の註釈書の二つまでもが『甲子吟行』ではなく『泊船集』を底本としていることには注目しなければならない。しかしながら、裏を返せば、積翠は何故『泊船集』を採用しなかったのであろうか、という疑問が生じてくる。『野ざらし紀行翠園抄』には次のような文が見られる。

此紀行ハ貞享元年にして、桃青四十一歳なり。今世に行るゝ甲子吟行と題せるもの也。此記行《(ママ)》、もと風国が泊船集に出たれども、見る人少し。しかるを安永九年秋瓜門人波静再板せる也。此題号ハ、許六が滑稽伝に野ざらし紀行の名あり。よつてかく題せる也。

これより本紀行は「泊船集に出たれども、見る人少し」とあり、同書には『泊船集』人気の低さが語られているので、このことに目を向けて積翠は『甲子吟行』を採用したのであろうかと思える。

そもそも、『泊船集』はすでに許六が『宇陀法師』（元禄一五〈一七〇二〉年刊）で、

一題號の事、……風國が同作、先師一代の發句をあつめて泊船集を出せり。書々の眞偽を考えず、てにハ違、書あやまり、文盲千萬なる事論ずるにたらず。先、泊船の題号は風子が自分につける堂号か……此泊船手にとる物にあらず、学者偽書とすべし。

という手厳しい非難を浴びている書ということは周知の事である。

ところで、本紀行の註釈書の三書の特徴を掲げれば次のようになろう。

まず、**『泊船集注解紀行之部』**の大きな特徴は、

野ざらし《ニナリテ死ナウモ知レヌトイフコト》を心に《オモヘバカナシキ》風のしむ身《デアル》かな

というように、芭蕉の発句そのものの表記を活かしながら註釈しようとする姿勢にある。なかなかユニークな註釈書であると思われる。そして、それだけではなく一句に対する著者の軽花坊自身の意見がその脇に、

按ずるに、世をすてし身もさすがに人情の發する所はさもあるべき事にて、さびしくもあハれに句調よくとゝなひて、感歎するに堪たり。

と添えられ、一書の独自性を高めている。なお、頭注には語義・出典などが、

千里とはたゞ

遠方といふ事。

……

粮ハ糧と同。

というように簡潔に記されている。

続いて、『野ざらし紀行翠園抄』では次のような文が書かれている。

大井川越る日は、終日雨降けれバ、

秋の日の雨江戸に指折らん大井川　　ちり

馬上吟

道のべの木槿は馬にくはれけり

○素堂の評に、山路来ての菫、道ばたのむくげこそ、此吟行の秀逸なるべけれ。○滑稽傳に、談林を見破りてはじめて正風躰を見届、躬恒・貫之の本情を探りて初て、〽道のべの木槿は馬にくはれたりと申されたり○朗詠集に松「柏千年終《ニ》是《レ》朽、槿「花一「日自《ラ》為」榮《ト》。

この註釈書では、本文部分と註釈部分をきちんと分けた上で、本文に対する最小限の出典を掲げている。同書では、著者の積翠自身の意見は多く出さずに、『甲子吟行』に掲載されていた素堂の序文を註釈部分の間々に入れ、本文理解に役立たせようとしている。ある意味において、本紀行の最初の註釈書の礎を築いたのは芭蕉の最も身近にいた素堂の序文であったという見方もできることを付言しておく。

三つ目の『泊船集解説』という書は江戸末期に記された江戸時代の芭蕉発句の註釈書の集大成的意義を有していると言え、同書の巻頭に「野曝紀行」が収められ、前の二書よりもかなり詳しい註釈が記されている(注7)。体裁は『野ざら

し紀行翠園抄』のように本文部分と註釈部分が明確に二分化されている。註釈の内容は語の意味を導くための詳しい出典、そして、

『三冊子』（土芳著、元禄一五〈一七〇二〉年成）
『去来抄』（去来著、宝永元〈一七〇四〉年成）
『俳諧古今抄』（支考著、享保一五〈一七三〇〉年刊）
『はせを翁發句評林』（杉雨著、宝暦八〈一七五八〉年刊）
『芭蕉句觧』（蓼太著、宝暦九〈一七五九〉年刊）
『師走嚢』（正月堂著、明和元〈一七六四〉年刊）
『芭蕉翁発句解説叢大全』（素丸著、安永二〈一七七三〉年刊）
『芭蕉句選年考』（積翠著、寛政〈一七八九〜一八〇〇〉年間成）

といったような、これまでに世に出た芭蕉発句の註釈書を踏まえての著者である錦江の意見が記されている。

なお、本紀行の素堂の跋にあたる文章については『泊船集』において巻之一に、

後へに處々酬和の句、素堂の跋あり。今畧之。

と記されている。『泊船集』の編集にあたった風国がもととした本紀行文には素堂の跋文の方が存在しているようだが、省略していたことがわかる。一方、『甲子吟行』においては素堂の序文の方が記されている。そのため先述したように『野ざらし紀行翠園抄』は素堂の序文からの引用を「素堂評」として註釈部分に活用している。但し、素堂の序文は註釈部分においてトータルしてみると約半分のみの引用となる。また、『泊船集解説』では『泊船集』には省略されていた素堂の跋文に対して『甲子吟行』から素堂の序文の方を引用している。そして、「素堂序曰」「素隠士曰」というように序文を「素堂の評」とし、註釈の一意見のように扱っていることが理解できる。つまり、著者の錦

江は素堂の序文のすべてを註釈部分の中に引用していることがわかった。なお、所収句数には先述したように二句の違いがあるにもかかわらず、例えば『泊船集解説』においてはその点に関する言及記事がないことを付言しておく。

(二) 発句の註釈書

次に、『野ざらし紀行』所収の四七句（便宜上、紀行文掲載順に1から47の番号を発句に付して以下考察していく）が人々にどのように知れ渡っていったのかという、その伝来過程を考察していくことにする。これにあたっては、『野ざらし紀行』所収句を掲載する俳書と註釈書と二方面から検討することが必要であろう。

（ア）『野ざらし紀行』所収句を掲載する俳書

まず、四七句の所収書を富士見書房版『校本芭蕉全集』（発句篇上）および小学館版『松尾芭蕉集』（日本古典文学全集41）に基づいて調査した。なお、所収書として掲げられたものの内、真蹟類・書簡・『野ざらし紀行』諸本は省略してみたところ、気づいたことがあったので次に取り上げてみる。

抽出した所収書から『泊船集』を除いてみたところ、次の五句、

4「深川や」6「秋の日の」9「みそか月なし」13「手にとらば」19「義朝の」

に関しては他の俳書に収められていないことがわかった。なお、4・6は千里作と記されている句である。また、逆に多くの所収書を持つ発句には次のようなものがあった。（括弧内は所収書数）

38「辛崎の」－（10）　7「道のべの」－（6）
37「山路来て」－（8）　28「馬をさへ」－（6）
34「梅白し」－（7）　31「誰が聟ぞ」－（6）

35「樫の木の」—（7）

次に視点を変えて考察してみる。『野ざらし紀行』所収句について『泊船集』刊行以前の俳書を見ると、次の書に多く採録されていることがわかる。

『孤松』（貞享四〈一六八七〉年刊）

『笈日記』（元禄八〈一六九五〉年刊）

『初蟬』（元禄九〈一六九六〉年刊）

『芭蕉庵小文庫』（元禄九〈一六九六〉年刊）

まず、『孤松』は二七か国三〇七人の作者の発句、二五〇二句を四季類題別に編集したもので、芭蕉発句は一七句中、

18「御廟年を」22「冬牡丹」23「明ぼのや」30「年暮ぬ」31「誰が聟ぞ」34「梅白し」35「樫の木の」36「我がきぬに」38「辛崎の」41「命二ツの」42「いざともに」

の一一句が『野ざらし紀行』所収句である。

『笈日記』は芭蕉の追善・句文集で芭蕉や諸家の発句が七〇〇余句所収、その内の一一句が『野ざらし紀行』所収句である。

8「馬に寝て」10「芋洗ふ」11「蘭の香や」12「蔦植て」22「冬牡丹」23「明ぼのや」24「しのぶさへ」27「市人よ」29「海くれて」34「梅白し」45「牡丹蘂」

『初蟬』は『泊船集』と同じ、風国の編集にかかる書である。蕉門諸家の発句、四六三句を四季別に収録。芭蕉の発句二五句中六句が『野ざらし紀行』所収句である。

3「雰しぐれ」10「芋洗ふ」14「わた弓や」36「我がきぬに」43「梅こひて」44「白げしに」

『芭蕉庵小文庫』は芭蕉一周忌の芭蕉塚建立の記念として成立。芭蕉発句八〇句と俳文を収録。その内、六句が『野ざらし紀行』所収句である。

20「秋風や」21「しにもせぬ」32「春なれや」33「水とりや」46「行駒の」47「夏衣」

（イ）『野ざらし紀行』所収句を掲載する註釈書

『野ざらし紀行』所収句の註釈書には二通りある。一つは『野ざらし紀行』という紀行文自体の註釈書とあと一つは発句の註釈書である。前者については前述したので、ここでは後者の芭蕉発句の註釈書をみる。（注8）芭蕉の生前から発句については門人間で様々な議論が行われており、『三冊子』（元禄一五〈一七〇二〉年成）や『去来抄』（宝永元〈一七〇四〉年成）などの俳論の中で取り上げられている。

『三冊子』所収「あかそうし」には芭蕉発句の実作が列挙されており、同書は一句の推敲過程を知る上で他書にはない貴重な資料であるといわれている。芭蕉発句は七六句あり、『野ざらし紀行』所収句は8「馬に寝て」11「蘭の香や」16「礁打て」23「明ぼのや」25「狂句木枯の」27「市人よ」31「誰が聟ぞ」37「山路来て」43「梅こひて」の九句であり、27は発句のみの記載である。

『野ざらし紀行』所収句は**『去来抄』**で23「明ぼのや」（「修行」で上五以外の語についての意見を出すのみ）34「梅白し」37「山路来て」38「辛崎の」の四句について述べられているが、「先師評」で取り扱われた芭蕉発句は六句のみであり、全体として取り上げられた句は非常に少ない。しかし、逆にいうと取り上げられた発句のほとんどが『野ざらし紀行』の句であるともいえる。

享保一五〈一七三〇〉年に支考が**『俳諧古今抄』**を著した。俳諧作法書であるが、『野ざらし紀行』所収句は25「狂句木枯の」29「海くれて」38「辛崎の」の三句である。

ところで、発句の註釈書という点においては杉雨の**『はせを發句評林』**（宝暦八〈一七五八〉年刊）が芭蕉発句の註釈書としては最も古く、八七句を四季別に分けて註釈している。5「猿を聞人」7「道のべの」10「芋洗ふ」16「碪打て」19「義朝の」38「辛崎の」40「菜畠に」46「行駒の」の八句が収められている。

次の蓼太の**『芭蕉句鮮』**（宝暦九〈一七五九〉年刊）は芭蕉発句八三句の註釈書で、『野ざらし紀行』では2「秋十とせ」5「猿を聞人」16「碪打て」19「義朝の」33「水とりや」の五句を収めている。著者の蓼太は「俳壇的勢力を持っていただけにかなり広く行われた」(注9)といわれている。

このように『評林』『芭蕉句鮮』と芭蕉発句の註釈書は次々とまとめられている。しかしながら、両書に共通するものは例えば、「碪打て」の句の場合、

ことば書よし野にてと有。

　みよし野の山の秋風さよ更て古郷寒く衣打也

前書ニよしのとあるゆへに此哥とはしられたり。此句の趣意ハ一二句聞はつりたる誹少子の自賛して、あの句ハこの句ハと世にもてはやしかたはらいたき事有。衣打とハ申せども砧打とハいはじ。鐘のおととはいへども、音とはいはぬよし。……わけて淋しき旅寐に所もよし野の梺なれば、せめて衣なりとうちて聞せよと、旅寐の夢をさまさんと也。只旅ハものうく事たらぬを情とすべし。

経信の哥に

　古郷に衣打とは行鳫や旅の空にも鳴てつぐらむ

かりの旅とハよそへものにして、すべてかりの旅なり。いせ物語にも秋風吹とかりにつげこせとあり。猶可有事なり。（『評林』）

〽みよし野ゝ山の秋かぜ小夜更て故郷さふく衣うつなり此哥を葛藤にして、きぬたを望たるなるべし。坊とは伊

勢の町坊などいへるにひとしく、よしのゝ入口に軒をならべて旅客をとゞむるの家居なり挽もの細工を商ひて、

箱根の湯本に彷似たり。（『句解』）

といったように古歌・古詩・故事などを引用しながら句解する姿勢が強い。これは古典和歌の註釈方法に影響されたものであり、一般的に行われていたやり方のようである。参考にすべき書物が多ければよいというものではなく、その点を注意して引用しなければならないのである。

次に出された正月堂の**『師走嚢』**（明和元〈一七六四〉年刊）は一五〇余句の註釈書である。本書の特徴はその序にも述べられているように芭蕉発句の難解なものに註釈をしていることにある。『野ざらし紀行』では7「道のべの」12「蔦植て」16「碪打て」22「冬牡丹」24「しのぶさへ」28「馬をさへ」32「春なれや」34「梅白し」35「樫の木の」36「我がきぬに」37「山路来て」38「辛崎の」40「菜畠に」41「命二ツの」43「梅こひて」44「白げしに」46「行駒の」の一七句を採っている。この数字は本紀行四七句中三分の一にあたり、正月堂によれば難解な句であるということになろう。

素丸の**『芭蕉翁発句解説叢大全』**が安永二〈一七七三〉年に刊行された。同書は芭蕉発句一〇五句の註釈書で、宝暦期に刊行された『評林』『句觧』『師走嚢』の三説を掲げて論じ、自説を述べている。内容はその題名にふさわしく親切・丁寧で的確である。これまでで一番整った最初の評釈書であり、後世への影響も大きいといわれている。なお、素丸によれば『師走嚢』の説については批判の対象にされている。『野ざらし紀行』では2「秋十とせ」5「猿を聞人」7「道のべの」16「碪打て」19「義朝の」28「馬をさへ」31「誰が聟ぞ」34「梅白し」35「樫の木の」37「山路来て」40「菜畠に」43「梅こひて」46「行駒の」の一三句で、そのうち、31の一句は『評林』『句觧』『師走嚢』にはないものである。

同書の著者の素丸は葛飾派中興の祖と称された人物である。宝暦元〈一七五一〉年に素丸の発起で二世宗瑞・蓼太

らと共に『続五色墨』を編んでいる。いわゆる五色墨や浅草蔵前の札差連中で構成される四時観（祇空の門人）の人々は芭蕉没後（享保前後）の俳壇の俗調に倦き、蕉風復古を唱えた。このような「芭蕉へ帰れ」の旗印のもとに起こった中興俳諧の気運を背景に、芭蕉の句集や芭蕉文集の発刊が盛んになったことはいうまでもなく、作品鑑賞の手立てとして、註釈書類が次々に世に紹介されることになったのである。

『説叢大全』が上梓されるまでにも刊行に至らなかったが、成立した芭蕉の発句の註釈書はいくつかある。管見できたものを次にあげる。

明和二〈一七六五〉年、茂蘭の手によって**『蕉翁發句評解合論　膝元さらず』**が著された。一九一句の芭蕉発句を対象として『評林』『句解』を参考に自説を述べたものである。『野ざらし紀行』からは2「秋十とせ」5「猿を聞人」7「道のべの」10「芋洗ふ」16「礁打て」25「狂句木枯の」33「水とりや」38「辛崎の」40「菜畠に」45「牡丹蘂」の一〇句が採られている。

明和六〈一七六九〉年には呑吐の**『芭蕉句解』**が成立した。六六七句の芭蕉発句の註釈書であり、句数の多さには注目すべきものがあるが、未刊のため後世への影響力は乏しいものがある。呑吐の執筆動機は華雀の『芭蕉句選』（元文四〈一七三九〉年刊、六四九句所収）(注10)が出たが、註釈書がないので句解がほしいという門人のために書いたというものである。『野ざらし紀行』は千里の発句と記載されている4「深川や」6「秋の日の」の二句以外の四五句を収めている。

なお、後述するが、寛政年間〈一七八九〜一八〇一〉に石河積翠は『芭蕉句選年考』を執筆している。ここでは千里の発句二句を省く四五句がとられている。『年考』までに『野ざらし紀行』所収句の大部分の発句を対象にした註釈書はないため呑吐著『芭蕉句解』の存在意義はきわめて大きいといえる。

ところで、同書のもとになった『芭蕉句選』は『泊船集』を中心に古刊俳書三〇集から集め編んだものである。主として制作年次や句形の異同を考証している。『野ざらし紀行』はすでに『泊船集』において収められているため、紀行所収句のほとんどが同書に入っていても不思議はないのである。

明和七〈一七七〇〉年に麦水は『貞享正風句解傳書』を著した。同書は芭蕉の俳風というのが気概高致な貞享期〈一六八四〜一六八八〉を規範とすべきだという立場から芭蕉とその門下の連句・発句を抄出し、簡潔な句解や句評を加えたものである。三一七句の芭蕉発句中『野ざらし紀行』所収句は3「雰しぐれ」6「秋の日の」12「蔦植て」14「わた弓や」20「秋風や」21「しにもせぬ」22「冬牡丹」27「市人よ」28「馬をさへ」30「年暮ぬ」32「春なれや」33「水とりや」35「樫の木の」36「我がきぬに」42「いざともに」43「梅こひて」44「白げしに」46「行駒の」の一八句以外の二九句である。

さて、『説叢大全』以後の註釈書をみる。安永期〈一七七二〜一七八一〉には二書が著された。康工は安永二〈一七七三〉年に『誹諧金花傳』を発刊。上巻に芭蕉発句九〇句、下巻に一〇〇句を収め、『野ざらし紀行』所収句は2「秋十とせ」5「猿を聞人」7「道のべの」12「蔦植て」（発句のみ記載）17「露とく〳〵」23「明ぼのや」24「しのぶさへ」26「草枕」38「辛崎の」47「夏衣」の一〇句である。同書は支考が芭蕉の発句に註釈部分を加えたという「金花傳」をもとに『芭蕉句解』『本朝文鑑』『俳諧古今抄』『芭蕉翁行状記』他を参考に「連俳姿情の論の解」「虚実の論の解」などの二〇数項目にわたって自身の俳論を語り、芭蕉の発句を評釈したものである。著者である康工は中興俳壇革新の機運のもと活躍してきた人物の一人であり、本書はその蕉風復興運動の一つの現われと見られるものである。この書をめぐり起こった百明との論争は『武越文通』（仮題）としてまとめられている。

鷗沙は安永五〈一七七六〉年に『蕉翁句解過去種』を著した。芭蕉発句、八五〇句という数字は当時としては最も多い。発句の典拠、推敲過程の考証、芭蕉伝記的考察、関係俳人の略歴を交えながら註釈を行っている。同書は「十八世紀前半における芭蕉句集の整備、同後半での句解の進展の間に位置する書」（『俳文学大辞典』）（注12）とも評されている。

『野ざらし紀行』所収句は3「雰しぐれ」5「猿を聞人」7「道のべの」8「馬に寝て」9「みそか月なし」15「僧朝顔」18「御廟年」22「冬牡丹」23「明ぼのや」24「しのぶさへ」25「狂句木枯の」28「馬をさへ」31「誰が聟ぞ」33「水とりや」34「梅白し」35「樫の木の」36「我がきぬに」37「山路来て」38「辛崎の」39「つゝじいけて」40「菜畠に」41「命二ツの」43「梅こひて」44「白げしに」45「牡丹蘂」の二五句と1「野ざらしを」2「秋十とせ」10「芋洗ふ」13「手にとらば」21「しにもせぬ」27「市人よ」30「年暮ぬ」32「春なれや」42「いざともに」46「行駒の」47「夏衣」の一一句（発句のみ記載）の合計三六句である。

天明期〈一七八一～一七八九〉には梅丸が**『茜堀』**（天明二〈一七八二〉年序）を著した。芭蕉発句八六句の註釈書である。古歌・古語を引き、これまでの諸註釈を参考にしている。『野ざらし紀行』所収句は2「秋十とせ」3「雰しぐれ」7「道のべの」11「蘭の香や」18「御廟年」20「秋風や」の六句である。二編から五編、附録などの続刊の予定があるが、刊行は未詳である。のちに『評林』『あけ紫』とともに『芭蕉翁發句諸抄大成』として合集されて刊行された。

二年後の天明四〈一七八四〉年には吾山が**『あけ紫』**を刊行。上巻に芭蕉発句五〇句を註釈。『野ざらし紀行』所収句は3「雰しぐれ」16「碪打て」31「誰が聟ぞ」33「水とりや」35「樫の木の」の五句を収める。

寛政期〈一七八九～一八〇一〉に入っても註釈書は次々に出された。蚕臥は寛政五〈一七九三〉年に**『芭蕉新巻』**を刊行。芭蕉の発句二八七句を註釈。『野ざらし紀行』所収句は1「野ざらしを」3「雰しぐれ」5「猿を聞人」7「道のべの」14「わた弓や」15「僧朝顔」16「碪打て」18「御廟年」19「義朝の」20「秋風や」21「しにもせぬ」25「狂句木枯の」27「市人よ」29「海くれて」34「梅白し」36「我がきぬに」37「山路来て」38「辛崎の」の一八句である。

寛政七〈一七九五〉年に信胤は**『笈の底』**を著した。芭蕉発句五二五句のを註釈書。『野ざらし紀行』所収句は4

「深川や」6「秋の日の」9「みそか月なし」33「水とりや」34「梅白し」39「つゝじいけて」41「命二ツの」42「いざともに」46「行駒の」の九句を除く三八句を採録。この数字は明和六〈一七六九〉年に成立した呑吐の『芭蕉句解』の次位にくるものである。註釈の特徴は語句の出典に関する非常に詳しい解説が付けられているが、句意などについての言及も少なく、量のわりに得るところは少ない。

寛政九〈一七九七〉年には幹員が**『芭蕉發句集説』**を著した。芭蕉発句は七〇〇余句で、そのうち『野ざらし紀行』所収句は6「秋の日の」の一句以外の四六句を採っている。同書はこれまでの註釈書の諸書の註を並べるだけで、自説を加えてはいない。

寛政一〇〈一七九八〉年に巣居の註をもとに于当が増補し**『増註桃青翁句彙』**を世に出した。芭蕉発句は一九五句(『諸注評釈芭蕉俳句大成』には一九四句とある)[注13]。なお、八年後の文化三〈一八〇六〉年に後篇(九七句と「幻住庵記」の注)が出た。『野ざらし紀行』所収句は1「野ざらしを」5「猿を聞人」7「道のべの」8「馬に寝て」9「みそか月なし」11「蘭の香や」12「蔦植て」13「手にとらば」14「わた弓や」15「僧朝顔」16「碪打て」17「露とく〳〵」29「海くれて」30「年暮ぬ」34「梅白し」37「山路来て」38「辛崎の」45「牡丹蘂」47「夏衣」の一九句である。寛政五〈一七九三〉年刊の蚕臥『芭蕉新巻』のように句解の参考になる詩歌文章を和漢書から引用しただけのものである。

積翠の**『芭蕉句選年考』**は寛政年間〈一七八九～一八〇一〉に成立した書である。華雀編『芭蕉句選』に収録された六七一句について制作年次・句形の異同を考証し、和漢の古典・地誌・本草にまで註釈は及んでおり正確である。『評林』『句解』『師走嚢』など、その他の註釈の取るべきところは引用し、最後に著者の見解を添えているものもあるが、発句の意味にはほとんど言及していない。本書は写本の形で伝わったのみで、世間的影響力は大きかったとはいえないが、内容的には極めてすぐれたものだと評され、今日においても重要な芭蕉句解の参考書である。『野ざらし紀行』所収句は4「深川や」6「秋の日の」の千里の発句以外の四五句が掲げられている。

享和年間〈一八〇一～一八〇四〉に出版されたものに**『芭蕉翁發句集蒙引』**（杜哉著、享和元〈一八〇一〉年刊）と**『蕉句雙説』**（蓬山著、享和二〈一八〇二〉年刊）がある。前者はこれまでの註釈が故事出典にのみ走りがちなのに対して、発句の真意をとらえようと努力した跡が見受けられる。しかしながら、巻一の春の部だけの刊行となったことは残念である。『野ざらし紀行』所収句は4「深川や」6「秋の日の」の二句以外の四五句である。このように『句選年考』をはじめ『芭蕉翁發句集蒙引』といい、本格的な註釈の誕生の時期の到来には注目すべきであろう。

後者の『蕉句雙説』は芭蕉発句八〇句を註釈、『説叢大全』にほとんど拠っているので新しさはない。『野ざらし紀行』所収句は、28「馬をさへ」31「誰が聟ぞ」34「梅白し」35「樫の木の」37「山路来て」40「菜畠に」43「梅こひて」46「行駒の」の八句である。

文化・文政期〈一八〇四～一八三〇〉に入ると『俳諧まつのかぜ』（胡蝶著、文化三〈一八〇六〉年刊）、『芭蕉句解参考』（荘丹著、文化四〈一八〇七〉年刊）『芭蕉翁発句諸抄大成』（菊舎太兵衛著、文政七〈一八二四〉年刊）、『芭蕉翁發句解大成』（何丸著、文政九〈一八二六〉年刊）が刊行される。**『俳諧まつのかぜ』**には『野ざらし紀行』所収句が5「猿を聞人」12「蔦植て」の二句収められている。また、**『芭蕉句解参考』**は芭蕉の発句九五句の註釈をなし、著者の荘丹の師である蓼太の『芭蕉句觧』の説と異なる句や『芭蕉句觧』未所収の句について、蓼太説（「説」と記載）と自説（「考」と記載）に分けて註釈を試みている。故事出典の引用がやはり多く、句意への言及はなされていない。『野ざらし紀行』所収句は8「馬に寝て」17「露とく〳〵」25「狂句木枯の」33「水とりや」の四句である。

また文政七〈一八二四〉年、菊舎太兵衛は『評林』『茜堀』『あけ紫』の三書をもとの版木のまま用いて一部とし**『芭蕉翁發句諸抄大成』**の名で出版。三書の合計句数は重複句を除き一八一句。『野ざらし紀行』所収句は2「秋十とせ」3「雰しぐれ」5「猿を聞人」7「道のべの」11「蘭の香や」16「碪打て」18「御廟年」19「義朝の」20「秋風や」31「誰が聟ぞ」33「水とりや」35「樫の木の」38「辛崎の」40「菜畠に」46「行駒の」の一五句である。

『芭蕉翁句解大成』は『芭蕉翁句解参考』といい、文政一〇〈一八二七〉年、新刻の後刷本の題簽には「芭蕉翁句解大成」と付してある。芭蕉発句一二〇〇余句を対象にして、一七〇余りの俳書を引用した、出典の多さより故事出典の引用に努めている註釈書。『野ざらし紀行』所収句は4「深川や」6「秋の日の」12「蔦植て」24「しのぶさへ」31「誰が聟ぞ」の五句を除く四二句が収められている。そのうち、21「しにもせぬ」22「冬牡丹」27「市人よ」28「馬をさへ」29「海くれて」30「年暮ぬ」44「白げしに」の七句は発句のみ記載されている。

天保年間〈一八三〇～一八四四〉には『俳諧一串抄』（亦夢著、天保元〈一八三〇〉年刊）が刊行された。同書は、俳諧論書で俳諧の本質を考察しようとしている。三四二句の芭蕉発句を引例して説く。註釈書としての部分もあるため、ここで取り上げた。『野ざらし紀行』所収句は、1「野ざらしを」3「霧しぐれ」5「猿を聞人」7「道のべの」15「僧朝顔」16「碪打て」20「秋風や」22「冬牡丹」23「明ぼのや」25「狂句木枯の」28「馬をさへ」29「海くれて」34「梅白し」38「辛崎の」41「命二ツの」46「行駒の」47「夏衣」の一七句である。

以上、『野ざらし紀行』所収句を対象に江戸時代に世に出された二九の註釈書をもとにして、その受容について考察した。今回、調査できた註釈書をその時代別に整理したところ次のようになった。

元禄	1	安永	3	文政	2
宝永	1	天明	2	天保	1
享保	1	寛政	5	安政	1
宝暦	2	享和	2		
明和	4	文化	4		

これらより、宝暦から文化までの約六〇〈一七五一～一八一八〉年間にかけて集中的に註釈書が世に出されていることが明らかとなった。『俳文学大辞典』の「芭蕉研究史」の項目によれば、堀切実氏は芭蕉研究の歴史を草創期・基礎

研究期・研究出発期・芭蕉学確立期の四つに分類されておられる。そして、その中でも宝暦期〈一七五一〜一七六四〉から明治期〈一八六八〜一九一二〉前半の時期を基礎研究期とされ、「俳諧中興以後、儒学・国学における文献学的方法の定着を背景に、基礎的研究が出発した時代(注14)」と定義づけておられる。

本書において取り上げた註釈書の多くの刊行（成立）時期は、言ってみれば芭蕉研究史の基礎研究期に合致する。そして、『野ざらし紀行』所収句は呑吐著『芭蕉句解』に四五句が取り上げられているのをはじめ、寛政期〈一七八九〜一八〇一〉から享和期〈一八〇一〜一八〇四〉にかけて成立した、

『笈の底』（『野ざらし紀行』所収句は三八句）
『芭蕉發句集説』（四六句）
『芭蕉句選年考』（四五句）
『芭蕉翁發句集蒙引』（四五句）

という芭蕉発句の註釈書に数多く収められている。これらは註釈史からみても本格的な註釈書が誕生した時期と言われており、収められた芭蕉発句の句数も多く、充実したものになっている。これは寛政五〈一七九三〉年の芭蕉百回忌に影響されたものといえ、芭蕉復帰を唱え様々な方法で顕彰運動が展開された結果によるものであろう。その後、一〇年も経たないうちに俳諧の全国的な普及により俳壇は空前の盛況を呈し、化政期〈一八〇四〜一八三〇〉に入り、

『泊船集註解紀行之部』
『野ざらし紀行翠園抄』

といった『野ざらし紀行』自身の註釈書が世に出されるようになったのである。『野ざらし紀行』が公けにされたのが『泊船集』刊行の元禄一一〈一六九八〉年。その時から一一〇年余りの歳月が流れたわけである。

注

（1）和泉書院影印叢刊八六『泊船集』（三木慰子編、和泉書院、平成七年刊）「『泊船集』―解題と翻刻―」『大阪青山短期大学研究紀要』（第二四号、平成一〇年三月刊）

（2）『芭蕉「野ざらし紀行」の研究』（弥吉菅一著、桜楓社、昭和六二年刊）所収「月下本『野ざらし紀行』」を参照。

（3）『影印「甲子吟行」付古注翻刻集』（弥吉菅一・三木慰子編、明治書院、平成三年刊）

（4）注3に同じ。

（5）『大阪青山短大国文』（第七号、平成三年二月刊）所収『『泊船集解説』所収「野曝紀行」―解題と翻刻」

（6）注3に同じ。

（7）「錦江と『泊船集』考―『泊船集解説』を資料として―」（『梅花日文論叢』創刊号、平成四年三月刊）、「『泊船集解説』所収「野曝紀行」―解題と翻訳―」（『大阪青山短大国文』第七号、平成三年二月刊）

（8）註釈書などについては『俳文学大辞典』（尾形仂他編、角川書店、平成八年刊）他を参考にさせていただいた。

（9）『国語国文学研究史大成12芭蕉』（井本農一他編、三省堂、昭和三四年刊、一九頁）

（10）『俳文学大辞典』には「六七一句」を所収とある（七四七頁）。

（11）注10に同じ。「三一五句」を所収とある（四〇三頁）。

（12）注10に同じ。一五一頁。

（13）『諸注評釈芭蕉俳句大成』（岩田九郎著、明治書院、昭和四一年刊）

（14）注10に同じ。七四七頁。

おわりに

芭蕉は『更科紀行』の中で「矢立取出て、灯火の下にめをとぢ、頭たゝきてうめき伏せば」と自らの句作の様子を記している。文学作品を創作するということは、蠟燭が己が身を削って光を灯し続けるが如く、まさに命を削る思いに等しいものである。それは、研究する側の立場においても同じことが言えよう。

私は今、三年前に仕上げた草稿の再校正をしている。二九種類に及ぶ『野ざらし紀行』の古註釈書の原本との照合をしていると、実に単調な作業とは言え、芭蕉作品に向き合った註釈者の熱い思いがひしひしと伝わり、重圧に近いものを感じ、例年になく仕事が捗らず苦しんでいる。

平成一八年三月一四日は恩師弥吉菅一先生の七回忌。先生は二〇年前、『野ざらし紀行』の諸本の系統序列の研究を『芭蕉「野ざらし紀行」の研究』(桜楓社)という一書にまとめられた。その後、平成四年から八年間に渡り、『野ざらし紀行』を読む会を催され、平成七年(九月二七日付)には『芭蕉「野ざらし紀行」評釈』の企画書が出来上がっていた。二回目の打ち合わせをされた平成九年八月二四日、先生のメモ書きには「この日、池田市は大文字の日であった。とても暑い日であった。こんなにもシンケンに取り組んで下さるのかと感無量。……この仕事を完成するまでは自分の〈いのち〉はあるのか? わびし。すごく。かなしい。」と記されていた。

先生の「残生を燃やし続ける覚悟」(最晩年の賀状)を改めて思い知ることができた次第である。私は昭和末年から夫の闘病生活(脳梗塞)が始まったことと専任職に就いたことにより、残念ながら「シンケンに取り組んで下さる」人の中には入れなかった。それでも先生は必ず会の案内書、自らなさっておられる仕事の報告書、考えておられる質問書を定期便のように届けて下さったのである。先生ご自身が大病を克服なさってこられたゆえ、私ども夫婦に与えられた試練に対して二つの命を生かす言葉をいつもそれぞれに投げかけて下さった。特に多忙な私には「今、あなたのできることだけを精一杯しなさい」と激励され、『野ざらし紀行』研究の下準備をすることにした。一つは『野ざらし紀行』研究の文献目録の作成、あと一つは註釈書の収集と翻刻作業であった。いずれも今考えれば、先生の企画書にある『芭蕉「野ざらし紀行」評釈』の一部分を占めるものであった。

思えば、私は先生のもとで『野ざらし紀行』の研究を始めて二〇数年経とうとしている。大学生当時は芭蕉の推敲された文章に秘められた創作意識を考えることが面白く、『野ざらし紀行』の諸本を実際に見るために図書館巡りをすることがとても楽しかった。確か天理図書館では月下編『野ざらし紀行』を初めて見せて頂き、一日がかりで一冊子を大学ノートで作った和本らしきものに写しとった事があった。昔の人はこうしたものなのだと思いながらである。当時も今のようにお願いすれば写真や紙焼きを手に入れることができたはずであるが、「こんな貴重なものをまさか紙焼きになどしていただけるわけはない……。」とせっせと鉛筆を走らせていた。

その後、研究職につき『野ざらし紀行』の註釈書に目を向ける必要性を感じ、資料収集に入った（平成九年度私学研修福祉会の在校研修）。そして、本紀行文の註釈書を体系的に整理されたものがなかったため、江戸期に出されたものだけでもまとめることが意義あることだと判断した。

本書のもとになったものは平成一一年から四年間にわたり『大阪青山短大国文』『大阪青山短大研究紀要』『梅花日文論叢』という三書で翻刻資料発表（合計一一回掲載）をさせて頂いた「『野ざらし紀行』古注翻刻集」である。一方、註釈書に掲載された『野ざらし紀行』の所収句のゆくえを追いながら芭蕉の発句の受容史の研究をも行い、『梅花日文論叢』（第一二号）に発表したもの（「『野ざらし紀行』と古註釈書」）も最後に採録することにした。こうした過程を経て完成した『「野ざらし紀行」古註集成』が『野ざらし紀行』研究の礎となることを願ってやまない。そして、何よりもこれから本当の意味において私の『野ざらし紀行』研究が始まることを宣言したい。それは長年ご指導して頂いた恩師が次々に旅立たれた今だから言えることなのかもしれない。

ところで私は今、幼児教育・保育科で保育者養成に携わっている。毎年二〇〇名近い学生に前期は文章表現法、後期は児童文学を教えている。高校生向けのオープンキャンパスの模擬授業や出前講義では手遊びや言葉遊びなどもしている。そして、例年四〇園近く、幼稚園や保育園の実習訪問をし、学生の就職の世話もしている。国文科から日本文学科に学科名称が変更され、幼児教育・保育科に配属になった六年前には想像もつかない私の姿である。研究対象の芭蕉がまともに講義できないのは悲しい事実である。しかし、泣いてばかりはいられない。将来の保育者になろうとしている学生の現況を目の当たりにして見ると、日本の伝統的な文化を年中行事を通して伝え、文学で養われる豊かな情緒を身に付けるのは国文学を教える私の役目だと図らずも思うようになった。それには芭蕉の文学の形態（一七文字）と芭蕉の文学の心は不可欠なのである。

「先生の研究室は面白いものが一杯あるわ」と複数で訪れた学生は必ず、室内を一巡りする。そして、紙芝居、絵本、キャラクターグッズと共に書棚の大部分を占めている芭蕉関係の本を発見し、「先生、芭蕉好きなんですね」と口を揃えていう。その言葉に対して、苦笑しながら「そう、勉強しているの」と返答している昨今である。

これまでご指導頂きました櫻井武次郎先生、久富哲雄先生、若藤正芳先生、黄泉の客となられた大谷篤蔵先生・西村真砂子先生・浜千代清先生・山本唯一先生・弥吉菅一先生に深謝申し上げる。最後に本書の出版を快くお引き受け下さいました和泉書院社長　廣橋研三氏に厚くお礼申し上げる次第である。

平成一八年立春の日

三　木　慰　子

■編者紹介

三木　慰子（みき　やすこ）
一九五八年大阪府豊中市生まれ
甲南女子大学大学院文学研究科国文学専攻博士後期課程標準修業年限修了
現職　大阪青山短期大学　助教授
専攻　近世俳諧
著書　『影印「甲子吟行」付古注翻刻集』（弥吉菅一と共編、明治書院、一九九一年刊）
『風徳編「芭蕉文集」の研究』（和泉書院、一九九二年刊）
『泊船集』（和泉書院、一九九五年刊）
『奥細道菅菰抄』（同朋舎出版、一九九六年）
『「野ざらし紀行」―英訳とその研究―』（三木健司と共編、教育出版センター、一九九六年刊）
『錦江「奥細道通解」の研究』（和泉書院、一九九九年刊）
『文章表現法ワークブック』（大森企画、二〇〇二年刊）
『俳句童話集―英語訳付き―』（三木健司と共編・共訳、文芸社、二〇〇三年刊）

研究叢書353

『野ざらし紀行』古註集成

二〇〇六年八月二五日初版第一刷発行
（検印省略）

編　者　三　木　慰　子
発行者　廣　橋　研　三
印刷所　亜細亜印刷
製本所　渋谷文泉閣
発行所　有限会社　和　泉　書　院
大阪市天王寺区上汐五－三－八
〒五四三－〇〇〇二
電話　〇六－六七七一－一四六七
振替　〇〇九七〇－八－一五〇四三

ISBN 4－7576－0370－3　C3395

研究叢書

本朝蒙求の基礎的研究	本間洋一	編著	341	一三六五〇円
中世文学の諸相とその時代Ⅱ	村上美登志	著	342	一三六五〇円
日本語談話論	沖裕子	著	343	一三六〇〇円
『和漢朗詠集』とその受容	田中幹子	著	344	七三五〇円
ロシア資料による日本語研究	江口泰生	著	345	一〇五〇〇円
新撰万葉集注釈　巻上(二)	新撰万葉集研究会	編	346	一三六〇〇円
与謝蕪村の日中比較文学的研究　その詩画における漢詩文の受容をめぐって	王岩	著	347	一〇五〇〇円
日本語方言の表現法　中備後小野方言の世界	神部宏泰	著	348	一一五五〇円
井蛙抄　雑談篇　注釈と考察	野中和孝	著	349	八四〇〇円
西鶴浮世草子の展開	森田雅也	著	350	一三六五〇円

（価格は５％税込）